LAS BATALLAS
SECRETAS DE BELGRANO

María Esther de Miguel

LAS BATALLAS SECRETAS DE BELGRANO

 Seix Barral

Diseño de cubierta: Mario Blanco
Diseño de interior: Alejandro Ulloa

Decimoquinta edición: noviembre de 1998
© 1995: María Esther de Miguel

Derechos exclusivos de edición en castellano
reservados para todo el mundo:

© 1995, Compañía Editora Espasa Calpe Argentina S.A./Seix Barral
Independencia 1668, 1100 Buenos Aires

ISBN 950-731-136-X

Hecho el depósito que prevé la ley 11.723
Impreso en la Argentina

Ninguna parte de esta publicación, incluido el diseño de la cubierta, puede ser reproducida, almacenada o transmitida en manera alguna ni por ningún medio, ya sea eléctrico, químico, mecánico, óptico, de grabación o de fotocopia, sin permiso previo del editor.

"Aun a Plutarco se le escapará siempre Alejandro"

MARGUERITE YOURCENAR
Memorias de Adriano

AGRADECIMIENTOS

Déjenme que los detalle:

A los trabajos de Bartolomé Mitre, Mario Belgrano, Luis Roque Gondra, Tomás de Iriarte, José María Paz, Gregorio Lamadrid, Juan Bautista Alberdi, Facundo Arce, Padre Guillermo Furlong, Paul Groussac, Gregorio Weinberg, Roberto Etchepareborda, José Luis Lanuza, Ovidio Giménez, Alen Lescano, Juan M. Méndez Avellaneda, Héctor D. Viacava, Guillermo Abregú Bittelbach, José Néstor Achával, Efraín Bischoff, Jorge Alberto Bossio, Mario Quartaruolo, Julio César Chávez, Armando Alonso Piñeiro.

Al General Isaías José García Enciso, Enrique Mayocchi, María Sáenz Quesada, Carlos Páez de la Torre y Máximo Soto por pistas oportunas para mi curiosidad.

A Javier Fernández, Hebe Clementi, María Esther Vázquez, Dardo Cúneo, Luis Lacueva, Jesús Silveyra y Ricardo Vitiritti el generoso préstamo de libros.

A Federico Peltzer, Josefina Delgado y Emilia Pagés por una deuda importante: la lectura de los originales.

A Ricardo Sabanes, Leandro de Sagastizábal y Ricardo Ibarlucía por la buena acogida otorgada a un vagoroso proyecto.

A Paula Pérez Alonso por sus sugerencias.

A Alejandro Ulloa las muchas gracias por el remache final.

A Andrés Alfonso Bravo por su amorosa paciencia durante un largo año.

I

Santo Domingo esquina Camino del Rey

La aún liviana penumbra que precede al atardecer se ha instalado en la habitación, y en la habitación está Manuel, en su cuerpo visible esa brecha abierta por la enfermedad; y está el doctor Redhead, robusto y rubicundo, en quien ni los vaivenes intempestivos de la fortuna, ni el ímpetu de la espada, ni los litigios de los hombres han hecho mella alguna; y entre ambos, establecida como una presencia, la voz de Manuel que va contando altibajos de inciertos días que ya son, sobre su espalda, pasado irremediable y tal vez glorioso.

—En los mapas el Paraná era un hilito azul y uno lo vio antes y pudo imaginar cómo vadearlo —dice—. Pero vaya usted a cruzarlo de veras, cuando ha crecido por razones estacionales que no estaba en uno prever y no hay medios materiales y las aguas están abundantes y embravecidas y el tiempo no acompaña y los momentos apremian, porque deben llevarse noticias de la revolución a esos confines que aguardan para ser sumados a la empresa americana gestada en Buenos Aires y en mayo por los patriotas. Porque le digo, doctor Redhead, que por entonces el gobierno estaba concentrado en propagar lo acontecido: todavía no se les había dado por pelearse entre ellos, aunque les faltaba poco —dice Manuel y mira la frente despejada del doctor Redhead y su pelo colorado cayéndole al costado de la cabeza y la atención de sus ojos claros y atentos.

—Linda idea había sido esa de la Primera Junta —prosigue—: enviar a este hombre de leyes y de libros, de modas y besamanos aprendidos en la corte madrileña y trasladado a estas latitudes por razones de amor a la familia y al terruño, enviarlo, digo, como adelantado de las novedades libertarias acaecidas y no solita su alma sino al frente de un ejército. Ejército por llamarlo de algún modo. Porque, dígame doctor Redhead, uno que había visto los de la España de Carlos III y los de la Francia revolucionaria y los de la Inglaterra, ¿podía pensar en serio como ejército a ese puñado de doscientos paisanos mal entrenados, peor vestidos, lejos de toda disciplina y nuevitos para encarar la estampida del cañón o la turbamulta de la pólvora? De ninguna manera. Pero era la orden y aunque este servidor la consideró más bien descabellada, producto de cabezas acaloradas y no más, la cumplió con buen ánimo, porque desde que se había visto metido en la lista de la Primera Junta *"sólo pensó en corresponder a la confianza del pueblo y contraerse al desempeño de las obligaciones inherentes a su puesto"*. Claro que estaba lo demás, pero como de yapa: esa muchacha de ojos oscuros y patriotismo lindo con quien me había mirado mucho y conversado poco, porque aunque estaba cierto de que la mujer es la llamada a alegrar las sábanas de un hombre y hacerle más llevadera las penurias inherentes al vivir, no eran tiempos aquellos para abundar en bisbiseos sentimentales ni en comercios eróticos, con los alborotos de la ciudad de diez años antes, usted se acuerda.

Manuel mira los ojos del doctor Redhead primero y después mira la ventana que da al patio y escucha entonces cómo empieza a caer la lluvia prometida por la meteorología y escucha también al dicho Redhead diciendo:

—Linda cosa esta lluviecita —para agregar enseguida, mirándolo por encima de la tisana que Juana ha traído para ambos—. Fiera la travesía, Manuel, usted bien que la ha de recordar.

—Como un sueño la recuerdo, doctor. Primero aquellos interminables campos, pajonales, cañaverales y esteros sumándose por leguas y leguas, con una naturaleza *"desnuda de todo auxilio del arte como de trescientos años atrás"*. Y uno a trechos en su coche, tratando de solucionar fallas, faltas y necesidades en ese contingente militar descalabrado y sin mayores ímpetus al cual había que dar disciplina e ideales. Pero la mayor parte del tiempo y del camino que se iba abriendo, arriba de la cabalgadura, que un jefe no es jefe en estas latitudes, usted lo sabe, si no tiene pinta de centauro y aguanta que el pellejo del culo se le quede prendido a los aperos, como estos gauchos nacidos sobre el pingo, según decía el amigo Blas de Mondéjar. Y así un día y otro día, marchando bajo el sol y bajo la resolana y bajo la neblina, porque todo fue de setiembre para adelante (pues nombramiento y misión me habían llegado justito para la primavera), y a medida que avanzábamos norteando, el calorcito apretaba más y más; y durante las noches, el cabeceo sobre la montura, o en refugios precariamente levantados para el descanso, porque no teníamos tiendas de campaña y siempre la avalancha del bicharraje cada vez más nutrido y agresivo, y el siseo de los mosquitos, que dicen abundan por la zona más que los ángeles en el cielo, y el rebullir de insectos, y la lluvia que caía y caía y era más soportable la mojadura en movimiento que en esas enramadas fuentes siempre de inagotables sufrimientos para este oficialito, acostumbrado a la mullida cama con doseles y tules que Madre o las hermanas preparaban a los hombres de la casa. Y ni hablar, doctor Redhead, del oído atento a los malos murmullos que cruzaban el aire, porque aunque enemigos no había cerca y la misión era misión de paz, a los hombres se les había dado, tan nuevitos como eran, por abandonar sus compromisos y escaparse, y ése era ejemplo, el de la huida digo, que Manuel Belgrano no estaba dispuesto a tolerar. Una, porque su espíritu le decía que, si una vez se aflojaba, adiós el entramado disciplinar, columna vertebral para cualquier empresa, y, ay, cómo odio la anarquía; y otra, porque el mandato de la Junta era mano de hierro, como la que tuvieron con Liniers, cuando a mi primo Castelli le tocó ordenar al pelotón matar al héroe de la reconquista por la turbamulta que había armado el franchute despistado.

Manuel mira por la puerta entreabierta las begonias que asoman en el patio, el doctor Redhead sigue por un momento la mirada de Manuel: si está cansado descanse, general. Pero Manuel prosigue.

—Dura la guerra, sí doctor. Pero en ésa estábamos, apostando a la Historia, y ya nadie podía echarse atrás, menos este abogadito, burócrata del Consulado primero y entonces improvisado jefe militar por ímpetu revolucionario que, no obstante el correaje de su uniforme y el armamento bélico de que era portador, no podía con las suyas, razón por la cual en cada lugar donde llegábamos con la tropa, que iba en aumento a medida que pasamos de San Nicolás a Santa Fe y de Santa Fe a la Bajada, y de allí al Curuzú Cuatiá hasta dar con Misiones, antesala final en ese viaje en el cual se cruzó medio país como quien atraviesa una plaza pueblerina, en todos los remotos lugares brotados de la nada, villorrios dórmidos en el viento, digo, a los cuales llegamos portados por buenos y malos aires, como representante del gobierno que era, este servidor se apropincuaba a las escuelas, las fundaba cuando no existían, reconvenía por la poca asistencia, amonestaba a padres negligentes, aconsejaba cuartillas y lecturas, cultivo de la tierra y de las mentes. Porque estaba cierto de que si por entonces se necesitaban armas y soldados para construir a la patria, muy pronto llegaría el

tiempo en que la mayor urgencia sería de ciudadanos y labranzas.
Calla el enfermo, pero pronto retoma su discurso.
—Si hasta pueblos fundé en medio de vientos y esteros... Porque dígame usted, por si acaso, *"¿podía verse sin dolor que las gentes de la campaña viviesen tan distantes unas de otras lo más de su vida, sin oír la voz del pastor eclesciástico, fuera del ojo del juez, y sin recurso para lograr alguna educación?"*. Y vaya, que alguna alegría tuve en aquel peregrinaje de judío errante.
—¿Cuál alegría, don Manuel? —inquiere el doctor Redhead, quien apenas si alcanza a escuchar la voz del enfermo, gastadita por la debilidad, a medida que la tarde prospera, la fiebre avanza y la lluvia intensifica su repiquetear en techos y cornisas de la vieja casa de la calle Santo Domingo esquina Camino del Rey. Y en tanto aguarda que el amigo prosiga hilvanando palabras se pregunta: ¿qué lo está hinchando tan mostruosamente a este hombre? ¿La hidropesía, los recuerdos o simplemente las penas?
—¿Cuál alegría? —escucha la respuesta—. La que me dio una mujer del pueblo, doña Gregoria Pérez, cuando *"puso a mi orden y disposición su hacienda, casas y criados desde el río Feliciano hasta el puesto de las Estacas para con ellos auxiliar al ejército sin interés ninguno"*. Créame, doctor Redhead, sentí entonces que por vaivén del destino había encontrado a una mujer de aquellas que de veras poseen los relumbres que me llegan al alma. Yo, Manuel Belgrano, que conocí mujeres de gran lucimiento, vestidas de terciopelo y oro, y otras de cuerpo labrado porque eran indias; yo, que alterné con muchachas de vida alegre y patricias de sangre recatada; que intimé con señoras de abolengo y núbiles doncellas sin casta conocible y supe de sabias féminas acerca de las cuales historias y leyendas proclamaban excelsitudes, y que en ellas gasté dulces naderías, arrebatos de pasión, admirado enajenamiento o simple indiferencia, yo, créame doc-

tor Redhead, a doña Gregoria Pérez, hembra de tierra adentro, madura, cerril, de poco lustre y manos encallecidas en trabajo doméstico y rural, rendí mi más íntimo tributo: esa lágrima de hombre y de patriota que le dijo a la doña antes de partir: muchas gracias.

Así concluye Manuel su perorata al amigo antes de perderse en el silencio y en la fiebre, y ya la sombra de los árboles se alarga en la huerta y ya la lluvia ha dejado de repicar en techos y cornisas y la ronca voz del viento se expande aventando nubes pero sin aportar respuestas a ese hombre que se sabe en sus vísperas, y Juana entra entonces:

—Basta ya, doctor Redhead —ordena, y mira a Manuel, que se ha dormido con intranquilo sueño, y le dice y se dice—: Pobrecito.

II

El Paraíso de Mahoma

Para nada de buen ánimo, esa mañana se aprestó a comunicar las últimas novedades a los señores de la Junta, después de recibir a dos hombres que, por caminos distintos, habían llegado aportando malas nuevas. Ambos eran de los tantos despachados hacia los cuatro puntos cardinales para tratar de desarmar las prevenciones de los nativos, anunciar las ventajas de la unión con Buenos Aires y precaverlos acerca de los males que les acarrearía el aislamiento, elemento propicio para las ambiciones portuguesas. El primero de los chasquis, alto, fornido y rubión aunque quemado por soles y ventolinas sureñas, le informó que en Montevideo, poderoso foco de la reacción española, la situación se había puesto más brava desde la llegada del nuevo gobernador, Gaspar de Vigodet. El otro, en ese momento frente a él, morocho de flaca estampa y abundante pelaje, informaba sus resultados, para nada buenos.

—Le digo, señor, que todo el Paraguay está en armas y a punto de abandonar sus casas y bienes en cuanto los porteños crucen el río. Le digo que han sido arrancadas y quemadas toditas las proclamas que usted ha mandado poner en los árboles y cerca de los caseríos, anunciando sus intenciones, que, como es sabido, son de paz. Si alguna queda, por un casual, prohibido tocarlas o leerlas, que hay azotes para el que no obedezca. ¿Me comprende, señor?

Vaya si lo comprendía Manuel. Más dura de lo pensado esa misión que empezó siendo un viaje interminable en el cual muy pocos prestaban oídos o manos para ayudar, a medida que el ejército iba norteando, y muchos los prontos para la zancadilla, porque el error de la Junta no había sido tanto enviar la expedición cuanto pensar que se podía convencer a los paraguayos, gente solitaria y reconcentrada, como se estaba viendo. Y luego porque, como el médico aprende las artes de curar mucho después de haber colgado el título habilitante en la pared, él estaba aprendiendo estrategias de guerra con posterioridad al uso del uniforme.

Pero si malas habían sido esas noticias aportadas por los chasquis, peor resultó lo de la noche anterior cuando, según su costumbre, Manuel, que era de poco dormir y por eso aplazaba siempre el momento de acostarse y adelantaba el de ponerse de pie, con su ayudante y algunos otros en la partida, recorrían el villorrio. En una enramada donde había gente reunida por razones de juegos y beberaje, toparon con dos muchachones que, en cuanto vieron a los uniformados, trataron de escabullirse. No eran los primeros que así obraban y ellos ya estaban acostumbrados: los uniformes no atraían para nada a esa gente, estaba visto; pero en esa ocasión los bultos buscaron hacerse humo con tanta premura que así llamaron la atención de Manuel: algo en la mirada esquinada y filosa de uno, que le llegó como un cuchillo antes de perderse en las sombras abiertas más allá del farol para ir a orinar su borrachera en un zanjón; algo en la pinta del otro, desgarbado y huidizo, emparejado con una chinita joven a la cual empujó para sacarla del haz de luz.

—¿Los conocen? —preguntó Manuel a su ayudante y

a los demás, señalando la fugitiva trinidad, todos pendientes del trío en tránsito hacia la oscuridad. Hasta los apostadores tenían detenidas las miradas y los naipes en el aire.
Hubo gestos negativos y alguna voz.
—Para nada.
—Pues yo sí que los conozco, señores —dijo Manuel y ordenó, movido acaso por esas intuiciones que a veces iluminaban sus humores, haciendo esfuerzos por mantener una cólera razonable—: Deténganlos.

Al ruido de quienes salieron de cacería, arma en mano y ánimo belicoso, se sumaron los comentarios de aquellos que volvieron, pero ya como a desgano, a naipes o bebidas, en tanto Manuel precisaba sus recuerdos: había reconocido en los fugitivos a dos muchachos encontrados en trámite de provisión de víveres y aguadas, en las cercanías de Mandisoví (despoblado por él convertido en aldea con trazado de calles y autoridades constituidas, llevado por su afán de sembrar en esos descampados no sólo ideas libertarias sino también civilización). Los hombres se incorporaron a la tropa, aunque eran hurañosde temperamento, cerriles de ánimo y para nada adictos a la disciplina; pero la necesidad de aumentar el caudal humano del ejército, por un lado, y por otro la ilusión de poder educar a paisanos de tal laya, llevaron a Manuel y sus oficiales a aceptarlos, aunque a desgano. Entonces se veía que no habían andado errados: el muchacho de la mirada acerada, arrebatado por una de esas mujeres que seguían al ejército, chinita fea de cara y torpe de modales (según pudieron apreciar al detenerla esa noche), abandonó servicio bélico, guardia y campamento sin aviso previo, para dar natural desahogo a su porfía erótica, y no tardó en seguirlo su compañero del Mandisoví, aunque ambos con tan mala suerte como para que en una de las primeras rondas los descubriera el mismísimo jefe.

—Como Dios en el mundo, el jefe está en todos lados —dijo el asistente que había quedado con él.

—No sé si en todos lados. Pero sí en donde debe estar —contestó Blas de Mondéjar, señorito porteño, elegante y mundano, más dado a teatros y saraos, que, por amor a Manuel, se había plegado a la partida.

Los ojos de Manuel, que tantas veces semejaban la celestial placidez del cielo, en esos momentos fueron de porcelana azul hielo y presagiaron lo que iba a venir, por cierto nada dulce, porque a todo soldado se le advertía de entrada de las gravísimas penas que les acarrearía la deserción. Y allí estaban dos desertores, escurridos como anguilas en la oscuridad, pero a quienes sus perseguidores alcanzaron antes de que llegaran al monte, para regresar, con ellos y otro traído de yapa, encontrado culo al aire, en cierto recodo donde el hombre debió acuclillarse por la urgencia de uno de esos llamados que no pueden posponerse.

Era el momento de tomar el toro por las astas y dar un escarmiento, y así lo entendió Manuel, aunque siguió la ronda sin que su rostro expresara mayormente los torbellinos del espíritu. Pero una lucha profunda arañaba su calma. ¿De qué depende la existencia de un ejército? De ideales altos, es verdad, pero también de la disciplina; sin disciplina, y más en tiempos de guerra, todo se va al carajo. Odio la guerra, odio la violencia, y ahora odio esta decisión que he de tomar, quitar la vida a semejantes, iba mascullando; pero porque soy hombre de paz y de leyes, debo tomar actitudes como esta que me espanta, se dijo entonces y se lo repitió mientras llegaba al campamento, en el pecho el cosquilleo angustioso que precede a las grandes decisiones inherentes al mando, y se lo repitió en el lento transcurrir de las horas sucedidas con los ojos abiertos y el alma en vilo y se lo dijo al alba, cuando llegó el sol para cubrir las pupilas insomnes de quien había pasado un tiempo infinito rezando con rezo que no

era ni padrenuestro ni pésame ni avemaría sino invento propio surgido de agonía por tener que mandar a la muerte.
—Un hombre agobiado por su destino —dijo Blas, al alba.
Al atardecer los pasaron por las armas, en decisión que a Manuel le había costado una noche en vela, muchas oraciones y el malestar apretujado en su pecho sin miras de dejarlo porque, ¿quién podría olvidar la cara de esos infelices, llenas, más que de miedo, de sorpresa, cuando frente al pelotón y a la cruz levantada por el sacerdote gritaron su miedo manoteando el aire? ¿Quién?
No ese Manuel atildado, blancas sus polainas y azul la casaca, relucientes las botas, como hombre fino y pulido que era y aun en esas cerriles soledades debía dar testimonio de hábitos civilizados, por eso del ejemplo, bien peinada su rubia cabellera, azul límpido en los ojos y firmeza en la mano que entonces rasgaba el papel escribiendo con su letra menuda, porque con su propia mano quería poner lo que estaba poniendo: *"Es necesario el rigor para entrar al camino de la obediencia. Por eso hoy he mandado pasar por las armas a dos desertores... Nunca más energía que ahora, Señor Excelentísimo, debemos tener, no perdonar a los traidores y cuidado con todos, pues los de Cádiz aspiran a que seamos franceses".*
—Estas son las cargas del cargo —le dijo a Blas de Mondéjar cuando regresaron de la ejecución, pues había ordenado que todos estuvieran presentes durante el fusilamiento—. No puedo dar a la patria el disgusto de otro Huaqui.
Y después se lo oyó murmurar.
—Hay que acabar con las deserciones. He recibido un ejército de gauchos y tengo que convertirlo en uno de soldados. Y así se hará. —Manuel pasó su mano por el rostro cansado, perlado de sudor, porque el calor era insoportable y reafirmó con decisión lo ya dicho.— Me han

dado gauchos y devolveré soldados. En esto seré firme: hay que cambiar el antiguo sistema.

—¿Cuál antiguo sistema? —preguntó Mondéjar.

—Pues el que permite desertar a estos infelices. Y el de robar, sacar ventajitas, que es lo que hacen los de más arriba, socaineros e inútiles, para decirlo pronto.

Manuel concluyó el diálogo para acudir al llamado de la gente de la boyada, que andaba en problemas: en un zanjón habían caído unos animales y se hacía difícil sacarlos. ¿Qué opinaba el señor jefe? Otro llegó con la novedad: faltaban camisas para tapar a un montón de hombres en andrajos, puesto que así se habían incorporado a las fuerzas y las fuerzas no tenían ni para un taparrabos. ¡Ah!, y la harina se abichó con tanta humedad, que la humedad corrompe alimentos, ropas y carácter, y para los que andaban con fiebre no se encontraba nada y...

—¿Qué hacemos, señor jefe?

Suspiró Manuel con suspiro más de impotencia que de pesar y repitió a sus hombres lo que acababa de escribirle a Mariano Moreno, su amigo:

—Cómo pierdo la paciencia, mi salud y, lo que es peor, tiempo, en tanta menudencia que no debería ser de mi resorte, si hubiera hombres que aprendieran bien sus oficios. Si quienes se dicen oficiales lo fueran de verdad, otro sería el cantar.

Dio algunas órdenes, delegó funciones, volvió a empeñarse sobre esa vieja mesa cubierta de arena en la cual habían armado, en ausencia de mapas y croquis, un precario simulacro donde, con improvisadas señales, él y los suyos iban trazando la compleja e ignota geografía del lugar según las indicaciones de baqueanos oficiosos: aquí está el Paraná, allá el Paraguay, aquí, el Caañabé y el Yuquery por este lado y el Paraguary por este otro.

—Aquí, nuestro campamento. Allá, el del gobernador Velazco...

Las batallas secretas de Belgrano

Pero el gobernador Velazco ya no estaba en el Tebicuary-Guazú, sino que había avanzado hasta unas veinte leguas cerca de la Asunción, para concentrar allí las fuerzas del ejército paraguayo, que no era para despreciar aunque sus integrantes anduvieran en pata, ni tenía por jefe a un mandamás bisoño, sino a un hombre entendido en lides bélicas que había guerreado contra los franceses en Europa, y en Buenos Aires, cuando la invasión de los de Albión, no se estuvo con los brazos cruzados, sino que con gente de leva fue para poner el hombro. El experimentado realista defendía los fueros de Fernando VII en la turbulenta región que para nada quería deberle algo a los porteños. Por eso había jurado al Consejo de Regencia de ultramar, por entonces en Cádiz. Y por eso estaba listo para enfrentar al ejército de Belgrano, que venía en son de paz, según decires, pero como instrumento de una Junta sospechada de buscar, más que la libertad de los pueblos, la de una economía ansiosa por incorporarlos al rodeo platense para mejor ordeñar a las provincias pobres. Velazco se llamaba el hombre, gobernador intendente del Paraguay era, y también de agallas y soberbia, y no medio inocentón como ese Manuel que pensó encontrar, de acuerdo con los informantes enviados previamente, paraguayos para sumar a sus fuerzas y esfuerzos, y sólo tropezó con el don ése, el Velazco gobernador, bien pertrechado y dispuesto a darle bulla. Qué equívoco. El de la Junta, claro, a la cual él, Manuel, siempre pensó muy poco amparada por reflexiones serias cuando meses antes lo puso camino al Paraguay. Aunque la disculpaba: el problema para sus integrantes era estar muy lejos de todas partes.

Cuando le llegó la comunicación Manuel, con la nota en la mano y su hermano Domingo, el clérigo, al lado, había parpadeado, porque no entendía nada. ¿Por qué aceptas?, le había preguntado su hermano. Para que no se crean que me repugnan los riesgos, contestó en la ocasión. Y porque entreveo entre los mismos vocales una semilla de división que yo no puedo atajar.

Entonces, sobre el terreno y porque entendía demasiado, volvió a parpadear.

—La situación es más seria de lo que se había pensado. Nuestro gobierno en materia de milicia no acierta.

—Hemos venido como ejército auxiliador pero de hecho nos estamos convirtiendo en ejército conquistador —dijo en el atardecer de diciembre, frente a la temblequeante mesa alrededor de la cual se encontraba con sus oficiales más íntimos, inquietos todos por las malas noticias recibidas.

El sol había azotado la tierra con su furia durante todo el día, pero entonces, apaciguado un tanto, permitía cierto respiro a los hombres. Estaba De la Reta, su secretario, un flaco joven y animoso, con los ojos chiquitos de tanto estrujarlos para mirar adentro de los hombres; y Blas de Mondéjar, quien había cambiado su agenda porteña de tertulias, saraos y toros y hasta la cercanía de Antonina Montes, su amante, por los partes de travesía y ahora de guerra que Manuel debía llevar; y estaban los demás oficialitos traídos de Patricios y Blandengues y algunos que había ido nombrando en el camino.

—Lo que son las cosas, ¿no? Los señores de la Junta lo han enviado a Belgrano por considerarlo administrador prudente, abogado respetuoso del derecho, con tacto diplomático y ...

—...y he de convertirme en militar batallador —concluyó Manuel apelando, para disimular la tensión, a uno de sus cigarros. Mala costumbre para sus pulmones adquirida en España, pero no podía con ella. Al fin y al cabo, eran hábitos de la época. Aunque por entonces, según le comentaban desde Europa, a los hombres célebres se les había dado por gastar tabaco por la nariz.

—Dicen que Napoleón, para abreviar la operación de

sacar y tapar la tabaquera, lleva en el bolsillo del chaleco, forrado interiormente con hule, el polvo de tabaco, y aun estando en los trabajos más importantes no cesa de meter pulgar e índice en el susodicho bolsillo y llevarlo a la nariz a cada minuto —les comentó como justificando su hábito.

—Se imaginan —agregó Mondéjar encendiendo su pitillo— cómo tendrá el chaleco: amarillo tirando a marrón. Algunos dicen que las solapas que cubren el corazón del siglo son de las cosas más sucias que se ven por Europa.

—Eso porque está vedado mirarle por adentro el propio corazón —agregó Manuel con sorna—. Pero, señores, vayamos a lo nuestro.

Miró por la puerta la selva cercana que parecía abrazarlos con su verdor, los hombres que trajinaban en los alrededores, los cuerpos hirviendo por la humedad y el calor bajo uniformes y ropas de paisanos, el rodeo de los animales, el mapa extendido frente a ellos, simulacro de esa geografía esquiva, llena de humedades y sanguijuelas y misterios y posibles celadas, y afirmó con decisión:

—Señores, porque traigo la paz y la unión y la amistad en mis manos, debo usar la paciencia. Enviaremos al teniente Warnes con nuevas comunicaciones a Velazco —dijo mirándolo fijamente a Warnes—. Tenemos la persuasión y la fuerza. Usaremos, primero, lo primero.

Integraba el grupo Celestino Vidal, un valiente mayor español volcado a la causa americana, de voz rotunda y gesto decidido; flaco a más no poder, parecía estar siempre de perfil y sus bigotes lacios colaboraban con dar tal impresión. El caso de Vidal era bastante patético: había tenido mirada de águila, según le gustaba recordar, pero por entonces se estaba volviendo ciego y a tal punto que, para no perderse esa campaña, se vio en la necesidad de hacerse acompañar por un muchachito. Se llamaba Pedro Ríos, tenía doce años de edad y había sido incorporado al ejército por el mismísimo Manuel en Yaguareté-Caa, en Corrientes y en un oratorio. Allí Belgrano había ido a encomendar a la Virgen su misión, y el niño y su padre, para presentarle, al jefe, una insólita solicitud: la de que incorporara al niño. El chico se lo pedía con voz infantil y ojos decididos. El padre lo apoyaba sin vueltas y con certeras razones: le ruego que lo acepte, señor, le había dicho. Yo tengo sesenta y cinco años, he sido maestro rural y ahora soy un anciano, y este niño es lo único que puedo ofrecer a la patria. Pedrito está tan entusiasmado que no sólo le doy mi consentimiento sino que sumo mi ruego al suyo. El coronel cegatón se había metido en el asunto: me podría servir de guía, aventuró y aunque Manuel titubeó todavía, terminó con la sonrisa condescendiente que se da a los niños frente a sus antojos y la consabida palmadita en la espalda: que se quede.

Y allí se quedó, integrado al ejército, casi como una mascota, a la cual pronto se le dio, para entretener sus horas, por tocar el tambor, y tanto que en más de una ocasión tuvieron que obligarlo a renunciar a ese estilo musiquero que armaba con tanto palillo sobre el parche. Ahora protestan, pero cuando llegue la batalla les va a gustar que los anime con mi tambor, les replicaba, porque para él la batalla era una fiesta esperada. Y todos reían de su candor.

Pero entonces la batalla se estaba acercando, y allí estaban, sólo atentos a sus prolegómenos de la acción. Al mayor Vidal le gustaba llevarle la contra a Belgrano, a fin de excitar su inventiva.

—¿Y si no funciona? —le preguntó entonces.

—Y si no funciona la persuación, la segunda, señor —le contestó—. Que los paraguayos sepan que esta vez, si no aceptan nuestros gestos de buena voluntad, recibirán la guerra y la desolación, porque también traigo la fuerza —dijo y agregó sin transición—: Señores, a trabajar.

Y comenzó a dictar a su secretario el oficio que llevaría Warnes a Velazco: *"Estas tropas cruzarán el Paraná para proteger a los pueblos, restituirles sus derechos, quitarles la opresión de los mandones, darles libertad, separar las trabas que los tienen abatidos y desterrar de esa rica provincia el estanco del tabaco dejándolos en franqueza de poder comerciar con ese fruto y con los demás que posee, sin experimentar los vejámenes que el sistema antiguo ha causado y las injurias que se les ha causado en el trato como a viles esclavos".*

Después despachó cartas para el obispo y para el Cabildo de la Asunción invitándolos a someterse a la junta rioplatense, enviar sus diputados al Congreso General y unirse para enfrentar los enemigos, y las firmó y selló y luego hizo entrar a un informante que recién llegaba, acalorado a más no poder, y le pidió noticias y el informante comenzó a hablar.

—A su mandar, señor —dijo el paisano, con los ojitos como dos bichos oscuros y luminosos, cuadrándose malamente, según veía hacer a los soldados—. Señor, el portador de la proclama anterior fue detenido, y yo mismo tuve que estar atento a las cosas que decía, a las informaciones que acercaba, por las muchas prevenciones de la gente. Es cierto que, después del paso del ejército, todos quedan no sólo tranquilos sino hasta bien contentos por la preocupación y buen trato demostrados por V. E. frente a las necesidades de la gente, como cuando se fundan escuelas o se traen vacunas para los animales. En todos lados se habla de eso señor, pero, le repito, después de su pasaje con el ejército. Antes, le digo, son puro temores y miedos, que a los paraguayos, ¿sabe usted?, se les ha hecho creer que los porteños vienen degollando y robando y, dígame usted, ¿a quién le puede gustar eso?

Estalló Manuel y el informante corcoveó de susto.

—Esta gente es miope a más no poder. Y esto les pasa por haber vivido tan aislados. No entienden para qué hemos atravesado tantas leguas y penurias. Pero vamos a explicarles aunque nos cueste la vida.

Esa noche, Ignacio Warnes, otro de sus secretarios, con sus gacetas, y el mayor Manuel Espínola, con sus trebejos de espía, cruzaron río. Los dos partieron animosos para sus diligencias; uno sería vejado y preso, y el otro, muerto y su cabeza paseada en una picota. Pero como no lo sabían se despidieron esperanzados y sonrientes.

—Hasta Asunción, el Paraíso de Mahoma —los saludó Blas recordándoles la designación otorgada a la ciudad, en tiempo del conquistador Juan de Garay, conocedor de fundaciones y de hembras, porque esa tierra hacia la cual marchaban era de bellas mujeres y de alegre comercio carnal, según decires de crónicas y antiguos.

Pero no pasó mucho tiempo sin que llegaran las nuevas, más que malas, malísimas: al emisario Warnes, apenas desembarcado, lo amarraron y condujeron, a través de pantanos y lagunas, haciendo caso omiso de su misión parlamentaria y de sus títulos, hasta Ñeembucú y allí lo engrillaron, lo enceparon y lo enviaron con un contingente de prisioneros al Uruguay.

Con Manuel Espínola peor marchó la cosa.

Una semana más tarde, para el lado del monte por donde avanzaban a fin de ubicar otro puesto de observación, los soldados encontraron un tacuarebey en el cual, como en muchos otros árboles, Manuel hacía dejar papelitos con mensajes al alcance de las manos paraguayas, pero frente a éste los perros ladraban desesperados, de tal modo que los soldados se vieron en la obligación de buscar el porqué. Descubrieron no los mensajes anteriormente ubicados por ellos mismos, sino cierto pingajo colgado de una rama. Dos de los vigías se acercaron, en la confusa luz del alba, para ver de qué se trataba y entonces descubrieron que desde lo alto de un palo, ensangrentado, las barbas puro enchastre, los ojos vacíos de expresión, los miraba el rostro del mayor Espínola. Su cabeza decapitada parecía decirles qué bárbaros pueden ser los hombres.

Un paraguayo puede mezquinar su lengua pero no las ganas de curiosear. En las cercanías, agazapado entre matorrales, descubrieron a un espión que no había aguantado las ganas de saber cómo caía a los porteños la macabra gracia por ellos realizada. Por él supieron que Espínola encontró la muerte no bien cruzó el río, que enseguida habían puesto su cabeza en una picota y la pasearon por el campamento para, por fin, devolverla a los suyos de tan mala manera entre las ramas del viejo tacuarebey.

—Pobre Espínola. El Paraíso de Mahoma no existía —dijo Blas de Mondéjar y ocultó alguna lágrima que comenzó a correr por su cara, con tanto sol y tristezas puro charqui, como se decía a sí mismo y acababa de escribirle a la tan lejana Antonina Montes, en la cual pensaba cada vez más a menudo, aunque al hacerlo la carne se le estremecía de antojos.

Manuel, por su parte, cuando recibió la noticia de semejante ultraje, no sólo se puso furioso sino que por primera vez sintió ramalazos de rabia y de algo que descubrió como odio.

—Pero, ¿qué habían de hacer estos descendientes de los bárbaros españoles conquistadores, si eso era lo que les enseñaron?

Ordenó enterrar cristianamente y con honores la cabeza del pobre secretario enviado especial, que con ella había perdido la vida aun antes de que la guerra fuera declarada, mandó fusilar al pombero (así llamaban los paraguayos a sus espías), arengó a las tropas y en esa lúgubre mañana sintió que perdía definitivamente el candor, aunque no el fuego de la pasión; su gesto se endureció y todos entendieron que podían esperarse situaciones terribles al verle la cara y leer la proclama:

"Al europeo que se encuentre con las armas en la mano, o fuera de sus hogares, será inmediatanente arcabuceado, como lo será también el natural del Paraguay o de cualquier otro país, que hiciera fuego a las tropas del rey don Fernando que están a mi mando".

Después multiplicó espías por todos lados, porque debía averiguar qué harían los paraguayos antes de su avance, puesto que él no era paraguayo para adivinarlo.

La guerra estaba declarada.

—La pucha, el carilindo de Manuel se nos está poniendo cojonudo —dijo Blas de Mondéjar y se lo escribió a Antonina, y al hacerlo volvió a extrañar con más intensidad a su ciudad—. Dios mío, cómo he podido abandonar la adorable humedad de Buenos Aires.

Y aunque no lo repitió en voz alta, encontró pronto la respuesta: por la patria y por Manuel.

***

José era gallego de nación, flaco de porte, joven de edad, de color humo su cara, de clara inteligencia y profunda simpatía por la causa de mayo. José el gallego era entendido en barcos y se ofreció para construir inmediatamente los que transportarían armas, bagajes y hombres por el Paraná y por los demás riachos, que eran infinitos en cantidad y peligrosos por tanta lluvia. Los paraguayos habían retirado o destrozado cuanta canoa o balsa existía y no era el caso de andar perdiendo el tiempo con lamentaciones. El jefe lo alentaba. El jefe estaba decidido a hacer marineros transitorios de soldados que por lo común antes habían sido gauchos o simplemente vagos, cuando no forajidos, y él, José el gallego, lo ayudaría. Comenzó a descuartizar árboles con la misma furia con que despanzurraba reses y con los mismo machetes. Pero le costaba hacerlo porque le faltaban las herramientas apropiadas. Entonces miró y como la casualidad entra en la Historia, vio la enorme cantidad de ganado desparramada por donde se extendía su mirada. Eran animales arriados desde la Bajada: los entregados por el estanciero Candiotti, los aportados por doña Gregoria Pérez, los expropiados a los realistas recalcitrantes que no habían querido ayudar por las buenas, los que iban entregando los estancieros a lo largo del camino —mediante papeletas, eso sí, porque Manuel en todo quería cuentas claras—. Servían para alimentar a la tropa, para transportar los cañones, para trasladar bagajes; servirían para algo más, porque una lucesita había iluminado la mente de José el gallego: la materia más abundante y fácil de manipular que tenía a mano eran cueros. Pues bien, utilizaría cueros para sus embarcaciones. Comenzó su nueva tarea entonando una vigorosa canción marinera de sus tiempos en el puerto de Cádiz, y acogió con alegría los hombres puestos a su disposición para colaborar. Sobre todo se preocupó de contruir una barcaza grande, grande, "para que en ella entrara medio ejército", soñaba, exagerado, el buen gallego José.

De modo que cuando los botes, canoas y balsas estuvieron listos, el ejército con artillería, víveres, municiones y hombres, glú-glú, cruzó el Paraná y sus mil metros de ancho, realizando así, sin mayor alharaca y con todo éxito, una de las operaciones de guerra más difíciles: franquear un curso de agua viva a viva fuerza, y por una región que permitió ocultar los movimientos y mantener en la incertidumbre a los paraguayos.

Manuel ya había entendido cómo se encontraban solita su alma y sus fuerzas en zona enemiga: los pueblos por donde pasaban eran puro desierto, las casas abandonadas, nada para comer. Pero lo peor era la sensación, se anduviera por donde se anduviera —montes, planicie, bañados—, de que eran muchos los ojos que espiaban cuanto les acontecía y que un cerrado cerco de pomberos los circundaba.

En un villorrio y bajo un rancho miserable taponado de tunas encontraron a una mujer. El villorrio tenía tres casas y ocho habitantes incluyendo las vacas. La mujer era loca. Los soldados se divirtieron un rato, la manosearon de lo lindo, la montaron unos y otros, le dieron de comer. Cuando se fueron, la mujer los siguió. Le tiraron piedras. Le gritaron. Los siguió lo mismo. La pobre loca había encontrado una familia. Pero a Blas, el señorito rioplatense que por afecto a Manuel se veía en ésas, le confesó:

—Quiero ir a ver la guerra.

Manuel dividió sus fuerzas para cubrir posibles eventualidades: al frente de unos quinientos hombres iba él; los demás, alrededor de doscientos, marchaban con diferencia de un día, custodiando los bagajes más pesados de arrastrar, y, sobre una carreta tirada por bueyes avanzaba el descomunal barquichuelo de cuero, de a ratos elemento náutico —por los tantos brazos de agua que aparecían de pronto y debían vadearse—, y de a ratos viandante de caminos que se iban haciendo al andar.

En más de una ocasión las fuerzas se habían topado con partidas que escurrían el bulto en cuanto los veían y en otras hubo refriegas que aportaron a los patriotas elementos de guerra, cañones abandonados que enlazaron como si fueran vacunos, algunos prisioneros y muchas esperanzas: el enemigo huía ante las fuerzas patriotas sin presentar batalla. Manuel había estudiado estrategias, pero en la práctica todo parecía alcanzar un sentido distinto. ¿A qué estrategia obedecían el gobernador Velazco y el ejército paraguayo? Manuel sabía por sus lecturas que los planes de guerra nunca se cumplen al pie de la letra, sino que casi siempre se hace aquello que deja hacer el enemigo. Y en eso estaba.

Una tarde, promediado ya el mes de enero, creyó entenderlo, porque descubrió un cerro tapiado por el monte, ascendió a él y, largavistas en mano, miró: más allá de

la serranía, por encima del boscaje, las líneas fortificadas y un ejército inmenso se expandían en reposada expectativa, en la banda norte del Yuquery. ¿Cuántos serían? Se barajaron números.
—Son cinco mil hombres —dijo uno.
—Calculo unos nueve mil —sospechó otro.
—Para mí, son doscientos y pico —agregó un baquiano correntino.
—¿Y el pico, cómo de cuántos? —preguntó Vidal, el que se estaba quedando ciego.
—El pico como ocho mil.
—Los enemigos son como moscas —comunicó Manuel a los suyos al regreso, en junta de guerra con sus capitanes que esperaron el anuncio ya sospechado: la orden de retirarse.
Pero Manuel agregó, decidido:
—En la posición en que nos encontramos, sería cometer un error grande emprender una marcha retrógrada.
—Pero, señor —reparó Celestino Vidal—. Si las fuerzas son más numerosas y nuestra base de operaciones está tan alejada, podría ser de graves consecuencias embarcarnos en una acción que podemos evitar.

Pero Manuel salió al cruce de objeciones y reparos con determinación: que para ellos no podía haber retirada sin antes intentar atacarlos o esperar ser atacados; que el honor estaba en juego; que los hombres vistos en esa tarde en su mayor parte no eran sino bultos, dijo, y la mayoría no había oído el silbido de una bala, a diferencia de ellos, los rioplatenses, quienes además contaban con la fuerza moral.

Y advirtiendo algunos conatos de tácitas objeciones concluyó, dando por terminado el intercambio de opiniones.
—Tengo mi resolución tomada. Sólo aguardaremos la división que ha quedado a retaguardia para emprender el ataque.

Por si lo habían puesto en duda, todos entendieron otra vez: quien decidía era él.

A Blas le dijo:

—Un general también tiene derecho a soñar.

Blas fue a retrucarle: y también el deber de no dejarse cagar encima. Pero se quedó callado.

Y ahí se quedaron, esperando. Tres días esperaron la llegada de las fuerzas, en muda expectativa, con los nervios tensos, pues al menor movimiento los de enfrente comenzaban nutrida fusilería. Una mañana subieron todos al cerro, y en el cerro levantaron un altar y en el altar el capellán ofició la misa, y el ejército paraguayo desde la planicie extendida más allá de cerro y boscaje escuchó la misa de los patriotas. Por ser católicos marchaban con cruces adosadas a sombreros y uniformes, y por entender que los porteños eran herejes espiaban para ver si les encontraban el rabo debajo de bombachas y uniformes. Pero en esa ocasión, asombrados, compartieron, de un lado y de otro, los kiries y los padrenuestros y las bendiciones y los *dómine vobiscum*, y Blas de Mondéjar, que tiraba a agnóstico, se preguntó ¿serán sólo bultos esos hombrecitos que a un lado y otro del altar esperan vencer a la muerte o que la muerte los alcance? ¿Qué dirá Dios?

Después del oficio litúrgico Manuel arengó a la tropa y recorrió las líneas a caballo, fijándose en los detalles, puntilloso como era; repartiendo gestos de afecto, puesto que se sentía como padre de todos; alentándolos a luchar con valentía y a permanecer unidos en el campo de batalla. Y después les pidió que decidieran alcanzar la victoria y la obtendrían y su voz resonó en los límites del bosque, en las laderas del cerro, en los pechos varoniles de su gente y fue coreada por la multitud exaltada, porque todos ya estaban más bien hartos de tanta caminata y tanto trajinar y preparativo y preferían cualquier cosa antes que seguir cocinándose al sol y la humedad. El laza-

Las batallas secretas de Belgrano

rillo del mayor Vidal aprovechó para darle con todo al tambor y los soldados se dieron cuenta de que el batir del tambor los animaba mucho.

Antes del alba estuvieron en pie de guerra, prontas las armas disponibles quienes las tenían, y quienes no las tenían, como los peones de carretas y ganado, llevando palos que de lejos figuraban ser armas, y cayeron imprevistamente sobre el dormido campamento paraguayo. Los paraguayos, sacados del sueño como en un mal sueño, se desbandaron. Y hasta Velazco el gobernador puso pies en polvorosa: para hacerlo sin inconvenientes, porque los patriotas habían comenzado la persecución, cambió su florido ropaje militar por las raídas prendas y el amplio sombrero de un campesino y se fue "por parajes extraviados a ocultarse en la cordillera llamada de los Naranjos".

La guerra, en ocasiones, puede ser una comedia de equivocaciones, aunque trágica. Entonces lo fue. A la hora de comenzar el ataque, cuando se lanzaron contra un horizonte prieto de paraguayos dando alaridos y sablazos, Manuel y los suyos creyeron ganada la batalla. Después de las cuatro horas de pelea comprendieron que la habían perdido.

¿Qué había pasado? Gran parte de los soldados, al llegar a Paraguary, donde estaba el cuartel general del juido Velazco, y ver las piezas de artillería abandonadas junto a bagajes personales, seguros del triunfo, se lanzaron al pillaje, se entretuvieron en saquear el campamento y beber a destajo los alcoholes encontrados. El cansancio y la abundancia de licores convidaban al abuso. Abusaron hasta que, de pronto, el indisciplinado contingente se vio ceñido por una pinza: el ejército enemigo se había repuesto de la sorpresa inicial, el ejército enemigo había caído sobre los patriotas después de la primera desbandada, el ejército enemigo se tomaba la revancha.

—¡Nos cortan! —gritaron.

Y sí. Los habían cortado. En el pecado, los exaltados encontraron su castigo. Manuel, en esfuerzo desesperado por ayudar a los cercados y detener el desbande, bajó a carrera loca el cerro y mientras bajaba escuchó el grito de la turba enemiga: "Vamos al campamento de los porteños". Comprendió entonces que su deber estaba en otro lado, porque al fin de cuentas un general debe usar más la cabeza que la espada y el silencio caído en Paraguary advertía que había concluido la batalla y los hombres, en resaca de alcohol y derrota, encontrado la muerte.

—Una cagada tras otra —dijo Blas.

***

"...saldremos dentro de dos horas para volver por el camino que trajimos. Mi ánimo es tomar un punto fuerte en la provincia, en donde pueda fortificarme hasta mejor tiempo y observar el resultado de las medidas que medito, para que se ilustren de la causa de la libertad que hoy miran como un veneno mortífero estos habitantes, todas sus clases y todos los estados de la sociedad paraguaya, escribió desde su petaca-escritorio a los de Buenos Aires, y a los suyos agregó: "Nos retiraremos para evitar más efusión de sangre. Pero la nuestra no es una huida", y dio la orden que repetirían sus capitanes: "Pena de muerte para quien se separe más de veinte pasos de la columna".

A la vanguardia bote de cuero, artillería pesada, carretas, ganados, caballería y hombres, iniciaron el regreso frente a las mismas narices de los paraguayos, que los dejaron marcharse, mirándolos y sin decir esta boca es mía. Después comenzaron a picarles la retaguardia, pero de lejos y sin hacer bulla.

—Quieren montarnos por el culo pero no se animan —dijo Blas con el ceño fruncido y el brazo en cabestrillo porque una lanza paraguaya le había abierto una profun-

da herida—. No sé cómo voy a hacer con la guitarra cuando vuelva a Buenos Aires. Ni cómo para abrazar a la Antonina —agregó, pesaroso.
—Cuando vuelvas a Buenos Aires el brazo estará muy bien. Y será la Antonina quien te abrace —le contestó Vidal: para él, frente a los ojos, todos los componentes humanos eran adminículos secundarios.
—¿Tanto tardaremos? —se asustó Blas, con gran nostalgia de la mujer y del Café de Marco.
—Tan pronto te curarás, compadre.

Lenta fue la marcha y también penosa, braceando ya bajo la lluvia, ya dentro de la humedad, chapaleando hasta las verijas en el barro, un soldado y otro y otro, un día y otro y otro. Volvieron a cruzar ríos y montes, y en febrero, pasados por agua porque la temporada era de intensísimas lluvias y les tocaba marchar recibiendo baldazos, en ocasiones benéficos y en ocasiones pura tortura, al fin acamparon en Tacuary, lugar de acceso difícil, bueno para aguardar refuerzos. Allí permanecieron en espera de auxilios y comunicaciones de la Junta mientras en el río se avistaban buques armados que ya habían interceptado una gran cantidad de ganado y podrían, Manuel no lo dudaba, detener correspondencia, porque las fuerzas que le picaban los talones eran catorce veces superiores.

En la inquieta molicie de la espera Manuel permanecía, los ojos fijos en el cabrillear del agua bajo la luna. Había enviado chasquis con noticias mentidas para los paraguayos y veras para los de Buenos Aires, mientras él se desgañitaba buscando tretas para salir del paso, sin encontrarlas. Trescientos eran los griegos en las Termópilas y pudieron; por qué no yo, se preguntaba. Veía a esos gauchos desarrapados, a los mozalbetes prontos para pegar la estampida tras las chinitas de la retaguardia o los mismos paraguayos, y el alma se le iba del cuerpo. Por qué acepté esto, mi Dios, para esta hazaña me preparé en Salamanca y en Valladolid y en la corte, frecuenté libros y claustros, estudié idiomas y leyes, para esto, averiguaba, la mirada tendida no ya sobre el río y el cabrillear de las aguas bajo la luna, sino sobre ese campamento donde dormía su gente junto al resplandor de las fogatas que ahuyentaban alimañas y bicherío, en el silencio quebrado por el lamento de algún herido que todavía andaba penando o el quejido del oficialito que soñaba con la ciudad y el Café de Marco como él con Salamanca.

III

Salamanca era una fiesta

A su amigote Tristán demandábale Chinchón: *¿Qué tal tua moglie?* —*Très bien, siempre a tu disposición,* concluyó Agustín Navarro, el madrileño amigo de Manuel, alto y flaco, nervioso y dicharachero, de rostro más bien feo èn el cual el único agasajo para quien lo miraba eran los ojos oscuros (dos carbones fulgurantes que lanzaban destellos cuando la pasión los encendía), joven y estudiante como él, por lo tanto propensos ambos a largas charlas en las cuales desmenuzaban miedos, proyectos, suposiciones nacidas de la ansiedad por forjar el porvenir, buscando su acomodo en el mundo y la explicación del mundo en maestros, libros, historias, mientras esperaban la llegada de glorias personales, porque a esa edad se supone que un día llegarán. Que Carlos III y sus grandes innovaciones, que Carlos IV y la Revolución Francesa, que Rousseau y su utopía, que el nuevo virrey en marcha al Río de la Plata (esta era noticia de Manuel, siempre con su toquecito americano). Pero también, y no en menor medida, los atraía visitar muchachas jóvenes y desprejuiciadas, abundantes en esa época y en esa Salamanca estudiantil puesta en alborozos de juventud y frivolidad. Vaya novedad, en ciudad con tanta estudiantina. Y plagada de vicios, según murmuraban los más pacatos. Manuel, aunque no por eso, sino porque veía a la universidad barranca abajo, ya estaba pensando en marchar a Valladolid.

Aunque iba a cumplir veinte años, Manuel tenía aún algo de niño en el rostro sonrosado y agradable, iluminado con la dulce mansedumbre de unos ojos azules que parecían pacificar el campo blanco de la tez encuadrada por la mata de pelo tirando a ondulado y rubio, por lo común caído graciosamente hacia un costado de la frente. De hablar pausado y conversación entretenida, cuando el diálogo tomaba sesgos inseguros demoraba sus respuestas, como si en algún repliegue oculto del pensamiento buscara la manera de no equivocarse.

Estaban en el cuarto de la pensión compartida desde hacía bastante tiempo, porque Navarro era madrileño y Manuel un indiano licenciado en filosofía por el Colegio de San Carlos, en el Río de la Plata, allí para adquirir experiencia en el comercio ultramarino, de acuerdo con el pedido del Padre y la aceptación de la corte, aunque en el viaje —realizado en el último cuarto de ese siglo agonizante, que era el dieciocho, y con apenas dieciséis años y un vergonzoso acné adolescente a cuestas— el muchacho cambió sus objetivos y en lugar del comercio y Madrid, recaló en Salamanca y las leyes.

Precisamente cuando esperaba (con toda la familia Belgrano Pérez y González Casero acompañándolo desde el Río de la Plata) ingresar en la tan tradicional universidad, con seis siglos de historias a cuestas, el jovencito registró su primera desilusión ultramarina, y así lo recordó en ese cuarto de pensión, mientras Navarro miraba por la ventana las mismas piedras rosadas de la ciudad y las mismas palomas que buscaban cobijo en aleros y techumbres que él había contemplado en aquella mañana de noviembre, cuando se había encaminado, en día caluroso y casi el mediodía, hacia el despacho de la universidad, y al despacho entró, y ya en él requirió lo que había

ido a buscar: el documento que acreditaría su condición de estudiante oficial de la benemérita universidad. Fue atendido por un empleadillo trajeado de lustroso uniforme y sudores estivales, con ese estilo desentendido con que despliegan sus oficios los pequeños burócratas y, cambiados los correspondientes saludos, a su requerimiento el empleadillo trajeado de lustroso uniforme buscó, encontró y entregó el certificado de matrícula. Con él en la mano y ante los ojos, Manuel leyó, tan enfadado como sorprendido, que él era *Manuel Belgrano, natural de la ciudad y obispado de Buenos Aires en el reino del Perú, de diez y seis años de edad, pelo negro y ojos negros.*
Leyó y no pudo creerlo. Una segunda lectura lo persuadió de no haberse equivocado, la agresión del dato destiñó la euforia por la matrícula conseguida, intentó corregir si no la patente falsedad de las señas personales, sí el lugar de su pertenencia, con el vibrato de su voz quejosa:
—Pero señor, Buenos Aires está separada del Perú desde hace casi una década —dijo, alterado, pero la aclaración rebotó en la cara del empleadillo que, muy fresco, confirmó:
—Pues, señor, si el certificado dice así, así será, que esta universidá tiene muchos años y nunca se equivoca y que Dios lo guarde —y con la voz del empleadillo de lustroso uniforme naufragaron los restos de su optimismo. Pese al calor un escalofrío le recorrió el cuerpo, gracias, alcanzó a murmurar, salió y, llamado al orden por la sensatez del sol del mediodía, recorrió arriba y abajo el patio de esa casa a la cual pertenecía aunque con equívoca pertenencia, por Dios, cuánto desconocimiento de los propios dominios tenían en la bienamada metrópoli y en esa universidad donde Francisco de Vitoria había defendido a los indios y estudiado Hernán Cortés y enseñado Nebrija y fray Luis de León y en la cual él buscaba su propio asentamiento. ¿El desconocimiento geográfico y jurí-

dico no entrañaba otro mayor? El hecho lo acongojó por muchos días: tanta ignorancia señalaba una brecha difícil de cerrar porque era, antes que nada, marca de notorio desentendimiento, aunque, como contraparte, abría sus ojos para nuevos planteos. Y lo ponía al tanto: ellos aquí, nosotros allá, ¿no sería así la situación?

Esa tarde, superado el recuerdo, volvió a Navarro, al diálogo que había suspendido el ocio del amigo y la carta a los suyos en la cual comunicaba todo lo trotado por oficinas y legajos para atender un pleito familiar del padre, encomendado a sus oficios; y la tarde caía sobre la ciudad y ya rareaban los ruidos callejeros y la oscuridad comenzaba a trepar por las paredes de la habitación.

—La pereza de estos agentes es de no creer y si uno mismo no anda con paso largo y bolsa abierta atendiendo sus asuntos, nada se consigue, porque esa gente sólo piensa en chupar mientras los expedientes se llenan de polvo en las Oficinas Fiscales.

—Todos bien acollarados con el dinero y el poder, que van siempre juntos.

—Como juntas van las dos caras de la moneda.

Manuel fue a retomar la carta cuando Navarro, saltando de una cosa a otra, según su mejor estilo, comenzó a contarle la última anécdota acerca de la poco querida reina: a María Luisa, la Borbona de Parma esposa de Carlos IV, madre de sus muchos hijos y "amiga" de los guardias de *corps* que hacían sus delicias personales en la figura de Manuel Godoy, privado y ministro, se le había dado por un nuevo preferido, apellidado Mallo, cuyo nombre ya empezaba a circular por todas las cortes europeas en alas de la volátil chismografía palaciega. El rey, interesado también en el hombre cuyo nombre hasta él había llegado, le preguntó al ministro Godoy, el favorito de mentas compartido con su mujer: "Pues dime Manuel, ¿quién es ese Mallo? Veo que todos los días tiene carruajes y caballos nuevos. ¿De dónde sacará tanto dinero?". A lo que el Príncipe de la Paz habría respondido: "Su Majestad, ese Mallo es más pobre que las ratas, pero es sabido que lo mantiene una mujer". Quiso saber el rey: "¿Y cómo es esa mujer?". El consejero satisfizo la real pregunta: "Ha de saber S. M. que la tal mujer es vieja y fea, pero roba a su marido para pagar al amante". "¿Y el marido?" "En la luna, como corresponde." Y entonces ríe el buen rey, quien, aparte de la caza, tiene tan pocas cosas de qué reírse, porque esos son tiempos difíciles; y ríe el consejero favorito, Manuel Godoy, por causa doble: ha puesto sobre aviso a su señor y también a su señora; y ríe la reina María Luisa porque otra no le queda, aunque ya se las pagará el Godoy ése. Y así corre el chisme y la imagen de esa *Santísima Trinidad en la Tierra* como con desparpajo y una punta de blasfemia la misma María Luisa llama al triángulo por ella presidido con su boca desdentada, sus ojitos de lince, su cara de manzanita disminuida que está pintando Francisco Goya, bohemio genial instalado en la corte, con algo de campesino y mucho de majo a quien llaman simplemente don Fancho. Dicen que pinta sobre todo de noche, que para hacerlo usa un sombrero de ala ancha en el cual instala multitud de velas encendidas que chorrean cera y lo enchastran de lo lindo, y que el pobre se está quedando sordo.

Contó su cuento sin respirar el bueno de Navarro y después se echó serenamente sobre la cama orientada hacia la ventana abierta a la calle de la ciudad y a las arquerías de la Plaza Mayor que él no miraba, porque simplemente se contentaba con el techo artesonado de la que había sido una buena casa salmantina y entonces correspondía a una caótica pensión estudiantil.

—¿En qué piensa un hombre cuando no piensa en nada? —quiso saber Manuel.

—En atender el flujo de la vida que corre de la ciudad a la ventana y de la ventana al mundo. No hay como eso —le contestó muy teatralmente y Manuel no pudo menos que reír, aunque con moderación, según natural y hábito. Navarro solía decir: si Manuel está hablando contigo y alguien le da una patada en el culo, por su cara ni te enterarías.

—Ya te veo, hilando chismes y haciendo nada, devoto del *dolce far niente* —repuso entonces intercalando algo de ese italiano amado que le venía de sus ancestros—. Pero te quiero ver en los exámenes si sigues así. Toma, por lo menos enterate de que existe el inmortal Montesquieu —dijo Manuel e hizo volar hacia cama y amigo el tomo de *Esprit des Lois* que acababa de comprar en un negocio de la Calle de los Libreros. La cama quedó tal cual pese al cimbronazo, porque fueron las manos de Navarro quienes recibieron en el aire envío e intención con acopio de gritos que parecían coadyuvar en la hazaña, en tanto Manuel, después de admirar la agilidad de su amigo, paseaba su mirada por los paisajes encuadrados que discurrían por las paredes de la alta habitación y, por fin, decidía continuar la carta comenzada y el asunto del pleito encomendado por papá.

"*...mi querido padre, la plata puede mucho bien dirigida, teniendo algún conocimiento de las cosas de la corte, y sabiendo los conductos se llega a conseguir lo que se quiere en ella; más vale aparentar riqueza que pobreza, pues a todos abre los ojos el metal*", escribió, y apenas lo hizo sintió que mejor era borrarlo: a esa carta la leería el familión entero, sería pasada de mano en mano (solamente los hermanos eran diez), llegaría a las de Domingo Estanislao, el cura, para prender alarmas en su corazoncito apostólico y fraternal: cómo ha aprendido el muchacho a conocer el mundo, ya lo estaba oyendo decir, frunciendo el ceño y encomendándolo a los santos. Entonces, para atemperar los excesos dictados por experiencia e intuición, agregó: "*No obstante, aquí lo que vale es la decencia y con ella se hace uno lugar entre todos*", reflexión ante la cual se tranquilizaría el hermano cura: Vaya, todavía tiene ideas claras, de acuerdo con las enseñanzas impartidas por Madre y los dominicos.

Y siguió Manuel con las noticias que presumiblemente levantarían el ánimo de la familia, tanto tiempo sin él y sin su hermano Francisco, compañero de viaje y de estudios. *"He tenido el gran gusto de conseguir, de nuestro Ilustrísimo padre Pío Sexto, licencia de ver y tener en mi poder libros prohibidos, excepto los de Astrólogos judiciarios, los que ex profeso traten de obscenidades y contra la religión."* Y agregó haber comprado un Balcarcer, y que en los estudios marchaba bien, aunque con ganas de cambiar el rumbo de algunas decisiones previas porque no le interesaba para nada "*la borla de doctor, una patarata eso de tener que emplear el tiempo en cosas inútiles que en el foro de nada sirven*", y ya se le estaban acabando las noticias, que habían sido muchísimas, y ya ponía su firma cuando, disculpándose por tanto exceso de palabras agregó "*excúsenme por la extensión de esta carta, pero no he tenido tiempo para hacerla breve*" y estampó su rúbrica después del correspondiente *"vuestro afectuosísimo hijo Manuel Belgrano"*, cuando, de pronto, recordó algo que sin duda a su madre le interesaría saber y sonrió al imaginar el apuro con que doña María Josefa González Casero de Belgrano iría a desparramar la noticia entre la familia y las amistades, porque nuevas de ese cariz a las mujeres siempre interesan, y la noticia que puso fue: *"Madre, la reina está nuevamente embarazada".* Pero no agregó lo que la gente se preguntaba: *¿de quién será el crío?*

***

La misma pregunta también se hacían en los corrillos del salón donde esa noche estaban reunidos, dándole al alcohol y a la conversación, en alegre estudiantina, los jóvenes de la pensión y sus amigos. Porque si la pensión y el derecho habían anudado entre Manuel y Navarro ese linaje de amistad juvenil que se fragua estudiando, el madrileño también había introducido al rioplatense en otros ámbitos: el de las tertulias y saraos mundanos, interregnos donde gustaban despabilarse.

La casa en la cual entonces estaban era de una dama protegida por cierto señor de alcurnia, donde se reunían amigas de su misma calaña a fin de entretener con las artes de la hospitalidad y la galantería a la juventud salmantina, así como también a señores necesitados de atenciones que los pobres no encontraban en sus convencionales matrimonios. Edad y rangos se uniformaban en ese ámbito donde corrían música, vino, naipes y dados, entre sedas susurrantes, muselinas y gasas, chismes, carcajadas, algo de política y una pizca de espionaje.

De modo que esas damitas y los aires de verbena hacían más llevadera la ardua disputa entre teología y jurisprudencia desatada en los maltrechos claustros salmantinos, rencillas en las cuales los jóvenes, por cierto, no lograban interesarse mayormente, pues en lugar de tales disquisiciones preferirían atisbar los cambios ocurridos allende los Pirineos y los entretelones sucedidos sin pausa ni recato en la propia España. Mejor dicho, en los Lugares Reales por donde trotaba la desquiciada corte de Carlos IV, con sus ministros y damas de pro a la cual todos acudían para el besamanos, la genuflexión y el trueque de mercedes correspondientes, logradas, en ocasiones, a costa de sacrificar virtudes. Los detalles de tales transacciones eran servidos entre el fru-fru de sedas y los ojazos de las damas.

A una manola bella
cosas como esta dijo
un mancebo
¿dónde nacen esos ojos
tan hechiceros?

Las batallas secretas de Belgrano

Para existir, no había caso, era necesaria la corte. O la casa de Margarita, la bella protegida por un grande de España.

—¿De quién será el crío? —preguntó Corina, una de las damiselas, con vocecita de niña poco entendida en las cosas de este mundo, mientras sus dedos de uñas larguísimas y cuidada textura deshacían ya los lazos de su vestido, ya los pétalos de una rosa al alcance de sus ávidas manos.

Porque Corina deshojaba todo lo que se ponía a su alcance: flores, papeles, corazones y fortunas. Y ropajes, masculinos en especial, agregaban las malas lenguas. Mejor dicho, las lenguas que la conocían. Por ese tiempo estaba de parabienes con Agustín Navarro: era lo que se llamaba, en estilo galante, su amiga íntima. Y como también era íntima de Margarita, la dueña de casa y una de las mujercitas más alegres de Salamanca, allí estaban, con sus chismes y salero.

—Habría que preguntarle al buenmozote de Godoy, que como todo el mundo lo sabe, tal vez conozca la correspondiente paternidad del niño real por venir —contestó precisamente Navarro, quien, feúcho como era, admiraba la estampa del favorito real, alto de estatura, lleno de carnes aunque no gordo, rubio de pelo, blanquísimo de tez y con dos ojos, "dos ojos, mi madre, que te quitan el sueño", solía decir Corina para amargar a su galán.

—Entonces tú entiendes a la reina.

—Pues hijo, qué mujer no la podrá entender, con el pelma de marido que tiene.

—Pues mira, no creo que haya necesidad de recurrir a tan altas esferas cortesanas. Con preguntárselo a cualquier hijo de vecino estarás enterado —fue la voz clarificadora de Margarita, la hermosa rubia treintañera protegida por el grande de España corto de saber, no largo de luces pero de bolsa generosa, *habitué* de esos lares para desarrugar el ceño y otras cosas.

—Pero eso no impide que sepamos valorar las tareas positivas cumplidas por el hombre aprovechándose de su privanza —dijo alguien.
—Sí, por ejemplo la de gobernar mientras el rey pasea.
—No, no son paseos los del rey sino trabajos de caza. ¿Sabes que los otros días le ha confesado a un embajador el estilo de vida que lleva? Parece que le ha dicho: en invierno o en verano, pues las estaciones son indiferentes para este menester, después de la Santa Misa, desayuno; después del desayuno, caza hasta el almuerzo; después del postmeridiano, caza nuevamente, hasta la caída del sol. A esa hora Manuel me dice cómo han ido las cosas. Y a la cama, que al día siguiente ha de repetirse la historia. Rutina descorazonadora, ¿no? —relató minuciosamente mientras empinaba una vez y otra su copa de cognac un sevillano amigo poco adicto al estudio y bastante a la política.
—Nadie dirá que la vida de Carlos IV no es subyugante. Vida uniforme, como corresponde a un hombre virtuoso. Libre de sustos —justificó un comensal que no terminaba de rendirse.
—Y ajena a cualquier fastidio.
—Por ejemplo, enterarse —el abanico de la dama precipitó sus aleteos porque hacía calor y la conversación ponía nuevos carmines en los rostros.
—¿Enterarse de qué?
—No digamos ya de lo que está pasando en su casa, la corte. Digamos de lo que está pasando en Francia. De la que se viene, hijo. Y para los aristócratas.
—Hay que ir poniendo las barbas en remojo.
—¿Te parece? Deja de hacerte malasangre, que Godoy piensa por nosotros.
—Y hace por el rey... poniendo lo que hay que poner.
—¿Pues qué pone que no ponga el rey? —preguntó una damisela joven de edad y sonrosada de picardías.
—Pues el instrumento, niña.

—¿Y dónde? —insistió con cara de inocente.

—Donde debe ser y la reina lo pida, para que ella y todos estemos contentos —dijo un caballero muy docente, y varios soltaron la carcajada, aunque no faltó quien, en la luna de Valencia, se obstinara en consignar los aciertos del ministro:

—Pues a Godoy le encantan los negocios de Estado, está a punto de conseguir firmar con Francia el tratado de San Idelfonso, ya consiguió la paz de Basilea, está dando un sesgo bastante ilustrado a su gobierno, habla incluso de imponer a Jovellanos como ministro. Y está por casarse, y nada menos que con alguien de sangre real.

Pero allí interfirió Margarita, recién llegada de Madrid, por donde había andado fisgoneando, portadora de nuevas galas para sus saraos y noticias fresquitas como pan recién horneado para sus íntimos.

—Sí, pero esa es imposición de la reina —dijo y contó con borboteo de palabras, sonrisas y manos en cuyos dedos resplandecían las luces de las piedras preciosas obsequiadas por su protector: según se susurraba, a Godoy se le había dado por entusiasmarse con una tal Pepita Tudó, hermosa comediante que lo traía a tras perder, no sólo a él sino también a María Luisa, quien, con su intuición de fémina sagaz, no podía tolerar que nadie se metiese en medio de esa santísima trinidad laica que tanto le había costado construir, y para cortar por lo sano la nueva pasión de su favorito, ofuscada por los celos, encontró acertado remedio: susurrar en los oídos del rey.

—Le susurró —dijo Margarita— lo conveniente que se hacía buscar consorte al queridísimo Manuel. ¿Y quién mejor que una Borbón como María Teresa de Vallábriga, diecisiete años apenas y sangre real y borbónica en sus venas? No bien la reina se lo dijo al rey y el rey al Consejo, cuando ya el decreto estaba en marcha, el traje de bodas preparado y Godoy en vísperas nupciales con la condesita de Chinchón.

—¿Qué es lo que ha contado Margarita? —quiso saber una damita que había hecho momentáneo mutis por el foro.

—¿Qué es lo que no ha dicho? Pues te cuento —le contestó Corina inclinándose para transmitirle las nuevas. De modo que así estaban las cosas. Inquietos los comensales por las muchas novedades, compartieron opiniones y augurios entre ellos, en desmañada pero animosa conversación de altos decibeles cuando pasión o música forzaban voces y ánimos. Pero un empecinado volvió por sus trece.

—Yo insisto: no creo que puedan convenirnos las estrategias de Godoy.

—¿Por? —averiguó con un frunce encantador de su boca una de las bellas.

—Porque se está arrimando demasiado para el lado de los franceses.

—¿Tienes miedo a la guerra?

—No preocuparse, hijos —fue otra vez la voz aniñada de Corina diciendo, con palabras de una comedia erótica, francesa y de moda—: *La única guerra que conocemos y seguiremos haciendo será sobre los sofás y la hierba.*

—Pues ese exaltado cuerpo a cuerpo bien que lo conocemos —dijo otra damita galante con aleteo de ojos.

—Esos son ecos de pasiones francesas. Los españoles estamos en otra cosa —intervino Navarro, harto ya de una frivolidad, aunque también propia, hartante. Y agregó, notando el silencio de uno de los comensales, Manuel.

—¿Y el rioplatense qué piensa?

—Que se está tirando demasiado de la cuerda. El pueblo pasa hambre. Y el hambre y la falta de libertad son malos consejeros.

—Ya está el salvador de los pueblos en acción —acotó Navarro encendiendo su pipa—. Desde que se le ha dado no sólo por leer sino también por traducir a los nuevos genios de la economía política, no piensa más que en mejorar a la especie humana.

—No seas exagerado, amigo mío. No tanto como a la especie humana.

—¿Entonces?

—Pienso en el bienestar de los pueblos, madrileño soso —dijo recurriendo a su sonrisa y a un vaso de vino.

El amigo de Margarita, grande de España, como se ha visto, solía recordar que lo era. Lo recordó en esa ocasión saliendo con voz bastante destemplada en defensa del *statu quo*, con argumentos nacidos de parcialidad política más que de sentido común, para concluir, después de su perorata, si no extensa inoportuna, acomodándose su coleta postiza (por orden real elemento indispensable si se quería frecuentar la Corte, y ese grande de España lo quería), la cual coleta, sujeta con una cinta que le caía por la espalda, acababa de zafarse gracias al malévolo tirón de una de las muchachas. El aristócrata la descubrió, se inclinó ante ella, besó la traviesa mano autora del estropicio, recibió en correspondencia sonrisa y rubor de la damita no preparada para tanta urbanidad.

—Deja al cielo con sus rigores y a las turbas con su entusiasmo. Nosotros estamos en otra cosa —concluyó el amigo de Margarita, con aristocrática jactancia tomó el talle de avispa de la muchacha en tanto le acariciaba el cuello y, como diciéndole basta, que has hablado bastante, descendió en busca de algo más: ya el carlón, el cognac y la hora traían otras exigencias para el grande de España corto de luces, largo de bolsa y de ardiente verba, como acababa él de probarlo y los demás de padecerlo.

En eso hizo su aparición un indiano, alto de talla, arrogante de porte, achispado de genio, portando otras dos damiselas tan pasadas por alcohol como él.

—Es Pío Tristán, el de América —se oyó decir y también lo escuchó Manuel.

Pero ya su talle había sido enlazado por las manos de una damita servicial, aunque las manos eran detalle menor frente al avance de los femeninos labios. Manuel era joven; correspondió al gesto y sonrió a la muchacha, bella y airosa a la par, sus ojos dos carbones, castañuelas la risa. Pero en la cara del rioplatense, alegre de acuerdo a tiempo y lugar, pareció deslizarse cierto aleteo sombrío, un leve desajuste, la incómoda conciencia de una defección frente a los razonamientos propiciados por Navarro. Con todo, la prudencia de años que Manuel aún no tenía pero solían gobernarlo fue suplida por los datos de su juventud ardiente, rica en pasiones, y no le costó mucho recuperar el ánimo festivo.

Los jóvenes ven el mundo como un río que corre. Y no temen lanzarse a su correntada, pues bien se conciertan pocos años con bríos eróticos.

—Las mujeres conservan la calidad de los hombres como la sal la del pescado —oyó decir al incierto indiano recién llegado, Pío Tristán.

Manuel sonrió: estaba en un salón galante y debía permanecer a tono. Con premura ahuyentó el desánimo y marchó con su muchacha a recoger en la intimidad de alguna alcoba la escasa gloria de una corta y ardorosa batalla de la cual, qué duda podía caberle, saldría victorioso. No en balde era tan joven.

Pero el juego sexual es chisporroteo breve. Los otros juegos quedan. Manuel podía suponerlo.

IV

Un vencido vencedor

Una mañana recibió noticias.
—De Buenos Aires me avisan que debo apurar esta misión porque necesitan destas fuerzas en la Banda Oriental: ha llegado Elío y se le debe oponer la correspondiente resistencia —comunicó a sus oficiales—. Pero ¿cómo hacer para apurarnos? ¿Acaso está en nuestras manos apresurar los tiempos?

Como no hubo respuesta, agregó:
—Fíjense que ahora me nombran brigadier. Esto es para mí como una puñalada. —Lo decía porque la fecha del nombramiento coincidía con la derrota de Paraguary.

Otra mañana se presentó un parlamentario enviado por el general Manuel Cabañas, nuevo jefe de las fuerzas perseguidoras, después del mutis por el foro del gobernador Velazco. Antes de entrar, el parlamentario, inocentón, preguntó:
—¿Cómo es el general Belgrano?
—Le aseguro que no muerde —le contestó alguien.

El oficio de Cabañas solicitaba la rendición, en nombre del rey Fernando VII, asegurando vida y buen trato bajo palabra de honor.

—Al rey Fernando VII lo reconocemos y si he traído

armas ha sido para sostener la causa que nos hermana a ambos ejércitos, como usted comprenderá.
—Pero V. E. está agrediendo al Paraguay con su campaña.
—En absoluto, señor. Ni al Paraguay ni menos a esta infeliz y desgraciada región de Misiones cuya infelicidad y miseria me ha tocado el alma desde que puse los pies en ella. Tanto ha sido así que, en medio de otras atenciones, hice un reglamento a su favor. Supongo que ustedes estarán al tanto —dijo Manuel y lo dijo porque en un asalto le habían robado, entre otras cosas, los papeles en que se gestaban esas novedades tan propicias para los nativos. Después ofreció uno de sus cigarros al parlamentario y agregó—: En realidad, no sé qué entienden ustedes por talar los derechos de esta provincia. Pero por los antecedentes que habrán visto, lejos de quitárselos, los puse en posesión de ellos y he pedido que envíen representantes al Congreso.

Manuel, según le acontecía siempre que se ponía a hablar de temas que lo apasionaban, como era ese de la injusticia, no podía con su genio y se volvía un piquito de oro, como decía Blas de Mondéjar.

—Porque vean ustedes estas provincias y la actitud de los mandones a que están sometidos. Pregúntense cuáles son los adelantos de que gozan después de trescientos años. Por Dios, estamos aquí para que no se oiga que los ricos devoran a los pobres y que la justicia sólo es para quienes tienen bienes.

El oficial, ciertamente nativo, escuchaba con tanta admiración como sorpresa al sonrosado oficial que con voz confidencial y convincente le explicaba la situación. No, Belgrano no mordía. Pero, nervioso porque en el campamento lo esperaban, apresuró el trámite. Manuel dictó a su ayudante el oficio, el mensajero partió con sus papeles y dejó atrás el Cerrito. Al cual se comenzaba a llamar *de los Porteños*.

Con todo, un tétrico amanecer, al Cerrito de los Porteños se acercaron Cabaña y sus fuerzas, a la chita callando, por picadas secretas que habían ido abriendo en la selva en el largo mes de espera, y por el río, desde donde llegaron buques de apoyo, y por un puente construido ex profeso. Caballería e infantería y el infierno entero cayeron sobre los patriotas en una avalancha impensada. Tres minutos antes las guardias avanzadas habían dicho:
—Sin novedad.

Manuel, con la sangre fría de los momentos extremos impartió órdenes, armó estrategias, desoyó los consejos de los oficiales partidarios de parlamentar en vista de la disparidad de fuerzas y opuso resistencia obstinada, personalmente manejó la artillería, arengó a la tropa, se multiplicó en mil lugares. Por fin, desde un altozano, contempló el desastre:

—Estos bárbaros matan a quienes pelean por ellos —dijo y los oficiales ayudantes creyeron llegado el momento de aconsejar:

—Señor, respetuosamente, no hay ya nada que hacer.

Quizá Manuel iba a decir basta cuando llegó un parlamentario para intimarle la rendición.

El parlamentario lo intimó una vez, y otra, y otra.

Era demasiado.

—Por primera vez y segunda vez he contestado ya que nuestras fuerzas no se rinden: dígale usted a su jefe que avance a quitarlas cuando guste.

El enviado partió entristecido, puesto que el anuncio traído señalaba que, de no rendirse en esos momentos, serían pasadas a cuchillo las fuerzas restantes. Y al hombre le daba lástima semejante fin después de la convivencia de esos largos meses, en que habían compartido clima, necesidades y hasta la misa, de habersc espiado mutuamente, tanto que hasta escuchaban el ruido de sus orines cuando los soldados iban a vaciar sus vejigas o el que hacían al evacuar necesidades mayores. En fin, después de escuchar las palabras del jefe, ver la valentía de todos y hasta el entusiasmo del chiquillo del tambor. Pero así era la guerra, invento del demonio. En la emergencia, Manuel dispuso sus medidas: al mayor Vidal lo mandó a un lado, con lazarillo y lazarillo con tambor en ristre; otros jefes marcharon a los puntos convenientes, y los cañones aquí, los milicianos, apenas veintiséis, allá, él recorrió su línea: quedaban ciento treinta y cinco infantes, cien de caballería, dos piezas de artillería... una miseria. Pero una miseria puede bastar. Trescientos eran los de las Termópilas, se dijo. Formó una columna de ataque y de pie, la espada desenvainada y en alto, avanzó hacia la muerte como había visto hacer a los héroes en sus antiguas lecturas de los clásicos.

Pero uno de sus capitanes se le acercó:

—Señor general, como oficial más antiguo y como segundo jefe, a mí me corresponde este puesto.

Así lo señalaban los reglamentos. Manuel miró el rostro del hombre que probablemente iba a morir por él:

—Tiene usted razón, mucha suerte —le dijo parcamente, cedió el lugar y marchó hacia el suyo, con sus escribientes y correos. Pero antes buscó a Blas de Mondéjar, a punto de partir hacia Buenos Aires para comunicar la situación—. Por favor, queme usted todos los papeles reservados. Hemos de cuidar que no caigan en poder del enemigo muchas cartas y comunicaciones que comprometerían a ciudadanos paraguayos que nos han estado ayudando. ¡Ah! y queme usted también la traducción de Washington que he comenzado.

Después, llevándolo aparte, agregó:

—Encomiendo a usted estas líneas que deberán ser entregadas a la dama por usted conocida cuando la ocasión sea propicia. Cuide como a su vida este mensaje, y en emergencia grave destrúyalo y transmita de viva voz mis recuerdos a esa dama.

Entregó una carta y en medio de la bélica baraúnda,

asistió a un revoloteo de abanico y pensó, qué cosa, desde que conocí a esa dama detrás de uno cuánta afición he cobrado a tan frívolo adminículo. Y en seguida, levemente sombrío, le susurró a Blas:

—Y mientras estamos en éstas, en el Café de Marco la juventud dorada de Buenos Aires seguirá hablando y hablando de lo que debe hacerse para salvar la patria...

Saldadas así sus preocupaciones domésticas, Manuel dijo a varios que lo estaban escuchando:

—Aún confío en que se nos ha de abrir un camino para sacarnos con honor de este apuro. De no ser así, lo mismo es morir de cuarenta años que de sesenta.

Y a caballo, sable en mano, se lanzó al infierno.

La batalla duró siete horas y en verdad no fue una batalla, sino cuatro batallas. Desde el Cerrito, Manuel, en un momento dado, ante tal carnicería y la superioridad de los enemigos, consideró oportuno parlamentar: ya les habían cerrado la única vía de retroceso, ya los cañones tenían sus bocas oscurecidas cuando no taponadas de tanto haber enviado fuego y muerte, ya habían demostrado qué eran capaces de hacer.

Entonces envió un parlamentario a fin de que manifestara una vez más al general Cabañas que las armas de Buenos Aires habían venido únicamente para auxiliar a los habitantes naturales de la provincia. Pero, puesto que resistían a las fuerzas venidas a libertarlos, como brigadier del ejército en marcha tenía resuelto evacuar la provincia y al efecto proponía se le permitiera repasar el Paraná, sin molestárselo en su marcha.

La proposición fue aceptada. Se iniciaron los preparativos para el retorno, se recogieron muertos y atendieron heridos. Quedó atrás la batalla, pero durante mucho tiempo sería referencia común de extrema suerte: Fulano no murió en Tacuary.

Quien sí murió en Tacuary, fue Pedro Ríos, el lazarillo del mayor Celestino Vidal. Varios lo habían visto, con su fustigante tambor, llamando a la batalla. Después lo dejaron de ver. Después lo encontraron, en enchastrada confusión de sangre y barro, aferrado a su tambor, sobre el cual sobrevolaban aves de rapiña dispuestas a ponerle fin a la historia. También encontraron a la loca que había servido de diversión a gran parte de la tropa; la halló un soldado que con ella se había encariñado porque la doña le lavaba la ropa y le preparaba cocidos. La halló de cuerpo entero, menos una pierna que el soldado encariñado alcanzó a ver entre las fauces de un perro al que persiguió porque le dio rabia que así terminara la historia de la mujer que había querido ver la guerra de cerca. Pero no pudo alcanzarlo; como no consiguieron darle consuelo al mayor Vidal.

—Esto no puede quedar así —supusieron algunos—. A esta historia hay que contarla.

—Para que se sepa que en Tacuary hasta los ciegos y los niños pelearon —dijo el general Mitre, a quien le contaron todo para que lo escribiera, porque él no había estado allí.

Y la historia no sólo se contó sino que hasta fue puesta en verso:

Es horrible aquel encuentro
cien luchando contra mil,
un pujante remolino
de humo y llamas truena allí,
ya no ríe el pequeñuelo,
suelta un terno varonil,
echa su alma sobre el parche
y en redobles lo hace hervir
que es muñeca la muñeca
del Tambor de Tacuary.

Las batallas secretas de Belgrano

Una mañana doliente pero soleada, frente a las tropas vencedoras, los restos del ejército patriota iniciaron el mutis desarrapados, cubiertos de polvo y sangre y tristeza. Al llegar a cierto punto Belgrano y Cabañas se apearon de sus cabalgaduras y se abrazaron y mantuvieron el palique comenzado en gacetas y oficios, y Manuel transmitió perseverantemente las ideas de la revolución, y Manuel distinguió, en sus conceptos, la idea de realistas y de paraguayos, y Manuel le hizo ver el vasallaje impuesto por los godos y las conveniencias que para el progreso y el comercio significaría plegarse al gesto de mayo. Y esto lo subrayó Manuel porque no daba puntada en el aire y sabía que Cabañas era uno de los más ricos hacendados y tabacaleros del país.

Hablaban ellos y la oficialidad y los rasos también, y todos encantados, mientras cruzaban bañados, selva, pajonales, y cuando estaban a punto de separarse, Manuel entregó, de su caja militar, cincuenta y ocho onzas de oro para socorrer a las viudas y a los huérfanos de los muertos en el campo de batalla, y de su petaca sacó un reloj comprado en España y se lo dio en prueba de amistad a Cabañas y distribuyó ganado y derrochó fraternidad. Pero Manuel no podía olvidar al mayor Espínola, y a Warnes y al tamborcito muerto, y a tantos veteranos y bisoños, y difuntos y descalabrados, y a aquellos que desde entonces tendrían una pata de palo, un hueco en lugar de mano, un garfio en vez de dedos, un agujero en vez de nariz, un cascote en el pecho en lugar de corazón.

Con los de la Junta seguía, papeleo va, papeleo viene. Esa vez les escribió: *"Tal vez no se una el Paraguay tan pronto como pensaba; pero todo me promete una feliz revolución de las ideas de aquella gente aunque sea pasado algún tiempo"*. A los suyos, mientras rumbeaban hacia los propios pagos, les comentó:

—Esto ha sido verdaderamente milagroso. En la situación en que habíamos quedado, con sólo ciento treinta y cinco infantes y sesenta y tantos de caballería, de los cuales sólo dieciocho eran veteranos, si Dios no nos hubiera ayudado no podíamos haber salido con tanto aire de entre una multitud de enemigos, ni menos haber fraternizado y, sobre todo, haber contraído una amistad tan fina con Cabañas y que éste me cobrara esa afición mezclada de respeto que yo mismo no sé explicar.

—Nuestra causa ya está injertada en el Paraguay —agregó otro de los oficiales.

—Así es. Para ellos el Sur litigioso puede comenzar a ser Norte promisorio.

—Y lo que no pudieron las armas lo alcanzó la diplomacia.

Mientras tanto, en el campamento de Tacuary, donde el escritor Roa Bastos dijo haber visto a paraguayos y porteños amartelados, un oficialito comentaba a los suyos:

—¿Se dieron cuenta? La firmeza de Belgrano como soldado y su habilidad como diplomático hicieron lo que no pudo su impericia de general.

Otro agregó:

—Y eso que nos vinieron a invadir en un bote de cuero.

—Que era algo así como andar en una vaca muerta. Vaya con el militarcito porteño.

—Tan arregladito y tan cojonudo.

—Así es —contestó otro—. Podría decirse que esta fue una batalla perdida de la cual salió triunfante.

Pasaron meses y sucesos. En los húmedos ecos del atardecer llegaba el canto de los pájaros hasta esa galería donde él, Manuel, agotado por el viaje y el nutrido recibimiento promovido por el doctor Francia, en duermevela ociosa, extendido en su hamaca, repasaba los acontecimientos sucedidos. Quién hubiera dicho que tan pronto regresaría a esa tierra abonada con la sangre de sus sol-

Las batallas secretas de Belgrano

daditos. De pronto, entre tantas visiones, Manuel vio una cara, un abanico, el rostro de la muchacha que desde hacía meses lo atraía: María Josefa.

Apenas si había tenido tiempo de estar con ella en Buenos Aires, puesto que menudo trajín le había tocado a su regreso. Pero enseguida tuvo noticias suyas por Juana, la hermanita compinche que lo había puesto en apuros con el asunto de su embarazo... convertido entonces en un bebé aceptado por la familia.

—Manuel, ¿sabes la novedad?

—¿Qué novedad?

—Pues la de la Ezcurra casada con su primo, ¿te acuerdas? Aquella por la que me preguntaste, antes de irte a Mercedes, la última vez.

—Ah, sí. ¿Qué le pasó?

—Pues le pasó que el marido, realista a más no poder, se fue con sus dineros, sus telas de seda, sus grandes intereses comerciales, a la mismísima España.

—¿Y la esposa?

—La esposa para nada apenada, pues esta muchacha, pese a su padre y a su marido, realistas los dos, siempre estuvo con nosotros, los patriotas. Me contaron que una noche la vieron, toda embozada y a paso más que rápido, seguida por su morena, ir a la casa de un importante de la Junta para denunciar al marido, en trámites inquietantes con los godos de la resistencia. Y la Ezcurra demostró que era patriota antes que mujer de godo.

Manuel escuchaba callado.

—Te digo que la cosa se arregló en silencio y parece que bien. Incluso el hombre no ha levantado sus negocios, que proseguirá por interpósita persona, pues no era cuestión de dejar intereses de tanta monta. Pero la Ezcurra, si no a casita, como antes, que es muchacha bastante decidida, sí más cerca de su familia. Además, ¿sabes, Manuel?, parece que todo fue muy a lo moderno y bien educado, que sus buenos dineros le ha dejado a la María Josefa.

—¿Y la gente qué dice?

—La gente, tú sabes, está tan en la política que ni le prestaron mucha atención al caso, con eso de Liniers y los fusilamientos y las cosas espantosas que han pasado. Pero te digo que la Ezcurra sí que se preocupa por ti. Casi siempre, a la salida de misa en la Merced, se ha hecho la encontradiza para averiguar cómo iba lo del Paraguay y si teníamos noticias. Cuando supo que, en lugar de venir para acá, te enviaban con el ejército a Montevideo, se quiso morir. Aunque disimuló bastante.

Quien no disimuló mucho fue él, Manuel, porque un anochecer salió con la cautela de un ladrón y la presteza de un gamo y la aventurera disposición de un adolescente y la prudencia de un estratega. Atravesó la Plaza de la Victoria y cruzó los zanjones frente a la Calle de las Dos Torres, y eludió paseantes a deshoras y figuraciones de la oscuridad, y se plantó frente a la puerta que ya bien conocía y esperó la señal convenida por oficio de criados. Después vio abrirse el postigón, presintió la vaga sombra tras los cortinados, escuchó el redoblar en su pecho y recobró el esplendor de la vida cuando en el cuadrado de la ventana descubrió la figura de la dama que le hacía señas, y la mano de la dama que enviaba una llave. Con la llave enviada por la dama en su mano, Manuel entró en la casa de María Josefa.

Estar con María Josefa fue una maravilla y fue también una cura de emergencia, apropiada aunque insuficiente. Pero los tiempos de guerra no permitían margen para amores compulsivos, pensó Manuel, dejándose llevar por la vorágine de lo sucedido a su regreso del Paraguay.

Primero, lo enviaron hacia la Banda Oriental para hacer frente a los refuerzos godos; después, debió volver a Buenos Aires, a la velocidad exigida por el gobierno para encontrar, en las paredes de su ciudad, proclamas que solicitaban testigos a fin de juzgar su comportamiento al frente del ejército: los nuevos hombres del gobierno querian cobrarse, con las derrotas del Norte, los propios desaciertos, furiosos porque habían nombrado un general camino al Paraguay para que volviera con el Paraguay a cuestas, y el general había regresado sin el Paraguay. ¿Para caer en tales disturbios internos se había hecho la revolución?, pensaba Manuel, a un tris de desesperar de los principios de mayo. Pero se sobrepuso. Por lo demás, nadie se presentó para testimoniar en su contra. Y los sucesos del Paraguay se precipitaron más rápido de lo por él mismo había presentido; aunque no precisamente para el lado que hubiera querido.

Las conversaciones mantenidas con el general Cabañas en su momento, la amistad entablada con él y con tantos otros oficiales, habían dado sus frutos. Cayó el gobernador Velazco y los paraguayos patriotas se apropiaron del gobierno. Pero con tan mala suerte que aprovechó la ocasión un hombre duro quien, en lugar de inclinarse hacia Buenos Aires y sus políticas, repitió la historia rioplatense: el Paraguay se declaró independiente de toda otra región y apenas si aceptó los vínculos que podían tenderse en una confederación de naciones.

De modo tal que, alertados en Buenos Aires, no encontraron mejor manera para llegar a algún acuerdo con el novísimo mandamás, don Gaspar Rodríguez de Francia, que enviarlo a Manuel, respetado por los paraguayos, para que mediara entre las partes. Y allá fue el buen Manuel, obediente cuando se trataba del servicio de la patria, acompañado por el doctor Vicente Echevarría, con el propósito de conseguir que el Paraguay quedara sujeto al gobierno de Buenos Aires como el resto de las Provincias Unidas.

Pero los paraguayos se empecinaron en que, abolida o deshecha la representación del poder supremo, la soberanía recaía en la Nación. Los porteños no pudieron sacarlos de sus trece, por más cháchara que les dieron: sólo consiguieron un pacto de confederación.

Con buenos modales, mediante los poderes de las comidas, las charlas y las sonrisas bonachonas ocultadoras de sus secretos designios, el ladino doctor Francia arrinconó a los dos enviados en negociaciones que tuvieron mucho de escarceo y juego de palabras. Al día siguiente firmarían el acuerdo. Habría desfile y baile y comida. Fiesta de confraternidad por la confederación en marcha. Manuel, bajo la noche estrellada y cálida, se entregaba a las sutilezas del ocio y el recuerdo, en tanto un viento suave husmeaba en los rincones y movía la hamaca en la cual gozaba de un descanso que, como ciertas bebidas o miradas, alegra el alma. No había alcanzado todo lo deseado, el país perdía una vasta región, pero, ¿podía haber hecho otra cosa?

Las largas, las infinitas peroratas del doctor Francia le decían que no.

—Usted, que es una de las mentes más ilustres de América, debe entender esto, doctor Belgrano. Usted, hombre de ideas progresistas, que ha leído a Montesquieu y a Rousseau y siguió desde cerca la Revolución Francesa, usted debe acompañarnos en nuestro deseo de libertad. Usted, que cayó en un equívoco cuando vino a invadirnos, mal enviado por los mandamás de la Junta, no puede caer en otro, licenciado por Salamanca y doctor por Valladolid y cortesano por Madrid. Usted viene a fundar una nación, no a fundir una provincia, ¿o me equivoco? No puede hacernos un corte de manga. Este fue el Paraíso de Mahoma, usted que es un hombre leguleyo y de libros, bien que lo sabe. Ayúdenos a ser, acorralados por la naturaleza y los vecinos, como estamos, un patiecito interior pero hermoso donde este pueblo sencillo pueda ser feliz, aunque para conseguirlo este servidor tenga que apretarle las clavijas. Al fin y al cabo no sólo los porteños saben hacer las cosas bien.

Y así bla-bla-bla el doctor Francia, sin dejarlo ni a sol ni a sombra, estuvo todos esos días acompañándolo a sa-

Las batallas secretas de Belgrano

raos y fiestas y misas y domas, y estaría ese día en el multitudinario bautismo de chiquillos de los cuales lo había hecho benemérito padrino, y lo ayudaría a sostenerlos en sus brazos, y mientras el cura dejara chorrear el agua del bautismo, él estaría allí, firme en los sacros menesteres, repitiendo como un mangagá, rubrique, doctor, rubrique, y no se me eche después atrás, que al que da y quita se le cría una jorobita.

Manuel lo escuchó, discutió, sonrió, dejó que los ojos negros y cerriles del paraguayo se miraran en las aguas claras de los suyos. Aceptó.

Cuando se fue, el doctor Francia dijo:

—Este general tiene más pinta de santito que de militar, aunque el uniforme le sienta muy bien.

—Con todo respeto, señor, este hombre no es un santo, es un demócrata —se atrevió el secretario mientras le alcanzaba un mate al mandamás absoluto del Paraguay, y miraba a Manuel y los suyos marchar hacia el Sur. Y Manuel se iba diciendo: licenciado por Salamanca, doctor por Valladolid, cortesano por Madrid, revolucionario por Buenos Aires, expedicionario vencido por el Paraguay... y ahora, ¿qué?

V

El general va en coche al Norte

El invierno sacudió su manto helado como los deudos sus lutos cumplido el duelo, y Manuel llegó a la ciudad con el buen tiempo, aunque no con idéntico ánimo porque en seguida hubo problemas con el cuerpo de Patricios, del cual había sido designado comandante en reemplazo de Cornelio Saavedra. Los problemas se suscitaron por un motivo aparentemente trivial, pero de transfondo altamente político. Como los oficiales bonapartistas, los patricios usaban trenzas, signo de prestancia y prestigio; en la ocasión se vieron obligados a cortárselas. Pero la cuestión planteada no era ni de lejos por estética capilar, sino por tendencias que se debatían en el seno del gobierno.

Ante la orden, los integrantes del cuerpo primero enarcaron las cejas en señal de disgusto, después dijeron que no obedecerían, luego tomaron las armas. En lugar de meter violín en bolsa, decidieron manos al sable. El gobierno, al gesto de disgusto no le hizo caso, a la negativa contestó con un "obedezcan" terminante; el ejército que venía de Montevideo puso el hombro, es decir, las armas. Hubo enfrentamientos. Varios cabecillas fueron fusilados; otros, presos; el cuerpo perdió número, antigüedad y uniforme. Murió gente joven y de familias prestigiosas, lo cual significó críticas a granel. Pero los patricios debían aprender: las órdenes eran inapelables. El regimiento no podía ser una mosca blanca en medio de la guerra que se avecinaba. Para cortar por lo sano arrancaron al Regimiento del centro de las intrigas y lo enviaron con Manuel hacia el Rosario. Después, el mundo y la revolución siguieron su curso. Manuel pensó: los asnos arreglan sus líos amorosos a patadas; los teólogos, sus diferencias con interminables discusiones, Alejandro cortó el nudo gordiano con una espada. Nosotros, ¿cómo defenderemos la revolución? Con la obediencia, para empezar.

—Y todo por un quítame allá esas pajas. Digo, esas trenzas —sentenció Blas de Mondéjar, adicto a Manuel pero que había perdido un sobrino patricio y levantisco en el asunto.

Manuel y Blas estaban en el Café de Marco y en vísperas de la partida. El Café de Marco, establecido por un español navarro bajo el reclamo de "Villar, confitería y botillería", había sido el punto de encuentro de moda de los caballeros del virreynato, atraídos por el vasto salón, los dos billares del fondo y el sótano donde la bebida se mantenía fresca.

Esa tarde, entre ambos estaban las tazas, y el humo de los cigarros se entremezclaba y ascendía al aire como juntos seguían los amigos: la espada unida a la pierna del soldado, decía Blas.

—No era por unas trenzas, Blas —explicó Manuel compungido—. Era por cierto principio fundamental: el de la subordinación. Nos esperan días muy duros, ya lo hemos comprobado en la expedición al Paraguay. Si el ejército no se cohesiona y aprende a obedecer, no llegaremos lejos, créame. Este es un pueblo con fuerte tendencia al individualismo, a la parcialización, y así no va. Hay que llegar, ¿me entiende?

—¿Hasta dónde hay que llegar, Manuel?
—Hasta que las Provincias Unidas sean libres de España y capaces de autogestar un pueblo fuerte y digno.
—Siempre maximalista, Manuel —Blas sonrió, lanzó un silbido, y cambiando de tema averiguó—: ¿Contento de partir?
—En cierto modo; aunque, usted lo sabe, en realidad lo que me atrae es la paz de un estudio, mis lecturas, los amigos y el silencio. Construir en tranquilidad, ¿sabe? Pero no son tiempos para tales fantasías. Entonces hago esfuerzos para olvidar mi inclinación natural y me entrego a los contrastes de la guerra y a los sacrificios que exige.
Blas entendió. Prefirió cambiar de tema.
—¿Está todo listo?
—Hasta donde puede estarlo. Fíjese que las tropas irán a pie y sin mochila, apenas si con el hato de alguna muda, la mayoría descalzos. Claro que muchos lo prefieren, por más espinas y piedras que encuentren en el camino, antes que tener ceñidos los pies con cueros. Más pobres, imposible. —Manuel titubeó—. Me faltan ultimar algunos detalles personales.
—Cierta dama.
—Así es. Adivinó.
—Pues no era difícil. Se ve que la dama en cuestión le ha sorbido bastante el seso.
—Le digo, Blas, como amigo, que esa dama me interesa, ciertamente; hacía mucho tiempo, creo que desde España, que no me sentía así atraído por una mujer pero... imagínese: con todos los líos en que estoy si tengo tiempo para tales preocupaciones. En este momento sólo puedo pensar si al llegar a Flores y al llegar a Morón y al llegar a Luján encontraremos agua y leña para dar descanso y alimento a esos hombres que marchan con lo puesto, y que así marcharán leguas y leguas hasta arribar al Rosario. Apenas si he conseguido el pago de los sueldos atrasados.

—Entiendo. A mí me pasa algo parecido.
—Antonina.
—Así es: Antonina.
Antonina quería acompañarlo en la expedición hacia el Norte. Está absolutamente prohibido, sentenció Manuel y le aclaró: a la fuerza, debía permitir algunas vivanderas: madres de varios hijos en el ejército; viudas mayores dispuestas a atender las necesidades primarias de los soldados: lavado, comida, atención de enfermos. Y no hablar de los indios, con quienes para nada se puede contar si no van con sus mujeres. Ah, y las chinas jóvenes, que se las arreglan para seguir a la tropa desde lejos y cuando uno quiere acordar están casi casi incorporadas, aunque a retaguardia, haciendo de las suyas.

—Que ya sabemos qué cosas son —sentenció Blas—. Inevitable.

—Pero no puedo amparar semejante estilo, Blas. Simplemente hago la vista gorda. Y hasta por allí nomás.

—¿Misógino, Manuel?

—Sabe que no. Sabe, además, que gusto mucho de la sociedad de las señoras. Siempre digo que, si algo sé, lo he aprendido de ellas. Se imagina, con tantas hermanas y amigas como tengo.

—Y con tantas damiselas que conoció en España...

—Le digo en serio: creo que el hombre que cultiva el trato de las mujeres se hace amable y sensible, se acostumbra a ser fino, delicado.

—Y a veces recibe cada regalito que sólo con nitrato se cura...

—Ya se desbarrancó, Blas. No me hable de eso a mí, que pasé mis cosas por joven y por imprudente. Y quizá por apasionado. Vaya si lo siento. Yo me refiero a otro tipo de trato. Por eso promuevo las relaciones entre mis oficiales y las damas. Pero de allí, le digo, a que participen en campañas y batallas, media un trecho largo que no lo cubrirá Belgrano.

—Además, hay cada una —se quejó Blas, quien acababa de querellar con Antonina, porque había comenzado a sentir insípidos sus besos, razón por la cual parecía buscar pasto en praderas distintas—. ¿Sabe qué me cantó? Esto: *Ayer me dijo que hoy / hoy me dirás que mañana/ Mañana me haz de decir / "Ya se me quitó la gana".*
—¿Todavía sigue el enojo? —preguntó Manuel, acostumbrado a tales altercados.
—No. Ya pasó. Pensar que Adán perdonó a Eva con lo que le hizo, porque no había otras mujeres. En cambio uno, que tiene tantas a mano, recae en el perdón, no sé por qué...
—Por el amor, Blas —supuso Manuel, quien con María Josefa a la altura del corazón sabía de esas cosas.
En eso estaban cuando llegaron algunos otros oficiales de la partida. El destino que llevaban por orden superior era la fortificación de unas baterías sobre el río Paraná, en un pequeño pueblo conocido como Capilla del Rosario del Pago de los Arroyos, cerca de la desembocadura y buen punto estratégico. El trabajo exigía cierto apuro porque había noticias de que se preparaba una expedición enemiga.
—Señor —dijo uno de los oficialitos sentándose con ellos—. Se susurra que usted ha ofrecido la mitad del sueldo que le corresponde para aligerar de gastos al gobierno.
—No tiene importancia, amigo —contestó Manuel algo disgustado por la filtración—. En este momento puedo hacerlo. Pero, por cierto, sabré también reducirme a la ración del soldado, si es necesario —concluyó mirando de frente al oficial.
—Lo haremos, señor —dijo el joven a punto de partir como ellos y con ellos al alba del día siguiente.
Era febrero y verano caluroso y el ánimo era grande y las esperanzas también. Partieron a pie, porque la revolución no tenía cabalgaduras, y acamparon en San José de Flores, donde descansaron y comieron algo y siguie-

Las batallas secretas de Belgrano

ron marchando otro día y otro y otro. Al promediar la tarde avanzaban porque durante el día era imposible con los solazos. Una hora avanzaban, y otra y otra, los ojos fijos en los pies o en la brasa del cigarro cuando las sombras caían y se iba diluyendo la luz, en tanto la larga fila seguía, aguardando señales del amanecer, porque cuando el sol aventaba noche y negruras habría llegado el momento del descanso, y podrían beber de esa agua tibia que ya estaban soñando, él, Manuel, y los soldaditos a su mando, con la voz que dijera, vamos a descansar.

Después llegaron al Rosario y a las fortificaciones y se pusieron a trabajar.

En esas semanas Manuel tuvo tiempo para asombrarse por las deficiencias del reclutamiento de tropas y la necesidad que de ellas tenía la patria, de modo tal que, en tanto trabajaba para que los integrantes del ejército se fueran profesionalizando, discutía con el gobierno el modo de hacer más eficaz el enganche de nuevos hombres. Su opinión era que las fuerzas debían ser pagas, pues pensaba que así podría cortarse la deserción: al atarse los soldados mediante contrato y paga, se acabaría aquello de un soy voluntario que parecía disculpar todo.

Así como la naturaleza enseña a los perros a trotar ansiosamente tras la hembra en celo, las madres lo hacen tras los hijos necesitados, se dijo Manuel cuando recibió la visita de una madre acobardada por miedos y necesidades: el hijo había sido reclutado y como ella no tenía hombre que la ayudara a levantar unos sembradíos de maíz, y como sus brazos estaban viejos, pedía por el hijo en servicio de patria para que no fuera a la guerra, para que se quedara ayudándola. Y lo pedía con voz llorosa y una mezcla comprensible de temor a la guerra y amor a la vida. Como el pedido fue negado apareció una tía y luego una madrina y en seguida toda la irritante parentela defendiendo al crío como las espinas a las rosas. Tan bien lo hicieron que Manuel se vio debilitado:

—Que el hijo ayude a levantar la cosecha de maíz —decidió, admirado por la eficacia de tanta parentela. Para qué lo habría hecho: fue como abrir un portalón. Empezaron a caer otros y otros.

—Para enfrentar las desatadas fuerzas familiares se necesita más entereza que para un día de batalla —dijo Manuel después de atender a aquellas doñas, mientras se preguntaba dónde habrían aprendido a decir tantas palabras sin respirar y a mezclar con semejante equilibrio verdades y embustes para defender a sus hijos.

Y ahí se puso a pensar en el mejor modo para cumplir con esa necesidad apremiante de las levas. Creía oportuno utilizar a los jóvenes: cada familia debería dar un hijo entre los dieciocho y los veinticuatro años de edad. Así se podrían completar los regimientos y el ejército se formaría bajo principios más sólidos y útiles en esos años: con la vigencia de tal método todo vecino conocería el servicio de las armas y se encontraría en condiciones de enfrentar cualquier eventualidad. Manuel no olvidaba las improvisaciones del año cinco, cuando las invasiones inglesas, y como entre las cuestiones prácticas estaba esa de mandar al frente soldados que deberían dar la cara a los de Fernando VII teniendo en ambos bandos los mismos colores en sus escarapelas y banderas, y como no podía soportar tamaña incongruencia, Manuel, que estaba en todas escribió al gobierno pidiéndole que dirimiera los colores que usarían como emblema las fuerzas de las Provincias Unidas para *"abolir la roja con que antiguamente se distinguían".*

Ese día el sol fue tan intenso que parecía blanco como el fuego. Para la ceremonia las barrancas del río resultaron apropiado altar; anfiteatro, apuntó Blas de Mondéjar, quien, a diferencia de Manuel, entendía más de tablas que de iglesias. A las seis de la tarde se elevó una salva de la batería, bautizada con el nombre de *Independencia;* la otra llevaría el nombre de *Libertad*, pero aún no

Las batallas secretas de Belgrano

estaba lista. Los soldaditos formaron, Manuel los entusiasmó con su arenga: de la abundancia del corazón hablan los labios y él sabía llegar al corazón de los suyos y sus palabras conseguían chamuscar cobardías en el fuego encendido por su fervor revolucionario.

De manera que se inauguraban las baterías para defender el río y la ciudad de las trapisondas enemigas; pero, aunque nadie lo imaginaba, habría también otra inauguración. Porque Manuel, a quien le repugnaba excesivamente izar la bandera española para iniciar el acto, puesto que no quería seguir *fernandeando,* sostuvo en sus brazos un paño azul y blanco, confeccionado a su pedido por una vecina, la señora de Vidal. Y el paño tenía los colores de la escarapela y los del manto de la Virgen de la Merced y los del cielo azul en el cual se cruzaban retazos blancos de nubes. Y Manuel la levantó y dijo: ya tenemos bandera. Y fue como decir ya tenemos destino.

"Que el honor sea su aliento, la gloria su aureola, la justicia su empresa", diría Sarmiento, muchos años después.

Manuel comunicó al gobierno lo actuado y celebrado. Pero el gobierno rechazó la idea. Entonces la guardó en un cofre. Ya llegaría su momento.

VI

Santo Domingo esquina Camino del Rey

A la luz de la lámpara el doctor Redhead ve el rostro de Manuel pálido y atento y Manuel mira al doctor Redhead y piensa este hombre que ha visto a tantos morir, que sabe presentir sus aletazos en la parturienta que puja y grita, las piernas abiertas, abierta la boca, las manos cerradas, clausurados los ojos, un alarido en los labios para entregar otra vida a la vida; este hombre que ha presenciado la degradación de la guerra en cuerpos cárdenos, deshechos o trozados, derramadas las vísceras sobre sucias vestimentas o pisos enchastrados, y que no obstante se empeña en restituirlos a la vida; que ha ejercido su oficio en trances imposibles, como él lo vio, después de Salta, las manos empapadas en sangre, y en ellas un serrucho y el serrucho en acción para cortar un hueso y el hueso era un fémur y después cortar el otro mientras al hombre le daban caña al comienzo aunque el hombre gritaba igual y después ya no le dieron nada, porque el soldado se desmayó; este hombre al que vio entremezclar sus manos con humores ajenos y abrir boquetes en la carne para curar, en medio del estropicio de batallas y tiendas de

campaña, qué verá, el hombre éste, en el fondo de esos ojos ahora iluminados con la lámpara que sostiene la Juana y qué oirá en el pulso que ausculta y qué en ese cuerpo suyo lacerado por males, varado en el sillón preparado por la hermana, qué verá.
—Hoy está mejor, Manuel. Escucha Manuel y entonces sacude ese vértigo de muerte que por momentos lo alcanza, agradece gesto y ternura del rojizo hombrón, retribuye la sonrisa de Juana, que está palmeando su mejilla en tanto dice:
—Los dejo solos. Me llaman si necesitan algo.

Y se va Juana, la cabeza levemente inclinada, según hábito suyo, el paso sigiloso que ha adquirido desde que anda en los asuntos esos de sus males, y quedan él, Manuel, y el doctor Redhead, y Manuel sigue por un momento el asordinado ruido de cascos en la calle, imagina el aire helado que ha de cortar los rostros y las manos ásperas de sabañones y entrecierra los ojos en el cálido espacio caldeado por braseros y ese hornillo sobre el cual borbotea una marmita y en la marmita unas hojas de eucalipto que inundan de aromas salutíferos el espacio sin amenguar el frío anidado en el centro de esos huesos que le duelen y duelen y mira al doctor Redhead y el doctor Redhead le dice:

—Hoy tengo tiempo, Manuel, por qué no conversamos. ¿Sabe? Yo no sé nada de sus primeros años...
—¿Cuáles primeros años, doctor?
—Cuando vino de España, digo.

VII

El Consulado no es una fiesta

Ah, la ciudad colonial y amodorrada y él, Manuel, veinticuatro años fresquitos y el flamante cargo de secretario perpetuo del Consulado en Buenos Aires, concedido por Merced Real.

Entonces estaba en su casa, y en la sala estaba, mirando a Juana, la hermanita compinche de la infancia, alta de talla, hermosa de rostro, alegre de genio, mientras acomodaba esas rosas matinalmente arrancadas al jardín del tercer patio, donde se apeñuscaban en alegre algarabía, en el correspondiente jarrón ubicado sobre el piano. Sonreía con picardía su hermana, en tanto le recordaba el compromiso del siguiente sábado: una velada musical en lo de Estévez. Y sonreía no por la invitación sino por sus implicancias: cuentan con nuestra presencia; mejor dicho, con la tuya, habrá muchas niñas de esas que quieren verte y algo más.

Manuel entendió: en los salones se había puesto de moda la presencia del llegado de ultramar, vestido a la última moda (chaqueta larga, medias de seda, zapatos de hebilla, sombrero de copa), y ella quería alardear del hermanito buen mozo a quien sus amigas miraban con ojos querendones, y aunque su habilidad no estaba en el baile, que a las muchachas encantaba, sino en la conversa-

Las batallas secretas de Belgrano

ción, más de una le había echado el ojo porque era un partidazo, lo mejorcito de la ciudad. Aunque algunas ya decían, probablemente despechadas: el doctorcito de los Belgrano prefiere a las casadas. ¿Para librarse de compromisos? ¿Porque había borrado del mapa el casamiento trocándolo por el rubro obligaciones políticas?

Juana, por su parte, bien que se sentía tocada por el amor, y aunque no todo marchaba sobre rieles porque ni se había firmado el contrato matrimonial, con el detalle de los bienes aportados por uno y otro, según correspondía cuando familias prestigiosas se enlazaban; y aunque en la catedral ni miras de pasarse las proclamas para el desposorio, entre los dos marchaba a todo viento ese amor cuyas incipientes brevas ya habían probado. Aunque con discreción y a hurtadillas. Y esto estaba lejos de saberlo Manuel. Pero Juana pensaba decírselo.

Los porteños suponían a la política natural complemento de las reuniones sociales para paliar la indigencia de noticias, pues en ellas corrían las novedades no aparecidas ni en *La Gaceta* ni en *El Monitor Comercial,* sino desembarcadas con maletas y lenguas viajeras y Manuel, metiéndose como estaba en la vida de la ciudad, no podía prescindir de esos espacios fomentados para la varonil chismografía ciudadana y habilitados por las damas en sus tertulias, pues de lo contrario pocos varones aparecerían por sus salones: demasiado revuelta estaba Europa, con los líos de Francia y su guillotina, y España con los Borbones cuesta abajo, y el Río de la Plata sobreabundante en expectativas, como para que no se encontraran todos alertas y empujados a comentarios sin fin. Por lo demás, si los caballeros no aparecían en esas reuniones, ¿qué podían hacer las niñas el día entero ancladas en sus casas sobre el bordado o el piano, todo el tiempo esperando al hombre de los sueños, al cual, tan esquivamente, sólo podían ver a la salida de misa entre arrebatos de chales y humaredas de latines e incienso, eh?

Por cierto, los hombres tenían el Café de Marco, donde, después de las diarias tareas, Manuel se encontraba con Castelli, su primo, casi diez años mayor pero unido a la mozada y sus debates. Junto a ellos pudo, si no olvidar, sí disimular la ausencia de España y de Agustín Navarro (con quien se carteaba barco va, barco viene). Comentaban las fórmulas del coloniaje impuesto por las leyes indianas frente a las doctrinas progresistas por Manuel conocidas en Europa, por Castelli en Chuquisaca y por muchos a través de libros, papeles o viajeros. Planeaban lo mucho que se podría hacer desde el Consulado, al cual Manuel pretendía convertir, de acuerdo con sus atribuciones, en una Junta de gobierno para atender a la agricultura, y a la industria, y al comercio y a las necesidades regionales. Ya lo explicaría todo en las memorias anuales que debería escribir.

Pues bien: ese sábado por la noche, en casa de los Estévez, adónde lo había llevado Juana, Manuel encontró oportunidad para conversar con sus amigos y colaboradores del Consulado, en el rincón donde había recalado, pese al juego de ojos y de voces insistentes con que buscaban violar el refugio las mujercitas de la casa. Las cosas no se presentaban tan fáciles y así se lo estaba diciendo a Lisandro Salas, su amigo y colaborador: el Consulado se iba convirtiendo en campo de batalla donde las doctrinas avanzadas de los indianos se enfrentaban con las reaccionarias prevenciones de los monopolistas españoles. Y en eso estaban.

Lo más brillante de la sociedad porteña se encontraba en la tertulia: las damas en un lado, los caballeros en otro, según correspondía, intercambiando palabras y ceremonias sociales, hasta que el ambigú o el baile los reunía sin distinción de sexo, pero sí con el correspondiente recato, en tanto, apagados los ojos por años y tal vez por males disimulados entre terciopelos y estoicas sonrisas, las damas de más edad, troncos de esas familias numerosas y decentes que constituían la nativa aristocracia, oficiaban de testigos y cronistas domésticos, más de una lamentando la personal ausencia de esos fuegos que veían crepitar en las pupilas y los cuerpos de sus vástagos y herederos.

—Imagínese usted mi sorpresa cuando conocí los hombres designados por el rey para este Consulado: todos comerciantes españoles, todos interesados en lo suyo y punto, todos atentos a sus intereses monopólicos —estaba diciendo Manuel, ajeno al alboroto social—. Todos en sus cargos con más señales de negocio que de servicio.

—Pero le habrían llegado a usted noticias de cómo se manejaban las cosas por aquí —apuntó Lisandro Salas blandiendo un cigarro traído de La Habana vía España, que otra vía no cabía.

—Por cierto: rumor sordo de quejas y disgustos entre los americanos. Pero jamás creí encontrarme con esa indecencia de tantos que sólo saben comprar por cuatro para vender por ocho, con toda seguridad. Por Dios, la ciencia del comercio no se reduce a eso, sus principios son más dignos. Pero vaya usted a convencerlos, cuando lo único que escuchan es el tintineo del oro.

Otros sonidos se escucharon entonces: acordes de piano y lamentos de violín y flauta, una damita pizpireta los restituyó a la realidad intentando arriar a ambos al centro de la escena donde se estaban conformando parejas para el baile: le parecía un desperdicio ese Manuel tan buen mozo, arrinconado, hablando politiquerías.

—Más tarde —le dijeron por encima de las copas de brandy y el fuego errante de sus planes.

En el salón embaldosado cubierto de alfombras traídas de Oriente vía Londres y París, los jóvenes comenzaban sus danzas y los viejos miraban, y afuera seguía la lluvia, iniciada un rato antes, porque aunque era primavera al invierno, no hay caso, le cuesta irse, rezongó una anciana y pensó flor de enchastre al salir, por más coche y cochero que esté aguardando, con las veredas destrozadas y la luz tan escasa. Y la dama comenzó a ensayar la manera en que levantaría su pollerón de terciopelo para salvarlo del barrial en la negrura de la noche.

Manuel, en tanto, movido por un entusiasmo sin paréntesis, seguía en lo suyo, explayaba planes y esperanzas, el murmullo del salón y los decibeles de la música lo obligaron a levantar la voz, casi estaba perorando, tono de orador alcanzó Manuel, más que diálogo intimista la suya parecía la arenga en que convertirá su *Primera Memoria del Consulado* en preparación. Algunos caballeros escucharon su voz, repararon en el silencio con que lo atendía Lisandro Salas y otros que se habían ido acercando, se movilizaron ellos también, ¿Qué dice Belgrano? Oigamos. Y hacia allí fueron los caballeros, hacia ese rincón donde Manuel, con la voz un poco aflautada pero de inflexiones oportunas, decía:

—Sobre dos ejes se asentará la prosperidad de estas tierras: la libertad de comercio y el fomento de la agricultura. Dejo de lado la primera razón, que tantas perversas objeciones tiene de parte de la metrópolis. Pero no puedo menos que hacer hincapié una y otra vez en la segunda. Fíjense sus mercedes que en *"todos los pueblos antiguos la agricultura ha sido la delicia de los grandes hombres, y aun la misma naturaleza parece que se ha complacido y se complace en que los hombres se destinen a ella y, si no, ¿por qué se renuevan las estaciones?, ¿por qué sucede el frío al calor para que repose la tierra y se concentren las sales que la alimentan? Las lluvias, los vientos, los rocíos, en una palabra, este orden maravilloso e inmutable que Dios ha prescripto a la naturaleza, no tiene otro objeto que la renovación sucesiva de las producciones necesarias".*

Olvidado del lugar Manuel expandía planes, ensayaba proyectos, articulaba gestiones: ya se ha puesto en contacto con don Martín Altolaguirre, agrónomo notable, introductor del cáñamo y el lino y con una quinta en la Recoleta donde cultiva plantas exóticas: allí se harán experimentos agrícolo-industriales, él mismo los hará. Pero eso es poco: se hace necesario fomentar el comercio. ¿Y qué mejor para eso que crear una Escuela de Comercio?

—¿No abarca mucho S. E.? —intentó un comedido devolverlo a la tierra.

—Para nada. Creo que hay que seguir adelante. Por ejemplo, voy a proponer la creación de una Escuela de Náutica, porque para ser patrón de lanchas en el río hay que saber manejarse.

—¿Y a quién podrá poner V. S. al frente? Porque mire que para tales materias extrañas no ha de haber muchos interesados —dijo un vecino viejo de edad, calvo de cabeza y no muy amigo de novedades, por lo que podía verse.

—Pues mire, ya lo tengo. Mejor dicho, el Real Consulado lo propondrá a don Pedro Cerviño...

—¿A Cerviño el gallego, el que se la pasa tomando la temperatura y la presión barométrica de la ciudad? ¿El que computa los días de nublados y los claros, los de lluvia y los de buen tiempo? —preguntó el mismo vecino, entre irónico y asombrado.

—El mismo, señor, porque Cerviño es hombre culto y estudioso y hace mucho bien con sus pronósticos y sus estadísticas. No se olvide de que, además, integró una comisión para estudiar los límites con el Brasil.

—Sí, pero tengo entendido que se le da por cosas raras —el otro no cejaba en sus trece—. Por ejemplo, ha construido algo que llama pluviómetro para medir las lluvias; mire qué rareza.

—¿Por qué rareza? También ha hecho un atmidómetro, instrumento con el cual medirá el vapor que se evapora de la tierra. Y le falta un amenómetro, con el cual supone podrá medir la velocidad de los vientos. ¿Qué tal? Esas son cuestiones de estudiosos, que vienen de maravillas para el avance del mundo.

—Si no es en detrimento de la fe y de las buenas costumbres.

—Por cierto. Para la gente de bien, no lo es, desde luego. Pero... dejemos ya al señor Cerviño.

—...al cual le han de estar ardiendo las orejas.

—Y sigamos con nuestros proyectos.

El vecino viejo de edad y calvo de cabeza no tuvo más que agregar, rumió las noticias recibidas, siguió escuchando.

El joven secretario pensaba crear una Escuela de Matemáticas y otra de dibujo, y escuelas gratuitas *"donde puedan los pobres (esos de los ranchos miserables donde se ven multitud de criaturas, que llegan a la edad de la pubertad sin haberse ejercitado en otra cosa que en la ociosidad), puedan, digo, dice, mandar a sus hijos, sin tener que pagar cosa alguna por su instrucción: allí se les podrán dictar buenas máximas e inspirarles amor al trabajo, pues en un pueblo donde reine la ociosidad decae el comercio y toma su lugar la miseria".*

Respiró Manuel, aceptó la copa por alguien ofrecida, bebió del licor sin saber qué estaba bebiendo; sus oyentes sí sabían en qué estaban: bebiendo sus palabras. Hasta las mujeres se habían acercado, cosa rara ésta: en una reunión social tamaña perorata. Pero es que los tiempos presagian sucesos desusados y hay que estar al día, y este jovencito parece tener ideas claras. Fíjense ahora qué está diciendo Manuel y cómo los caballeros son puro oídos, olvidados de música, bellas y viandas: tiempos duros son ésos, con las cosas que pasan en Europa y el merodeo inglés por estas tierras, y la región empobrecida por grillos económicos que desde España le han puesto siempre. Y eso si los españoles no protestan, bien que lo están haciendo los nativos, pues se sienten distintos, en alas de algunas novedades filosóficas que se han estado filtrando. Librecambistas se sienten. ¿Es así o no? Asienten los caballeros, lo acorralan al joven a preguntas, le acercan las demandas, averiguan los modos inventados por la economía allá, en ultramar, en esas tierras más adelantadas que estas pobres colonias rioplatenses cargadas de impuestos, sin libros, sin filósofos ni doctrinas que fundamenten cambios necesarios. Por ejemplo ¿qué decía Campomanes, el grande economista de la España? ¿Qué los fisiócratas (esos a los cuales se les había dado por relacionar todo lo económico con la naturaleza) como Quesnay y Gournay? ¿Qué? ¿Qué estatutos, qué leyes, que arbitrios? El, hombre de lenguas y de viajes, ¿qué piensa? ¿Qué fervor alimenta? ¿Qué esperanzas sustenta? ¿Qué?

Para nada lerdo el joven de los Belgrano expuso sus teorías, acumuló noticias, la noche avanzaba, alguien trajo sillones, arrimó butacas y sofáes, el círculo quedó consolidado, todos alrededor del bello secretario, el joven orador de voz sutil y arrebatada.

—Para los ingleses el comercio es el cambio de lo sobrante por lo necesario.

—¿Y para Quesnay, el de la escuela fisiócrata que V. E. ha traducido con tanta modernidad y acierto? —indagó un inquieto, y la respuesta fue inmediata.

—Pues él es bien directo: *"Dése plena libertad al comercio interior y exterior, que consiste en la libre concurrencia".*

—Pero aquí, con tanto monopolio, bien aviados que estamos.

—Por cierto, con esta prohibición de que *"nada llegue procedente con derechura de este Gran Río de la Plata",* estamos listos —se quejó Lisandro Salas. Y agregó—: Bien que a V. E. le costó poner tamaño desatino en las actas del consulado.

—Así es —aceptó Manuel—. Mucho me costó. Y fíje-

se V. E. que hasta a mi tinterillo le llamó la atención la letra mala con que lo asenté en el acta correspondiente.
—Como crispado. Lo noté —confirmó Salas.
—Estaba sumamente enfadado. Pero eso ya pasó. De lo que estoy cierto es de que *"este país, sin comercio, será un país miserable y desgraciado. Si por algún tiempo florece, será tan fugaz su primavera, que ni aun rastro quedará de su felicidad; pues el invierno de la mendicidad vendrá con sus nieves a destruir cuanta riqueza hubiese tenido. Su misma abundancia será el azote más cruel. A veces pienso que lo puede poner hidrópico, con sus propias aguas a las cuales, no pudiendo darles salida, como sucede con tal enfermedad, terminarán matándolo. La feracidad ¿me siguen? vendrá a ser esterilidad; la industria se convertiría en holgazanería".*

De pronto las damas mayores, impacientes por la ausencia de los jóvenes, llamaron a la cordura mediante gestos y recados transmitidos por criados entre sonrisas y genuflexiones: que estos señores están en una fiesta, y no en el Consulado, y la vida no es sólo hablar de tales cuestiones, aunque sean importantes, pues otras cosas hay en la vida, ¿no? Un rizado jovencito, petimetre ofendido por el acaparamiento de la audiencia obrado por Manuel, se alejó murmurando al oído de su compañero, elegante cómo él y como él con aires de acentuada frivolidad:

—Me querés decir de qué se las da este doctorcito?
—¿De qué? ¿No te das cuenta? De intelectual: trae los humos de París. Y en lugar de escribirles poesías a las bellas niñas de nuestra sociedad, les manda estas peroratas económicas que no sé quién podrá entender.
—Si parece un buñuelo: todo inflado y nada adentro.
—¿*Buñuelo?* Lindo apodo para un engreído que además se cree lindo —dijo y miró a las damas, por cierto en asuntos diversos. Había llegado de España la *Santo Cristo del Grao y San Cayetano,* navegando con ventura, a Dios

sean dadas las gracias, porque necesitados estaban todos de las noticias y la carga traída por la nave. A saber, (lo explica una dama cuyo marido, en el negocio por razón de oficio y bienes, asistió a la apertura del cargamento en Barracas): cantidades de telas de variadas clases y calidades: raso, cantolinas, plantillas, ruanes, bayetas, generillos listados y labrados, felpas de terciopelo, bayetones, cotines, estopillas holanadas, franelas, muselinas...
—Pero lo que escaseaba eran hilos de coser y abanicos.
—Pues ya no faltarán. Mi marido me ha dicho que han llegado. Y han llegado pañuelos, medias, ceñidores, zarcillos, lentejuelas, guantes, paraguas de tafetán —enumeró y agua se les hizo en la boca a las señoras pensando en tales novedades.

En tanto, el mensaje enviado a los caballeros solicitando el regreso hacia la festiva grey llegó a buen puerto, sonrieron los señores, desarmaron la tertulia, y deshecho el nudo parlanchín marcharon hacia los salones donde la música acentuaba su llamado y los mozos aportaban bandejas repletas de dulces y licores. Pero una dama encantadora, negros sus ojos, el talle de gacela, campanillas la voz, detuvo a Manuel y preguntó al vaivén de su abanico rosa:

—Y para nosotras, las mujeres, caballero, ¿no ha pensado usted nada?

A Manuel hombre fino, de maneras elegantes, cultivado socialmente en la España de Carlos IV y de Goya, de la duquesa de Alba y el privado Godoy, le encantaba, ya se ha dicho, el trato con las damas, pues suponía, un poco ingenuamente, que los hombres acostumbrados al diálogo con las señoras se volvían amables y sensibles. Vaya, por cierto, mucho había él pensado en la condición de las mujeres a las cuales, como decía la copla, les estaban prohibidas muchas situaciones, *verbi gratia,*

Prendarse de quien le cuadre
no es lícito a una doncella,
pues entonces atropella
los derechos de su padre.

A él toca la elección
de esposo para su hija,
y ella, a quien su padre elija,
darle mano y corazón.

—He pensado, señora, cómo no. Las que no tienen la suerte de ser de su condición —dijo mirándola fijamente— están mal. Hay *"que educarlas, hay que crear escuelas gratuitas para niñas, donde se les enseñará doctrina cristiana, a leer, a escribir, coser, bordar y donde, principalmente, se les inspirará el amor al trabajo, para separarlas de la ociosidad".*

—¿Tan perjudicial es la ociosidad? —preguntó la dama con mohín de labios y entrecerrar de ojos, movida por celo quizá sincero pero inoportuno.

—*"Tan perjudicial o más en las mujeres que en los hombres, señora. En este país la mujer es el sexo desgraciado, expuesto a la miseria y desnudez, a los horrores del hambre y a los estragos de las enfermedades que ella origina; expuesto a la prostitución, de donde resultan considerables males a la sociedad, tanto por servir de impedimento al matrimonio, cuanto por los funestos efectos con que castiga a la naturaleza este vicio."*

Se llenaron de arreboles las mejillas de la dama. Qué doctorcito ése: para nada le teme a las palabras. Porque ¡decirle cosas tan crudas a una dama! Pero es muy caballero don Manuel, miren si no: se inclinó ante la dama, le sonrió, excusa pareció pedirle con los ojos por el atrevimiento de sus frases, el brazo le ofreció y con ella colgado como vistosa canastilla entró en el salón donde ya comensales y siervos entremezclaban pedidos y servicios. La depositó en medio de un ramillete de damiselas, saldó con cortesía su abandono, llamó al primo Castelli que por allí revoloteaba y le susurró al oído algo que prendió alarmas en sus ojos.

—¿Tan mal te sientes, Manuel?

—Lo suficiente como para tener que retirarme —dijo con voz lánguida y agregó—: Si mañana no aparezco por el Consulado, ya sabes qué hacer. Pero quizá con una noche de descanso baste.

—Voy contigo.

—No, por Dios, no hace falta. El cochero me aguarda.

Juan José Castelli se quedó mirándolo: pobre Manuel, qué salud tan endeble Dios le había dado. Qué de males imprecisos los que dos por tres lo aquejaban.

Manuel en tanto, mientras se escabullía tratando de hacerse humo, se repetía la frasecita que acababa de decirle a la dama de ojos negros y abanico veloz: *los funestos males con que la naturaleza castiga esos vicios...* Bien sabía en carne propia qué puede encontrarse entre tibiezas de hembras: acababa de pedir a una junta de médicos el diagnóstico de esos males que cada vez más a menudo lo obligaban a solicitar licencia en el Consulado, y los médicos certificaron que *"padecía varias dolencias contraídas por un vicio sifilítico, complicadas con otras originadas del influjo del país"*. Manuel pensó en Margarita y en otras ya lejanas damas galantes, expendedoras de felicidades transitorias y males perdurables entre sedas y perfumes. Y suspiró, Blas diría quién me quita lo bailado; pero yo me reprocho haber sido tan tonto, se dijo.

Ya en la puerta de la casa de los Estévez hizo llamar al cochero, cuando sintió que lo tomaban del brazo. Era Juana, la solícita hermana.

—Te acompaño —le dijo—. Tengo que hablar contigo.

—¿Qué pasa? —le preguntó inquieto, ya dentro del coche.

—Estoy embarazada —escuchó, sorprendido. Y vaya cuánto.

VIII

Se vienen las invasiones

Blas de Mondéjar no podía dejar de sonreír mientras leía en el *El Semanario* las "Reglas para liberarse de la muerte el que cae en el agua y no sabe nadar". El artículo informaba, a quien se encontrare en mortales circunstancias acuosas, que lo fundamental, en tal caso, se reducía a respetar dos condiciones: primero, sentirse absolutamente convencido de que el cuerpo del hombre es específicamente más ligero que el agua, y segundo, que lo normal para la criatura humana es boyar si uno mantiene la cabeza fuera del líquido elemento y se abstiene de cualquier esfuerzo discordante. Mondéjar supuso que jamás podría verse en situación semejante, es decir, de salvamento propio, porque le tenía tanto miedo al agua que aun en la batea de su casa caía al fondo como un piedra, cuanto más en el mar; no obstante, agradeció *in pectore* el consejo de *El Semanario*, más por la gracia desgranada que por la docencia impartida, puesto que hacía días que el horno no estaba para bollos, ni su cara ni la de muchos ciudadanos para instalar en ellas señales jocosas, con todas las mentas que andaban corriendo acerca de barcas inglesas por las cercanías en franco tren de atropello.

Hombre atractivo, cara ancha, boca risueña, ojos alegres, nacido en la ciudad treinta y cinco años antes por la descarga seminal de un caballero extremeño en una damita flamenca, según le gustaba señalar con desparpajo, a Blas le intimidaban bastante las noticias circulantes: si llegan los ingleses, como todo hace presumir, ¿qué haré para defender esta ciudad amada yo que de la guerra sólo conozco el paso de las tropas del rey en los desfiles?, se preguntaba inquieto.

Un naviero arribado el día anterior con el *Aranzazu*, bergantín extranjero otrora aplicado al comercio de negros y desde hacía poco tiempo españolizado y en menesteres de intercambio corriente, en especial salazones, vino con la novedad, que no era tan novedosa pero sí confirmatoria de decires en boga: haber avistado barcos por el lado de Ensenada. El naviero del *Aranzazu* hasta confirmó que algunos de esos merodeadores náuticos se habían puesto al habla con ingleses de la frontera de Luján, los cuales, procedentes de varios naufragios producidos en la costa de la banda oriental del Río, allí permanecían en calidad de vagos o prisioneros, pues la condición de los tales no se sabía muy bien. Pero la noticia ya a primera vista parecía peligrosa por la cercanía en que estaban, en proximidad terráquea unos y marina los otros, según del lado que se mirara, y parecía cierta porque a esos sobrevivientes desde hacía un tiempito se los veía arriscados y levantiscos. ¿Acaso el señor virrey no les ofreció trabajar en las obras del Canal de San Fernando de Buena Vista, a ocho pesos mensuales y con la correspondiente ración de pan y carne, y dijeron nones? Alguna medida drástica habría que tomar; se estaba pensando en traerlos a la Fortaleza para que allí se quedaran tranquilitos a la sombra. Y si querían entretenerse que aprendieran la castilla, habla apenas si mascullada por tales extranjas.

Blas de Mondéjar suspendió periódico y reflexiones, y decidió acicalarse para la corrida de toros de la Plaza del Retiro en homenaje al onomástico de la señora virreina, en la cual se lidiaría diez animales. El picador principal sería Alonso Alcadio, alias *el Ñato*, aunque también habría otros matadores, entre ellos un tal Baldovinos, extremeño buscabullas acusado de birlar bienes ajenos, a quien se le condonó prisión por lides taurinas en las cuales demostró ser muy diestro. Pero, en verdad, don Blas marchaba al Retiro no tanto para mirar a los tales matadores ni a esa dama, Ana Perichón Vandeuil, atrayente francesa recién llegada por quienes muchos caballeros bebían los vientos, pese a que la dama tenía su marido bien puesto, un sobrino del señor protomédico de apellido O'Gorman, sino que iba para encontrar a otra señora, Antonina Montes, actriz condenada al exilio por sus escándalos, en el invierno pasado, razón por la cual la sacaron de las tablas, de la casa, de la cama. El teatro lloró su ausencia, el hogar quedó vacío, la cama de algunos patricios, también. Entre ellas la de Blas de Mondéjar, con quien había intimado en los últimos tiempos a tal punto que muchos presumieron motivo del dictamen la tal relación. Entonces, de regreso del exilio —que había sido a la otra banda, según noticias acercadas por la mismísima Antonina Montes, mediante esquela olorosa y criada de confianza— el ayudante mayor de la Plaza la previno, por orden de arriba, que si no mejoraba su conducta sería recluida en la Casa de Residencia, por lo cual ella *amor mío, compréndeme, estoy decidida a aparecer sólo en las tablas y lo menos posible en la vida social.*

Apenas enterado de la noticia, mala por el despropósito de la autoridad, pero buena por el retorno de la actriz, Blas pasó horas preguntándose cómo harían para encontrarse sin que los descubrieran y cómo para guardar las apariencias, porque por cierto ni en sueños pensaba prescindir de ese encanto de mujer o conformarse con verla en escenario o gradería taurina, como acontecería esa tarde.

Vivía Blas de Mondéjar en la Calle de las Torres, a la

vuelta de San Miguel, en casa de altos y con balcón corrido, a tres cuadras y media de la Plaza Mayor, tirando hacia el Oeste, cerca de la del doctor Juan José Castelli, de luto en esos días por la muerte de su señora madre, viuda dos veces: por Castelli, la primera vez, por Terrero, en el matrimonio bis. Precisamente al salir de su casa, mientras aguardaba coche y cochero, tropezó con el vecino Castelli, magro de físico, de mediana estatura, erguido el busto y la cabeza echada para atrás.

—¿Necesita algo, mi amigo? —preguntó al verlo apresurado y nervioso.

—¿Supo las noticias? —le notificó el atribulado vecino—. Ayer a las tres y media, el vigía de Juan Jerónimo avistó dos navíos que presume de guerra, navegando, con el viento por babor, hacia el S. S. O. De inmediato avisó a la Ensenada y la Ensenada a las autoridades de aquí. El virrey no toma ninguna medida, confiado en que sólo son farolerías de los ingleses que a nada se atreverán. Pero si usted piensa que ya en enero llegaron noticias alarmantes del Janeiro y no las tuvo en cuenta... —se impacientó Castelli—. Marcho al Café de Marco a recoger más noticias, porque también del Maldonado comunican que han avistado no una nave sino muchas, y aunque tienen aires de no hacer nada, por algo están merodeando.

Más nervioso se hubiera sentido Castelli de saber las nuevas aportadas a Blas de Mondéjar en el Retiro: noticias llegadas de los Quilmes señalaban que, a pesar del tiempo fosco y neblinoso, se había descubierto la presencia de naves extrañas cerca de la playa; después se confirmó y precisó el dato: los buques eran ocho e ingleses, novedad que, en verdad, no hizo la felicidad de nadie en esa ciudad agitada por una legión de rumores, algunas noticias ciertas y muchísimas exageraciones.

***

—Ya asomó el lobo las orejas —sentenció un vecino enterado de la relación entre Antonina Montes y Blas de Mondéjar, cuando lo vio no sólo aparecer sino acercarse solícito a presentar sus respetos a la actriz, hermosa como un sol (porque de ella podía ponerse en duda moral o estilo pero no belleza), envuelta en sus tafetanes y puntillas, contemplando cómo el Baldovinos buscabullas sangraba al toro hecho un cristo animal detrás de las banderillas.

Era una linda tarde de junio, aunque fría, con sol resplandeciente, los vendedores hacían sus dinerillos distribuyendo café, pero la presencia de la damisela y el brillo de sus ojos entonó más a Blas de Mondéjar que la infusión compartida por su propia galantería y las exigencias de la temperatura ambiente que para los dos subió en varios grados cuando, debajo de mantilla y chal consiguieron unir sus manos, blanca y lánguida una, morena y firme la otra. Y allí se miraron a los ojos y allí convinieron la cita, olvidados del ayudante mayor de la Plaza y de las órdenes impartidas desde arriba, quizá emanadas del mismísimo señor virrey, referentes a recato y cordura moral. El encuentro sería a la noche siguiente y a la salida de la Comedia, donde habría función en homenaje al yerno del señor virrey, el cual había anunciado su concurrencia, pese a la agitación del día por las mútiples y contradictorias noticias recibidas, y al acuartelamiento de tropas en las Catalinas ordenado casi a desgano.

En el vestíbulo del teatro de la Ranchería se apretujaba la muchedumbre, pues esa tarde se estrenaba una obra que si en Madrid había tenido éxito, en Buenos Aires se las traía por las connotaciones que tenía con algún escandalete acontecido en las orillas del Plata. La obra era *El sí de las niñas,* de Fernández de Moratín, autor de moda en la corte de Carlos IV y el escandalete aludido, el casamiento de Mariquita Sánchez con su primo Martín Jacobo Thompson, realizado a mediados del año anterior, gracias a la intervención del mismísimo virrey Sobremonte quien, a requerimiento de los novios, en su momento no autorizó los esponsales de Mariquita con el anciano y rico candidato elegido por los padres de la revoltosa niña. Según chismes lugareños, el escritor de ultramar se había inspirado en aquel romántico acontecimiento para su obra teatral.

—¿Vendrá el señor virrey? Parece que hoy ha tenido un día por demás ajetreado con tanto chasqui que entraba y salía del Cabildo.

—Se dice que las tropas de Caballería acuarteladas en las Catalinas no tienen caballos. Qué me cuenta: caballería sin caballos —dijo otro.

—Y sin instrucción, porque si saben montar es por ese don natural que todo hombre de estas tierras tiene para ser jinete —certificó un tercero.

—Y sin espacio para las maniobras. ¿Me quiere decir qué hacen en el cuartel todo el día sin lugar para ejercitarse? Y ni hablar de esos milicianos voluntarios convocados por el virrey que se pasan el día jugando a los naipes o durmiendo... hasta que se van a sus casas, por la noche.

No obstante las dudas de la mayoría, el señor virrey se había hecho presente en la Comedia y, aunque todo el mundo buscó señales de cercano peligro en su semblante impávido, nadie las encontró. Salvo Blas, que sólo esperaba la aparición de Antonina en el escenario, vieron, puesto que el espectáculo parecía estar más en el palco oficial que detrás de las candilejas, que por lo menos tres oficios le fueron traídos, aunque nadie se enteró del contenido.

Terminada la función, todos marcharon a sus casas, y esa noche las mujeres rezaron con mayor intensidad y los hombres procuraron tener al alcance de la mano alguna pistola heredada o adquirida en esos días en que reinaba temor de apocalipsis, y Blas de Mondéjar y Antonina Montes tuvieron un reencuentro privadísimo pero sin desperdicio en la casa de la dama. A fin de no llamar la atención de los madrugadores al salir de hogar ajeno y de comediante mujer, al alba Blas decidió marchar hacia el suyo y Antonina, diligente, le alcanzó una taza de chocolate, ayudó a su vestimenta, le hizo mil ternezas y se asomó antes que él por el balcón para decir campo libre. Pero no alcanzó a hacerlo, porque casi la volteó del susto el impacto sonoro de tres cañonazos en seguidilla, provenientes del Fuerte y, sin darle respiro, la generala y en seguida las campanas de todas las iglesias de la ciudad tocando a rebato. El reloj comenzó sus siete campanadas. Era el 25 de junio de 1806. Antonina sólo atinó a decir, mientras se colgaba del cuello de Blas y lloraba acongojada, como quien abriendo una puerta anuncia a los visitantes, aunque sin la correspondiente reverencia:

—Ya están aquí los ingleses.

Por cierto, los ingleses no estaban allí sino en las playas de los Quilmes, donde, entre las brumas del alba, los lugareños descubrieron barcas, fragatas, sumacas, balandras, corbetas, bergantines, apeñuscadas en fila hacia el sur, al aire las blancas velas, quietas sobre las aguas quietas y después vieron, ya promediada la mañana, cómo desembarcaban sus pertrechos en chalupas que iban y venían cargando rubios marinos de la rubia Albión y modernos artefactos bélicos, y desde la Fortaleza, el mismísimo señor virrey, catalejo mediante, asistió a la operación y luego no encontró mejor salida que comunicar al gobernador de Córdoba la noticia y ordenarle la formación de milicias para marchar sobre Buenos Aires, en tanto le anunciaba el envío de los caudales de la Real Hacienda, del Consulado, de Correos y Tabacos, de la Compañía de las Filipinas y de los de su pertenencia.

Antonina Montes y Blas de Mondéjar no se habían

separado. Marcharon hacia la Fortaleza, donde se encontraron, junto a muchos, pidiendo armas, las que hubieran: cuchillos, fusiles, cartucheras, municiones, espadas, correajes, pistolas.

—Pólvora hace falta —dijo uno.

—Pero de dónde mierda la sacamos —Blas.

Comenzaron a repartir lo que había y, en medio del maremágnum, encontraron a Manuel, quien había acudido para defender la ciudad. Blas conocía a Manuel no sólo porque era el secretario del Consulado, sino por ser el primo de Castelli, su vecino y, en esa ocasión, sin tiempo ni ánimo para saludos, compartieron inquietudes y se preguntaron qué podían hacer. Pronto Manuel, tan ignorante como los demás en asuntos de milicia pero de espíritu ordenado, y quizá recordando que hacía diez años había sido nombrado por el virrey Melo de Portugal capitán de las milicias urbanas *"más por capricho que por afición a la milicia"*, se erigió como natural cabeza de un grupo al cual comenzó a impartir órdenes, entregar armas, disciplinar las turbas, en fin, hacer parte de aquello que no había hecho un virrey con la cabeza perdida. Terminó poniéndose, junto con sus compañeros, a las órdenes de cierto veterano, quien los enderezó hacia el Sur y la batalla.

Antonina iba con ellos, por más que Blas había tratado de detenerla.

—A la retaguardia, mujer, que esta es cosa de hombres.

—No Blas, estás equivocado: esta es cosa de patriotas.

—Pero, ¿en qué compañía admiten mujeres, hija? ¿Cómo harás?

—¿Te olvidas de que soy comedianta? —dijo Antonina y desapareció, y cuando volvió al lugar era un mozalbete de uniforme estropeado, chambergo improvisado y armas llevar que dijo a Manuel—: A sus órdenes, mi capitán.

Belgrano sonrió, con aire entre sorprendido y vagamente cómplice: si todos tuvieran el ánimo de ese jovencito, qué mal le iría al inglés, pensó, mientras Blas, en escapada previa en busca de armamento propio se corrió hacia su casa y en la sala encontró, sobre la mesa, *El Semanario* de ese miércoles. Le echó una ojeada en busca de noticias. El periódico había ya abandonado sus lecciones natatorias y comenzaba, en ese número, el 197, a enzalzar los beneficios de la vacuna antivariólica que se estaba imponiendo en la ciudad.

En una casa de la Barranca, al Sur, se atrincheraron para enfrentar a las tropas que, según veían desde el mirador y la terraza, habían iniciado ya la marcha hacia la ciudad y su conquista. La débil compañía en la cual estaban Manuel y sus compañeros fortuitos, agazapados detrás de ventanas, asomados a rejas y galerías, con paciencia de cazadores en acecho y nerviosismo de milicianos noveles, intentó un tiroteo sin mayor destino visible, *"puro fuego fatuo"*, y pronto les llegaron cañones enemigos y la orden:

—¡Marcha a retaguardia! ¡Repliegue!

—Hacen bien en mandarnos retirar porque no somos para esto —se escuchó a uno.

Y a otro que tomaba las de Villadiego:

—Si nos dan, que nos den en el culo.

Grande fue la indignación de Manuel, pero en eso escuchó un breve forcejeo, se dio vuelta, alcanzó a ver cómo el mozalbete plegado a su costado y al de Blas de Mondéjar estampaba sonora cachetada en la cara del apresurado auspiciador del repliegue, el cual se encabritó, Blas fue en ayuda del justiciero agresor, los separó, llevó al intemperante hacia otro lado, pero Manuel alcanzó a ver correr por las mejillas del joven lágrimas mezcladas con el agua que había comenzado a caer en tanto él mismo, víctima en esos momentos de un extraordinario dolor de cabeza, pálido el rostro, desarreglada la ropa,

Las batallas secretas de Belgrano

enjugó, sin agravio de su hombría, las que ya estaban empapando su propia cara también mojada por el agua que venía del cielo, para borrar esta vergüenza, se dijo, mientras se sumaba a la huida de los improvisados milicianos que ni habían alcanzado a ver el rojo resplandor de los uniformes ingleses. Escapando del chaparrón, de los invasores y de la propia humillación, se dirigió con todos hacia la ciudad unas horas antes dejada atrás como propia pero que ya no era de ellos.

Cuando el tropel de voluntarios llegó a la Fortaleza intentaron proseguir la lucha fortificando la Plaza, pero el virrey Sobremonte ya había partido con el grueso de la caballería y su parentela, dejando precisas instrucciones para conseguir una capitulación honrosa, mientras él ponía los pies en polvorosa. Capón y mandria fue lo menos que una indignada multitud dijo al virrey.

—Conduce las tropas el brigadier William Carr Beresford —le comunicó un nervioso Castelli, enterado de algunos pormenores—. Se ha detenido en Barracas pero envió parlamentarios, y un tal alférez Gordon es quien anda en las tratativas: honores de guerra a la guarnición, seguridad para el vecindario, respeto a las personas, libertad de culto... Lo que se estila en estos casos, tú sabes. Eso sí: exige la inmediata entrega de los caudales porque desea ocupar la ciudad antes de la puesta del sol —explicó malhumorado a más no poder.

El sol en realidad brillaba por su ausencia, estaba todo encapotado, otra vez se venía la lluvia, el tiempo parecía pálido espejo del alma ciudadana que creía estar viviendo un sueño hecho pesadilla cuando, a eso de las tres de la tarde, se vio avanzar al contingente invasor a tambor batiente, las banderas desplegadas, por la calle de la Residencia, al frente el brigadier Beresford, inglés corpulento, rubicundo, tuerto del ojo derecho, aunque deso sólo pocos se daban cuenta porque el ojo vero había sido sustituido por uno de vidrio; mil seiscientos hombres venían con él, caras cansadas sus caras, cuerpos fatigados y muertos de frío, mirá cómo estiran sus filas para parecer más poderosos, murmuró Antonina, todavía vestida de mozalbete, todavía con las armas que no había querido entregar. Acongojada los vio pasar (junto a Blas, que estaba a su lado y la llamaba a prudencia), camino a la Fortaleza y a la Ranchería, donde entraron al son de gaitas escocesas, y pusieron guardias de casaca colorada y desalojaron la plaza. Y Blas se fue y Antonina se fue y Manuel se fue; pero se fue diciendo: tan pocos como son, Dios mío, y no hemos podido detenerlos. Y quiso gritar su impotencia, pero recordó el decoro que debía a su cargo de secretario general del Consulado, ahogó el grito, Dios mío, para qué tantas humanidades, para qué haber buscado tantas respuestas si termino encontrando sólo preguntas, para qué libros y gacetas si en tiempos de rapiñas como éstos lo que hace falta son las armas y la audacia.

La fonda de Los Tres Reyes a la cual los ingleses llamaban *Three Kings Tavern* quedaba cerca de la Fortaleza, para el lado del bastión Norte, y allí, por las noches, se reunía la gente de los alrededores o quienes, por asuntos de negocio y comercio, venían del interior. Comían, compartían novedades y Juan Bonfillo, el propietario, hacía agradable la tertulia con chistes, chismes, bromas y a veces hasta entonando algunas canciones que rememoraban asuntos de su tierra de antes, que había sido Italia, o de la nueva tierra, que era el Río de la Plata, porque aunque era hombre de presencia recia y gesto adusto, tenía un espíritu inclinado a la concordia, a la cháchara y a la alegría. Pero a esas horas, ni alegría ni música ni canto flotaban en el espacio apenas iluminado por velones que

Las batallas secretas de Belgrano

mal esclarecían las paredes blancas de cal y oscurecidas de noche donde, entre penumbras, se entreveían hileras de bebidas y tasajos, así como en el propio ámbito malamente podían percibirse, tras el humo apelotonado del local, las mesas ocupadas como nunca Juan Bonfillo las había visto.

Pero no estaba contento Juan Bonfillo ni la mujer que lo ayudaba en esos menesteres de servir parroquianos. Ocurría que esa noche, que era la noche siguiente a la invasión, algunos oficiales se apropincuaron a Los Tres Reyes en busca de las correspondientes vituallas exigidas por sus humanidades cansadas, muertas de hambre y de frío, y a Juan Bonfillo y a su sierva les tocaba servirlos. Linda gracia.

Por señas y con algunas palabras chapuceadas, los extranjeros pidieron de comer. Impedido de negarse, el mesonero explicó:

—No hay comida, que son días de disturbios y por lo tanto sin proveedores ni provisiones.

—Pero algo ha de haber —dieron a entender los de ultramar valiéndose de gestos más que de palabras y de un vizcaíno comedido que antaño había tenido tratos con ingleses por razón de comercio y de naves.

—Sólo tocino y huevos. Si son gustosos —ofreció el mesonero, de mala gana pero guardando las formas.

A poco de estar los uniformados en sus mesas, cayeron algunos vecinos en busca de noticias, entre ellos Manuel, Castelli, Blas y algunos otros, a los cuales un vago gesto del mesonero y su remota sonrisa les dio la bienvenida aunque con temor: lo que menos quería era líos en su negocio. Los recién llegados pidieron algo para comer.

—Hay sólo tocino con huevo —les informó decidido a no andar con privilegios gastronómicos, pese a que ganas no le faltaban.

—Si no hay otra cosa...

Frente a las correspondientes porciones de tocino

con huevo intercambiaron en voz baja opiniones y noticias, y después dejaron enfriar en sus tazas el café, porque la inquietud era mucha y las expectativas pésimas y la lluvia repiqueteaba sobre los techos y se precipitaba cuando alguien abría la puerta, en tanto el gato de la casa circulaba entre botas y piernas hasta terminar arrinconándose junto al brasero avivado por el mesonero a fin de otorgar un poco de calor al inhóspito espacio. Alguien informó: el jefe de la escuadra invasora era sir Home Popham. El virrey, por su parte, había dado orden de que las carretas con los caudales regresaran del Luján. Y si carretas y caudales tardaban como para poner nervioso al jefe inglés, no era por sus obstáculos, puesto que, aunque a desgana, había dado presto cumplimiento a los mandatos, sino por los caminos pésimos y la lluvia caída. Mientras tanto, el *Narcissus* estaba esperando los caudales para llevarlos, juntos con el parte de victoria, al mismísimo Londres, donde al llegar serían recibidos, quién podía dudarlo, con gran alharaca: *"¡Treasure! ¡Buenos Ayres! ¡Victory!"*, entre sonar de gaitas y tambores, revolear de sombreros en el aire y flores de las ladys a los héroes corsarios que así aportaban fondos a la Corona, siempre con necesidades pecuniarias.

—Clásica operación pirata para apoderarse de los caudales reservados en Buenos Aires —murmuró Manuel en voz baja y con furia contenida ante la salvajada inglesa— y de bienes que no son sólo de aquí sino también de Perú y de Chile.

—Y que han de llegar a la friolera de unos cinco millones de patacones de plata —apuntó Castelli.

—Porque esta vez el asaltado no ha sido un buque, corsario o no, sino el país, hermano.

Los amigos esa noche se fueron, pero siguieron apareciendo en las siguientes, en esa fonda o en los cafés y pulperías que poco a poco iban abriendo sus puertas, como si el pueblo recuperara su vida habitual y los habitantes se estuvieran habituando a compartir espacios con los de Albión. Entre tantas noticias malas, algunas buenas comenzaron a aparecer: el señor Santiago de Liniers se iba a Colonia del Sacramento a preparar un ejército. Liniers era un marino francés de noble linaje, cincuentón prestigioso que por entonces, amargado por reveses de fortuna y viudez, solía frecuentar tabernas y lugares de dudosa fama para entretenerse con naipes y guitarras. La invasión inglesa sumada, según decires, a la presencia de la bella Anita Perichón de O'Gorman, a quien ya llamaban *la Perichona,* estaba cambiando su vida. Por el lado de los catalanes había rumores de resistencia, y también por el de muchos vecinos. El gobernador de Montevideo, espía mediante, informó que ya contaba, para la reconquista, con mil hombres, doce lanchas cañoneras y cinco goletas. Los ingleses, por su parte, decididos a congraciarse, llenaban oídos y paredes con palabras y bandos generosos: se respetarían personas, religión y ministros; tribunales y propiedades; se abriría el comercio.

—Y se dice —señaló Manuel y la amargura plegó sus labios— que algunos señores, pensando más en sus bienes que en su honra, están en tratativas con el inglés.

—También se dice —esta vez fue Blas— que se prepara un ágape para intercambiar conocimientos entre los vecinos notables y los dichos ingleses. Prepárese, don Manuel, que en su condición de secretario del Consulado le tocará participar —le anunció a un Manuel nervioso que tamborileaba los dedos sobre la mesa envuelto en el humo de su cigarro.

—Y ya se está hablando del juramento de lealtad que Beresford está decidido a solicitar a todos —volvió Castelli.

—Por este lado, a mal puerto irá por agua el general en jefe —contestó Manuel, los ojos turbios de cansancio y tristeza, pero también como consecuencia de una vieja dolencia en los lagrimales.

—¿No piensas hacer el juramento? Creo que el resto del Consulado está decidido a no enfrentarlos.

—Allá ellos. Tal no es el caso de Manuel Belgrano —dijo en tanto restregaba sus doloridos ojos, y encendió un cigarro y escuchó a la mesera que, como si ya su aguante se hubiera ido al diablo, los espetó de frente:

—Señoritos elegantes de muchas palabras y poca iniciativa, les digo: no estaría yo ahora sirviendo a estos herejes si nosotras, las hembras, hubiéramos salido a defender la ciudad. Válgame Dios, que se me sube la sangre al ojo de ver tanto uniforme dorado y rojo por las calles y en esta casa —dijo e hizo un gesto de asco que todos entendieron y las miradas de Bonfillo llamaron al orden, ellos recompusieron modales y sonrisas: no podían obrar de otro modo teniendo por un lado a los intrusos y por otro a los espiones que habían comenzado a circular.

Blas acotó:

—Sí que estas mujeres tienen cojones.

Antonina, entre tanto, olvidada de la advertencia del ayudante mayor de Plaza acerca de su buena conducta, había tomado la calle por su cuenta en esos días, pues no eran tiempos como para andar con necias moralinas a cuestas, por más más que desde el *Telégrafo Mercantil* un maldicente protestaba contra la liviandad de costumbres.

...Y de la que al baño
con blancos y negros
se entra sin decoro,
pudor ni respeto,
reniego.
...Y de la que deja
sus padres durmiendo,
y anda con la negra
la ciudad corriendo,
reniego.

A la Antonina se le habían pegado algunas de las letrillas, que no podía con su carácter de actriz y todo lo memorizaba enseguida. Llegó a la fonda, puro garbo y belleza, con aires de andar mirando bueyes perdidos, murmurando entre dientes:

...*Y de la que osada*
con raro denuedo,
al Café se entra
para beber fresco,
reniego.

Y sonrió a los uniformados de ultramar como quien ha recibido buena educación y la mantiene, se acercó a sus amigos y sin transición, porque había escuchado las palabras de la mesonera, le dijo:

—No te preocupes, mujer, que la próxima es nuestra. Mira —y le señaló, debajo de su pañoleta, la pistola no entregada a las autoridades la tarde de la capitulación y la vergüenza.

—Que no se pongan a tiro que les hago volar los huevos.

—Si te pescan te multarán lo menos con doscientos pesos y tal vez con otros tantos azotes, que estos hombres son recios —dijo la mesonera acordándose del bando pregonado.

—Mujer, que no me pescarán. Esto no lo largo por nada, pues planes tengo para que no se oxide.

—¿Planes como qué?

—Como utilizarlo y pronto.

—También yo estoy preparada. Pero yo con esto —dijo la moza y esgrimió el cuchillo con el cual estaba a punto de trozar el pan aunque ambas, acostumbradas a fingir, una por comedianta y la otra simplemente por mujer de servicio, seguían con modales de quien está en trabajos o frivolidades.

—Aprendan, señores. El estilo define al jugador y estas señoras buena lección nos están dando —dijo Manuel, que las había estado observando, en tanto veía a Antonina salir con la cabeza en alto, como si de ella dependiera el ejército entero, y fue a salir él mismo cuando un mozalbete que había estado entusiasmado en el billar del fondo se le acercó comedido para abrirle la puerta al señor secretario del Consulado mientras le susurraba:

—Don Martín de Pueyrredón también se fue para el lado de Ensenada. Como los ingleses son pocos, no tienen controlados esos pasos —se inclinó reverencial, sonrió—. Se fue pero para regresar.

Así, en voz baja, entre peroratas intrascendentes dichas a gritos, con miradas furtivas y otros esquivos procedimientos de rigor como las medias palabras y los términos en clave, los hombres de la resistencia se comunicaban y avanzaban en sus proyectos. Los ingleses se habían acuartelado en la Ranchería, y como las calles eran angostas y estaban muy vigiladas, era difícil descubrir sus intenciones. Los criollos sólo podían pispear los movimientos desde los altos de algunos edificios, como el Café de Marco, sumamente estratégico para los vigías.

En esos lugares públicos se sentían más seguros de no llamar la atención con sus coloquios subversivos, mientras las miradas iban de los camaradas cercanos a los enemigos vecinos, como si estando así pudieran controlarlos y controlarse y obrar con mayor prudencia, puesto que el peligro resultaba tan cercano. Además, tenían la posibilidad de mezclarse con la oficialidad y los soldados que, por estar medio perdidos en razón de idioma y costumbres, buscaban conversación y soltaban la lengua cuando el interlocutar sabía encontrarles la vuelta. Una de las más introducidas en esos intercambios sociales era, por cierto, Antonina, a cuestas su lengua filosa como navaja barbera, según decía Blas, quien a su garbo habitual había sumado

Las batallas secretas de Belgrano

el fervor de una causa que la llevaba a imaginar tretas y a ponerlas en ejecución. Blas temblaba, pero ¿qué podía hacer si la causa de su amante era la suya? ¿Acaso él no estaba con los confabulados que debían volar el Fuerte? ¿Acaso no habían alquilado una casa aledaña para poder excavar con tranquilidad y sin extremar las distancias? En esos encuentros de cafés y fondas, Antonina había trabado conocimiento con un extremeño plegado a las fuerzas inglesas en razón de su paga, desde no hacía mucho tiempo, y como el muchacho era suelto de lengua Antonina le sonsacaba cosas entre palabras y ternezas: que los ingleses eran pocos y aguardaban refuerzos, porque sabían que solos no podrían por largo tiempo controlar a la gente; que en razón del escaso número de soldados, las guardias eran escasas; que el bastión del Sur estaba muy desamparado: Antonina pasaba tales noticias y otras a su gente, más rápido que volando.

Un día dio el dato inesperado.

—El extremeño quiere desertar; está harto de estos ingleses, duros y herejes, que no hablan la castilla. Quiere quedarse en estas tierras y ayudar a devolver los otros al mar que los trajo.

—¿No será trampa?

—Lo he probado y el corazón me dice que no. Y no está solo.

—¿Hay otros?

—Hay tres más en la misma: un gallego, un francés y un holandés.

Intervino Blas:

—Sé también de varios irlandeses. Están hartos de herejes y los entusiasma verse en tierra católica. Pues bien, si les parece, promoveremos la deserción sin azuzar al avispero, con prudencia.

—Sin largar prenda, los ayudaremos en lo que esté a nuestro alcance. Por ahora a los que veamos seguros los iremos mandando hacia la chacra de Perdriel, donde se está convocando a la gente para la reconquista. Y no te olvides, Antonina: mucho ardor y más prudencia. Los que tuvieron ardor pero no prudencia, según se vio pronto, fueron los desertores. Pocos días después los descubrieron. La mismísima Antonina fue la primera en enterarse, pues pasaba cerca del Retiro, donde se había encontrado con su amigo Alcadio, el torero picador, alias *el Ñato,* en descanso obligado el hombre porque estaban suspendidas las corridas, cuando vio una alborotina cerca del campo de ejercitación que por allí tenían los invasores, se acercó a informarse y la informaron: a cuatro desertores los habían castigado por orden del gobierno inglés, con castigo terrible. Quinientos azotes por cabeza; mejor dicho, por culo y lomo. Dos se murieron.

—¿Tu extremeño? —preguntó la mesera, a quien la mala fue a contarle, hecha una Magdalena.

—Uno de los muertos —Antonina estalló en llanto—. Pero lo vengaré, lo juro —agregó en decidido plus.

—Te ayudaré, Antonina. —La mesera, solidaria aunque furiosa, le pasó, con su brusquedad habitual, un brazo por los hombros, contuvo sus propias lágrimas, se comprometió.

—Entonces, comienza a ayudarme.

—¿Cómo?

—Cerca de aquí hay un guardia colorado al que tengo entre ojos.

El guardia colorado entre ojos estaba al otro día, a eso del atardecer, en la calle del Cabildo, cuando vio pasar sin aparente miedo a la lluvia que había comenzado a caer, apenas resguardándose tras un primoroso paraguas, a la garbosa Antonina, puro meneo de caderas y parpadeo de ojos; el inglés no pudo dejar de sorprenderse porque esa mujeraza hasta entonces le había sido díscola, pero el asombro se convirtió en soponcio cuando la miró acercarse, garbo y parpadeo acentuados (ardides propios de mujer muy bien usados), y con las pocas palabras en inglés que ya se había dado maña en aprender y ademanes que sabía desde siempre entabló conversación con el azorado centinela que del soponcio inicial no pudo reponerse porque de inmediato sintió un contundente golpe en la cabeza, propinado, aunque él nunca lo supo, por el picador Alcadio, alias *el Ñato*, quien en menos de un suspiro le arrebató el fusil, y mientras Antonina le acertaba con el cuchillo de la mesonera en pleno pecho y veía cómo se le iban borrando de su cara los indicios de vida, él clavaba en la espalda del soldado, que había acudido en ayuda del camarada asaltado, el puñal extraído de su bota, todo tras el frágil telón de ese paraguas abierto que ocultaba la vista de cualquier fortuito paseante, de imposible existencia, por otra parte, a esa hora y con semejante tiempo; y cayó el centinela y cayó el soldado auxiliador, y el Alcadio, alias *el Ñato*, y la Antonina, como por arte de magia, desaparecieron con paraguas y todo dentro del carro repleto de vituallas que enderezaba a los bandazos por la calle hacia Los Tres Reyes conducido por la mesonera, quien alcanzó a escuchar con voz femenina susurrada debajo de calabazas y jamones:

—El extremeño ya está vengado. Que en paz descanse.

—En asuntos de corridas como en estos de guerras, hay los que ganan y los que pierden. Esta vez nos tocó ganar —reflexionó el picador Alcadio.

La mesonera no atendió más discursos de exaltados: se apresuró a llevar, mientras le batía peligrosamente la sangre en el corazón y en las arterias, a trote largo y calle abajo por la solitaria y fangosa calle, mercadería y polizones hasta el depósito de Los Tres Reyes, donde los dejó a buen seguro antes de irse a cocinar. Y en tanto andaba entre sus trebejos vio salir del depósito de Los Tres Reyes a un franciscano y un clérigo camino a la catedral. Desde el ventanuco de la cocina, la mesonera les hizo un saludo con la mano. En la mano el cuchillo con que cortaba el pan: gracias a Dios, dos ingleses menos.

Cuando Manuel se enteró, por medio de Blas (quien vanamente quería convertir a su amante en subversiva razonable), de la hazaña, admiró la valentía de ambos, pero también se lamentó.

—Ese no es un acto de arrojo sino una impertinencia —dijo y agregó—. Hay que poblar la tierra con árboles y la estamos poblando con cadáveres, por Dios —dijo y la claridad de sus ojos pareció oscurecerse a la luz del quinqué que los iluminaba—. Sólo Dios sabe por cuánto tiempo; que El nos ayude —y dándose a sí mismo tiempo, encendió un cigarro, se dejó envolver por el humo que lo obligaba a entornar los ojos y agregó, cumpliendo un trámite muy meditado y quizá poco agradable—. Me marcho a la otra Banda, así evitaré el juramento, pues ya no me queda más después de tantas postergaciones. Allá me sumaré al ejército que Liniers está preparando.

En el entretanto, Manuel dijo lo que dijo —me voy para la otra Banda— y quedó con la mirada absorta en el vacío, aunque, en verdad, ¿no vería nada más? La lluvia seguía tamborileando sobre los techos y Manuel salió y la lluvia abatió el sombrero sobre la cabeza y la cabeza se abatió sobre el pecho y Manuel pensó: desde ahora el rumor de la lluvia será para mí el de la derrota.

***

—¡Santiago! ¡Cierra España! ¡Mueran los herejes!
En alto la divisa blanca y encarnada, los conjurados ocuparon sus puestos en esa solitaria chacra de Perdriel que habían escogido porque parecía segura. Fue descubierta. Demasiada gente enterada del complot, excesivo palabrerío, abundancia de vino en pulperías y fondas... ahí estaba el resultado: el enemigo se les venía con todo.
—Inútil un nuevo baño de sangre —decidió el jefe de

Las batallas secretas de Belgrano

Blandengues apenas comenzada la acción—. Malditos espías y malditos ingleses. Mejor la retirada en esta ocasión. Esperaremos. Esperaremos a Liniers. Huyeron para perderse en la campiña y en los recovecos del río. Un sueño más que caía. Otro se anunciaba: la llegada de Liniers. Y Liniers llegó. Llegó con dos mil hombres. Protegido por la neblina, desembarcó en el puerto de las Conchas, a seis leguas de Buenos Aires, avanzó pese a las lluvias y a los vientos y a la sudestada y al temporal, se acercó a los corrales de Miserere, intimó la rendición del inglés, quince minutos le dio para capitular, no se andaba con vueltas el señorito francés, el inglés respondió con equidad de inglés *"que se defendería hasta el caso indicado por la prudencia"*. Ante semejante respuesta avanzó Liniers en medio de la ventolina y avanzaron los suyos entre quintas y pantanos. Los civiles ayudaron a los soldaditos a llevar las piezas, las patrullas exploradoras iban tomando prisioneros, caían muchos; también las mujeres mezclaron humanidades y esfuerzos, también los morenos y los negros. Hacia el Retiro avanzaron, entre lodazales, con el barro hasta la rodilla, era agosto, tiempo de lluvias inclementes, era el día 12, pero *avancen, avancen,* la orden proseguía, en el Retiro tuvieron un encontronazo mayúsculo, pero esta vez iba fiera la cosa para el invasor, mal día para los ingleses ese día, replegado, se atrincheró en la Plaza Mayor, que otra no le quedaba. Hasta la Plaza Mayor se acercó Liniers; por esas cosas del destino o por precisa elección inició su definitivo ataque desde la esquina de San Nicolás y La Paz, donde vivía Anita Perichón de O'Gorman, que si el mismísimo Alejandro VII fue capaz de desviar una procesión para pasar bajo el balcón de una mujer hermosa, bien pudo el caballero francés iniciar su gloria guerrera frente a la casa de la mujer amada. Y al pasar frente al balcón de la dama, la dama arrojó al héroe un pañuelo que el caballero recogió, guardó bajo su chaqueta militar y, haciendo caballeresco saludo con la espada, avanzó hacia el Fuerte y con él avanzaron los patriotas uniformados y los paisanos, los hombres y las mujeres, que caían y se levantaban y a veces no se levantaban más y entonces aparecía otro, todos tigres defendiendo lo propio, que era la ciudad, la casa convertida en caótico alboroto de lucha, estrépito de cañones, fogonazos de baterías, estruendo de fusilería, rompimiento de vidrios, alaridos de heridos, ayes de moribundos, alegría de salvados, llanto por los muertos, rezos de clérigos y mujeres piadosas, incluidas las monjas, también metidas en la bélica baraúnda.

Beresford, refugiado en los arcos de la Recova con los suyos, vio el ejército hirsuto, desgreñado, que avanzaba casa por casa, calle por calle, arrasando todo a su paso. ¿Ese era el ejército de pelagatos del que habló un pulcro camarada? ¿Esos los cagones que se dejaron quitar la ciudad apenas unos meses antes? Imposible contener esta avalancha, supuso, y fue entonces cuando sintió un grito y miró y vio cómo a su lado su ayudante y secretario Kennett, sobre las barrosas aceras, entregaba la vida a consecuencia de un acertado disparo en el corazón. El oficial era joven y andaba en amores con una niña de la sociedad, Marianita Sánchez Barreda, de modo tal que la bala que mató al secretario acabó un idilio y alcanzó el propio corazón del general en jefe si no para darle muerte, sí para otorgarle desánimo tan grande como para que sólo atinara a ordenar a media voz y con sobrehumano esfuerzo:
—Retrocedan.
—Retrocedan —repitió, sobre el brazo izquierdo la espada desenvainada, lágrimas en los ojos, porque vio cómo todos, atropelladamente, abandonaban la Plaza Mayor y se refugiaban en la Fortaleza, donde él entró último, después de cruzar el puente levadizo, y cerrarlo tras él como quien cierra una esperanza.

Las batallas secretas de Belgrano

Poco después pañuelos blancos ondearon en la muralla y muy luego bandera de parlamento, y enseguida apareció el mismo Beresford porque el fuego de los patriotas continuaba, gritando enardecido y en portugués:
—¡No fogo! ¡No fogo!
Después algunos se dedicaron a robar, otros a curar, otros a planificar, casi todos a llorar, porque, ¿quién no tenía algún herido grave o algún muerto? ¿Quién no había perdido bienes a causa de metralla o rapiña? ¿Quién no estaba de duelo en esa ciudad martirizada? Preguntas abandonadas que el tiempo iría contestando.

Manuel se había desencontrado con las fuerzas de Liniers. Ya todo había pasado, pero la ciudad era un puro alcahueteo. En el Café de Marco las noticias lo apabullaron: se venía nomás la nueva invasión y cada uno creía traer las noticias más frescas.
—Demasiado orgullosa la Albión para aguantar a sus generales prisioneros aunque sea en casas patricias —le dijo Blas—. Demasiado altanera para permitir que tantos contingentes de soldados y marinos estén internados en Luján y en otros lugares del país.
—Por algo están refinando pólvora en Maldonado: aguardan los refuerzos que vendrán por mar y dentro de poco.
—Según sus expectativas y nuestros temores.
—Algunas versiones son exageradas. Antonina trajo la novedad de un polizonte recién llegado de Montevideo: asegura que los ingleses planean matar a todo el mundo, saquear la ciudad y con los hombres más fuertes formar un ejército que enviarán a la India a resguardar sus propios intereses.
—Qué disparate. Pero con eso consiguen asustar en demasía. Son muchos los que se están marchando al interior. Está bien por los niños y las mujeres...

—¿Las mujeres? ¿Acaso las mujeres no demostraron ya cómo saben defender la ciudad? —interfirió, bravía, la Antonina hecha una pura ascuas.
—Bueno, mujer, es un decir, que ya sabemos lo bravas que son algunas.
—En cambio otros, como los de la firma de José Carafi, Hermano y Cía.
—¿Qué hicieron?
Antonina se llevó una mano a la oreja. Todos callaron: era la señal: se arrimaba un soplón. El soplón se fue y prosiguieron.
—¿Qué hicieron los Carafi, Hermano y Cía.? Acondicionar todas sus mercaderías, paños y sedas, y enviarlas a Potosí, en previsión del saqueo.
—No es de extrañar: los comerciantes primero piensan en la bolsa. Pero hay otros...
—Sí, otros ven más claro. Los que están llenando de panfletos la ciudad *¡Muera el virrey! ¡Fuera los oidores y la Audiencia! ¡Viva la libertad y las ideas republicanas!*
—La verdad que desta vuelta la autoridad de Su Majestad queda por el suelo.
—Vulnerada de lo lindo, queda —dijo un fino.
—Una caca —agregó un ordinario.

Ya no tiene Sobremonte
Otra plaza que vender,
¡Ni su mujer qué jugar,
Ni sus hijos qué comer!
—dijo un poeta.

En consecuencia, porque se sabía que allá, en ultramar, Inglaterra andaba en preparativos bélicos, los rioplatenses comenzaron los suyos. El gobierno se encontró con gastos que nunca había tenido, pero consiguió que los vecinos aflojasen la bolsa para costear uniformes y ferretería militar. Eso sí, ya había división de aguas: catalanes y otros españoles nativos, por allí. Criollos, por aquí.

Manuel escuchaba los cruzados diálogos de la gente, seguía en el reloj de la pared el paso del tiempo, por las rejas de la ventana y los postigones entreabiertos vio, bajo la luz de los faroles que habían comenzado a encenderse, apresurados vecinos camino a sus casas. El frío y los tiempos apremiaban. Adentro, en el denso espacio repleto de humo y voces, todos expiaban cansancio y nervios de vísperas en comentarios, cafés y alcohol, y él, casi ajeno a la la bullanga, ensimismado, con la cabeza gacha decidió: ha llegado el momento de cambiar el rumbo. Tengo tiempo todavía: al fin y al cabo treinta y siete años no son tantos, no puedo correr el riesgo de cumplir un papel desairado en el nuevo juego que debo jugar. Al fin y al cabo, las circunstancias ordenan y allá, en Europa, aprendí las contigencias de la historia.

Como respondiendo a sus pensamientos, en ese momento la puerta se abrió para dar paso a una ráfaga de ventolina y a un hombrón barbado, de abundante caballera leonina y cojitranco. Sus facciones gruesas y toscas, pero iluminadas por una sonrisa acogedora, existían desde hacía unos veinticinco años. Su renguera era reciente: recuerdo de la invasión inglesa. Pero esa falencia, sobrellevada con donaire, para nada menguaba la agilidad y destreza del hombre, uno de los más caracterizados esgrimistas de la ciudad, que se mantenía en forma y conservaba su fama pese al estropicio inglés obrado en su humanidad.

Manuel lo llamó.

—Necesito un gran servicio de usted.

—Vuestra Merced dirá, lo escucho. Yo, a sus órdenes.

—Quiero contratarlo para que me dé lecciones sobre las artes bélicas. Quiero decir: manejo de armas, estudio de tácticas, análisis de estrategias.

El hombrón lo miró con destellos de asombro en su mirada oscura.

—¿Vuestra Merced, señor secretario del Consulado? —preguntó como dudando.
—Así es, mi amigo. El Consulado ya está quedando atrás. Ahora vienen otros tiempos y hay que subirse a este nuevo carruaje.
Lo miró entonces como quien se hace cargo del asunto. Manuel llamó al mesonero, pidió una botella de jerez, sirvió lentamente dos vasos, ofreció uno a su futuro maestro, tomó el suyo, miró al trasluz el reluciente brebaje.
—Jerez de la Frontera. Allá saben hacer bien estas cosas. Aquí ya aprenderemos —dijo Belgrano. Y agregó—: Amigo, por los tiempos que vendrán. Para los que comenzaré a prepararme mañana a las ocho, bajo su dirección. En mi casa.
—Mañana a las ocho.
Blas de Mondéjar escuchó el trato.
—Los romanos enseñaron a los bárbaros las artes militares. Aquí será a la inversa: un bárbaro...
—Calle, Blas. Cada cual hace y enseña aquello que sabe.

Dijo y se puso de pie, el gato taimado se restregó contra su pantalón, le dio un suave empellón, a su lugar, le ordenó, el gato taimado volvió a acurrucarse junto al brasero, él hizo un amplio saludo, *hasta mañana, hasta mañana* le respondieron, salió a la calle y a la lluvia, apretó su capote, abrió el paraguas, mejor tomar aire, se dijo, y emprendió la caminata hacia su casa bajo el cielo oscuro, y la lluvia caía sobre las calles, y caía sobre su capote y se mezclaba con el agua que cubría la ciudad, y Manuel se iba diciendo, pero después de las lecciones qué. ¿No te temblará la mano cuando debas empuñar la espada o apretar el gatillo? ¿No?

IX

Santo Domingo esquina Camino del Rey

Hay tardes en que Manuel elige el silencio y escuchar voces que le llegan de otros. Pero otras veces decide hablar. Hoy habla.

—Mi amigo Martín Rodríguez me había contado que estaba en Montevideo, comiendo con el gobernador Elío, cuando sintieron el cañonazo. Salieron corriendo para ver que éra: *era una ciudad en medio del mar*. Era la escuadra de Su Majestad Británica, a toda vela. Eran doscientos barcos. Marchaban hacia Buenos Aires. Aquella otra mañana, a eso de las seis de un amanecer neblinoso y frío, pues no en vano se estaba junio, cuando aún ardían las velas en los faroles y no se habían sacudido la modorra del sueño los pocos que habían podido dormir en tantos días de vigilia, los ingleses lanzaron tres cohetes voladores como señal para iniciar el avance, con sajona constancia, hacia el centro de la ciudad desde las quintas y descampados del Oeste, cohetes a los cuales, por cierto, les contestaron desde la Fortaleza disparando los cañonazos de alarma. Iracundos británicos avanzaron confiados, asolaron casas, carnearon haciendas no retiradas a tiempo, robaron a los paisanos, ultrajaron mujeres, saquearon pulperías y mostos lejos de imaginar lo bien pertrechada y dispuesta a no dejarse vencer que estaba la zona. Avanzaban los soldados de Su Majestad, puro rojo y oro, bien vestidos, petimetres de pinta, con ínfulas y humos y pujos de violencia por Monserrat y Santo Domingo, sin presentir la humana muralla, el rigor de las armas que pronto comenzaron a ejercitar en ellos sus méritos funestos: cada casa quedó convertida en fortaleza; cada pecho, blanco, negro, mulato, de hembra o varón, en baluarte firme; en las manos, bayonetas, granadas, cuchillos, piedras, recipientes de aceite o de agua hirviente; las azoteas, mirajes para enviar la muerte; los balcones, parapetos; los barrios, cantones; las calles, desfiladeros donde a los de Albión aguardaba la muerte. Por eludirla, en la línea de Santo Domingo, el general Crawfurd, alto y rubio, mandón de voz estentórea, valiente y hereje, el mismo que había desbandado a nuestros patriotas en los corrales de Miserere, entró con los suyos a sangre y fuego por la parte trasera del convento. A lo Judas entró. Y había frailes en el edificio y los ultrajaron, y había paisanos en los corredores y los acabaron, y estaban en el altar los trofeos arrebatados en la invasión del año anterior y los sustrajeron y los hicieron ondear en las torres como si ya fueran vencedores, y desde lo alto del campanario los rifleros del rey inglés contribuyeron a una mortandad espeluznante. Pero, ¿acaso alguien se amilanó? No los vecinos de esta ciudad en la cual *cada ciudadano era un soldado y cada soldado un héroe* y que, en la ocasión, por los fondos de las casas comenzaron a tirarles, desde cerca y con puntería gracias a dos piezas traídas al vuelo, con la cartuchería correspondiente y, en medio de la baraúnda que pintaba feo, el señor de Alzaga, alcalde de Primer Voto, se puso firme, y aunque el lugar tomado era sagrado ¡*fuego*! ordenó ¡*fuego!*, pues Dios ha de comprender que antes que al templo hay que salvar la ciudad, porque sin ciudad no habrá templo, y tanto hicieron que fue acabándose la farolería inglesa, mermando el ataque a Santo Domingo, y fue terminándose la bala y la metralla y dejó de

Las batallas secretas de Belgrano

avanzar el ejército y de arreciar el tiroteo y la gritería, y quince fueron las columnas que habían venido buscando el corazón de la ciudad desde todos los puntos cardinales y quince fueron las vencidas una a una, y a eso del mediodía mermó tanta violencia y cuando ya el sol comenzaba a retirarse pero aún no habían dado las cinco, empezó a encalmarse la ciudad, amenguaron los fusilazos aunque se vio, Santo Dios, lo que nunca nadie pudo imaginar: cómo desde las azoteas y las cañerías de desagüe se escurría la sangre de los de Albión mezclada con mucha rioplatense.

El doctor Redhead acomoda las ropas del amigo, lo ayuda a incorporarse un poco:

—Despacio, Manuel.

—¿Hablo demasiado?, ¿se aburre? —pregunta, inquieto.

—Oh, no.

—Óigame usted como quien oye llover, pero escúcheme... Yo había estado en Santo Domingo cuando los ingleses avanzaron y en Santo Domingo estuve cuando los pudimos sacar, *aunque en verdad, poco o nada pude hacer porque en los trámites de la defensa me quedé cortado por circunstancias de lugar hasta que me vi libre de los enemigos, porque, en verdad, pocas disposiciones podían tomar los jefes, tal era la precipitación de los acontecimientos, que las disposiciones más bien quedaron al arbitrio de algunos denodados oficiales y de los mismos soldados voluntarios, gente paisana que nunca había vestido uniforme y decía, con mucha gracia, que para defender el suelo patrio no habían necesitado aprender a hacer posturas, ni figuras en las plazas públicas para diversión de las mujeres ociosas,* fíjese usted. Pero esa noche, las esperanzas renacidas y las tratativas de paz avanzadas en la Fortaleza, con los oficiales ingleses apropincuados al atardecer de ese día de muerte, y con el Cabildo al tanto y en cautelosa vigilia, me preocupé porque los hombres de los cantones ya ociosos y las bravías mujeres de la resistencia tuvieran la correspondiente provisión de carne y galleta, de cigarros y de aguardiente, y en un momento dado, al pasar por una callejuela, no pude menos que escuchar algunas voces femeninas:

*No me diga que me estima
ni que me quiere
el que entrega mi patria
a los ingleses.*

"Mire usted, así se daban ánimos en medio de la baraúnda. Otras cosas vi al cruzar por algunos cantones y los vi con el alma en pena: cadáveres ingleses desparramados por doquier, y algunos, los de la primera hora, ya comidos por los perros, y escuché ayes de dolor de moribundos y lamentos de deudos, pero también escuché en ese día y en los siguientes, el alboroto armado por comerciantes de aquí y de Montevideo detrás de las mercaderías y manufacturas inglesas que los invasores mercaban a precio vil (pues ante todo los comerciantes son comerciantes de un lado y de otro), con tal de no volverse con ellas a las tierras de donde vinieron y de donde no debían haber salido. Tan grande fue el barullo suscitado por ese comercio clandestino que debimos contenerlo desde el mismísimo Consulado. Y con todos los desalientos de la guerra encima me dije, *Dios mío, que esto recién empieza.*

Suspira Manuel y mira hacia el patio y escucha al doctor Redhead:

—No se exalte, Manuel, por favor.

—Y después vinieron los *Te Deum laudamus* y la ciudad engalanada días y días y las pensiones para heridos y viudas y huérfanos y la liberación de negros y las parlas interminables de anécdotas, y los ingleses que se querían ir, y los que no se querían ir y desertaban, y las ordenanzas del Cabildo llamando a la cordura. Ya los aconteci-

Las batallas secretas de Belgrano

mientos preparaban el modo para que desligáramos a estos dominios de la metrópolis, ya en la sociedad había dos partidos: el patriota y el español, ya el rey se estaba convirtiendo en un monarca imaginario y el sentimiento de libertad en avance permitía esperar nuevos acontecimientos, y yo, Manuel Belgrano, por decisión meditada, había dejado de ser sólo hombre de libros y humanidades, de conversaciones y pensamiento, para convertirme en soldado y ciudadano en acción.

El doctor Redhead escuchaba en silencio la larga perorata del enfermo que había durado tanto como la caída del sol. En el entretanto, pasó un té de malva y otro de menta, oportunos para los males del enfermo, y un brandy para el doctor que no le hacía asco al alcohol.

Ahora entra la hermana con el quinqué anunciando:
—Pronto estará la cena, Manuel. Por Dios, no te excedas con tu conversación, que luego te excitas con tantos recuerdos y duermes mal.

—Hermana, por Dios, cómo te atreves a opinar frente al doctor.

Sonríen los tres, quién puede impedir las solicitudes en acción de Juana; no esos dos hombres. El doctor Joseph Redhead toma su sombrero, tiende la mano a su amigo y paciente,

—El viernes volveré, Manuel. Recuerde que me prometió contarme los entretelones previos —le dice.

—Lo haré —contesta Manuel—. Si me siento bien.

—Estará bien, Manuel —responde Redhead y besa la mano de la señora de la casa, Juana lo acompaña hasta la cancel y Manuel se queda, todo linaje de calamidades encima, aguardando la cena, el insomnio y la muerte.

X

La jabonería es más que una jabonería

Buenos sentimientos políticos y muchas ensoñaciones flotaban en el espacio de ese recinto cerrado y oscurecido en el cual se apiñaban hombres de encendida conversación. Sobrio el moblaje de la habitación —una mesa, las sillas necesarias, dos armarios de incierto contenido—, apenas visibles las identidades en razón de hora y escasez de lumbre, severos los rostros a consecuencia de la materia encarada, los hombres (porque solamente de hombres se trataba) hablaban en tono grave en tanto, más allá de la puerta entreabierta al pasar un moreno con bebidas, se alcanzaron a ver, perdidos entre sombras y lejanías, bultos de problemático uso: grandes bateas, armarios con frascos, estanterías repletas de quién sabe qué. Sólo era reconocible el leve olor que flotaba por el lugar. Olor a jabón.

El silencio del recinto indicaba cómo todo iba en serio, pensó Blas de Mondéjar disponiéndose a escuchar al caballero de fino perfil, borroso el rostro por la penumbra, voz decidida aunque de menguado tono, que hablaba con énfasis no exento de una autoridad rubricada con sus manos:

—Según marchan las cosas, se hace necesario prever la caducidad del gobierno de la Península. Las últimas noticias que he tenido a través de un amigo que me ha escrito mediante correo procedente de Brasil dicen que la familia real está presa y los franceses, listos para el zarpazo. Algunos españoles, dispuestos a enfrentar a Napoleón, están creando en cada ciudad una junta popular de gobierno, claro que en nombre de Fernando VII. Por lo que se ve, proliferan las juntas regionales; el pueblo ha reasumido así su soberanía —dijo el hombre tamborileando con los dedos sobre la mesa—. ¿Qué haremos aquí? Algunos, como Liniers, opinan que debemos seguir la suerte de la metrópolis aunque se reconozca la dinastía de Napoleón; otros piensan que debe continuar el gobierno en manos del actual jefe hasta la vuelta de Fernando VII, haciéndonos a la idea de que la monarquía no ha sido alterada; otros, como Alzaga, piensan en la constitución de una república. —El hombre hizo un vago gesto con la mano—: Lo cierto es que debe resolverse. No podemos seguir con esta anarquía.

El moreno que entró carecía de porte pero no de eficacia, colocó estratégicamente dos nuevas lámparas que produjeron trémulo resplandor al ser movidas por una corriente de aire, en seguida algunas sombras se escurrieron aventadas por la luz que creó espacios claros y Manuel Belgrano, pues él era quien hablaba, sacudió una hilacha caída sobre su chaqueta, descubierta con el auxilio de las nuevas candelas, y pasó a considerar si sería necesario transmitir detalles de la extensa misiva de Agustín Navarro, su lejano amigo de Salamanca. No valía la pena, pensó, había que ir derecho al grano. Pero para sí recordó sus términos: "España es una caldera hirviente, está totalmente desquiciada", le decía el amigo, "parece que por aquí siempre son necesarias insólitas novedades para entretener a la gente. Te cuento: el enfrentamiento entre el príncipe de Asturias y el Príncipe de la Paz (nombre que, como tú sabes, le han otorgado al favorito Godoy) se ha agudizado en términos extremos, al descubrirse en poder de Fernando una "Memoria" crítica sobre el gobierno, sumado a una carta a Napoleón en la que le pedía la mano de una princesa de la familia Bonaparte para consolar su viudez. ¿Qué tal?", decía el amigo, y después de sus usuales bromas agregaba: "Ahorro muchos detalles que conocerás por los correos oficiales, pero te cuento que, como consecuencia, el pueblo se volcó a la calle en el motín de Aranjuez, que terminó con el gobierno del lindo de Godoy, a un tris de pasar a mejor vida arrastrando en su caída, por cierto, a Carlos IV y a la María Luisa; y, aunque abdicó en seguida en favor de su malquerido Fernando (recibido por el pueblo como *El Deseado* y *El Bienamado*), se arrepintió pronto y, a aguas revueltas ganancias de pescadores, como comprenderás, Napoleón los convocó *a tutti insieme* a su presencia, en Bayona, para arbitrar sobre la compleja *impasse* dinástica y allí, con la Casa Real Española en sus manos, en su mesa y en todo lugar, consiguió lo que quiso, que fue, simplemente, poner en el ruedo ibérico a uno de su voraz parentela, en ese caso su hermanito José Bonaparte, rey de Nápoles, a quien ya todos están llamando Pepe Botellas por su afinidad con el vino. Sucesos irritantes estos de Bayona que te transmito, Manuel, pero también tragicómicos. *Verbi gratia:* se cuenta que la primera noche en que Napoleón invitó a la familia real a comer con él, el mismísimo Carlos IV se puso furioso porque no habían ubicado en la mesa al favorito Godoy. No es para contar la risa de Napoleón, que les sigue la corriente en todo lo que puede. Por ejemplo, cuando la reina María Luisa está melancólica, se pone a jugar al 'gallo ciego' con ella y el resto de la corte. Los escándalos bochornosos que arman los conspicuos borbones gritándose cosas, insultándose y hasta amenazándose con bastones (como lo amenazó a Fernando el mismísimo Carlos IV), en medio de la indiferencia francesa y la altanería bonapartista, le han hecho decir al corso 'esto parece una tragedia griega'", le escri-

Las batallas secretas de Belgrano

be en su carta Agustín Navarro a Manuel desde algún lugar de España, vía el Janeiro.

Todos los presentes sabían, aunque con noticias atrasadísimas, por supuesto, dada la lentitud con que llegaban las gacetas a través de los accidentados viajes de las naves a vela, que Napoleón, desde Bayona, donde se había cocinado el magma político, mandó un barco rumbo al Río de la Plata con un enviado personal que, en cuanto vio los aprestos para las ceremonias del juramento del nuevo rey, Fernando VII, alertó: *"Mejor detengan los juramentos, porque probablemente a estas horas ya haya otro soberano en España"*. Y así había sucedido. Se había jurado a Fernando VII a pesar de los órdenes del Gran Napoleón, y entre los rioplatenses circulaban tantas opiniones como cabezas, aunque en la Proclama Real se ordenara uniformidad de ideas.

Esa noche Manuel, mientras encendía un cigarro, levantó sus ojos azules hacia los variados rostros entrevistos ya con más claridad y preguntó:

—Ahora bien, en esta encrucijada, ¿qué camino tomar?

—Manuel, en el Río de la Plata cada uno toma el camino que más le conviene, de acuerdo con intereses antagónicos. Y eso lo sabemos todos —respondió Vieytes con cierto aire de tristeza. Vieytes era el dueño de esa fábrica de jabón de la Calle del Rosario en la cual se encontraban aquella noche, cerca del Hospital de los Betlemitas donde iban a parar los locos de la ciudad.

—Sí. Mientras los españoles que tienen la autoridad legal de esta colonia permanecen en el más craso quietismo, los otros españoles aspiran al predominio como único medio de recoger la herencia. Aunque juren a un rey imaginario —dijo Juan José Paso, bajísimo y delgado, de rápida palabra y sonrisa constante. Doctor recibido en Córdoba, pero también estudiante de Chuquisaca y Lima, abogado pobre y respetable, dueño de una oratoria desordenada, altamente convincente, solía pasar las horas perdidas en el Café de Marco, sentado en una mesa (que nadie osaba ocupar en su ausencia), comentando los acontecimientos políticos. Allí lo había conocido Manuel y, en medio del ruido de las carambolas provenientes de los cercanos billares, ellos dos, entre tacitas de café o copas de brandy, cimentaron una amistad fraguada en intereses comunes: la movediza e inquietante situación. Después de las invasiones inglesas, con el pueblo en armas y los líos de España, Manuel decidió intensificar los contactos entre los amigos preocupados por la cosa pública. Comenzaron a reunirse. Con el tiempo se los llamaría *La sociedad patriótica*, pero por entonces sólo configuraban un discreto grupo que se encontraba solapadamente, en una casa y en otra, durante las noches, como algunos lo hacían en la Fonda de las Naciones o en el Café de los Catalanes, tratando de no llamar la atención porque, según decía Blas de Mondéjar, parte de los conciliábulos, ¿para qué levantar la perdiz? Pero el hombre cada vez estaba más enconado con los chapetones, sobre todo desde que se había enterado de que entre las niñas circulaba una consigna: Marido, vino y bretaña, de España.

Esa noche, está dicho, el gremio de los conjurados había elegido encontrarse en la jabonería de Vieytes, en reunión secreta.

—Esperemos que sea secreta en serio —pensó Blas.

Belgrano apuró sus reflexiones:

—*"Sí, los peninsulares juran a Fernando VII pero aspiran a sacudir el yugo de la España por no ser napoleonistas. Pero son déspotas que no quieren perder sus mandos".* Y no hay que olvidar a los afrancesados, tanto de España como de América, dispuestos a reconocer a José Bonaparte con tal de no perder sus empleos —los dedos de Manuel tamborilearon, nerviosos, según acostumbraba, sobre la rústica mesa plagada de cicatrices—. ¿Y nosotros? ¿Nosotros, los criollos? Creo que está llegando el momento de pensar por nuestra cuenta. De trabajar para crear un gobierno nacional con absoluta independencia de la España.

—¿Qué camino seguir?

La pregunta fue de varios: de Castelli, de Vieytes, de Paso, de Pueyrredón, de Rodríguez Peña, de algún otro perdido en la sombra y la inquietud. Y la respuesta de Manuel no tardó. Aunque el plan no estaba en marcha, la idea ya había sido conversada con algunos; pero necesitaba el consenso de los más para ejecutarse.

—Amigos, no podemos reconocer la dinastía de Napoleón. Pero tampoco constituirnos en república.

—¿Por qué?

Manuel explicó: porque no se daban las condiciones principales para cimentarla, como son los conocimientos y las riquezas reales y verdaderas. La división constante entre sus habitantes, europeos y americanos, y la ambición de mando podrían llevar a una guerra civil que sería sangrienta y cruel y pondría al país en estado de indefensión. Por otro lado, tampoco se podía dejar a las autoridades actuales en el mando hasta la vuelta de Fernando VII. ¿Qué hacer? No se veía otro medio conforme a la razón, a la justicia y a la conveniencia general —y Manuel se detuvo, tomó aire, prosiguió— que tomar el camino sobre el cual habían conversado con algunos amigos como Saavedra y Pueyrredón.

Manuel volvió a respirar hondo, bebió un largo sorbo de café, miró a todos, pendientes de sus palabras.

—Ese camino consiste en llamar a la infanta Carlota como Regente —dijo, y rubricó semejante anuncio con un golpe de su mano sobre la mesa, y se vio primero la mano tajeando el aire, y después su contundente descenso, y luego se escuchó el toc-toc. Todo en un abrir y cerrar de ojos.

Loco el proyecto en tiempos de locura, debió parecer. El silencio recogió el nombre y las miradas de todos

—las de los que estaban enterados y las de los que estaban en ayunas; las de quienes sabían poco, más o nada— se cruzaron compartiendo interrogantes. Y el nombre pronunciado por Manuel rondó la ronda de patriotas y a la ronda Blas de Mondéjar sumó el daguerrotipo de la princesa, sacado de una carpeta y hecho, decían, por Goya y, aunque todas la conocían porque sus aniversarios se festejaban oficialmente en la ciudad, lo fueron tomando, a medida que llegaba a las propias manos, como buscando en él las respuestas a tantas preguntas agolpadas. Pero sólo encontraron el ya conocido rostro delgado en el cual se destacaba acentuadamente la nariz borbónica, la expresión maliciosa de los labios y los ojos oscuros, ardientes y vivaces (muy semejantes a los de su inquieta madre, María Luisa de Parma), y ese algo hombruno de su estampa, a la par altivo e imperioso. ¿Aceptaría hacerse cargo de la crisis provocada en tierras americanas por la acefalía de la corona esa princesa desterrada que los miraba desde la rígida cartulina y que, según decires, solía canturrear trovas castellanas en su palacio del Janeiro:

En porfías soy machega
En malicia soy gitana;
Mis intentos y mis planes
No se me quitan del alma.

La infanta Carlota Joaquina de Borbón, hermana mayor de Fernando VII, esposa de Don Juan de Braganza, Regente de Portugal, en el Janeiro, inteligente, treintañera, inquieta y audaz, había tenido y aprovechado, a diferencia de su hermano Fernando, una esmerada formación intelectual: en alguna ocasión hasta asombró a la mismísima corte de Madrid en exámenes públicos.

Ahora bien, ¿qué hacía la tal familia real en tierras americanas? Víctimas del manotón napoleónico, los buenos príncipes y toda la corte, a comienzos del ocho, transplantaron la real dinastía a América y continuaron el avance lusitano sobre el imperio español, cosa que nunca venía mal. Para arreglar la situación, primero habían repartido dinero, según estrategia consetudinaria: *Vale mas e custa menos fazer a guerra con dinheiro, do com exerxeitos*. Pero, cuando vieron que tan áureo expediente no resultaba, y que permanecer en Portugal era el acabóse, los reales inmigrantes, con la ayuda inglesa, trasladaron en treinta y seis buques a quince mil personas. Tan apretujadas que se llenaron de parásitos, razón por la cual las damas de la corte decidieron recurso valeroso e inédito: cortarse los cabellos. Al llegar a destino fueron admirados por los nativos que apreciaron la nueva moda cortesana importada de ultramar. Y se plegaron a ella.

La princesa Carlota Joaquina, en su carácter de hija del rey de España, Carlos IV, prisionero de Napoleón, y en ausencia de su hermano Fernando, el príncipe heredero, también prisionero, sentía legítimos sus intereses en el Río de la Plata. Los patriotas le tendían un puente de oro. Pero, ¿qué papel cumpliría la Infanta en el Río de la Plata?, se preguntaron quienes esa noche estaban en la jabonería de Vieytes, aunque no al tanto. Lo preguntaron con miradas y con voces, y Manuel y Castelli se encargaron de las explicaciones en discursos poco burilados, para nada semejantes a los presentados anualmente por sus *Memorias* del Consulado, sino frutos del apremio y la necesidad: se interesaría a la Real Persona en la posibilidad de aclamarla en términos compatibles con la dignidad de tan alta señora, por un lado y, por otro, con la libertad de los americanos, con *"la feliz Independencia de la patria"*. Por cierto, habría libertad para comerciar, cosa que ya la Señora permitía en sus tierras.

Todos se dieron el gusto de decir lo que pensaban. Y algunos hasta de hablar antes de pensar, murmuró para sí Blas de Mondéjar. A su vecino, que era Vieytes, le susurró:

—Esto me hace acordar a una conversación entre ciegos y profetas: unos ven de menos, los otros de más, ¿podrán entenderse?

Pero se entendieron y de tal entendimiento nació, sin que ellos lo supieran, el gran partido de la Independencia. Después se votó. Después, las opiniones concordantes, Manuel tuvo el mandato para ponerse en comunicación con la infanta Carlota. Después, todos fueron saliendo a la calle, a la noche, al descanso, las cosas volvieron a su lugar, las sillas se reubicaron en los sitios correspondientes, las copas y pocillos en la estantería de donde habían salido, las carpetas, papeles y demás adminículos, sobre el escritorio, la fábrica volvió a estar lista para su básica y cotidiana función: hacer jabón.

Lo único que persistió fue, precisamente, el olor a jabón.

A la salida, Manuel pidió a Blas de Mondéjar que lo acompañara hasta la iglesia de San Francisco, a unas cuadras de distancia.

—¿A estas horas? —preguntó Blas mirando su reloj.

—A estas horas —confirmó el amigo—. Por favor, llama a Remigio.

Remigio era el criado de Manuel, viejo de edad y oscuro de raza y soles.

—¿Tomamos el coche? —consultó Blas considerando la hora, la salud nada robusta de Manuel y el trajín que había tenido.

—Mejor vayamos caminando. Después de tantas horas de encierro...

—...y de aromas tan jabonosos...

—...nos vendrá bien caminar.

—Infantería, march... —sonrió Mondéjar tomando del brazo al amigo adquirido durante las invasiones inglesas—. No hay caso: todos estamos militarizados.

Las batallas secretas de Belgrano

Era la medianoche, hora neutral del tiempo y de los hombres; el cielo, acribillado de estrellas, iluminaba levemente la ciudad inquieta por sucesos y premoniciones, pero entonces ya dormida. Estaba un poco fresco por la hora, aunque la tibieza de la cercana primavera había comenzado a anunciarse. Ambos subieron los cuellos de sus chaquetas, metieron las manos en los bolsillos, comenzaron a caminar. En silencio Manuel, reflexionando en lo acontecido. Mondéjar respetó tal silencio. Era una discusión a solas esa en la que andaba Manuel, batallando sin duda con sus estrategias, y solo lo dejó, aunque siguió a su lado por las calles dormidas hasta tropezar con la iglesia de los franciscanos, arrebato de piedras, oscuridad y moho.

—Ya estamos, Manuel —dijo Blas y enfiló hacia la entrada principal, pero Manuel lo hizo retroceder hasta uno de los muros laterales y buscó la puerta casi escondida en la oscuridad—. Estamos de conspiradores —murmuró Blas.

—Oh, venía tan abstraído que ni cuenta me di de que habíamos llegado. Mire, aquí me espera el padre Chambó. Se ha ofrecido para oficiar de intermediario con la princesa, a quien mucho conoce. Pero como no tardaré, si me espera me acompañará después hasta la casa de don Felipe Contucci. El también me está esperando.

A la luz del candil portado por Remigio, Mondéjar entrevió la palidez adueñada del rostro de su amigo, los signos del cansancio: pobre Manuel, era notorio que su salud no daba para mucho.

—¿No sería oportuno dejarlo para mañana? Ya es muy tarde.

—Nada se puede dejar para mañana en estos tiempos, Blas.

—Pero su salud, Manuel...

—Por eso mismo, amigo. Además, los tiempos urgen, y quien por necesidad trabaja, por necesitado persevera

¿no lo cree? —dijo y fue a dar un aldabonazo en la puerta; pero no tuvo tiempo de hacerlo, alguien se adelantó y abrió. Un monje, puro bulto oscuro, apareció en la puerta, se inclinó ante él, lo invitó a pasar. —Doctor Belgrano, el padre Chambó lo espera. Por favor, por aquí —dijo y lo guió al interior. Blas se quedó en la galería. Entre las gradas de la iglesia y la celda de ese famoso y politizado franciscano Francisco Tomás Chambó, ¿lograría su amigo el entendimiento necesario?, se preguntó Blas. Deseó que así fuera, en tanto Manuel avanzaba decidido al encuentro del intermediario ante la princesa Carlota, en el Janeiro, mientras iba pensando: qué broma, siempre le había gustado conversar con las damas y en esa ocasión le tocaría hacerlo por interpósita persona. Y para colmo, un monje.

Salió casi una hora después, sumado al cansancio anterior la vaga sombra de algo. ¿De qué? Dudó Blas, pero pronto se dijo: quizá la inquietud de quien se introduce en medio del río sin pensarlo mucho. Pero se calló. Después ordenó a Remigio traer el coche y en el coche marcharon hacia la casa de don Felipe Contucci. Cuando llegaron, mientras ellos aguardaban, el criado tocó el aldabón, que resonó por salas y patios. Entonces salió otro criado, y los señores fueron anunciados, y ellos se apearon y pasaron a una sala atiborrada de muebles y alfombras y cuadros, todo lo que debe existir en una casa de familia pudiente, y apareció el señor don Felipe Contucci, inclinó la testa, estiró la mano, hizo una reverencia, por favor, cuántas invenciones para demostrar que uno es educado, pensó Blas. Absolutamente plegado a la ceremonia, Manuel, como hombre que había pasado por España y la corte, cumplió los rituales con soltura, primero, y, después, siguió al dueño de casa hasta el escritorio. Blas de Mondéjar, en la sala, frente a un tablero de ajedrez que había descubierto airoso sobre una mesa, inició sus jugadas solitarias mientras tras la gruesa puerta de roble, cerrada, los otros dos comenzaban a hablar jugando un juego sin duda más complejo.

Contucci, hombre atractivo, de cara ancha, boca risueña, era dueño de esos gestos elegantes y desaprensivos que son patrimonio de caballeros mundanos. Manuel sabía que, más allá de su apariencia itálica, el hombre poseía el espíritu de un florentino del Renacimiento. Se lo había dicho unos minutos antes el padre Chambo: Contucci era un verdadero maestro en el arte de enredar los hilos con que manejaba variados asuntos políticos. ¿Sabe usted, doctor, que a don Felipe algunos lo llaman *general Lucifer?*, le había dicho y él, Manuel, preguntó, ¿Por qué recurrir entonces a él? Porque es el favorito de la Infanta; Y porque trabajará en serio por los intereses de Carlota Joaquina, y si los intereses de la Señora coinciden con los nuestros, está claro que trabajará para nosotros. Eso sí, tengámoslo en cuenta: trabajará también, o por sobre todo, para su negocio. Así había dicho el padre Chambó.

Don Felipe Contucci, en realidad Felipe Da Silva Telles Contucci, de noble estirpe, rico comerciante, espíritu aventurero, unía a su sólida fortuna poderosísimas vinculaciones tanto en el Plata como en el Janeiro y otros lugares del virreynato. Belgrano lo había conocido algunos meses antes en una tertulia en lo de los O'Gorman, presentado por la mismísima dueña de casa, Ana Perichon, la seductora francesa que andaba en amoríos con Liniers. De éste se decía que pasaba las horas más que gobernando, "perichoneando".

A Manuel le caía bien ese personaje expeditivo que había sabido, en menos de un lustro, asentarse tan firmemente en la sociedad virreynal. Llegado a principios de siglo, como tantos otros, a diferencia de tantos otros en pocos años consiguió ubicarse en primerísimo lugar como terrateniente, comerciante y caballero y un enlace sustancialmente adecuado a sus necesidades sociales con una bella joven, María Josefina de Oribe y Viana, de apenas dieciséis años, hija de una encumbrada familia de la otra banda.

No bien traspuesta la puerta de roble, el dueño de casa invitó a Manuel a sentarse cerca de la chimenea generosamente encendida. Justificó el derroche de calor que expandía el hogar, un exceso por el tiempo en que se estaba, pero una necesidad dada la hora.

—Además, viene bien porque se lo lo nota a usted muy pálido. ¿Frío? ¿Cansancio? —preguntó y se acercó a una mesa generosa en la exposición de bebidas—: ¿Brandy? ¿Licor? ¿Café?

Manuel no contestó, momentáneamente absorto ante un escudo colgado sobre la chimenea: en un campo verde se destacaban armas cruzadas y un ciervo, rodeado ambos por la divisa *Chi sará, sará*. Pensó en el de su propia familia, de noble linaje genovés: campo de gules con tres espigas de oro, tres lises de Francia y una corona antigua con cuatro flores y cuatro perlas. El dueño de casa, que había advertido su atención pero no podía asomarse a sus pensamientos, le explicó: se trataba del escudo de la familia. La astucia del ciervo y la fuerza de las armas. Hacía siglos que acompañaba a la familia: un desafío al destino tal combinación, ¿no?, explicó. E insistió: ¿Qué puedo servirle?

—Un brandy —contestó desganadamente. Más interesado en averiguar acerca de ese señorito que de preocuparse por sí mismo, se había arrimado a una pequeña escultura ubicada, solitaria, en una rinconera. La perfección de las líneas de la Madona atrajo su atención.

—Se ve que tiene buen gusto, doctor Belgrano.

Reparó el dueño de casa en su atención y pasó a explicarle detalladamente: era una obra valiosa, legado de la familia, de Andrea Contucci, llamado *el Sansovino*, escultor y arquitecto discípulo de Leonardo da Vinci, protegido de los Médicis y del papa León X y uno de los más prestigiosos artistas del Renacimiento.

—Había nacido en Arezzo, cuna de mi familia.

—La mía también es de origen italiano. De Oneglia, en la Liguria occidental —dijo Manuel.

Y ante el requerimiento del dueño de casa habló de esos territorios arrinconados entre las colinas y el mar, con difíciles comunicaciones terrestres, que lanzaban sus habitantes a las aguas. Tierra de mercaderes y audaces marinos: de allí habían salido los suyos. Y mientras Contucci repetía su dosis de brandy, recordó al abuelo, Domingo Belgrano Peri, en Cádiz, primero, y pronto en el Río de la Plata donde, apenas llegado, españolizó el apellido.

—De Peri pasamos al Pérez. De manera que enseguida fuimos españoles americanos.

—No sé si su familia tendrá tantos notables como la mía —fanfarroneó el hombre—. Escuche: Arcangel Contucci, famoso latinista y hombre de ciencia; jesuita. Nicolás Contucci, visitador de la Provincia del Paraguay, en 1761, también prominente jesuita. Ahora sí, me ahorro los asesinos y las damas de vida liviana que han pasado por mi familia... —bromeó llevándose la copa de brandy a los labios.

—Reconozco que mi familia es más modesta —contestó Manuel siguiendo la chanza—. Apenas si un hermano sacerdote, Domingo. Contemporáneo y dominico. Eso sí, mi padre mencionaba algunos de la alta jerarquía eclesiástica allá por el siglo XVII y en Europa. Por lo demás, creo que no tenemos ningún asesino. Esa cepa no entra en mi linaje... Lo siento.

—Una pena. Son la sal de las familias.

—Lamento no estar de acuerdo —respondió Manuel—. La sal de las familias son los héroes y los santos.

Rió Contucci:

—Cuestión de puntos de vista. Pero vayamos a lo de ahora. Ahora soy un devoto de mi Señora, la infanta

Carlota Joaquina de Borbón. Y estoy a la orden de los patriotas del Río de la Plata para poner mis servicios a su disposición. Y no se olvide que mi consigna es *Chi sará, sará*.

Manuel había seguido los andariveles caprichosos de la charla pero, paciente como buen cazador, por encima de palabras y copitas de brandy no quitaba el ojo de su interlocutor, dispuesto a encarar el tema a fondo en la primera ocasión. La ocasión había llegado. Ambos entraron en materia y conversaron largo y tendido acerca del tema convocante, de las estrategias a seguir para que la infanta Carlota se hiciera cargo no sólo de la representación de estas tierras sino de la América toda, de acuerdo con las inquietudes del continente. Y no sólo a la Infanta apelaban los patriotas de Buenos Aires, a fin de ser gobernados por ella constitucionalmente, sino que también se pensaba en la venida del infante Pedro Carlos, hermano menor de Fernando, para que asumiera la Lugartenencia del Reino, representándola en tanto y en cuanto ella no pudiera hacerlo por entonces. De esta manera, se dijeron sin decírselo ambos estrategas, coartaban en el futuro la acción de este heredero puesto que, de acuerdo con la Ley Sálica impuesta a los Borbones, se había eliminado a la rama femenina del derecho a la sucesión al trono.

—Mañana tendrá usted los pliegos de oficios que esta junta de notables envía a Su Señora, en el Janeiro, a fin de *"que quiera dispensarnos la gracia de coadyuvar a las justas intenciones que nos animan por el bien de la Humanidad y el amor y lealtad que los españoles americanos profesamos a la Augusta Casa de Borbón".* Esa es nuestra súplica.

—Que yo transmitiré esforzándome en completar lo que el papel escrito no alcance a expresar. Pero le advierto: habrá que andar con tiento —dijo Contucci con cara de conspirador.

—Desde luego, hay muchos intereses en juego y muchos promueven reyertas antes por dinero que por ideas. Ya lo sé —confirmó mirando por encima de la copa de brandy apenas si tocada, al caballero que sí estaba dando buena cuenta de la suya—. Pero, señor Contucci, ¿de qué lado piensa usted que provendrán los inconvenientes más arduos? Se me ocurre que podría ser por el lado de su Real Esposo, don Juan de Braganza.

—Oh, don Juan de Braganza —dijo sonriendo el dueño de casa y con un cierto aire desdeñoso—. No temo objeciones por ese lado. Don Juan es un príncipe de apariencia simple y de carácter inconstante. Algunos aseguran que podrá llegar a ser un buen estadista pero yo, se lo confieso, lo dudo mucho. Demasiadas rarezas las suyas. Fíjese, por ejemplo —y Contucci bajó la voz, en tren de confidencia—, fíjese: acostumbra a tener siempre encima dos pastilleros de plata. ¿Sabe usted qué contienen los tales pastilleros? Uno contiene rapé. Y el otro un hueso de pollo. ¿Para qué? Pues para mordisquearlo cuando le ataca el hambre, lo cual suele ocurrirle en los lugares más inverosímiles.

Manuel dudó en dar fe a lo escuchado. ¿Sería sólo una chanza del caballero? ¿Habladurías? Pero el caballero había retomado el brandy y la palabra.

—Pues me temo —dijo el florentino mirando fijamente los cándidos ojos de Belgrano— que sea por el lado del almirante Sidney Smith de donde provengan los inconvenientes.

La mirada de Manuel dio paso a la sorpresa.

—Pero, según me han transmitido, el almirante William Sidney Smith ayudó al traslado de los Braganza al Brasil, se ha mezclado muy intensamente en la corte lusitana y es defensor acérrimo de las pretensiones de la Infanta sobre estas regiones. Me sorprenden sus temores, señor Contucci.

—No se sorprenda, mi amigo. Lo que usted dice es

verdad, pero no sé si le han llegado noticias de que el paladín de las pretensiones carlotinas, el mentado mister Sidney Smith, es también fervoroso enamorado de la Infanta y ha anudado un romance con la princesa, lo cual le permite, conflictivo y petulante como es, cortarse solo en muchas ocasiones.

Se ofuscó el rostro de Manuel: esos pormenores no condecían con su natural caballeresco, que le impedía entrometerse en la vida privada de una dama. La conversación tomaba un giro que no se sentía dispuesto a entremezclar con el alto negocio depositado en sus manos.

—Caballero, quiero advertirle que esas situaciones no son de mi incumbencia y desearía me las ahorrara usted. Mañana, como hemos arreglado, le entregaré los oficios correspondientes. Es muy probable que pronto viaje al Janeiro uno de los nuestros, don Juan Martín de Pueyrredón, para intensificar estos asuntos.

Contucci, hombre ducho en diplomacia, forma refinada de tejes y manejes, comprendió que esa vez la había errado: estaba ante un hombre probo y quizás inocente. Buscó salir del paso con un atajo.

—Doctor Belgrano, antes de irse, ¿podría hacerme un favor?

—Si está en mis posibilidades.

—Es algo baladí, pero para mí importante. Casi me avergüenza pedírselo... pero lo hago. A la princesa le encantan las perdices y yo tengo la costumbre de proveer las que llegan a su mesa. ¿Podría usted decirme dónde conseguirlas en esta época?

Sonrió Manuel.

—Preguntaré a mis hermanas y mañana tendrá la respuesta, caballero. Probablemente ellas mismas le harán llegar las perdices para la mesa de Su Alteza.

—Oh, muchas gracias, doctor Belgrano, pero no quiero molestar a sus señoras hermanas. Aunque, bien dice el refrán, hoy por ti mañana por mí.

Las batallas secretas de Belgrano

—Mis favores para nada exigen respuesta, señor —contestó Manuel levemente disgustado por la salida del otro, despidiéndose. Qué hombre éste, por Dios. Peligroso. Pero diplomático. Habrá que ir con pie de plomo.

Manuel partió seguido por las urbanas zalemas del caballero florentino. Se fue sin saber que, por cuerda separada, el prudente de don Felipe Da Silva Telles Contucci había requerido, por interpósitas personas, minerales exóticos para la colección del príncipe y peras para el conde de Linhares, político de alto vuelo, corifeo del partido inglés en la corte lusitana y para nada santo de la devoción de Carlota Joaquina, quien lo llamaba doctor Torbellino, o doctor Mescolanza o doctor Barahúnda. No se perdía una el Contucci ése: mejor apuntar a varios blancos por si las cosas se daban de otro modo, pues cada cual debe atender bien su juego. No como quería ese doctorcito leguleyo e ingenuo, con la mirada fija en su meta. O en sus ideales.

Manuel, entonces, subió al coche que lo aguardaba, cruzó la ciudad suspendida en la niebla, recaló en su casa a la madrugada, agotado pero contento. El plan marchaba. Blas, antes de irse le recomendó, inquieto, Manuel, a la cama, que se lo ve exhausto. Así era. Pero también estaba inspirado. Apenas se sacó la chaqueta, se acercó a su escritorio y, acostumbrado como estaba a pasar las noches más entregado a trabajos concernientes a la patria que al sueño, comenzó a escribirle a la princesa porque no lo dejaba en paz la idea de que la Señora podría tener dificultades por el lado del Príncipe Regente, Su Real Esposo, por más que le habían llegado noticias acerca de las dificultades entre ambos, que sólo mantendrían relaciones epistolares de un extremo al otro del Palacio en el cual habitaban. Se permitió entonces aconsejarle el modo de obtener su beneplácito:

"Señora, una resolución pronta y enérgica puede salvar la pérdida de sus Reales Derechos: Válgase V. A. R. de las armas que le presta su sexo: recuerde a su digno Esposo el amor filial, y descúbrale los intereses que deben moverlo por la seguridad de sus hijos y el engrandecimiento de la Casa de Braganza; convénzale V. A. R. de la necesidad de apresurarse en estos Dominios, y aprovechar esos momentos; aun si es necesario para trasladarse a ellos, sin tropas ni séquito".

Siguió largo rato: las ideas fluían a su mente, de su mente iban a la pluma, la pluma rasgaba el papel, el papel fue puesto en un sobre, el sobre aguardaría la llegada del alba y de Remigio para ir a donde debía ir: a las manos del caballero Contucci, lo mismo que las perdices de sus hermanas, camino a la infanta Carlota Joaquina en el Janeiro.

Cuando una mínima espiral de humo anunció que la vela se había consumido y el sol comenzaba a entrar por la ventana y él ya no daba más, Manuel bostezó, se estiró cuan largo era, escuchó cómo sus huesos crujían, se tiró a la cama, se durmió. Pero su utopía se prolongó en la bruma del sueño. Sobre las orillas del río que era el Río de la Plata vio iniciarse un incendio: ardían árboles y pajonales, casas ardían y hombres y papeles ardían y libros y en medio del humo y del fuego vio acercarse a una dama envuelta en vestiduras blancas y la dama portaba una corona sobre su pelo y en la mano la dama llevaba el Libro de la Ley y a la dama la seguía una multitud americana de blancos, negros, mestizos, aborígenes y la dama se acercó hasta él y le entregó una cepa y la cepa era de vid y la dama le dijo, Manuel, plántala, y el rostro de la dama se acercó a su propio rostro y los labios de la dama murmuraron *Chi sará, sará*. Pero el camino, sólo Dios lo sabe, no lo olvides.

XI

Santo Domingo esquina Camino del Rey

Ahora es de mañana y el doctor Redhead ha pasado a ver al enfermo y a traerle cierta medicina recibida de París.

—En mis correrías europeas tuve ocasión de conocer a uno de los facultativos de Napoleón —le dice—, un doctor Corvisart al cual volví a encontrar años después en la universidad de Gottingen. Mantuve correspondencia con él cuando volví a Escocia. Después lo perdí. Hace un tiempito supe de él y creí oportuno escribirle de usted y de sus males. Aquí tengo su respuesta...

Al trasluz muestra un frasco de vidrio y en el frasco de vidrio una pócima y en la pócima esperanzas para el enfermo.

—¿Usted cree, doctor Redhead? —pregunta Manuel sin convencerse del bien ofrecido en esa pócima que trae desde ultramar el aval del sabio francés Corvisart, porque después de tanta espera replegado en el sillón de alto respaldo, en la cama con dosel, en la alcoba que da al segundo patio de la casa, donde no llegan los ruidos de la calle y tampoco los de la vida, él, Manuel, ha perdido todo retazo de esperanza.

—Creo, Manuel, y ya comenzamos a probarlo.

La pócima gorgotea en la garganta del enfermo, atra-

viesa sus entrañas, puro fuego, después de tanto frío altoperuano, de tanta helada solitaria en Alta Gracia.
—¿Y ahora qué? —pregunta.
—Ahora todo irá mejor —dice Redhead, sacude su cabellera desordenada y rojiza, mira el reloj que pende de esa larga cadena trabada en su chaleco, decide—. Tengo tiempo, Manuel. Usted sabe que hace diez años, justo hace diez años, cuando pasó lo que pasó con Cisneros y el Cabildo, yo estaba en el Norte, estudiando el paludismo y la flora en Illimani...
—Y yo y tantos en la ondulante marea de otra fiebre... —dice Manuel y con su voz hace presente las remotas jornadas.

XII

La ondulante marea de una fiebre

Moreno de raza y de soles, agobiado por días y trabajos, pero sin querer delegar tareas en el servicio de su amito aun a altas horas de la noche, Remigio abrió la puerta de la casona de los Belgrano Pérez, en la calle de Santo Domingo esquina Camino del Rey, saludó a los dos visitantes embozados de la puerta, los hizo atravesar el zaguán, el patio y anunció:

—El doctor Castelli, el señor don Blas de Mondéjar.

Ambos entraron en la sala de pesados muebles, refulgente de platería, en la cual Manuel los esperaba junto a una de sus sobrinas, que extraía melodías del Stodard traído por su padre desde Europa años antes. No bien los vio llegar y después de los correspondientes saludos, la niña intentó la retirada aconsejada por prudencia, buenos modales y quizá previas advertencias del tío; pero, no faltaba más, siga usted, qué buena recepción, dijeron los señores educadamente, repartiendo sonrisas y cumplidos, y la niña se quedó.

—Qué cuadro más bonito —apuntó Blas.

—¿Cuál? —quiso saber el dueno de casa.

—Este —contestó Blas paseando su mirada por el vasto salón y la escena doméstica: la niña inclinada sobre el marfileño teclado, Manuel junto a ella, un libro entonces en las manos, los sobrios y confortables muebles distribuidos armoniosamente, las paredes cubiertas de retratos en los cuales su mirada se detuvo para advertir que del correspondiente a doña María Josefa González de Belgrano pendía un rosario entremezclado con un ramillete de rosas frescas: la piedad doméstica aún la hace presidir el hogar, pensó mientras junto a los otros escuchaba las melodías arrancadas del piano, a pedido del caballeresco trío, mientras hacían tiempo hasta la llegada de los otros. Muy pronto, se escuchó el resonar del aldabón por encima de la música y, casi enseguida, apareció Remigio acompañado por dos personas envueltas en sus capas, los cuellos alzados, los sombreros cubriéndoles la mayor parte del rostro.

—¿Alguien los ha visto?

—Creemos que no. Cuanto menos llamemos la atención, mejor.

—Con semejante aire furtivo, difícil no atraer las miradas —rió Blas de Mondéjar revelando su buen carácter y una excelente dentadura—. Quien los vea pensará en seguida: un dúo evidentemente sospechoso; o espías o facinerosos.

—Ninguna de las dos categorías. Ciudadanos preocupados, nomás. Pero quédese tranquilo, hijo: a estas horas no hay un alma por las calles y nadie nos vio —replicó, bonachón, uno de ellos, el padre Domingo, hermano de Manuel.

—Mejor. Pero, quién lo ha visto y quién lo ve, padre Domingo —dijo Blas mirando al clérigo, que se quitaba la capa y echaba una ojeada al lugar.

—Así es, hijo. Pensar que yo me ocupaba de religión.

—¿Y ahora?

—Ahora de religión y de política.

Entonces la niña, recompensada por el trío con sonrisas por su intermedio musical, marchó quién sabe a qué dependencias de la casa y ellos hacia el escritorio de Manuel, presidido por una severa mesa de caoba cubierta de papeles levemente desordenados, una lámpara de mortecino fulgor, un juego de copas y la correspondiente botella.

—El primer whisky llegado de Londres, producto del libre comercio tolerado por Santiago de Liniers —chanceó Manuel—. Ya saben que el francés se hizo más bien el sordo con respecto a la princesa, pero nos ha habilitado la libertad de mercados a fin de contar con recursos para pagar a las tropas y atraer a los otros pueblos americanos con el señuelo del libre comercio.

Desde la biblioteca se asomaban libros que en sus lomos indicaban autorías y procedencias: Quesnay, Galiani, Genovesi y el *Ensayo sobre la naturaleza y las causas de la riqueza de las naciones* de Adam Smith, entre varios traídos años antes de Europa (cuando había viajado como aprendiz de comerciante para regresar humanista movilizado por las ideas de la Revolución Francesa) y otros libros de temas militares, agregados en tiempos posteriores a la reconquista, cuando Manuel se decidió a prepararse para la milicia, según pintaban las cosas. San Agustín y los Evangelios presidían un estante al alcance de la mano de quien estuviera en el escritorio. Una imagen de la Virgen, atravesadas sus dos manos por rayos e iluminada en un fanal, heredada de la madre, y que solía prestarse para ser llevada en andas durante las grandes procesiones, acogía a los visitantes desde la pared de enfrente.

Quitados los abrigos, distendidos en los sillones, y cuando Remigio estuvo más allá de sus voces, Manuel inició la charla y ofreció la bebida. Blas se sirvió generosamente.

—Probemos el whisky del libre comercio, entonces.

—¿No entra el agua bendita en el libre intercambio? —chanceó fray Domingo—. Es el único líquido al que me acerco.

—¿No tienes el hábito del alcohol, hermano?
—Ese hábito no lo tengo. El único que conozco es éste —contestó señalando sus ropas de religioso—. Pero puedo irme acostumbrando. Acepto una copa, sobre todo por el libre intercambio.

—Te estás contagiando lindo, padre —dijo Manuel y escuchó la acotación de Cornelio Saavedra, el otro recién llegado, jefe del Regimiento de Patricios.

—Al buen Liniers, con lo dispendioso que es, no hay recursos que le alcancen. Pero balancea tal déficit con el fervor del pueblo.

—Sí, y con el apoyo del Regimiento de Patricios —acotó fray Domingo, mirando a Saavedra—. Nada puede hacerse en esta ciudad si no se cuenta con esta fuerza.

—El Regimiento de Patricios por sí mismo no es nada; sigue la voluntad del pueblo. Acuérdense de la última asonada: toda la gente de la Plaza gritó con voz de trueno *¡No queremos que otro nos mande!* ¿Recuerdan? Y hubo negros que se sacaron sus camisas para ponerlas como alfombras a los pies de Liniers.

—Es preciso no contar sólo con la fuerza sino también con los pueblos —murmuró Manuel para nadie, como si se hubiera quedado en la anterior reflexión.

—La gente no olvida lo que Liniers hizo en las invasiones inglesas, su papel en la reconquista.

—Por eso disimulan lo de *la Perichona* —se le escapó a Blas, hombre de carácter jocundo y palabra rápida, y como para disimular lo dicho por el hombre, que no podía con su genio, Manuel hizo circular entre ellos un paquete de cigarros de La Habana y cierto raro adminículo en el cual todos detuvieron la atención: una tenacita de oro para tomar el cigarro y no mancharse los dedos, en tanto explicaba:

—Regalo de un amigo chileno —y los demás sonrieron: este Manuel, siempre con las últimas modernidades.

Aventada la desdichada inclusión de *la Perichona*,

fuente de inagotables embarazos para el virrey Liniers, los hombres convinieron en que la ciudad era una caldera hirviente, con los españoles buscando desarmar al pueblo al que habían entregado armas durante las invasiones, con Montevideo inventando artimañas para proseguir el tutelaje de estas provincias vueltas tan levantiscas, con el nuevo virrey, un tal Bartolomé Hidalgo de Cisneros. Debemos defender a Liniers, a quien respaldan los comandantes y el pueblo, se dijeron. Comentaron: el nuevo virrey enviado por la metrópolis tiene la orden de que Liniers marche inmediatamente a España. Confirmaron: mientras tanto, Cisneros se ha acercado a Colonia, sin animarse a venir directamente y tomar el toro por las astas: no sabe qué le espera y no quiere meterse en la boca del lobo. Decidieron: hay que aprovechar esta situación. No podemos volver a las de antes. No es posible.

—La situación nos abre inmejorables perspectivas.

—Todos sabemos qué queremos. El problema es cómo lo alcanzamos.

La rebeldía buscaba el camino de la inteligencia y el descontento aplicar fórmulas sacadas de los libros prohibidos por la corona llegados de ultramar. Olvidados de bebidas y cigarros, de la hora y del tiempo, los hombres se entusiasmaron tras una utopía que creían casi al alcance de sus manos, puntualizando estrategias para sostener a Liniers en su cargo, en una clara decisión de pasar a la ofensiva. En eso estaban cuando escucharon otro llamado a la puerta. Remigio, que los había dejado librados a los avatares de sus conciliábulos, emergió de la somnolencia y del rincón en que hacía guardia y, farol en mano y gabán al hombro, acudió mientras los demás aguardaban, expectantes, para ver aparecer, sofocado por la corrida y quizá por las noticias de que era portador, al amigo Vieytes. No hubo tiempo para saludos, porque el hombre precipitó sus noticias con voz trémula y gestos más bien dramáticos:

—Mis amigos, ya es tarde para todo. Anoche, sin que nadie lo supiera, en medio de las sombras, Liniers cruzó a la otra banda y hoy, a las nueve de la mañana, golpeó a la puerta de la casa del nuevo virrey, en Colonia.
—No puede ser —se resistieron varios mientras el alma se les iba del cuerpo.
—Ha sido. Uno de nuestros espías regresó durante el día para ponernos al tanto. Les digo más. Parece que cuando le avisaron a Cisneros la presencia de Liniers, preguntó, sospecho que pálido: ¿Solo?, porque sin duda imaginaba verlo llegar al frente de sus fuerzas; pero cuando le contestaron, Solo, recuperado, lo recibió calurosamente y se confundieron en un abrazo que vieron muchos, aunque nadie supo de qué trataron en el largo conciliábulo mantenido después.

Manuel había quedado pálido; sus ojos se dirigieron primero a la nuca de Castelli, que hundía la cara en las manos, desalentado, y luego al fanal de la Virgen. Pero la Virgen nada contestó, siguió esparciendo su dulce mirada de muñequita española a la suave y titilante luz del fanal. Manuel sólo pudo murmurar:
—Dios mío, otra vez a fojas cero.
Y sintió que el mundo se le venía encima.

**

Y a fojas cero estuvieron, nomás, porque pronto se enteraron de las otras noticias: a la venida inminente de Cisneros se sumaba el movimiento carlotino, inerte primero y, poco después, difunto. La embarullada secuencia de los trámites había acabado abruptamente. ¿Razones? Especies sediciosas hacían creer que detrás de Carlota estaba la entrega al Portugal. El florentino Contucci, engañador y trencero, con sus palabras y acciones complicaba la situación; siempre brindando sonrisas y promesas, jugaba a varias puntas, dio vuelta el tablero. La princesa, mal informada, se había hecho la difícil para atender a Pueyrredón, delegado en el exilio de los patriotas sureños. Primero se volvió esquiva, después sorda. El príncipe regente afirmaba, por su parte, que extrañaría mucho a Carlota Joaquina si ésta se alejaba para atender las cuestiones del Río de la Plata y de Hispano América, razón por la cual no le daba su real visto bueno de consorte. En suma, la princesa y el plan se fueron a baraja. Pero, ¿acaso podía salir el orden de tanta confusión?

—Las gallinas se olvidaron de volar —dijo Manuel. Sí, otra vez a la bartola. Y el nuevo virrey como en su casa, con los españoles exultantes porque todo permanecía tal cual, ellos conservaban empleítos y prebendas y España seguiría chupando como esponja.

—Pero, ¿cree que todo será como antes?

—No, imposible.

—¿Y cómo será?

—Será distinto —previó Manuel pero, concluido el proyecto, extraviada la esperanza, cayó en aguda depresión, sus males recrudecieron, amigos y familia lo empujaron para irse a descansar. Se decidió: buscaría en alivio de distancias y silencio, la serenidad del corazón.

—¿A dónde irás, Manuel?

Contestó que a Colonia, lugar que tanto le gustaba, que allí, entre sus papeles y en contacto con la naturaleza se recuperaría pronto. Por algo admiraba a los fisiócratas, ¿no? Los amigos lo tranquilizaron, vete tanquilo, Manuel, le dijo Castelli, en tanto te recuperas, nosotros seguiremos trabajando, y a la menor novedad...

—Me avisan y regreso volando.

Llegó la mañana de la partida hacia la otra banda, donde su familia tenía campos, y marcharon, Remigio al pescante del coche que lo llevaba al puerto. Al pasar miró la catedral, señora mayor de las iglesias del Sur, despertando de su nocturno sueño entre neblinas; miró a un mendigo que todavía dormía su mona contra un pilar de la Recova, y a otro que meaba, desganado, sobre el aguaje turbio del río; pero, entre tanta tristeza, Manuel recordó la noche anterior, en la tertulia con que los Vieytes quisieron despedirlo, donde una dama toda la noche lo había seguido con el mudo lenguaje de un abanico y la mirada de dos ojos negros que él, alguna vez, ya había entrevisto en los altos de una mansión cerca del Cabildo.

—¿Quién es? —había preguntado a Blas de Mondéjar, quien seguía la trayectoria de su mirada a lo largo de la noche.

—Una gran dama. Familia tradicional, adinerada, casada con un español muy rico. De esas, como dice Antonina... —Alguien los interrumpió.

—¿Qué dice Antonina? —Manuel volvió a la carga.

—Que para hacer una gran dama déstas, se necesitan siete generaciones —sonrió Mondéjar y agregó—: Y para perderlas, con un solo hombre basta.

—Creo que exagera tu Antonina.

—Manuel, que lo veo a punto de transgredir su condición de misógino.

—¿Misógino yo? Jamás. Si algo me gusta es el encuentro con las damas.

—Entonces, de soltero.

Manuel obvió la acotación. Se quejó:

—Pero, no dijo cómo se llama.

—María Josefa Ezcurra y Arguibel —dijo Blas y con ese nombre y el recuerdo de la mirada oscura acosándolo entre vaivenes de abanico, entró en el espejeo de las aguas, acunado malamente por el jaleo de los hombres que ponían el barquichuelo en marcha y el del río que cumplía su cometido de llevarlo a la otra banda del río.

Y ya antes de llegar, Manuel se sintió mejor.

***

Las batallas secretas de Belgrano

Sus amigos lo pusieron al tanto. Si los mismísimos Borbones de España eran incapaces de defender sus doninios del Plata, y los ejércitos napoleónicos robustecían el trono de Pepe Botellas, ¿el pobre Cisneros, solita su alma, iba a conseguir afianzar su mandato en el Río de la Plata? Ni en sueños.

El héroe de Trafalgar, para nada a la altura de tarea y tiempos, cometió una torpeza detrás de otra, pues una cosa son las batallas y otras las diplomacias políticas, y él, como veleta al vaivén del viento, había dicho a los ingleses que, por ayudar a España (en España) contra Napoleón, pedían por estos lares nuevos mercados para sostener su economía: sí a la apertura del Puerto de Buenos Aires. A los armados cuerpos criollos: sí al fortalecimiento de sus fuerzas. Al relajamiento de la autoridad hispana (al menos en los hechos): sí. Y cuando supo de los levantamientos de Chuquisaca y La Paz, para comprar las voluntades criollas del Río de la Plata no se le ocurrió nada mejor que ¡promover la fundación de un periódico a fin de mantener entretenidos a los criollos de avanzada! Sin duda: Dios ciega a los que quiere perder. Ya lo dijeron las Sagradas Escrituras.

Blas de Mondéjar sentenció:

—Papita para el loro.

Juan José Castelli:

—Este es trabajo para mi primo el doctor Manuel Belgrano.

Virrey Cisneros aceptó:

—De acuerdo. Belgrano es un hombre culto, ha vivido en Europa y no la conoce sólo de oídas o por los libros, como muchos. Además, ha frecuentado a los clásicos. Es un hombre de letras. Él dirigirá el periódico.

—Pero hará un diario político —comentaron los amigos por lo bajo.

—Quién lo duda.

María Esther de Miguel

Antes de partir para la audiencia con el virrey, Manuel recibió una carta de su amigo Navarro, el de Salamanca, portadora de variadas noticias acerca de Napoleón *Buonaparte*. El solo hecho de que el amigo escribiera así el nombre del personaje que con su bota aplastaba a Europa dejaba traslucir, ciertamente, su oposición. Pero Navarro le adjuntaba, además, un *dichete* italiano que había corrido entre muchos: *I tutti i francesi sono ladri?** a lo cual respondían: *Non tutti nia Buonaparte.***

Sonriendo aún por la anécdota Manuel, polainas blancas, empolvada cabellera, impecable pechera, elegante chaqueta negra, zapatos de charol con hebilla de plata, oloroso a aromas importados, se presentó ante Cisneros (elegantemente vestido, gruesos anillos en sus dedos, elaboradísima peluca alba en la testa virreinal), hizo las genuflexiones del caso, escuchó su larga perorata:

—Quiero que se llame *Correo de Comercio de Buenos Aires* como el *Diario de Comercio de Sevilla*. Y que sea órgano de difusión de noticias y también de opinión.

—De acuerdo, V. E. Porque en verdad *"es una gran vergüenza que la gran Capital de la América Meridional, no tenga un periódico con el cual auténticamente se dé cuenta de los hechos que la harán eternamente memorable"* —dijo Manuel pomposamente, como convenía.

Pero el virrey Cisneros, que era bastante sordo, no escuchó bien y pidió aclaración a lo dicho, mientras señalaba su oreja para señalar la fuente de su problema: Trafalgar.

—Entiendo, discúlpeme. —Manuel intentó el bis de su exposición.

—Así es, doctor Belgrano —contestó Cisneros, ya en autos—. Y este diario, cuya creación dejo en sus manos,

---

* ¿Son todos los franceses ladrones?
** Todos no, pero sí una buena parte.

Las batallas secretas de Belgrano

deberá servir "*como propagación de las luces y conocimientos útiles*".

—Totalmente de acuerdo, señor virrey, cómo me alegra escuchar sus sabias palabras —contestó Manuel, encantado por tales coincidencias básicas—. Porque en *"países como éste en que la escasez de libros no proporciona el adelantamiento de las ideas a beneficio del particular y en general de sus habitantes"*, el periódico por V. E. impulsado suplirá tales falencias —olas marinas su voz, iba yendo y viniendo, pues Manuel sabía ser seductor cuando quería y, por don natural, era exquisitamente diplomático.

—Y es mi real voluntad que en él colaboren los hombres más prestigiosos, a fin de levantar estas provincias —dijo el español y ajustó su peluca, que se le había descolocado levemente.

—Necesidad ineludible, señor, porque un periódico no es producto de una persona sino de un equipo. Ahora, humildemente advierto a S. E. que, dados los tiempos tumultuosos que, con pena para todos, estamos viviendo, no deberá tomarse a mal si nos reunimos, los hombres empeñados en cumplir la voluntad de S. E., por el asunto del *Diario del Comercio* —dijo y pensó ¿habrá sido incorrecta tan larga tirada? Pero era necesaria, se justificó.

—Entiendo, entiendo, doctor Belgrano. ¿Dónde se reunirán?

Manuel le aclaró al señor virrey: se reunirían en su casa, o en la de los amigos, como la de Rodríguez Peña. O en la jabonería de Vieytes. O en la Quinta de Orma, en fin en la de aquellos empeñados en la tarea, puntualizó más en son de advertencia que de cortesía. Y como el virrey le preguntó si ya había pensado en algunos colaboradores, un momento, señor, déjeme recordar...: Hipólito Vieytes, Juan José Castelli, Nicolás Rodríguez Peña, Juan José Paso, Agustín Donado, Manuel Alberti...

—Serán más o menos siete, entonces... Muy bien. La sociedad de los siete.

—Ha dicho bien, V. E., la *Sociedad de los Siete* —dijo y pensó: y espero que sus secretos sean bien secretos. Ya tenía el plan dándole vueltas en su cabeza: a la sombra de esa sociedad oficializada por el mismísimo virrey funcionaría el club político.

—Pues bien, doctor Belgrano, digo a usted que están autorizadas dichas juntas, puesto que la confección del periódico así lo hace necesario. Nadie los molestará.

—¿Ni sabuesos ni espías? —bromeó Manuel con su mejor sonrisa.

—Ni sabuesos ni espías, doctor; estamos entre gente de honor —contestó el virrey, en el fondo contento de que esos jóvenes estuvieran enterados de la eficacia de sus servicios.

Manuel se fue con el corazón bailoteándole y los ojos voladores de ensueños y desde ese momento la sociedad, que ciertamente ya existía, se puso a trabajar en firme: pan comido, dijo Blas de Mondéjar.

Muy pronto el *Correo de Comercio* estuvo en las calle y en las casas, y Cisneros, muy lejos de comprender que había permitido la entrada en la ciudad de un caballo de Troya. Porque las ideas de esa Sociedad de los Siete desde el *Correo de Comercio* predicaban al virreynato las virtudes de la educación, la libertad, la unidad de los pueblos y era tal la sagacidad de los hombres capitaneados por Manuel, y tal la ceguera del virrey, que todo pasaba y todos lo leían y cada uno de los lectores encontraba lo que quería y se podía decir que el *Correo de Comercio* era un periódico polisémico, aunque la tal palabrita todavía no había sido inventada.

Pero algunos decían:

—Ahí anda el doctor de los Belgrano predicando rarezas.

***

Seleccionaba sus energías como sus vestimentas, de acuerdo con las necesidades. Pero esa tarde, aunque la humedad lo tenía mal con la garganta y los constantes atisbos de fiebre no le daban tregua, consideró llegado el momento de ahorrar fuerzas: todas las necesitaba para comprometerse en los hechos que se precipitaban como sopapos de loco, según decía Blas. Pero la culpa era suya: con el mal tiempo volcado sobre la ciudad, la noche anterior había estado tomando humedades frente a una casa que ya bien conocía. La muchacha del abanico veloz y los ojos oscuros entrevistos antes de su partida a Colonia apenas si le había permitido unas palabras tras la ventana, pues soy mujer casada, le había dicho confiándole lo que Manuel ya había averiguado; pero para conseguir ese breve escarceo sentimental que le había alborotado la sangre debió aguardar largo rato. Y aunque breve requetebreve fue el interludio, resultó suficiente para entender que frente a sí tenía una mujer inteligente, apasionada; y suficiente también para que la humedad penetrara en su pecho como una espada, de modo tal —Manuel se tomó el pelo— como para quedar doblemente herido: en los pulmones y en el corazón.

Pero, esa noche, en la representación del sueño y en la tibieza de la duermevela se había sentido feliz. Su hermana le dijo que lo había escuchado reírse:

—Soñando, desde luego. Dios sabe con qué —explicó. Y por cierto, Manuel guardó el secreto.

Vaya con el resultado no previsto, sonrió Manuel porque el corazón aún le bailoteaba, mientras tomaba con largueza sorbos de té con limón y rechazaba otros alimentos: porque flor de nudo se le había hecho en el estómago con el corazón apresurado por el recuerdo de la mujer y los cercanos acontecimientos políticos.

Con gesto de ánimo muchacho que no es para tanto se decidió a salir, requirió a Remigio su paraguas, un par de botas y la capa que entonces olía a espliego y pronto olería a humedad. Alto el cuello, las manos al resguardo, salió a la calle y al Cabildo, donde llegaría convertido en un dandy pasado por agua e inquietudes. No había caso: en esa ciudad, como decía un amigo, no pasaba un día sin que te mojes los pies, y una vez mojados, en que no tengas una semana de cama, porque sin empaparte hasta los tuétanos no se puede caminar por Buenos Aires.

Luchando contra el agua y la ventisca de ese día de mayo, Manuel recordó la lejana conversación mantenida con el general Crawford, en ocasión de la reconquista, cuando acallada la bullanga bélica entre solemnidades inglesas, ampulosidades hispanas y exaltaciones criollas, comenzaron los tratos diplomáticos con los gringos. En la tertulia de un salón y por la noche, el de Albión, los ojos claros como el cielo de enero en su vaso de whisky primero en y los de él enseguida, *"vous êtes français?"* le había preguntado ante la buena pronunciación de su francés y la *politesse* de sus modales, según le explicó cuando la confusión fue aclarada, después del correspondiente *excuse me* del gringo. En claro las respectivas individualidades, puestos a hablar entonces sobre la Independencia de estas tierras (materia que a ambos interesaba sobremanera, al inglés por sus negocios, y al criollo por esas cuestiones de la libertad), al británico no le había temblado la voz al augurar que diferiría para un siglo la consecución de la tal libertad en estas tierras, sin duda amoscado por el mal éxito de las tentativas de conquista obradas por su país. Pero, qué necios suelen ser los cálculos de los hombres: la realidad dos por tres da su mentís a los pronósticos y así había pasado en la ocasión. La Junta Central de la Península se había disuelto en su fuga y, ausente toda autoridad, concluida la metrópolis, ¿qué quedaba para estas provincias? La hora de las decisiones esperadas. Parecía funcionar bien la idea de arreglárselas como se estaba haciendo en España, mediante Juntas que apelaban al rey en desgracia, pero

se manejaban autónomas. Y había llegado el momento. Hasta Liniers, que la vez anterior, cuando él, Manuel, había querido resistir a la asunción de Cisneros, contestó: *"aún no es tiempo, dejen que las brevas maduren y entonces comeremos"*, en esta nueva situación afirmó: *"Señores, ahora digo que no sólo es tiempo, sino que no se debe perder una sola hora".*
Y así estaba ocurriendo.

A principios de ese mes de mayo había arribado a Montevideo la fragata inglesa *Paris* trayendo novedades para beber, vestir y pensar. También para amargar al virrey: los franceses se habían apoderado de Sevilla y la Junta Central, abdicado en una regencia. España estaba perdida, al virrey le faltaban razones legales para mantenerse al frente del virreynato, los patriotas decidieron llegado el momento de pedir un Cabildo Abierto: habían elegido al Ayuntamiento como el campo más propicio para esa batalla que querían librar, sin bayonetas ni sangre, por la sola fuerza del razonamiento y el derecho. Como Manuel era uno de los más comprometidos con la idea, sus amigos lo habían delegado, junto a don Cornelio Saavedra, para solicitar al alcalde de Primer Voto, el criollo Lezica, Cabildo Abierto.

Cuando Manuel llegó a las adyacencias del Cabildo fue sorprendido por la cantidad de gente en el Café de los Catalanes y en la Fonda de las Naciones, y en la Vereda Ancha, debatiendo a gritos la situación. A Pancho Planes, uno de los más exaltados, lo habían subido una mesa y desde ese podio arengaba al pueblo y contaba anécdotas graciosísimas del Sordo en Trafalgar, algunas verdaderas, la mayoría puro embuste.

No sé a qué hora duerme esta mozada, pensó mientras seguía, envuelto en la capa que al salir olía a espliego y entonces rezumaba humedad. En el Café de Marco encontró a Cornelio Saavedra. Juntos marcharon hacia la casa del Alcalde de Primer Voto para imponerle los deseos del pueblo: venía para celebrar, sin demoras, un Cabildo público y general a fin de acordar si debía cesar el virrey. El alcalde de Primer Voto primero puso cara de asco y luego dijo se lo diré al virrey. Al otro día se lo transmitió al virrey, y el virrey, aunque era sordo, escuchó al alcalde del Primer Voto, pidiéndole lo que el pueblo pedía, que era Cabildo Abierto, pero aunque bien lo escuchó el virrey, sorprendido a más no poder, antes de contestar quiso saber en qué andaban las tropas, pues quería saber si podía hacerse el fuerte con el apoyo de los comandantes. Para enterarse los citó en la Fortaleza esa misma noche.

El hombre se creía el más listo del virreynato, pero esa noche, en la Fortaleza y con los comandantes, entendió que poco le quedaba por hacer.

—La situación es peligrosa —dijo alterado y tan confundido que ni tiempo había tenido para recurrir a su peluca—. Pero las facciones que se autodenominan pueblo, resultan intempestivas y desarregladas y este virrey quiere saber si cuenta con los señores comandantes para sostener la autoridad delegada por el rey y para mantener el orden público. Si ustedes están dispuestos a contener a esos inquietos que andan solicitando Cabildo Abierto.

No había acabado de hablar cuando un peninsular irrumpió, más rápido que volando:

—Este servidor y el Cuerpo que comanda están dispuestos a sacrificarse al lado de la autoridad.

Pero Martín Rodríguez, comandante criollo, atropelló:

—Esto se verá mañana.

El virrey, que era sordo, como está dicho, se quedó en Babia, pero los demás palidecieron. Si a alguno le quedaban dudas, el razonamiento de los comandantes en la boca de Cornelio Saavedra los terminó de espabilar:

—El gobierno que dio autoridad a V. E. para mandarnos ya no existe y se trata de asegurar la suerte del virreynato y la de América y por eso el pueblo quiere reasumir sus derechos y conservarse a sí mismo. Entonces tuvo que decidir el virrey.

Los jóvenes de la Sociedad de los Siete, ya muchísimos más, habían constituido algo así como una Junta revolucionaria que operaba por su propia autoridad: aguardaban las noticias en la casa de Rodríguez Peña, comiéndose las uñas de puro nerviosos y ajustando detalles de la estrategia para seguir con la de ellos: gobernarse por sí mismos.

Manuel no había tenido paciencia para esperar en la casa de Rodríguez Peña las noticias de la Fortaleza y salió a dar una vuelta, a recorrer el espinel, como dijo, con French, quien, junto a Beruti, otro de los más jóvenes y exaltados, constituían algo así como los activistas del grupo. Al aproximarse a la Plaza de la Victoria encontraron una multitud inquieta y en las galerías de la Recova, gente de aire más bien torvo, envuelta en capas o capotes con aire de portar armas bajo tanto ropaje.

De pronto, algunos de esos con cara de matones se acercaron a su compañero y le secretearon cosas. Manuel comprendió: con que en ésas andaba el tumultuoso French, tan ocupado en esos días; en preparar la escenografía.

—Esta es la mozada de la revolución, como les gusta decir a ustedes, ¿verdad? —preguntó Manuel haciéndose el inocente.

—Así es —contestó escuetamente French, aunque sonriendo.

—¿Y cuántos son, si se puede saber?

—Cerca de seiscientos.

—Y supongo que están para presionar si nuestros discursos no alcanzan —sonrió Manuel.

—Doctor, no sé si usted los vio en Europa, pero aquí son muy necesarios. Son los ciudadanos... briosos.

—No me diga. Yo creía que se llamaban turbas... —Pe-

ro agregó, condescendiente—: No tema: en todos lados se necesitan.
—Los muchos abusos preparan jornadas como ésta.
—Y la excesiva injusticia las abona —reflexionó y miró a esos sujetos que llevaban en los sombreros cintas blancas para indicar su condición de americanos y en el cintillo del sombrero el retrato de Fernando VII como señal de lealtad al rey.
—Pero, ¿no bastaba con el acuartelamiento de las tropas? —preguntó más bien inquieto por esos rostros torvos y las bataholas que armaban.
—No bastaba. Fíjese usted que hasta los oficiales más equilibrados le dijeron al coronel Saavedra no se engañe, coronel, la cosa no se puede atajar. Los otros, los exaltados, fueron más terminantes: si se empeñaba en contenerlos, a él mismo lo iban a hacer a un lado. Teníamos que tener fuerzas propias doctor, ¿no le parece?
—Sí, pero hay que usarlas con prudencia, French
—Manuel creía más en las ideas que en las bayonetas—. El buey está para arar y el soldado para guerrear.
—Por supuesto, don Manuel. Qué hombre equilibrado es usted: en medio de esta barúnda, tan sensato como cuando le vamos a pedir consejo en su bufete —dijo French mientras cruzaban la plaza, y corrió porque Beruti lo estaba llamando desde un corrillo exaltado del cual partían nutridas pifias al virrey.
—¿Qué consigna conviene que griten ahora? —oyó preguntar y Manuel notó como un superávit de energía que se infiltraba en los grupos y entonces alguien lo tomó del brazo, doctor, escuchó y Antonina estaba frente a él, acalorada aunque el frío era bastante recio, el pelo revuelto, la mirada encendida:
—Doctor, la última novedad: tendremos Cabildo Abierto para el 22 —dijo sacudiéndole el brazo de pura exaltación—. Mañana se repartirán las invitaciones.
—Pero ¿de dónde sacas esto, mujer?

—Lo acaba de decir en la Fortaleza el virrey. Ha dicho: *puesto que el pueblo lo exige y el ejército me abandona, hagan ustedes lo que quieran...* —remedó Antonina la hispana voz del virrey y sus presuntos gestos de abatimiento en la ocasión y rió y se puso a cantar y con los demás formó una ronda—: ¡Cabildo Abierto! ¡Cabildo Abierto!

—Gracias, Antonina, por la noticia. Y ahora, ¿a dónde vas tan volando?

—Pues con este piquete —y la Antonina señaló a otras damas de armas llevar y algunos encapotados entre los que alcanzó a ver al exaltado Pancho Planes—; ahora marchamos a recorrer cuarteles, a los Patricios vamos, y a los Arribeños y a los Húsares y a los Granaderos, pues nadie se puede quedar atrás y este cabrón del virrey tendrá que enterarse de que al pueblo lo respaldan las mismas armas que devolvieron al río a la escuadra inglesa.

De modo que Manuel, gracias a Antonina, se enteró de lo sucedido en la Fortaleza antes que quienes aguardaban en casa de Rodríguez Peña. Después supo los detalles. Que eran estos.

No bien había partido Manuel, salieron para la Fortaleza su primo Castelli y Martín Rodríguez, delegados para emplazar al virrey, y allí lo encontraron en el salón de recibo, jugando a las cartas como si el mundo no se le estuviera viniendo abajo. Pero, al verlos a tales horas de la noche, (ya eran como las diez), sí que el mundo se le cayó encima. Castelli, ni lerdo ni corto, le anunció que el pueblo estaba en armas, los cuerpos acuartelados, amunicionadas las fuerzas, y que...

—...habiendo V. E. cesado de derecho en el mando del virreynato, compete al pueblo reunido en el Congreso deliberar sobre su suerte.

El virrey palideció, se coloreó, se enfadó, carajeó, tiró la mesa al suelo, los naipes volaron.

—¿Qué atrevimiento es este? ¿Cómo se atropella de

este modo a la misma persona del rey en la persona de su representante?

Castelli simplemente anunció:

—Señor, no se acalore V. E. que la cosa no tiene remedio.

Rodríguez lo conminó:

—Excelentísimo señor: cinco minutos es el plazo que se nos ha dado para volver con la contestación de V. E.

Entonces Cisneros, pálido el rostro, descompuestas las ropas, arrebatado el gesto, entorpecida su labia por la indignación, después de un breve intercambio con alguno de los suyos, dijo a los emisarios:

—Señores, cuánto siento los males que van a venir sobre este pueblo como resultado del paso que dan. Pero, puesto que el pueblo no me quiere y el ejército me abandona, hagan ustedes lo que quieran —dijo, se regaló un trago de jerez para aguantar el trance y, con la voz altisonante de los sordos y con pésimos modales, pidió, eso sí, que los invitados al tal Cabildo Abierto fueran *vecinos de distinción y de nombre*, maniobra que los patriotas enseguida advirtieron: si dejaban al arbitrio de los señorones del Cabildo el asunto de las invitaciones, estaban perdidos, por lo cual decidieron que el reparto de las esquelas se efectuara bajo la severa vigilancia de Belgrano como representante del pueblo constituido en la Sala de Audiencia del Cabildo.

De modo que la gente habitualmente concentrada en el centro de la ciudad, ese 22 de mayo se amontonó en el Cabildo. Los guardias no sabían cómo hacer para controlar a la multitud. Exigían mostrar la tarjeta de invitación, las tarjetas eran más de cuatrocientas, pero con tarjetas sólo llegaron unos doscientos vecinos y pico, razón por la cual se dejó subir a otros, los españoles dijeron que a muchos con tarjetas no los dejaban pasar, que las tarjetas propias iban a ignotas manos nativas de *manolos* y *chisperos*, lo cual era verdad: los guardias era criollos y

Las batallas secretas de Belgrano

dejaban pasar a quienes estaban con los patriotas. Además, aunque pocos lo sabían, un tal Donado, en la imprenta donde se habían hecho las invitaciones, agregó unas cuantas por su cuenta y riesgo y las repartió entre gente del pueblerío. Hubo algunos entreveros y múltiples garrotazos, los ánimos estaban caldeados a más no poder, corrían rumores de que el virrey a último momento se estaba echando atrás, en la plaza Belgrano y French y Beruti y otros se desplazaban precipitadamente, nada contentos con la selección a que obligaban las tarjetas, el síndico pidió la colaboración de Manuel, hombre respetado, para organizar la multitud, aceptó Manuel, consiguieron algo de orden, se abrió la Asamblea de notables y colados, y estaban el obispo y los oidores y doscientos veinticuatro vecinos respetables en escaños con respaldos, en ordenadas filas, y una gran mesa con tapiz carmesí presidía el salón y alrededor de la mesa los dignatarios en sus altos sillones. Entonces el obispo Lue, asturiano de talento y erudición, comenzó a hablar y se desbocó: "mientras existiese en España un pedazo de tierra mandado por españoles, ese pedazo de tierra debía mandar a las Américas", dijo, "y mientras existiese un solo español en las Américas, ese español debía mandar a los americanos", recalcó y terminó diciendo, pobre de él, que sólo podía venir el mando a los hijos del país "cuando ya no hubiese un solo español", que si el virrey imitaba al rey, el obispo Lue imitaba al Papa. Entonces todos quedaron estupefactos, comprendieron que era el momento de hablar, y habló don Cornelio Saavedra, pues para eso era el comandante del Cuerpo de Patricios, y el coronel Saavedra dijo dadas las actuales circunstancias y "consultada la salud del pueblo debía subrogarse el mando superior que tenía el Excmo. Señor virrey en el Excmo. Cabildo" hasta que se formase la Junta que debería ejercerlo. Pero tenían que hablar otros, pues para eso se habían reunido. Aunque muchas miradas se dirigieron a Belgrano, como

Belgrano no era hombre de peroratas públicas ni orador de barricadas y multitudes sino que su fuerte estaba en la estrategia y el consejo, en la reflexión y el análisis, simplemente adhirió a lo dicho por Saavedra, miró entonces a Castelli, y Castelli habló porque era orador nato, y su palabra irrefutable en argumentos y pasión, y dijo que la España había caducado su poder para con estos países, y la plaza a la señal de un jefe chispero estalló. Después habló Paso, con su palabra grave y vigorosa, y con su palabra grave y vigorosa dijo que "en la ausencia involuntaria del monarca estaban habilitados los pueblos para reasumir la autoridad soberana y elegir el gobierno que creyesen más adecuado en favor de los derechos del rey", y todos escucharon, españoles y criollos, y entonces Blas de Mondéjar, que era uno de los colados y para nada hombre de medias tintas tronó: el mando debía recaer en el Cabildo y Cisneros debía ser residenciado por las atrocidades cometidas con los patriotas de La Paz, y algunos aplaudieron y otros consideraron excesivo tales decires, pero nadie dejó de escuchar semejante cañonazo presumiendo todos de qué lado se inclinaba la balanza, en tanto a Manuel acudían y en Manuel, sentado al lado de Mariano Moreno, convergían las miradas, porque era el encargado de hacer a las gentes de la plaza una señal con un pañuelo blanco, en caso de que la situación se complicara; pero el pañuelo blanco no llegó a usarse, no tuvo necesidad de desplegarse en señal de alarma, porque de pronto los aplausos estallaron y el reloj del Cabildo dio doce campanadas rubricando que "en la imposibilidad de conciliar la tranquilidad pública con la permanencia del virrey y régimen establecido, se faculta al Cabildo para constituir una Junta del modo más conveniente a las ideas generales del pueblo y a las circunstancias actuales, en las que se depositará la autoridad hasta la reunión de las demás ciudades y villas".

    Sic transit gloria borbónica —dijo Blas de Mondéjar.

Con el corazón bailoteándole en el pecho Manuel salió. Al salir descubrió entre la multitud a la dama de su interludio en la húmeda noche; y aunque la dama, seguida de una mulata, iba cubierta con un rebozo, la reconoció. Se le desacompasó el pulso y se acercó a ella, mejor dicho, ambos se acercaron, como el imán y el hierro se buscan sin saber ni preguntarse siguiendo qué leyes lo hacen ni quién lo hizo primero.
—Señora.
—¿Todo ha ido bien?
—Creemos que sí.
—Qué suerte. Pero mi padre votará por la permanencia del virrey. Y mi marido, también.
—Señora, tienen derecho a hacerlo, son realistas.
—Prefieren el pasado porque no se animan con el futuro —decidió la señora, relampagueantes los ojos grandes y oscuros, avivados por la emoción del encuentro, tirante el pelo oscuro bajo el rebozo.
—Pero me alegra mucho que usted no los acompañe —murmuró Manuel y admiró la figura grácil, y adivinó bajo sus ropas las piernas bien torneadas y los pequeños pechos redondos y presumió la suavidad de esa piel más que vista, sospechada y pensó, Dios mío, qué me pasa, qué deseos despierta en mí esta mujer.

Pero la dama simplemente le estaba diciendo, con voz suave y decidida:
—Yo acompaño a los patriotas, doctor Belgrano.
—No lo dudaba, señora.

Entre esa noche y la siguiente el partido español maniobró de lo lindo, pues ni el obispo Lue ni el sordelli de Trafalgar se iban a dar por vencidos así nomás. Estaban al tanto del centro revolucionario que escudado bajo la máscara de grupo, de club o de sociedad tenía la sartén por el mango y el mango también: milicias, armas y gestores decididos a detenerlos, de modo tal que los capitulares se fueron al Fuerte y allí pergeñaron una acción gatopardista antes de que el gatopardismo se oficializara. Aviesamente, pese a que el recuento de votos había dado mayoría absoluta a los patriotas, inventaron una fórmula transaccional: la nueva Junta estaría formada por Cisneros, el cura de la parroquia de Monserrat, Juan José Castelli, abogado de la Real Audiencia Pretorial, don Cornelio Saavedra, comandante del Cuerpo de Patricios, y algunos otros ciudadanos prestigiosos, predominantemente españoles. A buen entendedor: Cisneros cesaba como virrey, pero el Cabildo lo designaba presidente de la junta de notables que gobernaría hasta la llegada de los diputados de las provincias que serían convocados.

Cuando la noticia llegó a la plaza, estalló la indignación:

—No queremos al Sordo.

En el barrio del Alto donde se aglutinaba el pobrerío movilizado por French y Beruti, se pusieron en pie de guerra, en el cuartel de Húsares se velaban las armas, en el de Patricios Chiclana y Moreno pronunciaban fogosas arengas, en el Café de Marco y en la Fonda de los Catalanes se complotaba, en los arrabales chisperos y manolos se movilizaban, la Plaza de la Victoria era un maremágnum, la casa de Nicolás Rodríguez Peña, un hervidero: o salía el virrey o el pueblo daba la batalla. Se habló, se razonó, se objetó, se pusieron paños de agua fría, teas encendidas, valentía y timidez, iracundia y prudencia. Los señorones españoles de molleras adormecidas, acostumbrados a mirar hacia lo alto, en esa ocasión tuvieron que empezar a mirar hacia abajo.

Esa noche Manuel había ido a casa de Rodríguez Peña vestido con el uniforme de los Patricios. Exhausto por las largas jornadas, callaba y escuchaba. Recostado en un sillón de la sala, veía a los que entraban y salían llevando noticias. En un momento, cansado ante la indecisión de

Las batallas secretas de Belgrano

algunos y la desmoralización de otros, se levantó de un salto, corrió hacia el comedor de los Rodríguez Peña, donde la mayoría permanecía reunida, fuego el rostro, alta y decidida la voz, la mano en la empuñadura de su espada. Como un actor en el escenario dijo, teatral e iracundo:

—Juro a la patria y a mis compañeros, que si a las tres de la tarde del día de mañana el virrey no ha renunciado, lo arrojaremos por las ventanas de la Fortaleza abajo.

—Eso corre de nuestra cuenta —dijo un joven de apellido Vedia y todos aplaudieron.

—Este Belgrano, siempre a tiempo —murmuró Blas—. Siempre oportuno para hacer de paloma... o de halcón.

La noche de ese 24 llegaba a su término. Algunos patriotas recogían firmas en la plaza, en las calles, en los conventos, en las iglesias, en los bares, en las fondas. En la casa de Rodríguez Peña, Beruti pidió papel, pluma, tintero, opiniones. Hizo una lista de nombres. Era la probable Junta. Apenas terminó de leerla cuando las puertas volvieron a abrirse: "Una muchedumbre se ha introducido en el cuartel de Patricios y se disponen a marchar sobre la Fortaleza".

Demasiado grave la noticia. Se distribuyeron emisarios. Hacia el cuartel de Patricios marcharon Mariano Moreno y otros para convencer a los exaltados de aguardar al día siguiente, cuando se reuniría el Cabildo Abierto. Castelli marchó a conminar a Cisneros, en la Fortaleza, a fin de que abdicaran, según lo exigían soldados y paisanos. Otros marcharon a lo del síndico procurador Julián de Leiva: lo encontraron en cama, lo hicieron levantar, le notificaron desde la ventana que debía llamar a un nuevo Cabildo General.

Mientras tantos a los capitulares, a semejantes horas de la noche, para que no se escucharan las arrebatadas arengas de los patriotas, no se les ocurrió nada mejor que hacer tocar música desde los balcones del Cabildo.

En la puerta de Rodríguez Peña se corrieron las noticias.

—El faldonudo del virrey renunció.

—La Junta renunció.

Esa noche el virreynato quedó sin gobierno.

Lluvioso maneció el 25. La tristeza del mundo parecía amontonarse en la ciudad que había permanecido en vela porque no podía permitir que "grandes bonetes del Cabildo" burlaran la decisión popular manteniendo al Sordo en el poder. Manuel no era de mucho dormir, pero esa noche no había pegado los ojos. Al alba llegó a la plaza con Castelli y Blas de Mondéjar y allí hizo de las suyas, que era transmitir fervor. Diversos grupos repartían cintas blancas, vibraban ¡Abajo el virrey! ¡Al Cabildo! ¡Abranse las puertas al pueblo!

—¿Qué es lo que ustedes quieren? —preguntó uno de los Grandes Bonetes.

—La separación inmediata de Cisneros, como lo resolvió el pueblo el día 22 —contestó French y la multitud coreó:

—¡La separación de Cisneros!

El Gran Bonete les dijo:

—Es imposible tratar un negocio tan arduo con un tropel de gente amotinada. Nombren representantes.

El exaltado Blas de Mondéjar quiso ser de la partida.

—No, amigo, usted es muy loco para este negocio.

Quedó afuera, por decisión del Gran Bonete y de sus compañeros, pero después se coló:

—El Cabildo ha excedido escandalosamente las facultades que les dimos el 22 y ha intrigado para perdernos —retrucaba Blas de Mondéjar desde su apropiada banca coreado por los otros exaltados.

—Todavía —gritaba el Gran Bonete— no nos gobierna ni Rousseau ni Tomás Payne, señor Mondéjar.

Las batallas secretas de Belgrano

—Es verdad, pero desde el 22 nos gobierna el pueblo.
Fue tanto el bochinche que el Ayuntamiento solicitó la presencia de las milicias y milicias españolas y criollas se hicieron presente y la gente miraba y sopesaba cuántos de un lado y de otro por si saltaba la chispa, y en la Vereda Ancha estaba el centro operativo de French y Beruti y sus impacientes huestes de chisperos y manolos, arrebujados en amplios capotes para defenderse de la lluvia y disimular pistolas y estoques, mientras la multitud esquivaba malamente el chaparrón bajo paraguas o en los arcos de la Recova, y Beruti repartía volantes con los nombres de los candidatos, y se mostraban centenares de firmas, y un fraile mercedario, a caballo y con pistolas al cinto cruzó el gentío:
—Es fray Aparicio: anda sublevando a las tropas.
Había trabajo para todos, mientras los cabildantes sesionaban y llegaban sucesivos anuncios:
—El pueblo está que arde.
—El pueblo ya no da más. No nos responsabilizamos.
—Nadie acepta que siga el virrey.
—Menos que tenga el mando de las armas.
—Ojo que la población y las tropas están arrebatadas.
A los anuncios sucedieron golpes sobre las puertas.
—¡El pueblo quiere saber de qué se trata!
El desasosiego aumentaba. La minoría ilustrada, comandada por Manuel, intentaba vanamente menguar la iracundia de la multitud. Un tropel franqueó la puerta de la casa consistorial. Llovía sobre la ciudad, sobre la plaza, sobre los hombres y las mujeres que aguardaban. Los señores del Ayuntamiento quisieron saber dónde estaban parados y llamaron a los comandantes, que eran doce, eran las nueve y media de la mañana, la pregunta que hizo Leiva fue:
—¿Estáis dispuestos a sostener con las armas al gobierno establecido?
Que el disgusto era general en el pueblo y en las tro-

pas, le dijeron; que habían trabajado incensantemente en la noche anterior para contener las tropas, informaron, por lo cual, advirtieron, no sólo no podían sostener el gobierno establecido, sino que ni aun sostenerse a sí mismos podían.

No había margen para más. Con todo, el procurador Leiva se acercó al balcón principal y como sólo vio al reducido grupo de unas cien personas pues la hora y la lluvia habían aventado a la mayoría, preguntó con sorna, como confirmando que todo era producto de un mínimo grupo de exaltados.

—¿Dónde está el pueblo?

La pregunta era capciosa. La repuesta fue terminante.

—La gente se ha retirado a sus casas, pero toquen la campana del Cabildo y verán llegar a la gente, y si la campana no tiene badajo, manden tocar la generala y verán abrirse los cuarteles. Pero en tal caso la ciudad sufrirá lo que hemos procurado evitar.

Cerró la ventana con ira el procurador Leiva y la gente no lo miró con gusto pero tampoco con miedo y siguió en sus conciliábulos y pronto, como se había corrido la voz de su capciosa pregunta, la plaza estuvo otra vez hirviendo de gente.

—Sí o no, señores. Y pronto, que ya no estamos dispuestos a más demoras ni a engaños, pues si volvemos con las armas no responderemos de nada —dijo Berutti, portavoz de la impaciencia colectiva.

De pronto volvió a abrirse el balcón principal del Cabildo y apareció Rodríguez Peña.

—Paisanos, queda separado el virrey Cisneros. Tengan ustedes un poco de paciencia que de inmediato se va a tratar lo demás.

La gente prorrumpió en gritos, y los hombres tiraron sus sombreros al aire y la mujeres echaron a volar flores y lacitos, pues también a ellas incumbía aquello que estaba sucediendo, y el cielo continuaba con sus rigores y la gente con su entusiasmo y se bailó en las calles y la ciudad se iluminó (aunque algunas casas estaban en silencio, con sus postigones cerrados), y había lluvia y barro pero la alegría era inconmensurable. Como el agua apagaba los faroles se dejaron abiertas las puertas para que la luz de los interiores iluminara las calles, y hubo serenatas y cantos y brindis y campanas echadas a volar y salvas de artillería en tanto los señores del Cabildo, movidos por una furia sincera aunque descaminada, rumoreaban que habían cedido porque varios facciosos entraron en la Sala Capitular armados de pistolas y puñales.

En la Fortaleza, a altas horas de la noche, reunida la Junta, comenzó a trabajar. A la embriaguez del triunfo sucedía el cuidado del presente.

El alba desvanecía la noche cuando Manuel, ya en su casa y en su cuarto, antes de acostarse, escribió en su cuaderno de anotaciones: *"Apareció una Junta, de la que yo era vocal, sin saber cómo ni por dónde..."*

XIII

Los abajeños vienen norteando

El muchachón era alto y flaco, en lugar de mano tenía un muñón, la superficie por donde la mano se había convertido en muñón estaba fresquita y eso se notaba por el tono rosáceo que tenía, diverso, ciertamente, de la textura ennegrecida y de notable dureza del resto de la mano. Entonces lo estaban trasladando al lugar de los castigos: cien azotes eran el premio por la mutilación que se había hecho para no ser reclutado. Manuel había dado orden de que el cuerpo entero presenciara el escarmiento. La cuestión era no sólo castigar sino prevenir a los otros. La cantidad de prófugos era escandalosa y la escasez de reclutas, lamentable. Con el barón de Holmberg proponían temperamentos varios para solucionar la situación en un reglamento enviado a los gobernadores y a la superioridad. Pero, mientras tanto, algo había que hacer y Manuel estaba dispuesto a sanear ese Ejército del Norte, al cual los lugareños llamaban los abajeños, y que había recibido en estado lamentable, no sólo por su pobreza sino, también, por indisciplina. Y allí iban, entonces, Belgrano y los oficiales del ejército, a presenciar el castigo a un pobre infeliz que había preferido verse sin una mano que sirviendo en el ejército.

—Y ahora, encima, le tocarán unos cuántos años de cárcel.
—Diez.
—Pero estos modos bárbaros deben acabarse —comentó un Manuel pálido y con cara descompuesta—. Le aseguro a usted que unos meses antes de ver esto hubiera vomitado.
—Le creo porque estoy a punto —le contestó el barón de Holmberg.
—Un jefe debe mandar, como un cocinero cocinar —decía Manuel—. Son deberes concernientes al arte de gobernar. Cargas del cargo —insistió—, pues la buena ordenación del mundo militar exige obediencia. Pero estos castigos deben reglamentarse: pronto tendrán que existir tribunales de falta, para que todo no dependa del arbitrio de un jefe.
Y en eso estaba.
Manuel había recibido los restos del Ejército del Norte en Yatasto, de manos de Martín de Pueyrredón. Un desastre el ejército y una piltrafa él mismo, acosado por males y fiebres.
Una mañana no pudo levantarse, y otra y otra, y no recordaba ya cuántas. Pero cierto atardecer, mientras tiritaba en la cama, diciéndose una vez y otra vez soy un militar taimado, no me vencerán, sin especificar a quién se refería, si a la enfermedad o a la tropa o a los godos, escuchó desusado rumor en la puerta de su habitación y, desde la somnolencia en que se encontraba, a través de los postigones de esa ventana abierta al camino de entrada que le permitía entrever al mundo, vio un coche cubierto de polvo, con rastros de largo traqueteo y señales de trato riguroso por caminos inhóspitos.
Su ayudante entró titubeante, pues rompía la consigna de no molestar al jefe, diciéndole:
—Señor...
—¿Qué pasa? —murmuró desde un pozo del cual le costaba emerger.

María Esther de Miguel

—Una dama pregunta por el señor general...
—¿Una dama? Apenas si tuvo tiempo de formular la pregunta cuando la puerta se abrió y desde ella avanzó una mujer alta y delgada, obstinado el gesto, oscura su vestimenta, pálido el rostro que expiaba señales de largo esfuerzo, y en el rostro dos ojos negros de luminoso resplandor, y en la voz que murmuró Manuel, la ternura del mundo.

—María Josefa... Fue como recuperar las fuerzas y aventar la tristeza y suspender todo rastro de fiebre, y la mano de Manuel se alzó para acariciar fugazmente el rostro puesto a su alcance, y los ojos se le llenaron de lágrimas, y preguntó como quien demanda a un sueño:

—Por Dios, ¿qué haces aquí, María Josefa?

—Vengo a cuidarte, Manuel... —oyó mientras sentía la mano suave que apartaba de su frente el mechón de pelo húmedo, y extraía de sus ropas un pañuelo, y con el pañuelo borraba vestigios de sudor y lágrimas, y todo era como en un milagro.

Manuel, antes de caer otra vez en el sombrío espacio de sus males, alcanzó a concederse, con sonrisa perezosa, un sentimiento tranquilizador: ya no estoy solo.

Al día siguiente se despertó temprano, según lo hacía siempre, pero sin acusar señales de fatiga ni fiebre, con una suave y benéfica indolencia correteando por su cuerpo, y en el corazón algo así como una tintineante campanilla que ni bien abrió los ojos comenzó a sonar y se dijo, Dios mío, qué me pasa, qué sueño he tenido, y miró en derredor, y sobre el propio catre de campaña que los amigos habían canjeado, en el trance de sus fiebres, por la cama en que estaba, en el catre, entonces, una mujer largo a largo se extendía arrebujada en sus ropas y en un poncho que reconoció como suyo; y la mano de la mujer caía hacia el vacío en un lado del catre y el pelo de la mujer se expandía alrededor de la almohada y el rostro de la mujer, pálido y delgado, era el de María Josefa, y las pestañas de María Josefa hacían sombra al rostro pálido y delgado, y las pestañas ocultaban los ojos de María Josefa, y las pestañas de pronto se alzaron, y al alzarse descubrieron los ojos oscuros que lo miraron con tanta ternura como para que Manuel sintiera toques de trompeta en su corazón, y los toques de trompetas entonaban *alelluia, alelluia*.

Entonces se reconocieron en la mirada y en sus cuerpos.

Lo cierto era que María Josefa y Manuel desde hacía mucho tiempo ansiaban ese regalo que se les estaba dando por decisión de la mujer: permanecer juntos, fortaleciéndose mutuamente el derecho a vivir. ¿Desde cuándo se conocían? ¿Desde cuándo ese amor hecho de entusiasmo y deseo? Desde que se vieron por vez primera, quizá. Pero el corazón tiene sus medidas y sus modos y la revolución los suyos. Según parece, un atardecer María Josefa y una de sus hermanas escucharon el trotar de caballos sobre el empedrado de la calle frente a la casona donde vivían. Corrieron hacia las ventanas, como siempre lo hacían, para mirar los mozos que pasaban, aunque María Josefa, separada de ese marido y primo español que, por asuntos de la revolución había regresado a España, podría haberse comportado de manera más seria, según decires de mirones: pero ya se sabe, estas damas modernas. Quienes tales comentarios hacían, dijeron que esa tarde marchaba el ex secretario del Consulado, mozo buen mozo y de prestigio alto en la ciudad, soltero por razones que nadie comprendía, porque bien que era afecto a las damas, según lo demostraba, y por las damas bien mirado, según también podía probarse. Sin duda, el mozo regresaba de la usual tertulia en el Café de Marco y el destino quiso que por acompañar a unos amigos, o por proseguir la charla mantenida en el café (que esos días eran de mucho diálogo, por los acontecimientos de la Península), pasara por la calle de Patricios, a la altura de la casa de los Ezcurra y Arguibel, detrás de cuyos balcones y cortinas un par de femeninos ojos espiaban. María Josefa vio a varios pero miró a uno solo. Y en su afán por no perder detalle, levantó la cortina levemente. ¿Hizo algún ruido? ¿Fue simplemente la intuición del mirado la que llevó sus ojos a lo alto, y en lo alto a descubrir el espacio abierto en la ventana, y en ese espacio los ojos negros que miraron su mirada? Vaya a saber. Lo cierto fue que tal resultó el principio de algunos diálogos públicos y muchos encuentros escondidos.

María Josefa seguía con sus bordados y labores y las cartas a España —porque el marido ausente no la había abandonado ni a ella ni a sus negocios rioplatenses— y seguía con sus ensueños y sus ansias, y Manuel, mientras tanto, cumplía los encargos de la Junta y la patria. Al Paraguay primero. A la otra Banda, luego. Pero, ¿y las imposiciones del amor, que atiza con sus fuegos y amaga con ardores más bien intolerables? ¿Para cuándo?

Razones de recato y sociedad impusieron reglas y silencios. Normas de guerra suscribieron pactos. Pero muchos susurros arriesgaron: la moza de los Ezcurra y el Belgrano que fue del Consulado se encuentran, a escondidas y a solas.

María Josefa se acongojó mucho cuando supo que Manuel debía hacerse cargo del Ejército del Norte. Al saber de su enfermedad, antes que desesperarse, prefirió tomar cartas en el asunto. Las tomó. Sin anuencias domésticas ni permisos de nadie, con Servanda, su criada, con un cochero fiel, con los dineros propios, marchó hacia el Norte y Manuel. Durante mañanas y atardeceres, albas y crepúsculos, atravesó campos y ríos, cruzó pajonales y montes, pernoctó en alguna estancia amiga y en postas malolientes, llegó donde imperaba la piedra y la montaña, la necesidad y la guerra. Llegó hasta Manuel.

Había que tener el prestigio de una Ezcurra y

Las batallas secretas de Belgrano

Arguibel y los ánimos de María Josefa, fuerte como un roble bajo su aparente fragilidad, para hacerlo. Lo hizo.

En Campo Santo, donde se había establecido el campamento general, no se daba abasto con las tareas. Todo estaba por hacer. Desde vestir a los soldados hasta enseñarles a pararse. Desde crearles hábitos de aseo hasta despertar en ellos el amor por la defensa del país. El fervor primero se había como enfriado, había caído en una apatía que Manuel consideraba suicida. Y esto no sólo entre los soldados sino también en medio de los oficiales. Manuel protestaba: eran hombres honrados, pero de limitados talentos, lerdos de genio, decía, y como incapaces no sólo de inventar sino ni aun de aplicar lo visto en otros países. Había algunos, por cierto, excelentes, como Eustaquio Díaz Vélez, Juan Ramón Balcarce, Manuel Dorrego, José María Paz. Pero ni quería pensar en los otros, los de actitudes nocivas para el resto de la oficialidad, siempre objetando órdenes y en tole tole con mujeres que les arrebataban los sesos cuando no los llenaban de enfermedades. Manuel habló con unos y con otros y los previno: quienes no tuvieran espíritu para sufrir con constancia los trabajos, serían despachados con licencia. Sabía que una manzana podrida acaba con un quintal.

    Estaba entonces con el grupo de oficiales montando el escenario para la posible batalla. Sobre la mesa de arena se señalaban los probables pasos por donde avanzarían las fuerzas realistas, y se armaban laboriosamente estrategias y cursos de probables enfrentamientos.

    —Es urgente crear una compañía de guías. Cuando me nombraron para este Ejército del Norte, manifesté: lo único que siento es no conocer el país a dónde voy. Creo que esta es la mayor impericia que tengo y debo solucionarla. Los guías y baquianos me resultan imprescindibles... —recapacitó mientras anillos de humo subían de su cigarro al techo.

—Ya tenemos varios al habla. Mañana estarán aquí.

—Mañana, mañana —protestó el general. Hizo una pausa para que todos advirtieran su disgusto—. Ayer debían haberse hecho presentes.

—Por suerte, la provisión y el hospital están en marcha —tanteó alguno, para mejorar el clima.

—Sí. Sólo faltan los alimentos... y los enfermos —dijo en son de chanza Blas.

—Para la provisión están las huertas que comenzaremos a hacer en cuanto nos ordenemos. Y para el hospital ya tenemos candidatos: todos los remolones para trabajar se declararán enfermos; los estoy viendo —dijo Manuel, conocedor de la tela entre manos.

Se separaron entre runrunes y palmeadas.

—Qué jefe éste: está en todo.

—¿Saben cómo lo están llamando? *Chico majadero...*

—Pues yo escuché otro apodo: *Bomberito de la patria.*

—Probablemente ninguno de los dos le guste.

—No te creas. Belgrano no es de enojarse por esas cosas. Lo único que lo saca de las casillas es la inoperancia.

—Con razón todo este tiempo ha estado fuera de las casillas.

Las instrucciones recibidas por Manuel junto con su nombramiento eran que, ante un probable ataque de Goyeneche, se retirara hasta Tucumán, y si preveía un posible avance a esa ciudad, se alejara hacia Córdoba.

—Miren que me voy a hacer cargo de un ejército para pegar la retirada —protestaba a sus íntimos Manuel—. ¿Cómo voy a andar a salto de matas de aquí para allá con la tropa? Nos haremos fuertes y los enfrentaremos, aunque me preocupa seriamente la falta de colaboración de los lugareños: el fuego primitivo se ha perdido y debe encenderse nuevamente. Demasiados atropellos de los porteños, excesivas requisas, cuentas que no terminaron de pagarse. En fin: hay muchos que prefieren lo malo conocido, es decir, los godos, que lo nuevo por conocer, que para nada pinta bien.

Por eso la labor desplegada por Manuel fue múltiple y dirigida hacia varias direcciones: la creación del cuerpo de guías para remediar la falta de informaciones topográficas; la formación de uno de cazadores, la dotación de lanzas a la caballería, para hacerla más eficaz en una acción. Sobre todo trabajaba para dar el ejército un espíritu de alta moral.

Muy pronto le llegaron oblicuos rumores: el obispo de Salta estaba en connivencia con Goyeneche; de la casa arzobispal salían las noticias más funestas; el hombre de Iglesia se empeñaba en desparramar desaliento y por lo tanto desunión. Las acusaciones, hijas de sospechas, alertaron a Manuel. El era católico, respetuoso de la jerarquía eclesiástica, pero para nada dispuesto a hacer oídos sordos a murmullos que ponían en juego los intereses de la revolución.

El obispo de Salta, Nicolás Videla del Pino, un cordobés setentón, promovido a tal cargo por sus virtudes apostólicas, cuando los acontecimientos del diez, y Manuel lo recordaba bien, en el Cabildo Abierto de Salta había inclinado a la mayoría a reconocer a la Junta de Buenos Aires, puesto que, decía "*habiendo abdicado Cisneros y prometido la nueva Junta gobernar a nombre de Fernando VII hasta tanto recobrase éste su libertad, se debía aceptar la autoridad de dicha junta de los porteños*" y tal decisión había sido comunicada al gobierno.

¿Qué le había pasado entonces para que de pronto él, que ante la Junta tres años antes había señalado expresamente su voluntad de acompañar a los patriotas para "mantener tranquilos estos dominios", cambiara de actitud?

Manuel sabía que el paso por el norte de su primo Castelli, al frente de la Expedición al Alto Perú, con sus licencias, expresiones irreligiosas y algunas impiedades, había apartado a muchos de los caminos de mayo. Serían almas pacatas, provincianos encerrados en cartabones tradicionales pero, ciertamente, se habían dado hechos que acreditaron escasa gloria, corto provecho y todo linaje de calamidades. Hasta *La Gaceta* imprimió, en su momento, una reflexión compartida por muchos: *"La conducta de los agentes de la expedición desgraciada al Perú nos ha desonrado a la faz del mundo"*. Manuel estaba seguro de que no había sido para tanto ni de lejos, puesto que mucho conocía a su primo y sabía también que los pacatos exageran siempre. Pero la realidad era que los españoles aprovecharon la coyuntura para convertir una guerra política, como esa en la cual estaban, en guerra religiosa: si Goyeneche hasta había fascinado a sus soldados —según le anoticiara su teniente Paz—, diciéndoles que quienes morían en batalla serían reputados mártires de la religión.

Así las cosas, alerta Manuel por los rumores, alojado en una estancia de Río Blanco por razones estratégicas, se le presentó una tarde un tal Mateo Centeno, de profesión espía, según dijo.

Blas, en cuanto lo vio, pensó:

—Este tiene tal pinta de espía que dudo lo sea.

Pero lo era y venía con un manojo de cartas interceptadas. Flor de hallazgo. Manuel las leyó y montó en cólera.

—Esto sí que no lo puedo dejar pasar, por más obispo de Salta que sea este Videla del Pino.

—Me permito recordarle, general —dijo uno de sus oficiales, regularón como soldado pero prudente como hombre—, las instrucciones de observar toda armonía con el obispo.

—No estamos en tiempos normales, señor —respon-

Las batallas secretas de Belgrano

dió más rápido que volando—. Acá no caben titubeos. Estas cartas no las escribí yo. Dios quiso que llegaran a mis manos y ahora quiere que decida, porque lo que debe salvarse es la revolución, no un obispo.

—El único de las Provincias Unidas —volvió a cloquear el comedido.

—No importa. Si no hay obispo, queda Dios. Y también curas dispuestos a ayudar, como Gorriti. Por favor, escriba. —Y el secretario escribió lo que Manuel con voz decidida y lacónica dictó—: *Ilustrísimo señor: En el término de veinticuatro horas se pondrá V. S. I. en marcha para la capital de Buenos Aires pidiendo todos los auxilios precisos, pero a su costa, al prefecto de ésa, a quien con esta fecha imparto la orden conveniente. Dios guarde a V. S. I. muchos años. 16 de abril de 1812.*

Estampó la firma, levantó la vista, ordenó:

—Que se verifique su viaje a fin de que sea hecho con la comodidad que necesitan sus años y el decoro correspondiente a su alta dignidad.

Y enseguida tanta abundancia de palabras se convirtió en silencio.

La orden había sido decididamente lacónica, seca como bacalao en Cuaresma. Y en respuesta a tal orden el palabrero obispo al día siguiente sólo pudo ver el paisaje fugitivo de Salta perdiéndose ante sus ojos desde el coche que lo llevaba a todo trote al exilio.

Desde ese día Manuel estableció la costumbre del rezo diario del rosario, al atardecer, en conjunto y en voz alta.

De modo que todo ese tiempo se lo pasó Manuel trabajando en Campo Santo, entre montañas que cerraban el horizonte y necesidades que clausuraban o dificultaban sus acciones y estrategias por momentos titubeantes en esa ciudad tan lugareña, tan apolilladamente localista por un lado y, por otro, entregada a tentaciones que hacían perder la cabeza a la tropa. Ayer nomás le habían contado de un oficial devenido padre de un niño nacido sin boda, porque la novia era novia y no esposa. A más de uno él mismo había encontrado culeando entre los pastizales.

—Qué quieren ustedes, todos andan con la pinga alborotada entre el calorcito y el mujerío —justificaba Blas. Casi todos coincidían:

—No es raro: para recibir muertos está la tierra y para recibir vivos, las mujeres.

Manuel se lo comentó a María Josefa y hasta María Josefa justificó:

—Son jóvenes.

—Pero son soldados en guerra —aclaró Manuel.

De modo que para que la moda no cundiera dio la orden: a las once de la noche, todos a la cama. Pero, ¿cuántos no le hacían caso? En vano se perdía las noches recorriendo la ciudad para pescar a esos donjuanes uniformados. ¿Quién podía encontrarlos detrás de tantas ventanas tapiadas con azahares y enredaderas? ¿Quién, en bocas cerradas por la ley de la amistad, la complicidad del amor, las tentaciones de la juventud?

Afuera ronroneaba un vientecito extremadamente insistente cuando Manuel comenzó su marcha hacia Jujuy. Iba a reunirse en Humahuaca con Balcarce para avanzar hacia Suipacha si le era posible, pues quería llamar la atención sobre su ejército a fin de distraer los movimientos del enemigo en Cochabamba. Estaba muy preocupado por la extrema situación en que se encontraba esa amada ciudad donde habían estudiado su amigo Mariano Moreno y tantos hombres del Plata, y tentaba ayudarla de ese modo.

Desde que se había incorporado el barón de Holmberg, oficial de origen alemán y sólidos conocimientos con quien fraguó linda amistad, Manuel se sentía más seguro: Holmberg estaba en la fabricación de armas y municiones, organizaba la maestranza y cumplía servicios verdaderamente valiosos, al tiempo que era un apoyo logístico importante para encauzar tanto patrioterismo cimarrón.

Por lo demás, se acercaba la fecha del 25 de mayo y Manuel se había propuesto no dejar pasar sin pena ni gloria el aniversario.

Cuando llegó el día, tempranito y con el barón de Holmberg llevaron la bandera, que fue saludada por quince cañonazos, y en comitiva se dirigieron al Ayuntamiento. Allí el barón enarboló la enseña entre las aclamaciones de la multitud. Después se pasó a la iglesia matriz donde asistieron, con el Cabildo y las fuerzas vivas, a la misa y al *Te Deum* que dijo el deán Juan Ignacio de Gorriti, sacerdote católico y patriota, a quien le presentó Belgrano la bandera. El deán De Gorriti la bendijo solemnemente y después se mandó una elocuente homilía; que fue excesiva en su longitud, pero el patriotismo de los participantes agolpados afuera y adentro era mucho y nadie, ni los de afuera, aferrando rosarios y sombreros porque el viento ronroneador se había vuelto fuerte, hizo abandono del lugar. Antes bien, aguantaron a pie firme hombres, mujeres, vientecito y sombreros, en medio de un ostentoso despliegue de patriotismo reiterado por la tarde, porque por la tarde, con la voz reservada para los asuntos solemnes, los soldados juraron a esa bandera y Manuel dijo palabras inflamadas y todos estuvieron exultantes: porque las palabras del general les habían llegado al alma, que es donde muy pocas veces llegan las palabras y porque, además deso, la bandera comenzaba a representar esa patria por la cual estaban dando sangre hijos bienes vidas.

Pero unos días después, entonces con la voz reservada para los asuntos desagradables, Manuel le susurró al barón de Holmberg el tirón de orejas recibido del gobierno por su presunta desobediencia, la de haber hecho jurar una bandera contra las directivas del mismo gobierno.

A Manuel le costó desayunarse del asunto porque, según parecía, la carta en la cual en su momento lo conminaba a no avanzar en el asunto había sido enviada al Rosario justo cuando él partía hacia el Norte, razón por la cual nunca se enteró de la orden e hizo lo que acababa de hacer, el juramento. Manso de corazón, encontró medio y modos para excusarse, juró su buenísima voluntad, aseguró a sus autoridades que *"la bandera la he recogido y desharé para que ni haya memoria de ella y si acaso me preguntaren por ella responderé que se reserva para el día de una gran victoria por el ejército, y como éste está lejos todavía, todos la habrán olvidado y se contentarán con la que se les presente".*

Pero a Holmberg le comentó:

—Hasta a los indios no les gusta que proclamemos la libertad usando las mismas insignias de los enemigos.

Y enseguida fue a lo suyo, que no era discutir con el gobierno sino juntar reclutas y fundir granadas y cañones y fabricar pertrechos bélicos y fomentar voluntades valientes para lo que vendría. Y amartelarse con María Josefa cuando el tiempo y los deberes le dejaban algún resquicio.

Al caer la ciudad de Cochabamba, Manuel aceleró gacetas al gobierno pidiendo ayuda para fortalecer el ejército porque entonces sí que se las veía venir.

En Buenos Aires decían:

—Este Belgrano, siempre gimiendo por dinero y soldados todo el tiempo.

El, por su parte, tomó sus decisiones.

—Díaz Vélez marchará con cien hombres escogidos a fin de alentar a las poblaciones para tratar de distraer la atención del enemigo.

Estaban en reunión de oficiales, Manuel encendió un quinqué porque la oscuridad ya era mucha, miró la humeante llama que no se decidía a alumbrar y agregó:

—No podemos abandonar a estos pueblos que se quejan, como lo han venido haciendo los del interior, de que los porteños sólo han llegado para exponerlos a la destrucción, dejándolos sin auxilios en manos de los enemigos. Nadie contestó. La voz grave del jefe sobrecogía los espíritus. Manuel siguió como quien piensa en voz alta.

—Pero, ¿se puede hacer la guerra sin gente, sin armas, sin municiones y aun sin pólvora y hacerla de un modo digno y con la celeridad del rayo? Pido dineros y gente y armas, no por mí sino por la patria. Las consecuencias que puede traernos dar pasos retrógrados es enorme.

Así se pasaban los días, entre gacetas y discusiones y angustias. Un atardecer llegó un chasqui jadeante con partes de Balcarce, desde Humahuaca: el enemigo reforzaba Suipacha y se había puesto en marcha hacia la Quiaca. Para Manuel fue como si su contrincante le hubiera echado arena en los ojos. Reunió a los oficiales en un clima de especial intensidad.

—Señores —les informó—, yo no los puedo esperar con el grueso de las fuerzas, me falta todo, como ya he comunicado al gobierno. Sólo podré irme sosteniendo en mi retirada, sin dar lugar a que las fuerzas enemigas se reúnan, a cuyo efecto necesito violentar mis marchas.

Explicó sus intenciones. Las explicó con tan persuasiva coherencia y énfasis, que sus palabras hicieron mella en corazones e inteligencias y todos se inclinaron ante la voz seductora que así les acercaba a la patria y los hacía partícipes de su probable destino.

—Este calienta las palabras antes de decirlas. Para que lleguen al corazón —dijo Blas.

—Y acierta —agregó otro.

El asunto estaba que ardía y, como Cortés en México, Manuel decidió quemar las naves. Lanzó un bando al pueblo: *"Llegó la época de que manifestéis vuestro heroísmo y de que vengáis a reuniros al ejército Auxiliador de mi mando si así como aseguráis queréis ser libres"*.

Con el bando venían las directivas. Las directivas eran terribles: los hacendados debían sacar sus haciendas y remitirlas a Tucumán; los labradores, sus cosechas; los comerciantes, sus bienes; las armas debían pasar al ejército y quienes no cumplieran serían considerados traidores a la patria, y aquellos que intentaran franquear las avanzadas del ejército sin pasaporte autorizado serían pasados por las armas de inmediato, sin proceso alguno. Igual tratamiento se daría a los que con sus palabras atentasen contra la causa de la patria, y pena de muerte para los promotores de desánimo, y serían tenidos por traidores todos los que a la primera orden no estuvieran dispuestos a marchar.

Apenas promulgado el bando apareció un sacerdote pidiendo su pasaporte: debía ausentarse un par de días pues se había olvidado un libro importante en cierta capillita de la frontera, y quería recuperarlo.

—¿Qué libro? —le preguntó Blas, a quien le había tocado atenderlo.

—Las *Confesiones* de san Agustín.

Blas no sabía mucho de San Agustín, pero sí que Manuel lo leía y admiraba. Pero, ¿valía la pena correr riesgos por recuperar un san Agustín?

—Sí —le confesó el sacerdote con cara de beato, y aunque no lo convenció, Blas, por orden de Manuel, lo dejó ir. Después lo siguieron, lo detuvieron, lo revisaron. En la parte interior de la sotana llevaba, cosido, un mensaje para el jefe realista.

Manuel se enfadó aunque no se sorprendió: con el cuento de que los patriotas eran herejes, todavía quedaban muchos de esos pobres curas del otro lado. Correspondía la pena de muerte, pero Manuel optó por el perdón: así como una golondrina no hace verano, ni un obispo ni un párroco hacen la Iglesia. Pero Blas protestó:

—Traidor con traje militar, con faldas o con sotana da lo mismo.

Muchos otros se quejaron por el bando, pero Manuel fue inflexible: nadie sacaría ventajas de las discordias, simplemente porque no estaba dispuesto a tolerarlas. Lo dijo claramente y olvidado de toda cortesía.

—Mi bando se ha de cumplir con la mayor exactitud posible: yo no oigo los clamores de los particulares, sino el bien general de la patria y éste es el que me ha obligado a dictarlo: el amor patriótico debe hacer callar los lamentos y vencer los imposibles.

Y agregó, terminante, que sus medidas debían llevarse a cabo sin réplica ni excusa, suprimiendo cualquier elocuencia disuasoria y utilizando las fuerzas de la palabra sólo para para refutar a quienes pusieran trabas.

Demostró que era un hombre juicioso y los norteños se contagiaron, las lenguas protestonas fueron acalladas y todos comenzaron sus preparativos para poner pie en el camino y manos en el trabajo. Incluida, ciertamente, María Josefa. Se apresuró la fundición de cañones. La fabricación de cartuchos fue tarea de mujeres. El bando tuvo la virtud de despertar del letargo y la apatía. Allí estaba el enemigo y debía salvarse la patria. Y la patria era esa casa, el patio, aquel comercio, estos hijos, aquellos menesteres habituales. La amenaza del Norte era una realidad y ellos, los jujeños, vigías de esa frontera martirizada, iban, de acuerdo con las directivas del general, a dejar tierra rasa para que no pudieran usufructuar de nada los enemigos, en tanto ellos se harían fuertes adelante.

¿Dónde era adelante? Dios lo diría. El gobierno decía: Córdoba. Manuel pensaba sin decirlo: Tucumán.

Había decidido llegar allí. En el camino hostilizaría y acabaría con todo lo que pudiera servir al enemigo. Los jóvenes jujeños formaron un cuerpo de caballería: *los Decididos*. Las familias emigrantes marchaban detrás del ejército. Díaz Vélez cargaba con la tarea de obstaculizar a los realistas. A las cinco de la tarde, cuando el sol aún picaba sobre polvo, piedras y cuerpos, se emprendió la retirada. Era agosto. Era mil ochocientos trece. Todo se hizo en el relativo orden que permite una multitud.

—Yo cerraré la ciudad. El enemigo no encontrará nada en ella para poder subsistir —anunció Manuel. Y pensó: podrán recordar, como el profeta Joel: *"Lo que ha dejado el gorgojo lo ha devorado la langosta; y lo que ha dejado la langosta, lo ha devorado la oruga; y lo que ha dejado la oruga lo ha devorado el gusano".*

Por su parte uno, de sonrisa esquinada, agregó:

—Ni para caerse muerto encontrarán algo.

—Para eso sí habrá mucho lugar. Todo lo dejamos vacío.

La noche le salió al encuentro cuando Manuel partió. Jujuy, en tanto, subía al cielo convertido en humo. El general hizo un gesto de despedida con la mano: pudo retener las palabras, pero no las lágrimas. Una mujer le alcanzó un pañuelo. Era María Josefa, montada a su lado, junto a su criada y dos soldados.

Marchó la tropa y marcharon los animales y marcharon las mujeres y marcharon los críos y marcharon los hombres. Sólo quedaron los viejos reviejos y los enfermos. Los baldados quedaron. Los mutilados. Quedaron también, pero enterrados, dos soldados desertores: Manuel los mandó fusilar, pues no eran tiempos para andar con medias tintas. Pero se dijo: matar a desertores se está convirtiendo en rutina. Esto no va.

Había tristeza y había nostalgia por lo que se dejaba. Por momentos había también hambre y sin duda cansancio.

Angustioso pintaba el atardecer con el enemigo pisándoles los talones. Se escuchaban los tiroteos en la retaguardia. Los coroneles godos Huici y Llano estaban al frente de tales fuerzas picadoras, pues Pío Tristán, el jefe, había decidido: con esas divisiones bastará para tomar a

Las batallas secretas de Belgrano

Tucumán cuando los del éxodo lleguen. Pero Manuel creía que era el mismo Tristán quien le seguía los pasos. Marchaban los del éxodo entre caminos flanqueados por bosques. Marchaban conteniendo el aliento, vapuleados por el viento y el frío del atardecer y el miedo. Después, se fueron serenando, el viento, obstinado, envolvía la caravana, pronto se enfrentaron con las aguas gruñonas de un río que debieron atravesar. Hasta las cabalgaduras parecieron portarse con sensatez y lo cruzaron sin chistar, es decir, sin corcovear.

Después, la noche se les interpuso en el camino y tuvieron que detenerse y todo fue silencio y oscuridad. El lloro de un niño, el grito de algún hombre en medio del silencio, despertó, en alguna ocasión, vuelo de pájaros dormidos que abandonaron sus árboles. Y nada más. Manuel, en la soledad de su tienda, cambiaba miradas con las estrellas. La luna inminente era como un presagio feliz, y la larga caravana descansó y poco a poco, el furtivo cabrilleo del miedo que a todos acongojaba, fue alejándose.

Ya muy tarde, antes de echarse un sueñito, Manuel vio cómo la luna vertía su luz sobre un yermo fantasmal en el cual las siluetas arrebujadas de esa multitud impresionaban. A su rescoldo se entredurmió.

Al alba la caravana prosiguió avanzando gradual y obstinadamente bajo el cielo cambiante y la tierra accidentada. El camino era angosto, flanqueado por bosques, difícil para las evoluciones. Al llegar a Las Piedras, el enemigo buscó cercarlos. Los granaderos manotearon las armas, desmontaron, echaron pie a tierra, los dragones los reforzaron, los pardos y morenos al mando de Eustaquio Díaz Vélez y Juan Ramón Balcarce avanzaron. La realidad cayó de pronto como un martillazo: la batalla estaba allí, entre siseo de balas, retumbar de cañones y aprestos. Intrépidamente la tropa avanzó, las mujeres rezaban buscando persuadir a Dios.

María Josefa y su criada protegían a unos niños. Manuel, desde un altozano con su catalejo, seguía hasta donde podía los altibajos del encuentro, en medio de tolvaneras de polvo y del humo de los incendios gauchos, en confusión extrema. De a ratos, Manuel bajaba el catalejo para recorrer las líneas, arengar a la tropa, anunciar premios y castigos a los desertores. Dar órdenes.

Blas lo perseguía:

—No tan a la vista, general, que estos godos no tienen puntería pero a veces aciertan.

—No hay nada malo en morir en una batalla.

—Si es por imprudencia, sí.

—Cien fusileros aquí. Balcarce allá. La Madrid y Díaz Vélez y...

Fue la ofensiva final. La repechada decisiva.

Llegó un un chasqui con rumoreo de noticias.

—Los españoles huyen, señor. La batalla ha sido ganada. Se han tomado prisioneros. Se rescataron los patriotas —dijo, exhausto, apenas una leve sombra el bozo de hombre sobre sus labios de niño, agotado por la corrida y la alegría.

Manuel todavía dudó. Desde que le había ido mal en el Paraguay con los informes antes de Tacuary, desconfiaba de todo triunfalismo. Pero esa vez debió convencerse: habían vencido.

A las cuatro de la tarde todo terminó. No hubo jolgorio de campanarios porque estaban a la intemperie, pero volvieron las sonrisas. El triunfo, de golpe, había hecho desaparecer fatiga, hambre, sed, desaliento, y, consumada la violencia, volvieron los buenos modales: Belgrano se paseó durante horas alrededor de los fogones, palmeó a los soldados, conversó con las mujeres, acarició a los niños, paseó de fogón a fogón y en los fogones corría el mate, corrían comentarios y ciertamente lágrimas.

—Se portó bien el *Chico majadero*.

—El *Curioso bomberito de la patria* nos la hizo lindo...

—Nos llevó a darles fuerte, flor de *Brujo nibilingo*...

—Y vicheador viejo.

—Por algo este *ronderito* de todas horas conoce lo que hay que hacer.

Pero Manuel dijo:

—Borremos nuestro horror y nuestras culpas con algunas oraciones.

El sol ya entraba cuando formó al ejército y llamó por sus nombres a los muertos:

—Juan Leandro...

—Presente.

—Abascal, Ñuspe...

—Presente.

—No existen —dijo el general con voz firme—, pero viven en nuestra memoria, están en el cielo dando cuenta a Dios de haber derramado su sangre por la libertad de la patria.

Calló. Y si sus palabras habían sido grávidas de sentido, su silencio lo fue aún más. Algunos lloraron, todos dieron gracias. Se fueron a descansar.

La luz de la luna los salpicó con su claridad ceniza. A su reflejo reflexionó Manuel, y al día siguiente transmitió a sus oficiales el fruto de su vigilia.

—Yo he escrito al gobierno a fin de que se persuada de que cuanto más nos alejemos, más difícil ha de ser recuperar lo perdido y también más trabajoso contener la tropa para sostener la retirada con honor y no exponernos a una total dispersión y pérdida de este llamado ejército. Pues debe saber el gobierno cuánto cuesta hacer una retirada con gente en la mayor parte bisoña, a la cual el enemigo le va pisando los talones, con uno o dos días de diferencia —todos asintieron, él prosiguió—. Es muy doloroso tener que ir retrogradando. Cuanto más nos alejemos más difícil será recuperar lo perdido. Por eso, nuestra meta será Tucumán. Por ahora Balcarce irá hasta la ciudad para levantar cuerpos de caballería, recoger armas y monturas, nuevas o viejas, caballadas o mulas mansas, en fin, todo cuanto esté a su alcance, así podremos oponer una fuerza respetable a un enemigo que, por las noticias, está a punto de atacar.

Miró de frente a su oficialidad.

—¿Se podrán conseguir en Tucumán mil hombres?

Usted deberá averiguarlo —dijo y lo miró a Balcarce.

Balcarce llegó a Tucumán y comenzó a recoger las armas de los vecinos, los cuales creyeron que tal medida respondía al propósito de abandonar Tucumán, como se había hecho en Jujuy. Esta noticia conmovió los ánimos y los instó a colaborar sin retaceos. Varios notables formaron una comisión y ofrecieron dinero y dos mil hombres en lugar de los mil pedidos.

Cuando Manuel lo supo, decidió.

—Retirarnos más e ir a perecer es lo mismo y es poner a la patria en el mayor apuro. Nos quedamos, señores —dijo con firmeza—. Presentaremos batalla fuera del pueblo y, en caso desgraciado, nos encerraremos en la plaza para concluir con honor: ésta es mi resolución que espero tenga buena ventura.

A Rivadavia, por otra parte, le escribió: *"Belgrano no puede hacer milagros; trabaja por el honor de la patria y por el de las armas cuanto le es dable; pero tiene la desgracia de que siempre se le abandone o que sean tales las circunstancias que no se le pueda atender. Dios quiera mirarnos con ojos de piedad y proteger los nobles esfuerzos de mis compañeros de armas que están llenos del fuego sagrado del patriotismo y dispuestos a vencer o morir con su siempre Belgrano".*

De modo que los tucumanos fueron renunciando a su tranquilidad y a la habitual vida cotidiana para entregarse al tráfico de los preparativos bélicos. Las acciones a cumplir y la premura exigida excluían todo lo que no fuera imprescindible para la cercana batalla. Por otra parte el ejército estaba en trajín incalculable. Se formó el cuerpo de *Decididos de Tucumán*. Como no tenían arma-

Las batallas secretas de Belgrano

mento adecuado se los proveyó de lanzas y aun de cuchillos que colocaron amarrados en lugar de moharras. Tropa sin duda original. Belgrano estaba en todo, como buen *Chico majadero*. Su cuartel general, reducido a un corto número de hombres, corría tras él a caballo a todas partes y a todas horas, sin desensillar jamás. María Josefa apenas si le veía la cara. Protestaba, te vas a morir, Manuel; sus oficiales lo contenían, señor, qué haríamos sin usted; Servanda, la criada de María Josefa le alcanzaba calditos reparadores; el padre Domingo, desde Buenos Aires le escribía, que Dios te bendiga hermano; Juana le mandaba decir mis hijos te envían cariños y yo quisiera estar a tu lado, en Tucumán. También María Josefa estaba ocupada a más no poder: con otras mujeres preparaban vendas, acomodaban mantas, conseguían medicamentos. El ejército parecía adivinar los pensamientos de su general. Y el ejército lo obedecía ciegamente.

La ciudad quedó en condiciones de resistir: se construyeron trincheras, se colocaron piezas de artillería, se preparó a la gente. Un día tuvieron un alegrón verdadero. Cierta partida de paisanos tomó prisionero a Huaci, uno de los jefes más encarnizados, con un grupo de soldados.

Tristán dirigió una nota a Belgrano, comunicándole que el tratamiento que él aplicara a Huaci le serviría de norma para proceder de igual forma con los prisioneros de las Provincias Unidas, al tiempo que le remitía cincuenta onzas de oro para ser entregadas al cautivo realista. Tristán llamó a su oficio *Campamento del Ejército Grande*.

Belgrano le contestó: procedería con humanidad, como lo hacía siempre, pese a que, según sus noticias, los prisioneros patriotas no eran tratados de igual forma. Devolvió las onzas de oro para que fueran repartidas entre los prisioneros del ejército patriota. Prometió igual cantidad al prisionero español. Firmó y fechó su oficio. Blas de Mondéjar miró por encima del tintero el oficio y vio que

Manuel había puesto: *Cuartel general del Ejército Chico*. No, no le faltaba humor a Manuel.

Como la idea de Manuel era aguardar al enemigo en la ciudad y librar batalla en las afueras, apoyándose en los caseríos, se fosearon las bocacalles de la plaza, se colocaron las piezas de artillería, se afinaron los detalles definitivos.

Una noche, el ejército salió de la ciudad hacia el Norte rumbo a su destino, que era nada menos que una batalla campal. El lugar se llamaba Campo de las Carreras. Manuel murmuró para sí una frase de Tito Livio recordada de sus lejanos estudios en Salamanca: *Ferox gens millam esse vitam sine armes ralis*. Feroz nación que no entiende la vida sin llevar armas.

—Estas guerras modernas son desastrosas —dijo Blas de Mondéjar.

—¿Viste? —reflexionó un soldado deslenguado—. La guerra tiene olor a culo de vieja.

—A mierda tiene olor —completó otro, combado de espaldas y bastante menguado de seseras.

Un gordito quiso agregar algo. Pero no se le ocurrió nada: se sacudió en bloque por la risa.

—Nervios —sentenció un oficial. Y a punto de largarse una carcajada agregó—. A ver si empezamos de una puta vez.

XIV

Santo Domingo esquina Camino del Rey

Aún es temprano para encender candelas pero ya tarde para seguir agotando los ojos en gacetas y papeles: demasiada penumbra. Manuel deja caer las hojas y vuelca su cabeza sobre el respaldo del sillón mientras escucha amagar en las cercanías un toque de campanas pronto decidido en intenso revoloteo metálico anunciando el *Angelus* en Santo Domingo, y fácil le resulta imaginar al monaguillo empuñando acertadamente el incensario dispensador de esas nubes de humo y olor que han de estar envolviendo a las beatas rezadoras y al sacerdote distribuidor generoso de bendiciones y latines, entre los oros y carmesíes del templo saturado de esencias litúrgicas, genuflexiones y reverencias, como conviene a los espacios sacros.

La noche avanza prenunciando descanso y paz. Pero, ¿puede acaso haber descanso para un enfermo de mal tan intenso como el suyo, que con sus aguijones señala el cercano destino que a todos, por vía de igualdad, alcanza sin remedio? Se entrecierran los ojos del enfermo. ¿De qué lugares del pasado regresa esa imagen machimbrada con la que ahora sospecha en la iglesia cercana? ¿De qué vida? ¿Viene del Tucumán y aquellas torres donde a la Virgen de la Merced se rinde pleitesía? ¿O viene de más allá, de Salamanca, la docta, donde gestó entre libros y muchachas un destino que América trocó desde el vamos sin reparar en blanduras del propio corazón y dictámenes de profesión y destino elegido? Es ya el anochecer, hora de nostalgias y tristezas. ¿Con qué reservas combatir ese dúo agazapado en el fondo del alma para mortificar a un pobre viejo, no por cuenta de años sino de males y pesares, al cual quizá sólo le quede aguardar mansamente el final de su historia? ¿Con qué? Ahora yo, Manuel Belgrano, en esta casona de la Calle de Santo Domingo esquina Camino del Rey donde viví y donde probablemente me alcanzará la muerte, extiendo la mano hacia la mesa de mi cuarto donde se amontonan infolios y papeles en que vierto memorias que seguirán surcando los caminos para dar noticias de esta patria recorrida en jornadas inhóspitas, de batalla en batalla, por el Este y el Norte, por el río y la selva, en pampas y cuchillas, entre esteros y montañas, transportado por cabalgaduras y coches, por fiebres y utopías, llevando noticias de libertad y cambio. Extiendo la mano, alcanzo este libro sobado por el tiempo, fue de mi madre, antes de cada parto y en toda enfermedad yo lo leía y también lo leía cuando estaba triste, dijo más de una vez mi madre y diez partos tuvo mi madre y tantas enfermedades y cuántos pesares habrás soportado, madre mía. Tomo este libro, entonces, compañero también de mis propias vigilias afiebradas, de ayunos a destiempo, lo abro al azar, voy a leer el pensamiento que el azar me presenta, llega Juana, meneando lentamente su gorda humanidad, tan cariñosa como siempre, un vaso de apaciguante pócima en su mano, destellos azulados en los ojos alegres, sonrisa centelleante en el rostro de matrona pacífica que con los años la Juana ha ido adquiriendo y, todo el amor del mundo en su corazón de hermana, me pregunta:

—¿Qué estás leyendo, Manuel?

Y yo le leo:

—Por la división de los hombres la derrota será entre los hermanos, dice el Salmista, Juana.

XV

Una batalla para armar

Se sucedieron noches al relente y días al solazo aguardando la llegada de los godos. Esa mañana, la tropa apenas había comido de una sentada lo que pudo cuando sonaron unos tiros persuasivos indicadores del comienzo de lo esperado: los españoles estaban cerca de la ciudad y a lo lejos muchos vieron fulguraciones de armas que se estaban encontrando con el sol y entonces todos prepararon ánimos y pertrechos propios, en tanto Manuel daba indicaciones pertinentes para lo que se acercaba, que era la batalla esperada.

Pío Tristán, muy lejos de creer que ese día le tocaría combatir, sólo quería hacer pinta frente a esos gauchos agazapados en los aledaños a los cuales desdeñaba por pocos en número y escasos de profesión. Pero estaba escrito que ese día Goliat y David se iban a enfrentar.

Manuel, tempranito, cambió la posición hasta entonces ocupada, emboscó la caballería y se hizo presente con su ejército y dio las órdenes pertinentes:

—Caballeros, suerte —dijo a sus jefes—. Posiciones de combate.

Y la infantería se desplegó en cuatro columnas; la caballería dijo su presente a su debido tiempo, que fue enseguida, la derecha al mando de Juan Ramón Balcarce, la izquierda bajo el comandante Polledo. La artillería a las órdenes del barón de Holmberg empezó a funcionar. Muy pronto las órdenes respectivas armaron el orden dentro del caos: la caballería de la derecha cargó sobre la izquierda realista; la infantería se lanzó a paso de ataque, con la bayoneta calada sobre el centro, pero como había pocas bayonetas el atropello fue con grandes cuchillos montados sobre palos; el estruendo de la fusilería española era espantoso y a él se sumaron los alaridos también espantosos de la caballería tucumana, con sus hombres portadores de lazos, chuzas y bolas, vestidos con multicolores ponchos y amplios guardamontes de cuero para resguardar sus piernas; a carrera tendida aparecieron, en las manos las riendas, las riendas sobre los guardamontes, los guardamontes suscitando sonidos siniestros y bárbaros. Y era cosa de no entender. ¿Qué raciocinio podía percatarse de que en un ala triunfaban los godos y en otra los patriotas arrasaban, y había fracciones neutralizadas en tanto Tristán buscaba rehacer los bélicos pedazos de su ejército, y Belgrano hacía otro tanto, y cientos de combatientes de ambos bandos, a pie y perplejos en medio de un campo de muertos, deambulaban sin saber qué camino tomar, mientras el humo que propician las batallas se esparcía por el espacio, y para colmo de males aparecía una nutrida nube de langostas que pronto cubrió el aire de azarosa pátina?

Por cierto, Manuel, aunque desorientado y silencioso, no había perdido la calma. A galope corto, pálido, buscaba su gente entre los claros dejados por los escuadrones propios y los ajenos. Al verlo su gente dispersa se le fue reuniendo. Para hacerlo dejó de ultimar a los heridos o perdidos que deambulaban como ellos, y de espulgar y saquear los riquísimos equipajes del enemigo, algunos a desgano porque pensaban que Uesa se hacían ricos y podrían alejarse del ejército. Confundido por tantísima confusión Manuel comenzaba el retroceso cuando un paisano lo atajó:

—Ñorcito Belgrano, no se vaya que ha ganado la batalla.
Y en seguida vinieron los otros. Vino un teniente de Dragones de la caballería de Balcarce:
—¿Qué hay? ¿Qué sabe usted de la plaza? —preguntó el general.
—Hemos vencido al enemigo que teníamos al frente —dijo. Pero en seguida agregó—: Creo que el enemigo ha ocupado la ciudad.
Entonces apareció otro oficial que interrumpió abruptamente, pues la situación no estaba para andar con miramientos y todos en medio de esa baraúnda en que corría la muerte se encontraban nerviosos a más no poder.
—No crea usted a este oficial, señor, que está hablando de miedo.
El otro carajeó de lo lindo y Manuel tuvo que escuchar lo que escuchó, pero como entre sueños, porque su mente permanecía suspendida en esa batalla retobada que estaba confundiendo todo:
—Señor, yo no tengo miedo y sí tanto honor como el que puede tener usted.
—No le permito. ¡Cómo va a tener honor usted si es un ratero! —dijo y lo miró con desprecio y su mirada y la de todos se dirigieron al caballo del acusado, cargado de ropas y otros elementos notoriamente extraídos de bagaje enemigo y lujoso, como ser encajes, cantimploras de plata, mantas orientales, vajilla de peltre.
Y ahí nomás se retaron a duelo y se alejaron unos pasos para cumplir sus amenazas cuando Manuel pareció despertar ante el llamado de atención de un comedido:
—Señor, mire usted a esos dos que han desafiado.
Y entonces Manuel salió del ensueño para entrar en cólera:
—Señores, ¿qué insubordinación es ésta? —dijo y varios corrieron a separar a los díscolos y todos volvieron a

las preocupaciones de esa indecisa batalla y estaban sucios, exhaustos, a cuestas su pequeña porción de esperanza para sumarla a la de los otros: en este frente ganamos. Y en este. Y en este, y entonces vino Juan Ramón Balcarce y su caballería y se acercó y le dijo al general:
—¡Viva la patria! general, hemos triunfado sobre el enemigo —y en la cara oscurecida de humo y de polvo había una sonrisa y en la mano que se adelantaba al general un gran cuchillo con rica empuñadura que lucía una medalla de oro en honor de Goyeneche y que reciencito había sido arrebatada. Manuel pensó esta daga para nada arguye en favor de nuestra victoria, puede haber sido tomada de un equipaje enemigo, como he visto están haciendo estos carajos que han perdido el tiempo en correrías sin comprender que las operaciones de unas armas debían ligarse con las de las otras armas. Pero Manuel no pudo seguir con estos razonamientos porque vio que los soldados a su alrededor sumaban docenas y entonces tomó el rumbo a la ciudad distante una larga legua. Al hacerlo atravesaron el campo y el campo olía a pólvora, olía a humo, olía a sangre, olía a excrementos, olía a desaguadero de vidas. Para nada olía a victoria.

Y en eso estaban, marchando por el campo desquiciado, él silencioso, los otros más o menos parlanchines, cuando se vio un cuerpo de tropas a lo lejos y fue la duda:
—¿Será nuestra?
—¿Serán los otros?

Y casi iban a echar a suerte el dilema, acostumbrados como estaban a jugar por cualquier cosa, cuando escucharon al general más que enfadado lamentándose:
—Y cómo hemos de salir de dudas, si yo y mi comitiva somos los que vamos de descubridores.

Y ahí los más avispados se dieron cuenta (mientras los otros seguían haciéndose los zonzos) de que ni se les había ocurrido enviar batidores. José María Paz, quien había estado toda la jornada colaborando con el barón

Holmberg, un valiente pero majadero en grado superlativo, que lo tenía de acá para allá y al cual en medio del bélico tráfico le había perdido el rastro, se adelantó con otros. Tanto se adelantó que se encontró en un altozano repleto de cadáveres y armas y restos de equipajes y baúles y hasta con el coche de Tristán tropezó, y detrás del coche de Tristán apareció un soldado, agachado el hombre, otro que anda mercando gratis, pensó Paz, y le preguntó, ansioso como estaba por saber la filiación de la tropa de enfrente para llevarle la noticia al general:

—Soldado, ¿de quién es esta fuerza que está al frente?

—Es nuestra —oyó que le contestaba el hombre, cubierto de polvo y con las ropas deshechas.

—Ajá. Así que nuestra. Pero usted, ¿a qué ejército pertenece?

—Al nuestro —contestó el hombre sin terminar de enderezarse, como escurriendo el bulto.

—Pero, ¿cuál es el nuestro? —volvió a preguntar Paz ya impaciente por escuchar en respuesta una y otra vez la repetición de la frase.

—El nuestro.

Entonces Paz comprendió que el otro ignoraba también con quién hablaba y sacó una pistola; mala la pistola, pero otra no tenía:

—Diga usted la verdad o lo mato.

El otro se asustó y asustado retrocedió suplicando. Retrocedió hasta tomar un fusil tirado sobre el pasto, suyo o de otro, vaya a saber, y le apuntó a Paz y Paz apuntó al soldado, pero ningún tiro salió; quien salió detrás de una parva de muertos fue otro de los avanzados, Saravia de nombre, *Chocolate* de apodo, salteño de procedencia, gaucho el hombre, diestro en el manejo del cuchillo, enemigo personal de los realistas. De lejos el Saravia conoció que estaba frente a un godo y lo persiguió y lo acuchilló sin asco y lo dejó tendido y volvió hacia Paz y le dijo:

—Sigamos así sabremos de una buena vez quiénes son esos carajos.
Y a los carajos los encontraron en los arrabales de la ciudad y eran españoles. Pero entonces, ¿dónde estaban los propios? Le llevaron la noticia al general y el general y sus jefes, ante la duda, resolvieron aguardar en el paraje el Rincón, donde estaba la estancia de un amigo, a que la situación se aclarara.
—Ahora sólo hay que esperar.
—Y esperar es lo peor.

Pero el joven Paz se comedió para recuperar unos cañones con los cuales había tropezado y, después de recuperarlos, aunque exhausto por la larga jornada, picado en su curiosidad por ver qué acontecía en la ciudad, cuyas torres vislumbraba a lo lejos, con dos baquianos tucumanos dio un rodeo para evitar las tropas enemigas y entró en ella. Todas las casas tenían sus puertas cerradas. Intentaron llamar en alguna, nadie atendió el llamado, prosiguieron hacia la plaza, el sol caía a pique, nada se movía, Paz espió dentro de uno de los fosos y oh, alegría, las caras que vio eran caras conocidas, eran las de sus compañeros. Fueron entonces los abrazos y las noticias: las casas y terrazas estaban con los patriotas, los fosos y calles bien guarnecidos y artillados, la defensa firme y todos angustiados por saber qué pasaba afuera.

Iba el joven hacia la comandancia donde estaba el jefe, que era Díaz Vélez cuando, desde una ventana cerrada lo chistaron y al voltear la cabeza la ventana se abrió y en ella apareció una mujer que él conocía pero de lejos y la mujer le preguntó, pura angustia en cara y gestos:
—Teniente, ¿y el general? —y el teniente, contento de poder dar la noticia que iba a dar, le respondió:
—Está bien y frente al resto de las tropas, a punto de entrar en la ciudad —y dijo así porque estaba cierto de que así iba a suceder y de que con esa respuesta aligera-

ba el ánimo de la señora María Josefa, a quien había reconocido detrás de su rostro angustiado y a quien dejó en el balcón llorando pero esa vez de alegría.

Después llegó ante el general Díaz Vélez y estando con él apareció un parlamentario con los ojos vendados, conducido por Dorrego, quien le transmitió las ínfulas de Tristán:

—Que se entregara la plaza. Que de lo contrario sería incendiada la ciudad.

—La ciudad no se entrega —fue la respuesta que al joven le pareció de tono excesivamente verboso y gritón—. En caso de ser incendiada, serán pasados a cuchillo los prisioneros.

Entre ellos estaba un primo de Goyeneche y el dueño del cuchillo del monte y otros figurones y así lo hizo notar Díaz Vélez al emisario, y después con voz altisonante que el mismo Napoleón hubiera envidiado ordenó a su ayudante, apodado *Matamoros*:

—Vaya usted y quite un caballo aunque sea al Espíritu Santo y déselo al señor.

Y al señor, que era Paz, le ordenó comunicarle las nuevas al general, y el joven Paz, así restituido al camino y al cansancio, picó su cabalgadura para llevar las nuevas.

La ciudad no fue incendida y Manuel, enterado de las novedades, conminó a la rendición de Tristán, y Tristán, pura alharaca, dijo las armas del rey no se rinden. Pero esa noche, a la chita callando, levantó campamento y marchó hacia el Norte a rumiar su derrota.

Todavía hubo escopeteos y corridas y escaramuzas, pues Manuel designó unas partidas para que les picaran los talones a los godos. Pero la plaza de Tucumán estaba conquistada y a esa batalla se la denominó desde entonces sepulcro de la tiranía porque allí se había salvado la revolución. Durante mucho tiempo Manuel pensó más que admirado en las vueltas de la vida y la suerte de las batallas: en Paraguay una aparente victoria se había convertido en luctuosa derrota. En Tucumán, un confuso desastre, en victoria apabullante.

Y ocurrió que un día en que se festejaba a Nuestra Señora de las Mercedes, en cuya fiesta se había librado la batalla, entraron en la ciudad las tropas de regreso de sus correrías marciales, y aunque estaban llenas de polvo y suciedad y sudor, el general ordenó que se incorporaran a la procesión que en ese momento se efectuaba por el medio de la ciudad. El propio general, adelantándose a frailes, soldados, prisioneros y público, se acercó hasta la imagen portada en alto, hizo descender las andas, de modo tal que la imagen quedara a su altura y entonces, mientras la gente se preguntaba ¿qué hará el general?, ¿iniciará el rezo del rosario?, ¿besará la imagen?, ¿qué se le ocurrirá?, mientras estas y otras cosas se escurrían por los pensamientos colectivos, Manuel hizo lo impensado: se desprendió de su bastón de mando y lo colocó en las manos de la Señora de las Mercedes. Ante tan piadosa galantería las mujeres lloraron y los veteranos lloriquearon y el párroco, encantado, y un inválido de sus dos pies y de una mano, vía guerra tanto estropicio, se acercó a la imagen y la sobó con su muñón y después se acercó al general y le dijo:

—Ñorcito Belgrano: yo fui quien le avisé que había ganado la batalla cuando usted estaba medio perdido entre langostas y muertos.

Manuel miró al hombre que recordaba entero y ahora veía incompleto, pero ni tuvo necesidad de preguntar nada porque el hombre contestó la demanda no formulada.

—Esto me lo hicieron los de Tristán en la escapada— dijo echando una mirada a su humanidad disminuida, restos mugrosos sobre los cuales Manuel puso la mano para dictaminar:

Las batallas secretas de Belgrano

—Es usted veterano de la batalla de Tucumán y como tal recibirá una pensión de la patria.

—Dios nos valga y la Virgen de la Merced nos ayude —murmuró el nuevo pensionado sin poder creer la suerte que le había caído.

La iglesia matriz estaba iluminada en su frente, pero oscura en su parte posterior, y fue por atrás por donde las sombras se deslizaron. Eran cuatro jóvenes que avanzaban pegados a las paredes, en tanto los otros aguardaban en los zaguanes de enfrente, conteniendo la risa. Los que avanzaban iban serios. Llegados a un puertita lateral, la forzaron mediante las mañas de uno de ellos, ducho en el arte de abrir cuanta puerta cerrada encontrara a su paso, de casa o de mujer virgen, como decía, jactancioso.

Ya adentro, una cerilla iluminó el cuartucho al cual habían arribado, después de atravesar un patio cubierto de parra y en medio del cuartucho encontraron lo que buscaban: sobre unas parihuelas, cierto indefinido bulto inmóvil cubierto por un lienzo apenas decente. Debajo del lienzo apenas decente podía presumirse el cadáver de un hombre. Los cuatro tomaron las parihuelas e hicieron el camino de regreso: cuartujo, patio emparrado, puerta lateral forzada, acera, calle, zaguán de enfrente. Allí los esperaba el resto de los amigos, ya para nada tentados. Sin duda, la presencia del anónimo cadáver de algún modo contenía el jolgorio de la hazaña que pretendían cumplir y que uno dejó entrever cuando dijo:

—Vamos, pobre anónimo, que no hay derecho a dejarte arrinconado y solitario cuando podés tener un velorio apropiado.

Dos adelante, dos atrás y el resto portando el cadáver, atravesaron las silenciosas calles, atravesaron la plaza, atravesaron el zaguán. ¿Qué zaguán? El que entonces estaba despejado y en las horas previas taponado de gente. A través de las ventanas se veían parejas bailando, por los balcones se filtraban música y risas y conversaciones.

Hasta allí habían llegado unas horas antes los oficiales, al frente Dorrego, en pequeña y alegre columna hacia la casa indicada como sede del baile. Ocurría que, para festejar el triunfo y acortar la severa rutina de los nuevos preparativos en que Manuel había embarcado a sus tropas, teniendo en cuenta su proyecto de avanzar hacia el Norte, se estableció la costumbre de los bailes. Manuel no sólo los permitía sino que los fomentaba, porque ese era un modo de distraer a sus oficiales de las perversas rencillas en que andaban, después de la batalla, entre caballería por un lado, infantería por otro, cazadores y cuanta parcialidad se ofreciera. Esas discordias ya lo habían obligado a sacrificar a su amigo, el barón de Holmberg y algunos más, en tanto, Balcarce, otro de los díscolos, la había sacado barata al ser elegido congresal, gracias a sus amistades tucumanas.

De modo que esa noche, a eso de las diez, se apeñuscaron en el gran portalón y al anuncio de:

—Paso a la Artillería y Cazadores —intentaron avanzar, por portalón o zaguán, hasta el patio donde el baile comenzaba. Pero, pese a los centinelas apostados para guardar el orden, y pese también a los empellones nada educados que empezaron a distribuir, la tarea se había hecho difícil hasta lo imposible, de modo que pronto Dorrego, altanero como era, al ver por un lado las dificultades de tránsito en que los suyos se encontraban y por otro la falta de educación de los organizadores que no estaban allí para esperar a oficiales de tanto prestigio como eran aquellos que encabezaba, se decretó ofendido. En correspondencia con la ofensa acusada, inició el retroceso, con lo cual no hizo más que aumentar el bochinche del conglomerado humano, y a la voz de "A la iglesia matriz" atravesaron la ciudad llevados por oculto propósito.

Las batallas secretas de Belgrano

Y habían cumplido el propósito. Faltaba rematarlo. Muy seriamente, cruzaron el zaguán, empujaron al centinela entredormido en la puerta, atravesaron la cancel, desembocaron en el patio que oficiaba, junto a otras habitaciones, de salón de baile y, en tanto unos, muy seriamente, depositaban las parihuelas en el centro, con severo ademán, otros trasladaron de mesas y consolas las velas que ubicaron en torno al muertito ante quien se inclinaron reverentes, persignándose, para retirarse en seguida entre los gritos de las damas y los asombrados gestos de los caballeros y de la multitud arracimada que de la frivolidad de la danza debió pasar a la austeridad de los *requiescat*.

Manuel había permanecido hasta altas horas de la noche en el baile, presumiendo alguna pellejería de sus valientes y díscolos oficiales. Pero ya se había ido.

Cuando al otro día supo la noticia se enfadó:

—¿Es posible que después de haber privado al ejército, con sus rencillas, de los servicios del Barón y de otros valientes quieran con sus bromas indisponerme con el vecindario?

Pero siguió en lo suyo, que era preparar la partida hacia el Norte.

XVI

Noches tucumanas

Era Tucumán y enero, empezaba a correr el año trece, la tarde proponía penumbras y desde la lejana iglesia de la Merced, donde el general de los patriotas había depositado los estandartes ganados en la última batalla, llegaba el anuncio del *Angelus*. Pensó en las campanas echadas a volar: hasta entonces se habían salvado, pero ¿hasta cuándo? Su amigo, el barón Holmberg, las había mirado con ganas de fundirlas y hacer con ellas y otras los cañones que el ejército necesitaba. Basta con los gritos de libertad, le había dicho el hombre, que era medio hereje. Pero él no había aflojado.

Junto al *Angelus* le llegó también el ladrido de los perros, cada día más numerosos: seguían al ejército entremezclados con los soldados, se abalanzaban sobre los víveres en cualquier descuido, parecían hasta dispuestos a participar de las batallas, aunque el estruendo de las balas los enloquecía. A Manuel se le había pegado uno seguidor como su propia sombra. Su asistente un día dijo: atropellador como Tristán, dándole el nombre del general indiano que había su amigo en España, antes de la revolución y la guerra, y entonces desde el campo enemigo no le daba paz, aunque él acababa de vencerlo.

De allí en más el perro fue siempre *Tristán* y ese atardecer estaba *Tristán*, como era su costumbre, a la puerta de la casa de María Josefa. Era una casa pequeña, de buena planta pero entristecida por las pesadumbres de los años y las injurias del abandono, y en ella podían suponerse las voces de los niños y adultos que alguna vez, en tiempos de paz, se reunirían alrededor de la mesa y corretearían por patios y habitaciones. Alguna vez: cómo habían cambiado los tiempos.

Amenguaban ya los trajines del campamento y en el espacio grisáceo de la habitación el general miraba a María Josefa inclinada sobre un baúl, magra y grácil su figura, renegrido el pelo, mientras lo iba llenando lentamente, como si con su parsimonia pudiera demorar la inevitable correlación de acontecimientos que debían sucederse y sus preparativos no fueran para iniciar un viaje sino para marchar al infortunio. Al resguardo de las sombras supuso el gesto compungido y los ojos enturbiados por lágrimas y tristezas, y también su corazón se enterneció pero, buena estaría la revolución si sus jefes flaquearan por cuestiones como esas, no menudencias, pero sí intereses individuales que debían dirimirse en fueros ajenos a la cosa pública.

Manuel, entonces, quizá para disimular el turbado disimulo de María Josefa, o por hábito inquieto de controlar cuanto acontece, se puso de pie y marchó hacia la puerta y desde allí oteó el horizonte, como buscando penetrar en los secretos que la noche comenzaba a encubrir. Miró hacia un lado y otro, presenció las mudanzas acarreadas por la hora: amortiguada la diurna algazara, los fogones comenzaban a encenderse, se preparaban los calderos para mate y cocidos, chisporroteo de grasa anunciaba el asado; las sombras buscaban agruparse en razón de amistades u oficios; alguna guitarra, pretendiendo ganar de manos a la tristeza de la hora, echaba a volar sus melodías. ¿La Madrid? Quizá. Amigo de la música, el hombre que solía ir a la batalla comiendo golosinas y hacía esperar a sus entrevistados cuando componía vidalitas, no desperdiciaba ocasión, oportuna o no, para improvisar, en conjunción de voz y de guitarra, melodías que a esos torvos soldados les hacían olvidar dolores y penurias y hasta encendían lucecitas en sus ánimos, acallando ansiedades; pues todos somos parecidos por el lado de la humanidad, al contacto del canto.

En paz el campamento cercano, según pudo comprobar, volvió el hombre al lado de la dama, tranquilizado en sus preocupaciones de jefe y, ya mudado el general en el Manuel a secas, apretó tiernamente y por atrás los brazos afanados en ropas y trebejos, que con un breve ademán cerraron un baúl, mientras la dama elevaba leve queja:

—Ay, me haces daños. Si parecen tenazas esas manos...

—Rigores del amor, María Josefa —alcanzó a murmurar, y la tuvo en sus brazos, entonces ya de frente, y la comió a besos mientras sentía cómo las lágrimas de la dama humedecían su camisa de bayeta, y de sus ojos también brotaban las que entonces corrían por las propias mejillas cubiertas ya con la barba de un día de trajines.

—Te hago daño —le dijo, al advertir la aspereza de su piel contra la suavidad del cutis que los solazos tucumanos habían dorado.

—Más que esto, no —respondió la mujer señalando con gesto errático maletas, bultos, mantas y otros inequívocos mojones de la pronta partida, en tácito reproche del cual él se hizo cargo.

—Sabes bien que otra salida no hay, María Josefa. Inicio la marcha hacia el Norte para enfrentar a Goyeneche, y se anuncian jornadas muy duras.

—Pero podría acompañarte, como desde hace unos meses te acompaño. O como las jujeñas marcharon con tu ejército —esgrimió sus razones en tanto se debatía por no largar el llanto y sentía las manos de Manuel recorriendo

Las batallas secretas de Belgrano

su vientre, tanteando la prominencia delatora del embarazo y quedándose allí como quien resguarda un nido.
—¿Acompañarme así, María Josefa? ¿Cómo se te ocurre? Ahora ya no tienes que cuidarme a mí, sino a él. Quiero un lugar mejor que estos cerros y arideces para tener nuestro hijo.
—¿Cuál puede ser mejor lugar para parir un hijo que al lado del padre de ese hijo a punto de parirse?
—Un lugar donde la guerra no esté tan presente como por aquí. Mira las muertes, los peligros, los hombres castigados o porque quieren huir o porque el enemigo los apresa o porque se descubren espionajes. Y aún no ha llegado la batalla, mujer.
—Ese lugar que buscas para que tu hijo nazca no existe ya en el país, Manuel, y tú lo sabes —dijo la mujer y se acercó a la mesa, levantó el jarro de peltre, llenó un vaso con agua, lo bebió y fue como si con él retomara fuerzas para continuar en la inútil discordia—. Pero algún otro camino debe de haber, Manuel. Es de los dos el niño, los dos tenemos que cuidarlo, porque esto... —se atascó la voz desordenada por no dichas razones y sollozos, por desánimo y pena, porque en el lado oscuro en que estaba ni palabras ni manos venían en su ayuda.
—Pues mira, apenas se nota el embarazo y ya estás con ternezas de clueca, Josefa —dijo Manuel en son de chanza revolviendo el renegrido pelo; pero, buen entendedor de razones a medias, buscó en seguida sofocar entre sus brazos tanta queja repitiendo razones ya esgrimidas mil veces en días anteriores: que mejor es así, que la seguridad del niño y la tuya, que las marchas y las batallas y los hombres y que estamos preparando para el niño un mundo mejor, y que nuestra situación, y que tú sabes, y el qué dirán, María Josefa...
—Podríamos casarnos... —sugirió, esperanzada.
—Estás casada, mujer...
—Yo. Pero, ¿y tú, Manuel?

—Yo también, María Josefa.
—¿Tú?
—Sí. Con la revolución, María Josefa. Y lo sabes —murmuró tristemente, pasó sus manos por el pelo humedecido por calor y trance, llevó el pañuelo a su frente, oh, Dios, sería posible, otra vez esos ramalazos de sudor y frío que presagiaban tantos males.

Sin ver su abatimiento, lo miraron puro asombro dos ojos velados por las lágrimas, mordió sus labios la mujer, levantó la cabeza, entre inquieta y turbada, y agriamente contestó:

—No me vengas con respuestas de funcionario —y después de una duda—: O de patriota.

Manuel no respondió en seguida, quizá buscando en el silencio desvío oportuno a tanta pena. La buscó, la encerró en el hueco de sus brazos, le dijo:

—Pero te amo. Lo sabes.

—Te creo, porque amás a todas las casadas —respondió María Josefa recordando, sin duda, los salones de Buenos Aires y aun los de Salta y Tucumán y tantas mentas mientras él volvía a tomarla entre sus brazos diciéndole:

—Por Dios, mujer, no nos lastimemos más. Ya la vida nos está hiriendo bastante.

¿Quién partía? Los dos. Uno para el Norte, otra para el Sur: esa batalla ya había sido librada y entre ambos y un montón de lágrimas tomaron la decisión. ¿Quién fue el vencedor? ¿Quién el vencido? Ni uno ni otra, que de tal pugna los dos salieron mal heridos.

María Josefa ni de lejos representaba los veintisiete años que tenía, aunque cierta madurez le estaba otorgando ese incipiente embarazo que a ambos tanto los había alegrado. La noticia hizo del corazón de Manuel una jaula de grillos. Sueño imposible de soñar, dados sus antecedentes, el saber que iba a ser padre fue algo así como la confirmación de que los males padecidos, rastros perver-

Las batallas secretas de Belgrano

sos de sus jolgorios estudiantiles en Salamanca, no habían sido irreversibles. Sífilis, había dicho en su momento un galeno de rostro severo que nunca podría olvidar, mientras introducía rapé en su nariz y lo miraba fijamente como diciéndole: mire hijo a dónde ha llegado. No, blenorragia, acotó otro, más joven y menos adusto, devolviéndole, de algún modo, el alma al cuerpo. Desde entonces, siempre había padecido síntomas extraños que después de bullir en su interior surgían de pronto de la manera más inesperada: sangre que fluía de sus pulmones agobiados, hinchazones imprevistas, fiebres intermitentes. Mal mayor, mal menor, como decía el vulgo. Bah, males; pero no tan definitivos como para impedirle ser padre. Lo comprobaba entonces, esperanzado.

Para María Josefa ese embarazo le había hecho patente su plenitud de mujer. ¿Acaso durante años no estallaron en sus oídos las bromas de sus hermanas Ezcurra y Arguibel que, mes tras mes después de espiar, sierva mediante, las toallas de sus menstruaciones, en las cuales veían los rastros sanguinolentos de la infecundidad, prorrumpían entre bromas y veras, con gritos acusadores: Machorra, machorra... La María Josefa es una machorra, deseosas como estaban de ver trotar algún niño entre tanto mujerío adulto?

Sus razones tenía el tendal de las hermanitas Ezcurra, allá en la casona de la calle Patricios, llena de chicas casaderas y pizpiretas, tan esperanzadas cuando a ella, la mayor de ese familión, le tocó enamorar y enamorarse de aquel primo, mozo pintón arribado de España, Juan Esteban de Ezcurra, con el que hicieron buena sociedad.

Los Ezcurra rioplatenses tenían deudas. El Ezcurra español, capital y proyectos. Buena fue entonces la boda con ese partidazo y buena la casa que el primo y marido le puso, y buena la adquirida categoría de mujer casada que algunas libertades le permitieron desde entonces en la pacata ciudad. Pero por adentro la situación no era buena, que al primo y marido, con tantos años encima, no se le daba por acosarla con las cuestiones esas de la cama, pues más le interesaban sus negocios: que las sedas del Perú, que la plata de Bolivia, que los paños para el Paraguay, que las casas para... ¿Para qué? ¿Para las rentas? Así fue: sin hijos, con el marido un poco en casa y muchísimo afuera, con las fiebres que llegaron encabalgadas en la revolución de mayo, con la sangre alborotada de Josefa, siempre patriotera, el matrimonio un día ¡san se acabó!

Aunque lento, el trámite de la separación fue definitivo y por cuestión de doctrina, que a veces separan más las ideas que hechos de sangre o de traiciones.

La casa de los Ezcurra era casa hispana y fiel al rey, y en.el Cabildo Abierto de mayo del diez, cuando se votó la suerte del virrey Cisneros, el padre, don Juan Ignacio de Ezcurra, vecino prestigioso de meritoria vida, lo hizo a favor de los españoles. Su hija frunció el ceño, enfurecida: la revolución le había traído a ella novedades interesantes y desde el vamos se sintió inclinada hacia el bando de los nativos revolucionarios. Como el marido y primo también tomó partido por el viejo régimen, la muchacha decididamente se opuso a los dos, pues su ánimo personal no era muy amigo de contemporizaciones. Con el padre poco podía hacer. Pero, ¿con el marido? Chismes de criados y vecinos señalaron que, el rostro adusto, apresurado el paso, arrebujada en su capa y seguida por la correspondiente criada, cierta noche se la vio a la María Josefa acercarse a la casa de un vecino notable para transmitir andanzas de su cónyuge contrarias a los intereses patrios. Y fue efectiva la conversación, porque poco después de la nocturna caminata el marido tomó las de villadiego, es decir, las de España.

María Josefa no había vuelto a la casa paterna. Permaneció en la suya con vajilla y criados aportados por la boda, pero sumada siempre al enjambre de mujercitas de la familia que entre bordados e inocentes bromas cumplían sus destinos de casaderas expectantes. Aunque para ella, claro estaba, sin condición de núbil ni de feliz o infeliz matrimoniada, ni de llorosa o liberada viuda, otras luchas le aguardaban en ese futuro más bien oscuro, con el Juan Esteban lejos y el corazón vacío o sólo lleno de amor contestatario.

Pero ya por entonces, algunas bocas murmuradoras señalaban que la mayorcita de las Ezcurra y Arguibel le había caído bien el señor de la Junta al que fue con sus chismes; que había que ser dura de corazón para sacarse de encima a un marido por las ganas de meter otro en su casa... o en la cama.

Entregada a recuerdos más lejanos en la distancia que en el tiempo, pleiteando con antiguas congojas para alejar las nuevas, María Josefa sintió la mano del general oprimiéndole el vientre y la voz portadora de palabras que no quería escuchar: separación, partida, distancias.

La oscuridad ya había invadido la habitación cuando sudorosa y convertida en puro torbellino Servanda, la criada desde siempre sierva de los Ezcurra y desde que ella nació, criada suya, con la cual, meses antes, había atravesado el país en busca de Manuel, entró, meneando sus grandes asentaderas, portadora de fuego para encender candelas y ánimo para servir la cena.

—He conseguido algunas verduras en la huerta que el general me ha obligado a hacer y las he preparado para la cena. Aunque con tanta verdolaga creo que nos estamos volviendo verdes —dijo con su voz más bien de trueno. Pero, amenguado su ímpetu, se acercó tiernamente a Josefa—: Y mi niña ¿cómo va? Ahorita le traigo la comida —anunció en tono que pretendía ser escuchado por todos, incluido por el general en prolegómenos de partida por entonces.

—Ahorita, Servanda, lo esperaremos al señor.

Comer, para Servanda, era casi una función litúrgica

y la escasez de alimentos, la causa de todos los males que, por cierto, ella buscaba reparar. En consecuencia, aunque de mala gana por la espera marchó hacia la cocina, con la salida airosa que sus muchos pollerones permitieron.

Afuera se oían alertas de centinelas, rasgar de guitarras y, de pronto, un llamado a la puerta, abierta por costumbre y exigencias de la canícula imperante: el asistente era su autor y venía a fin de acompañar al general en la ronda que noche a noche efectuaban por el campamento. Había que asegurarse de que todo estuviera en orden como reglamento y conciencia lo exigían; también como se lo pedía ese corazón paterno que le había nacido a Manuel cuando debió ponerse al frente del ejército. ¿Acaso no eran ternuras de padre esas que usaba: arrimarse, en los fríos de las madrugadas, cuando andaba de ronda, para tapar con el poncho a algún bisoño que enredado en tropiezos de sueños y pesadillas, desarregló sus ropas; o tranquilizar con palabras apenas susurradas a quien veía, con los ojos abiertos, padeciendo insomnio en razón de temores o nostalgias? Calzó entonces la espada el general, la espada batió con susurrante suavidad su cadera, se puso el sombrero, dio una orden al soldado ante él cuadrado: ya estaba el general en sus funciones y en marcha pero, en paréntesis doméstico, acarició al pasar el rostro de María Josefa y le dijo:

—Espérame. Ya vuelvo.

En la puerta, lo aguardaba el caballo, un rosillo traído del Perú, gallardo y manso pero levantisco cuando algo lo sobresaltaba, que en la batalla de Tucumán le había hecho linda trastada. Manuel acostumbraba a montarlo habitualmente, y aunque era hombre de ciudad, no desmerecía frente a cualquier jinete. Pero en aquella ocasión, al primer cañonazo, que para colmo había sido de las propias fuerzas, al muy maula se le dio por bellaquear de puro susto y entre sordos resoplidos no encontró na-

Las batallas secretas de Belgrano

da mejor que dar por tierra con él, en ese momento atento sólo a la batalla a punto de alumbrar. Lindo papelón. Sus oficiales se acercaron, solícitos, temiendo que alguna bala hubiera sido la causante del estropicio, contentos porque lo del porrazo no había sido grave, pero, ¿quién dejó de ver en ese hecho augurios para nada buenos? No esos oficiales que marcharon hacia la batalla entre apelaciones patrióticas, estrujones del corazón y una manga de langostas traída desde los infiernos que, llegado el momento, hasta le impedirían al general darse cuenta de que la batalla había sido ganada.

Impaciente también esperó María Josefa el fin de la inspección nocturna que al general solía ocuparle toda la noche: cuando apuntaba el alba se lo veía llegar, apesadumbrado el rostro de cansancio y a veces de fiebre, el poncho humedecido por el rocío nocturno, la ropa en jirones cuando se le daba por meterse en montes y serranías oficiando de espía.

Pero esa noche había cumplido con su palabra y llegó muy pronto. El calor era insoportable: febrero y Tucumán, como para no serlo. María Josefa le había escrito no hacía mucho a su hermana Encarnación, la que noviaba con el muchacho de los Rosas, con Juan Manuel: *"Por aquí el año pasado el invierno cayó un día jueves. Como contraparte, el verano está durando más de la cuenta y dicen que todavía falta lo peor"*, y se había reído mucho, según oportunamente le contestó Encarnación, diez años menor que ella y su preferida. Aunque por entonces estaba enfadada con ella. Otra de sus hermanas le escribió diciéndole que había descubierto una carta de Encarnación a su novio en la cual le decía, vaya a saber a raíz de qué reproches: *"Yo no soy una puta como mis hermanas"*. ¿Puta ella, María Josefa, porque estaba enamorada? ¿Puta porque estaba a punto de tener un hijo del hombre querido? Ya arreglaría ese asunto con Encarnación. Por entonces estaba en ese otro problema, su partida.

Con Manuel habían convenido en que se quedaría cerca del Rosario, en la estancia de una buena familia con quien el general hizo amistad cuando estuvo allí emplazando las baterías, por orden del gobierno. Allí, lejos de la familia, aguardaría la llegada del hijo. Se trataba de un solución correcta que satisfacía la necesidad pero no los sentimientos, pensó Josefa. Después, Dios proveería, que los hijos bastardos de las muchachas de alcurnia son difíciles de guardar. Si lo sabrían Manuel y los Belgrano: habían tenido que aguantarse los dos hijos naturales de Juana, la hermanita preferida.

XVII

En el valle de Lerma

Por la mañana estaban frente al río, el río se llamaba Pasaje, quedaba camino a Salta, la ciudad donde se había fortificado un Tristán displicente que, por creer imposible el vado en esa época de grandes lluvias y caminos intransitables y por temor a las partidas de gauchos montaraces que asolaban los contornos, se había abroquelado en la ciudad y entregado a la buena vida y a las mujeres, condición natural de Tristán, bien conocida por Manuel, viejo compañero suyo en la Península. La cuestión era entonces que, entregado a las expectativas del ocio por las señales climatológicas y el arrebato del corazón ante tanta salteña hermosa, Tristán se las arreglaba para pasarla bien, y Manuel, sabiendo la existencia de tal coyuntura, se las arreglaba para acercarle, por interpósitas personas adictas, damas entregadas a la causa, que por un lado entretenían al hombre y por otro le permitían a él, Manuel, estar al tanto de la situación en las filas godas. Trámite hecho ante las barbas mismas del peninsular que para nada ligaba las solicitudes femeninas y los excesos de tales damas con la marcha de la campaña subversiva.

A la luz de un velón, Manuel se encontraba traduciendo nuevamente el discurso de despedida de Washington (que había destruido antes de la batalla de Tacuary), cuando le advirtieron la llegada de un mensajero. Era, por cierto, uno de los tantos que en la bucólica ciudad de Salta, la hermosa asentada en el valle de Lerma, oficiaba de mirón por orden suya. El contacto que a tal espía le correspondía era dama de alta alcurnia, proveedora siempre de valiosos datos porque había logrado intimidad con Pío Tristán, estar cerca de él en los saraos y comidas con que el tal jefe, criollo por nacimiento pero chapetón por sus ideas, entretenía temores y aburrimiento.

Noticias fresquitas traía el hombre, ágil de piernas y espabilado de mente, podía verse a primera vista, aunque exhausto por el trámite largo de venir a anoticiar al jefe. Se cuadró ante él, en camisa por la hora y el calor, sudoroso, pluma de escribir en mano y ojos abiertos por premuras e insomnios: había mandado adelantados para reconocer caminos y probables atajos y su red de informantes lo mantenía al tanto, pero en ascuas.

—Usted dirá, paisano.

Paisano era el hombre y agotado. Tres días había corrido sin descanso para traer las nuevas —que quizá ya eran viejas—: Tristán, aún en Babia, consideraba imposible que con tamañas lluvia y los caminos intransitables hubiera peligro inmediato de parte del ejército, dijo el hombre y enseguida agregó con tristeza en la voz y veladura de aguas en los ojos: pero alguien, señor, había espantado la perdiz y la dama Clotilde —tal era el *nom de guèrre* de la de alta alcurnia—, desgraciadamente, había sido descubierta.

—Cayó ella y cayeron dos de sus criadas y otra que era inocente.

—¿Cómo fue? —murmuró Manuel, un suspiro su voz y demudado.

—Fue.

Exigió precisiones el general y las tuvo. La dama se caracterizaba por su aristocracia, inteligencia y valentía y Manuel lo sabía. Un hueco en cierto árbol, recoveco a cobijo de indiscretas miradas, era el lugar donde la dama ponía los mensajes cuando salía a caminar rumbo al río por cuestión de tomar aires y aspirar brisa sana, y los tales mensajes los recogía el correo —aquí para servirlo, mi señor— y así marcharon los asuntos, viento en popa hasta que quiso la mala ventura que a una mujerzuela coqueta e insidiosa, fiel a Tristán no por amor sino por las dádivas que en trámite erótico encontraba, se le diera por sospechar de la linajuda señora y de tanto paseo bucólico que la mentada doña cumplía acompañada por criadas, como cuadra; y un día la siguió y luego otro y otro, en calesa, a caballo, a pie, pero siempre a escondidas, haciéndose la perdiz, pues para eso se daba maña, hasta que tuvo la certeza y con la certeza un día encontró los papeles y con los papeles fue a Tristán y Tristán dicidió: escarmiento a tales copetudas metidas en subversiones criollas.

—Y fue espantoso, señor —lloriqueó el paisano ágil de piernas y espabilado de mente y, según se estaba viendo, flojo de corazón—. Hubo una redada, en vano el hermano de la dama, comerciante rico y amigo de los godos, invocó servicios a España y lealtades familiares. A la dama la pusieron en el cepo, la llevaron a la plaza, la azotaron frente a toda la gente que obligaron a estar en el lugar y a mirar lo que pocos pudieron mirar, y después la degollaron como si hubiera sido una gallina; a las criadas las colgaron: a las dos que estaban en el asunto y a la otra sin nada que ver, como está dicho.

—¿Hablaron?

—No, señor. Además, nada sabían, ni mi nombre ni el de otros, pues así nos manejamos para seguridad de todos y, sobre todo, de la causa, que cada quién es cada quién y basta.

La noticia multiplicó desazones en el ánimo de Manuel. Malos murmullos los traídos por la noche y la voz del paisano, con olor a sangre y a infamia y con una consigna tácita pero perentoria: apurar la llegada a la ciudad para evitar que hubiera más mártires de batallas aún no libradas.

Marchó el mensajero a reponer sus fuerzas, el general cambió las gacetas de la traducción por otras en que vertió sus órdenes al rasgar de la pluma y la pena y, estragado por fiebres que habían comenzado a atormentarlo volteó en el catre de campaña su cuerpo exhausto, pensó en el día siguiente y se vio, como en tantas jornadas, marchando hacia los rumbos donde el sol aparece. Pero el sol no apareció, porque en Salta era época de lluvias y lloverá y lloverá y cuando deje de llover habrá cerrazón y cuando la cerrazón se levante volverá a llover y bajo la lluvia encontrará a Pío Tristán y a las tropas a su mando empeñadas en detener ese caudal que avanza desde el Río de la Plata llamado libertad y que entre tantos empujan la señora Clotilde y otras damas. Sin duda también María Josefa, ya en el Rosario, según le comunicó a su regreso el emisario enviado para acompañarla, pobrecita, con su panza hecha un bombo y en la panza ese niño que pronto va a parir, si Dios así lo quiere.

José Apolinario Saravia era capitán y salteño. Hombre de la zona conocía palmo a palmo los recovecos más íntimos de esa geografía hermosa y complicada sobre la cual avanzaba el ejército patrio al encuentro de su destino.

—Capitán Saravia —le estaba diciendo Manuel—. Mis contactos me comunican que ya Tristán está al tanto de nuestra marcha.

—Era hora —murmuró en voz baja Saravia, hombrón alto con algo de salvaje en su porte y mucho de niño en la mirada azul que descubría las aguas celtas de su sangre. Manuel hizo como que no había escuchado el dejo de su sorna provinciana y prosiguió.

Las batallas secretas de Belgrano

—Está esperándonos en Portezuelos para darnos buen recibimiento. Ha fortificado y artillado el lugar y, según puedo presumir, piensa barrernos en cuanto avancemos por el valle, razón por la cual, se imagina, tengo muchas ganas de darle el esquinazo. ¿Se podrá?

—Sí, general. Hay una senda oculta en la quebrada de Cochaachapoyas por el Norte, sólo conocida por Dios Nuestro Señor y este servidor.

—¿Practicable?

—Cuestión de informarse, pero seguro que sí. Con tanto aguacero, seguramente deberán rellenarse algunos barrancos y zanjones para que pasen la artillería y las carretas con los bagajes; pero en peores nos hemos visto, señor. De hacerlo así, como a todas luces conviene, nos enfrentaremos con Tristán por la retaguardia. Cosa que nuestro señor don Pío ni se imagina que pueda hacerse.

—Ya lo veo al hombre diciendo ni que fueran pájaros —murmuró Blas de Mondéjar, que estaba en el intercambio junto a otros jefes. Y cuando partió Saravia para mandar el relevamiento de la zona, le dijo a Manuel—: A estos enemigos siempre es mejor agarrarlos por el culo para asegurarlos bien.

Y por el culo los agarraron, pues inopinadamente los españoles se encontraron con el ejército patriota acampado en la planicie de Castañares, donde descansaron esa noche y luego, promediada la mañana, pensaba Manuel, haría avanzar cinco columnas de infantería en línea, dos alas de caballería, la artillería en su lugar, el corazón en el suyo y aquello que hace a los hombres hombres, también donde debe estar.

—Las pelotas —dijo Blas, que no andaba con vueltas.

Pero ese día los ejércitos se miraron, se volvieron a mirar y no se tocaron, salvo el ocasional tiroteo de algunas patrullas adelantadas. Llovía a raudales, llovió toda la noche, los soldados, más que guarecerse del agua, cuidaban que sus armas no se mojaran, porque con las ropas empapadas se puede batallar pero con la pólvera húmeda ¿qué?

Manuel, por la ventanita que daba al cerro, miraba la lluvia con inquietud, miraba el reloj, miraba la escupidera adornada con flores rosadas donde iban a perderse sus vómitos.

—Dios mío, hasta cuándo.

No había asomado aún el sol cuando la tropa, excitada por las novedades que el día traería, calentaba los cuerpos y secaba sus ropas apurando los trámites para el enfrentamiento. Entonces corrió la noticia:

—El general está enfermo.

—El general ha vomitado toda la noche.

—Pero no devolvió comida, sangre vomitó.

—El general ordenó preparar una carreta para poder dirigir desde allí la batalla.

—El general...

Pero el general apareció a media mañana, pálido y decidido, montado en su pingo, una pinturita traje militar y órdenes, dispuesto para el enfrentamiento.

—Batallón de Cazadores, aquí. Pardos y Morenos, allá. Regimiento Número 6, presente.

—Comandante Dorrego, avance usted y llévese por delante al enemigo; pero no intercepte el fuego de nuestra artillería.

Y allí Eustaquio Díaz Vélez y José María Paz y Martín Rodríguez y los demás: cada uno en su puesto de servicio.

Los criollos arrollaron con ímpetu, en movimiento espasmódico de marea humana, con armamentos y correajes refulgentes bajo el sol, porque el tiempo había amenguado sus rigores mientras los soldados acentuaban su entusiasmo y valor corriendo y agachándose detrás de matas o piedras los que iban a pie, y volviendo a

Las batallas secretas de Belgrano

correr en vaivén isócrono y discrónico, regular e irregular, según conviniera, en caballos que marchaban oliendo su destino de pobres bestias los demás, pero todos con una sola voluntad: avanzar. Dorrego, proclive siempre a hazañas individuales, cumplió con tal empuje el mandato que originó un hueco en las filas enemigas en tanto a él en la propia carne le hacían un buraco. El mayor general Díaz Vélez, herido en un muslo, no cejó en su empeño por seguir avanzando, pero sus oficiales lo sacaron del medio. La Madrid cayó más adelante, pero los otros prosiguieron abriendo espacios y llenándolos. Claro godo que quedaba, claro que era enseguida cubierto por los criollos. Avanzaban a medida que iban venciendo. Tanto avanzaron que tuvieron la ciudad al alcance de la mano y pronto estuvieron dentro de la ciudad y ya en la ciudad entraron y la tomaron, desplazaron a los godos, llegaron a la iglesia de la Merced y desde ella, ¿cómo comunicarle al general que allí estaban? ¿Cómo?

—Con la bandera —dijo uno—. Para algo la tenemos ¿no?

La tenían desde hacía poco, desde el día en que pasaron el río Juramento, camino a Salta. Así había sido.

Manuel había tenido una noche exaltada, de breves e intermitentes sueños por las noticias recibidas, positivas por cierto; decidió lo que decidió. Las noticias habían sido dos; una, la victoria contra los godos en San Lorenzo, por parte del coronel San Martín, el criollo vencedor en Bailén junto a los peninsulares, pero regresado a los lares natales para poner el hombro en la causa. Otra, las buenas decisiones tomadas por la Asamblea General Constituyente: no más Fernando VII, no más efigie real en las monedas, ni armas de España, ni mayorazgos, ni blasones, ni distinciones nobiliarias, ni esclavos, ni Inquisición. *Et justam nostre libertatem causam tum christiani tum civilem protege pacem et salutem*, rezarían clero y fieles desde entonces en la Santa Misa.

¿Qué decidió Manuel esa mañana, frente al río Pasaje, camino a la ciudad de Salta donde lo aguardaba Pío Tristán sin saber qué le esperaba? Confiando en las certidumbres de su intuición, que su amigo Blas de Mondéjar sencillamente llamaba corazonadas, decidió que él, sus jefes y la llana tropa juraran obediencia a la Asamblea General y sus dictámenes, según correspondía, pero frente a la bandera enarbolada en las costas del Rosario dos años antes. La que había recibido oportunas bendiciones del cura y de lo alto en Jujuy y él debió ocultar por orden de la Junta en espera de mejor momento y más claro raciocinio de los mandamás. Con toda solemnidad la juraron. Y cuando el acto terminó alguien pensó: esto debe quedar grabado para la eternidad y se acercó a un árbol y en la corteza, con su puñal escribió *Río Juramento* y desde entonces río y lugar no fueron ya del Pasaje sino del Juramento.

En aquella ceremonia están pensando entonces, en el campanario de la Merced. Una bandera necesitan. Pero, ¿dónde hay una? La única existente está en el escuadrón del jefe. Alguien tuvo la ocurrencia, que las ocurrencias vienen cuando hay necesidades.

—Un poncho. Un poncho celeste.

—Aquí está el del comandante Superí. Es medio azulino, nomás.

—Vale. Adelante.

Subió un soldado, lo afirmó en lo alto del campanario y allí quedó el ponchito oficiando de bandera, tremolante en la torre, anunciando la victoria, mientras ellos seguían avanzando, una hora, dos horas. Llegaron a cuadra y media de la plaza y siguieron avanzando metro a metro, codo a codo, el ánimo en alto, en alto las bayonetas, los puñales, los palos con cuchillos en sus puntas.

La plaza estaba frente a la catedral y en ella se habían refugiado soldados realistas y civiles. El general Tristán había ordenado: Que los militares vuelvan a sus

puestos. Que dejen el refugio de la iglesia para mujeres, ancianos y niños.
Pero nadie se movió. ¿Saben ustedes que el miedo paraliza? El miedo hormigueaba en los cuerpos, pero también era reguero contagioso. Una mujer, iracunda ante tamaña pasividad, subió al púlpito y desde el lugar reservado a sacerdotes y predicadores apostrofó a la tropa para que volviera al campo de batalla, que ya era la ciudad entera, a cumplir con el deber correspondiente: defender el honor del rey. Pero nadie se movió.
En tanto Manuel preparaba el ataque definitivo contra la plaza, llegó un parlamentario. Era un coronel español, de apellido La Hera, quien traía junto al mensaje un rostro pálido a más no poder, la voz temblequeante, el cuerpo embarrado y una fenomenal confusión en espíritu y ropas. Desmontó, se le desvendaron los ojos, tuvieron la precaución de ponerlo de espaldas a la tropa. El hombre no conocía al general Belgrano y cuando se vio frente a ese militar pulcro y sereno, como ajeno al febril ritmo de la batalla, apenas si con algunas gotas de sudor sobre el pálido rostro, preguntó:

—¿Tengo el honor?

—En vivo y de tamaño natural —Blas no pudo con su genio.

El general hizo un gesto afirmativo y el hombre comenzó a hablar en voz tan baja que ni se lo podía escuchar. Resonó, en cambio, la respuesta de Belgrano.

—Diga usted a su general que se despedaza mi corazón al ver derramar tanta sangre americana; que estoy pronto a otorgar una honrosa capitulación; que haga cesar inmediatamente el fuego en todos los puntos ocupados por sus tropas y yo mandaré hacer lo mismo.

Y así se hizo.

Esa tarde se arreglaron las condiciones de la capitulación. Después, Manuel recorrió el campo de batalla. Se sorprendió por el cuerpo acortado de un combatiente: no tenía piernas. No siempre los muertos tienen piernas. Al menos, no los muertos en guerra, pensó con tristeza mientras imaginaba a la mujer que en algún lugar esperaba el regreso de ese combatiente acortado. Miró aquí y allá, primero con atención, después al tuntún, casi desfalleciente. Reconoció a muchos de sus soldados, a todos sus oficiales. Estos son los que se quedan fuera de la historia, se dijo. Cuánta sorpresa en los rostros ya fríos que descansaban entre pastos y piedras; cuánta confusión en los cuerpos heridos, rígidos, empapados por la mucha lluvia y la mucha sangre. Ah, Dios, por qué los forjadores de libertades debemos oficiar de sepultureros. Cuántos de éstos han muerto como hombres para renacer como héroes pero, ¿en qué Historia permanecerán, Señor? ¿En qué páginas? El suave viento levantado husmeaba en los rincones chamuscados como *Tristán,* trotando a su lado, se restregaba contra sus botas, en tanto ladraba alegremente, como un amigo que le palmeara la espalda dándole ánimos, porque habían cesado ya esos tiroteos que lo espantaban a rabiar. El tampoco se podía costumbrar a la guerra.

—Me cago en la puta guerra —dijo Blas a su lado, acariciando a *Tristán* y agregó—. El otro Tristán está rumiando su derrota.

Se enterraron los muertos. Eran muchos y esos muertos tenían mujeres, hijos, nietos. Eran más que muchos, muchísimos, y a los muchísimos los pusieron en fosa común, y encima de la fosa común se colocó una rústica cruz de madera y sobre la cruz, una leyenda: *Aquí yacen los vencedores y vencidos el 20 de febrero de 1813.*

Después Manuel se fue a escribir, en el estilo más conveniente y también más modesto, el parte de la victoria y todo lo demás.

Al día siguiente, a eso de las nueve de un día neblinoso, para variar, los dos ejércitos formados se encontraron a fin de cumplir los puntos de la capitulación: unos

Las batallas secretas de Belgrano

se iban, otros tomaban formalmente la ciudad. Los vencidos se juramentaban a no volver a usar las armas contra las Provincias Unidas del Río de la Plata y a canjear los prisioneros. Entregaron cartucheras, correajes, insignias, armas. Cuando le tocó el turno a Pío Tristán, Manuel se adelantó, lo abrazó, no le permitió la entrega de su espada. Además, porque confiaba en los poderes de la palabra y su persuación, hizo después lo que hizo, a la salida de la misa y del *Te Deum* rezados en acción de gracias en la catedral. Acabada la función litúrgica, con varios oficiales salió, según su costumbre, a paso acelerado que los demás apenas si podían seguir: no es un ave zancuda el general, pero cuando camina, lo parece, decía Blas, mientras les transmitía ciertos informes.

—Este amigo camina como si estuviera la leche a punto de hervir —decía siempre. Esa tarde se interrumpió para preguntarle—: General, ¿piensa seguir viajando mientras le hablo?

Manuel sonrió y aminoró la marcha:

—En Buenos Aires se van a quejar, ya los estoy escuchando, por el trato que hemos hecho —les iba diciendo—. Siempre pasa así. Los que están lejos de las balas y no ven la sangre de la gente, ni oyen los clamores de los infelices heridos, creen que esto es fácil. Si viene la victoria la festejan con bailes y cohetes. Si llega la derrota están listos para criticar, sobre todo a los jefes. Hay tantos patriotas de boca...

—Eso es viejo como el mundo, general —acotó alguno.

—Por fortuna dan conmigo, que me río de todo y que hago lo que me dictan la razón, la justicia y la prudencia —siguió Manuel como quien habla consigo.

—Pero tal vez su generosidad fue excesiva, general —se atrevió uno.

—Ajá. ¿Y cómo carajo iba a hacer para custodiar a tanto prisionero? ¿Iba a distraer fuerzas que debilitarían a mi ejército para que oficiaran de cancerberos? Esta vez, es cierto, la sorpresa me sirvió de mucho, pero, ¿con cuántas sorpresas puedo contar? —Manuel suspiró mientras seguía manteniendo el paso rápido—. Créanme, mejor ha sido así. Pero ya los veo venir: unos me escribirán para preguntarme por qué no los hice degollar a todos; otros, por qué les creí el juramento. No crean: ya sé lo que me espera. Pero veo también palpablemente los frutos que estamos consiguiendo.

En eso estaban cuando de pronto Manuel se detuvo de golpe y decidió:

—Ustedes sigan, por favor. No me siento bien y pediré algo para tomar aquí. No me esperen.

Habían pasado frente a la casa donde residía aún Tristán y pensó en echar un parrafito con quien sin duda estaría lamiéndose las heridas. Los suyos se sorprendieron porque para nada le veían mala cara pero no dijeron esta boca es mía. Manuel entró. Como conocía la casa avanzó por el zaguán, llegó a la sala y desde allí los de afuera lo escucharon a él decir que estaba algo indispuesto y a Tristán dar órdenes al criado, que al ratito cruzó el patio con una botella de vino y una taza de caldo. Blas murmuró:

—Este Manuel es capaz de inventarse un soponcio para ir a echar un parrafito y hacer de las suyas.

Y así fue. Allí estaba Tristán, con su buena pinta, entonces abatidísimo, criollo de buena familia y posición que por eso mismo sospechaba a la Historia interesada en los suyos y nada más, dándole a la charla; y allí Manuel, tranquilo el porte y entrador, uno fumando, el otro bebiendo su caldito reparador. Así había sido en España, donde los dos, caballeritos americanos de familias españolas y pudientes, aprendieron a escribir con buena caligrafía, a citar, en ocasiones con frivolidad, textos clásicos de las artes y la jurisprudencia, a guardar buenos modales, a conocer los amores livianos y el teatro, a ir dejando de lado la peluca, al menos en ocasiones poco solemnes, porque por algo eran jóvenes y los jóvenes siempre resultan revolucionarios. Pero desde entonces los acontecimientos los habían apresado de un lado y de otro de la Historia. Quien lo hubiera dicho, con sus moditos y su familia rica, Manuel revolucionario, hecho una chispa viva, pensaba Pío. Era de suponer: con lo dado a la buena vida y sus ambiciones cortesanas, Pío decididamente debía estar del lado conservador, reflexionaba, por su parte, Manuel. Al fin y al cabo para él la influencia de los Borbones había sido más poderosa que la de América. Pero entonces un río de sangre había corrido entre ellos. Y eso era difícil de olvidar.

—Este asunto, como todos —decía Manuel—, se arreglará alguna vez de algún modo. Pero, ¿qué podemos hacer nosoros para que sea ahora, Pío?

—No tengo ni la más leve puta idea... —dijo el vencido, de modo muy poco académico.

—Créeme que lloro esta guerra en que tan desgraciadamente está envuelta América. Debemos vencer el amor propio, hacer un esfuerzo para acercarnos y discutir ideas, estrechar los lazos de la fraternidad. Tú estás muy cerca de Goyeneche, con el cual por primo y amigo tienes muchas confianza. Te pido que hables con él, a ver si pueden hacer algo para acabar esta maldita guerra que nos está destruyendo.

—Pero en el Río de la Plata esos jacobinos de tus amigos han matado a mucha gente.

—Pío, no me hables de cosas pasadas, que ya no tienen remedio. ¿Sabes las acusaciones contra los españoles que se amontonan? Que nos sirva esta reciente lección de tantos muertos. Busquemos unificar intenciones para cimentar la felicidad de estas provincias. Mi norte, tú lo sabes, ha sido siempre la razón y la justicia, sabes también cuál es mi carácter, cómo amo la verdad; pero no deseo engañarme ni que me engañes. Y permíteme que te hable así.

—Manuel, yo no dispongo de posibilidades para hacer lo que me dices. Lamentablemente, no están acabadas las desavenencias y se derramará aún mucha sangre. —Todos tenemos algo al alcance de la mano y eso debemos hacerlo. Tú gozas de la privanza de Goyeneche, úsala, amigo, que no nos muevan otros intereses que los de la patria. Ayúdame Pío, en esta causa que es la de los pueblos y los americanos ilustrados. No queremos continuar en la esclavitud, dependientes de una región que se llama España, con un mar inmenso que nos separa. Pero acabemos esta guerra desastrada antes de que ella acabe con nosotros, Pío.

Se terminó el caldito reparador, Pío concluyó el cigarro, la charla llegó a su fin, se despidieron, adiós, adiós, quedaron en escribirse, quedaron en trabajar juntos. Pero cuando salió Manuel, Pío murmuró pobre ángel. No se animó a decir: hijo de puta.

Por toda la ciudad hombres de ambos ejércitos bebían juntos y conversaban y carajeaban. Una vez más, Manuel había puesto en marcha su plan de acercamiento mutuo. Pero la guerra continuaba.

Manuel se dispuso a recomponer sus tropas y marchar hacia el Norte. Antes de hacerlo visitó a los heridos en el hospital de campaña.

En un largo galpón se alineaban catres y mantas en el suelo y sobre ellos heridos en diverso grado de postración. Un fuerte olor saturaba el espacio. Era olor a podrido y también a desinfectante. Manuel contuvo las náuseas propias y el gesto ajeno de su ayudante, a punto de informar a quién los dolientes tenían el honor de recibir. Manuel lo hizo callar, recorrió un catre y otro y todos, acompañado por las miradas de los conscientes, los gemidos de los moribundos, el alarido de algún sobresaltado por la fiebre o el dolor. Cuarteleras diligentes iban de aquí para allá. Cuando terminó la lenta recorrida atravesó el galpón, se acercó a los heridos, palmeó a algunos,

Las batallas secretas de Belgrano

no pudo hablar a nadie, acongojado. Después, junto a la puerta, enfrentó la larga y doliente hilera:
—Soy el general Belgrano —les dijo—. Agradezco lo que han hecho por la Revolución. Que Dios los bendiga y bendiga a la Patria.

Salió como desvencijado, con la mirada baja, murmurando una vez y otra vez, Dios mío, Dios mío, y así lo alcanzó un muchachito, sus ropas destrozadas, una mano de menos, un brillo de más en su mirada, con la única mano que le quedaba tomó la del general, su bendición padrecito, le pidió y el general lo palmeó y le dio una limosna y volvió a decir, Dios mío, Dios mío, qué estamos haciendo.

Pronto le llegaron noticias de Buenos Aires: la alegría por el rotundo triunfo, las felicitaciones, el sable con guarnición de oro concedido por la Asamblea Constituyente, una donación de cuarenta mil pesos
—Con la plata creará escuelas —dijeron allegados ya al tanto.
—Con las felicitaciones se limpiará el culo —dijo Blas.

XVIII

Plata y noche

Potosí nacía de los páramos desplegando lujos como las mujeres ricas aparecen resplandeciente de joyas. Dominaban la ciudad la Casa de la Moneda y setenta iglesias rivalizaban en torres y platería, en tanto suntuosas casas adornadas como criaturas vivas señalaban opulencia de propietarios y buen gusto de artesanos. El cerro de Potosí sangraba constantemente metales preciosos que hombres decididos se encargaban de recoger para dar bienestar a la ciudad —aunque sólo a los pudientes de ella— en tanto el resto, mayoría por cierto, marchaba a financiar los quehaceres de la paz y de la guerra con que entretenían sus ocios los señorones de ultramar. Pocos sabían, ciertamente, que en las tumbas de su subsuelo se entremezclaban minerales y restos humanos.

Como contraparte, llegaban a Potosí los excesos del mundo refinado: espirituosos alcoholes de España y sedas y abanicos y encajes de Francia y especies y marfiles y tafetas y porcelanas de Oriente, y tapices de Flandes y espejos y cristales de Venecia y bruñidas espadas de Alemania y perfumes de Malaca y alfombras de Persia y esclavos negros de donde los encontraban contrabandistas y corsarios para ser sumados a los indios que, de tanto permaner en los socavones de las minas buscando las escurridizas vetas

Las batallas secretas de Belgrano

de la plata y el oro, y de tanto masticar coca para olvidar el runrún del hambre, duraban poco, razón por la cual constantemente debían reponerse como mano de obra gastada. Aunque Potosí no era ya la de antes y estaba muy venida a menos porque el generoso cerro se había cansado, seguía siendo Potosí. Goyeneche, rabioso por lo de Salta, se había marchado para Oruro, en el Norte, y hasta ella llegó la vanguardia criolla, al mando de Díaz Vélez primero y, con el invierno, Belgrano y sus tropas. Instaló allí su cuartel general.

Así como la causa de los ricos tiene muchos abogados y la de los infelices apenas halla procuradores, a la revolución la quieren siempre los pueblos pobres. Potosí no quería a la revolución. No obstante, cuando llegó el general Belgrano los potosinos pusieron arcos en las calles, enjaezaron sus cabalgaduras y vitorearon a los vencedores de Salta. Hasta armaron un baile en su honor y Manuel, que usaba botas de Liverpool, batistas de Flandes, palabras de París, quiso en seguida a Potosí.

Como máximo responsable en asuntos de justicia, policía y administración, Manuel se dispuso a ordenar ciudad e instituciones a fin de borrar los recuerdos ingratos dejados por anteriores expediciones, y revertir el espíritu contrario al Río de la Plata y sus abajeños existente en ese lujoso centro de la soberbia realista.

—Pena de la vida por el crimen de robo. Aunque lo robado sea un huevo.

—Respeto a los usos, costumbres y aun preocupaciones de los pueblos —dijeron bandos pertinentes. A sus oficiales les confesó:

—Humanizaremos la guerra.

Nombró gobernadores e intendentes, destacó tropas, patrullas, informantes, espías, reclutó gente, solicitó ayuda, impuso estricta disciplina, estableció un tribunal militar, restableció el Banco y la Casa de la Moneda, saqueada de lo lindo por Goyeneche.

Dicen que con tanto trajín Manuel se puso duro de carácter y envarado de ánimo. Dicen.

Bajo el sol y el frío, el cantor elevaba sus coplas a la Virgen en la procesión:

En mi dama, aunque morena,
tal hermosura se encierra
que suspende a cielo y tierra.

Y todo el mundo coreaba loas a la Señora de la Merced; primero a ella, como correspondía, y después a Santo Domingo y a San Francisco, porque todas las parcialidades religiosas habían salido de sus comunidades portando imágenes y cirios y campanillas y cruces y oro y plata, en medio del humo de incensarios zarandeados a destajo, y de voces que se elevaban a rabiar en altos decibeles, porque era grande el pedido que querían hacerle a la Virgen y a la corte celestial. Y también al general.

Ocurría que el tribunal había sentenciado a muerte a tres desertores encontrados con sus bagajes, uno camino a Cochabamba, otro por desfiladero que apuntaba a tropa enemiga, y el último por senda propicia para desembocar en rancho de mujer y tibieza de catre.

Los peticionantes buscaban el perdón de los condenados, y aunque Manuel estaba acostumbrado a rogativas llorosas y sabía de qué manera en voces y corazones podía anidar la desesperación o el miedo o el oportunismo, por cierto nunca se había visto en esa persecución: la alborotadora procesión se había traslado a la casa del general en jefe, y como el general en jefe no estaba porque estaba almorzando en la de un potosino honorable, los organizadores, que eran unos levantiscos clérigos, decidieron presentarse en la casa del honorable potosino. Y allí estaban, con media ciudad detrás y un bochinche de los mil demonios impidiendo su sereno almuerzo.

Las batallas secretas de Belgrano

El grupito de frailes levantiscos prorrumpió en lamentos y quejas: que uno de los condenados era casado y con familia numerosa, la cual quedaría en la indigencia con su defunción. Que el otro era manco de una mano y tuerto del ojo opuesto por haber defendido a la patria en el Desaguadero. Que el tercero había nacido con dos cabezas y al bautizarlo una se le había caído, por lo cual al susodicho se lo presumía señalado por designio de Dios. Las súplicas y los llantos de la comparsa aumentaron sus decibeles y la disparatada situación ya desbordaba.

—Son capaces de arrancarle lágrimas a un ojo de vidrio —reflexionó el dueño de casa, chanceando.

—Pero no a mí —dijo Manuel, a quien la falta de oportunidad de los pedigüeños sacaba de sus casillas.

El asunto de marras ya era cosa juzgada, pues el tribunal los había sentenciado a pena de muerte. Manuel conocía bien a esos clérigos lieros que se le estaban oponiendo a todo más por realistas que por celosos de la fe. Además, no podían echar a rodar la patraña de que él y los suyos eran herejes porque lo veían asistir a los oficios y diariamente rezar el rosario junto a su tropa. Pero le estaban haciendo la vida imposible, y el papelón frente a sus nuevos amigos potosinos lo enfadaba seriamente: se hacía necesario un escarmiento. Lo daría.

De modo que más rápido que volando mandó arrestar a los superiores de la Merced y Santo Domingo junto a los frailes litigiosos; mandó devolver estatuas, cirios, incensarios, pancartas, a los lugares de donde no debían haber salido; al clérigo alborotador le ordenó abandonar la ciudad en el perentorio término de cinco minutos en tanto el gentío, por su parte, *motu proprio*, se refugió en sus casas.

Esa noche le comentaron:

—La gente anda diciendo que la imagen de Nuestra Señora de La Merced entró en la Comandancia con colores pero que al salir, a consecuencia de su negativa a conceder el perdón, se la veía descolorida y llorosa.

—Ah, la autoridad de la ignorancia. Habráse visto mayor despropósito... Digo yo ¿se pueden escuchar estas cosas sin avergonzarse? —dijo Manuel, enfurecido por ese asunto, pero contento porque ya había pergeñado los reglamentos para las escuelas que fundaría con los cuarenta mil de la batalla de Salta—. Educación, educación es lo que hace falta.

Al día siguiente, desplegada toda la parafernalia de la ejecución y el triunvirato de reos condenados en marcha hacia la plaza donde se llevaría a cabo, para escarmiento de los tentados, llegó la orden:

—¡Perdón! ¡Perdón para los condenados! ¡El general Belgrano ha decretado el perdón! ¡Viva el general!

Una de cal. Otra de arena. ¿Así estaría bien? A Manuel le pareció que sí.

En general, la gente de la región tenía mucho miedo.

—A estos les pica todavía lo de Salta —decía Blas de Mondéjar.

Y así era. No obstante, había quienes buscaban socavar los caminos de la revolución y eran arduos los esfuerzos para descubrirlos, porque descubrirlos era encontrar el nido de ratas que envenenaba la región.

Un día, cierta potosina de garboso porte y suave mirar se presentó con ímpetu, y aunque en su rostro no llevaba escrita señales de inocencia, tampoco estaban las de la levedad buscona que Manuel conocía, por lo cual, aunque dio orden para dejarla pasar, la esperó intrigado. La mujer entró, como está dicho, con ímpetu y garboso porte.

—General, si me permite —dijo y sacudió su cabellera artísticamente mantenida en complejo peinado de trenzas y torzadas y con el pelo renegrido cayeron sobre el pañuelo que la dama potosina había tenido la precaución de colocar debajo, una multitud de papelitos, que levantó y entregó y en los papelitos Manuel leyó fechas, lugares y los nombres de quienes trabajaban subterráneamente contra la libertad.

Leyendo los papelitos tan originalmente entregados por la potosina garbosa, se enteraron de que varios comisionados secretos permanecían en Potosí buscando seducir a los soldados, mediante sobornos, para desertar y mandarlos al ejército real. Sus nombres habían brotado como maná de cabellera femenina para esclarecimiento del alto mando. Uno de los sospechados era un rico español de apellido Boyar y otro un americano, Ereñózaga, cajero de una fuerte casa de comercio. Aún no había llegado la noche de ese día cuando Manuel se dirigió a la comandancia, donde en rueda de naipes y de dados se entretenían algunos de sus hombres.

—Necesito dos voluntarios.

El movimiento de los jugadores, muy pronto de pie, indicó que todos tenían pasta de voluntarios.

—Dos he dicho —tuvo que precisar el general—. Y los quiero para que oficien, durante una temporadita, de soldados rasos dispuestos a pasarse a las filas de los godos.

Explicó el caso. Guillermo Guillén, cadete de origen cuzqueño que había servido en las filas del rey pero desde Salta estaba al lado de los patriotas en el batallón de Cazadores, había sido tentado por el tal Boyar denunciado por la potosina para retornar al bando español. Las promesas eran mil y una. El cadete se mostró indeciso: que lo iba a pensar, dijo, que la propuesta lo tentaba bastante porque con los rioplatenses no se entendía, que el general y sus oficiales con tanta severidad lo tenían harto, que la paga era nada y las exigencias muchas, que. Pero esa noche dio el parte a su jefe inmediato y éste le pasó las instrucciones del caso y lo consultó a Belgrano, y.

—Y aquí están los dos soldados que quieren escaparse junto al cadete Gregorio Guillén, para alegría de los señores Boyar y Ereñózaga —dijo Manuel señalando a dos elegidos al azar.

En una de las noches siguientes, Guillén se presentó con sus compañeros para la proyectada fuga. Recibieron dinero, ropas y la dirección de una casa donde debían encontrarse con ciertos arrieros portadores de las últimas instrucciones y del guía que los conduciría. La casa quedaba en un páramo y al páramo llegaron. Hacía frío y estaba muy oscuro porque era noche sin luna y a la luz de un velón encontraron a los arrieros y tuvieron los datos necesarios y trataron al guía, que era mudo y era sordo pero conocedor como él solo de esos lugares. En eso estaban cuando de la oscuridad brotó gente armada que a ellos los tomó prisioneros; otros se ocupaban de Ereñózaga en la ciudad.

Al cadete Guillén lo metieron preso con los demás, para que el cuzqueño terminara de sacarles datos. Después hubo un juicio sumarísimo y después fueron pasados por las armas los dos principales complotados, y aunque el cadete Guillén, por cierto, no perdió la cabeza, perdió las ganas de comer por un tiempito y al recuerdo nunca jamás lo pudo olvidar.

Pero la guerra tiene cosas así.

Manuel se había hecho tan popular que hasta los confines del Chaco llegaron sus mentas. En el Chaco vivía, protegida por montes, barrancos y despeñaderos, una parcialidad indígena de tez oscura, ojos oblicuos siempre alertas porque eran cazadores, chatos de nariz, con las aletas expandidas por el viento, de pelo negro como cerda, cuerpo fornido que adornaban con tatuajes abominables para los blancos y cubiertos con pieles de jabalí y de nutria en invierno. Orinar en el fuego era para ellos un agravio que se cobraba con la muerte. El territorio en el cual habitaban era inexpugnable pues estaba ro-

Las batallas secretas de Belgrano

deado de ciénagas, salvo un pasadizo secreto por el bosque. En esas tribus reinaba Cumpay, indio con ínfulas de rey que había colaborado con la gente de la revolución pero nunca se había querido mezclar con la de la ciudad. Cuando Cumpay supo que el mismísimo general Belgrano estaba en Potosí, demostró interés en conocerlo, porque hasta él habían llegado muchas anécdotas: que el general hablaba directamente con Dios; que no se matrimoniaba porque tenía votos con la Virgen de la Merced; que en una hambruna se lo había visto multiplicar reses y trigo, ocasión en la cual, si no llegó a convertir el agua en vino, como el señor de los cristianos, fue porque estaban en un desierto sin riacho o laguna cercana y con los chifles vacíos de beberaje. Manuel le allanó el camino y preparó la escenografía. En realidad, también Cumbay preparó la suya: se vino emplumado y con pieles, dos hijos, un intérprete y una escolta de dos docenas de flecheros imponentes portadores, cada uno, de un carcaj atravesado en la morena espalda, un arco depositado en la mano siniestra, flechas envenenadas en la diestra, en tanto Manuel lo aguardaba engalanado con sus atributos militares sobre fondo de tropas desplegadas y, a la vista de los visitantes, un hermosísimo caballo, blanco de color, alto de estampa, brioso de paso, con herraduras de plata y enjaezado convenientemente para un rey.

Pero Cumbay no miró ni al caballo ni a los uniformados en parada militar, sino al general que se inclinaba sonriente ante él y le tendía la mano según la usanza de los blancos. Entonces, con la autoridad conferida por el cargo, porque Cumbay era rey en tanto Manuel era sólo general, habló primero.

—No me habían engañado. El hermano blanco es muy lindo, como me habían dicho, y según su cara ha de ser su corazón —dictaminó por interpósita persona, que era persona de intérprete.

Manuel le contestó breve y amablemente.

—Belgrano no tiene voz de amo. Belgrano, amigo mío —sentenció el rey aborigen.

Después hablaron mucho. Cumbay quería saber del Mar Océano, que nunca había visto pero de cuyos movimientos de aguas que subían y bajaban en grandes masas le habían hablado mucho; y de las ballenas que habitaban en él, quería saber, pues tenía escuchado de una que durante muchísimas lunas estuvo instalada a la entrada de la ciudad, impidiendo con su corpachón el tránsito de barcos y hombres, porque además la tal ballena era asesina y, le habían dicho, nunca la pudieron matar pues perdigones, flechas y variado material mortífero jamás consiguió traspasar las capas de grasa de la tal ballena. Después, Cumbay quiso saber de Buenos Aires, la ciudad de altas torres y veredas altas, al borde de un río puro horizonte, desde donde se levantaron contra los españoles, a los cuales Cumbay odiaba porque lo habían tratado mal, le habían quitado dos hijos y a los pueblos de su raza sojuzgado mucho tiempo en mitas y otras formas de esclavitud sumamente perversas.

—Porque cada uno es parte de bondad y parte de maldad, parte de paz y de guerra —le dijo—, pero los godos son sólo de parte oscura. Créame.

Fueron momentos de muchos aplausos y sonrisas. Después estuvieron de fiestas varios días. Después se obsequiaron regalos: Cumpay se llevó, entre otras cosas, una esmeralda engarzada en oro para adornar el correspondiente orificio de su labio inferior, distintivo de su parcialidad racial. Manuel se quedó con un piquete de dos mil indios para sumar a las tropas propias que estaban a punto de enfrentar a los godos, y aunque los tales indios le darían trabajo porque solían asustarse mucho con los cañonazos, como ya lo había visto en Tacuary, agradeció el multitudinario obsequio.

—Ni por asomo están preparados para luchar —dijo un oficial.

—Se prepararán mientras luchan —respondió el general.

Después Cumbay se fue con intérprete, escolta, aires de soberano y buenos modales de salvaje educado según las suyas. Dejó, como leve señal de su paso, pintorescos recuerdos y en Manuel una convicción: esta gente también debe ser incorporada a la Patria. Y una decisión: cuando se reúna el Congreso bregaré para que puedan enviar representantes.

Por entonces Manuel y la oficialidad tomaban contacto con las potosinas patriotas en bailes y saraos. Algunas, además de recibir en sus salones, también lo hacían en sus camas. Con todo, aunque hubiera música y mujeres, Manuel no estaba en tales lugares en son de fiesta sino de trabajo.

En una de esas ocasiones, cierto grupo de damas —Manuel contó setenta y cuatro— le entregó, en señal de agradecimiento, una hermosa bandeja de plata y oro primorosamente cincelada que, por cierto, inmediatamente envió al gobierno de Buenos Aires. No pudo enviar, por supuesto, las atenciones con que lo colmaban (por él recibidas con cortesana elegancia), ni las miradas de más de una bella, ni algunos coloquios mantenidos, casi todos melancólicos, porque Manuel era un general en campaña camino a la batalla y quizá a la muerte y las tales damas señoras desposadas con hombres importantes; algunos, realistas que habían optado por seguir a Oruro, con las tropas de Goyeneche al principio y luego con las de Pezuela, el nuevo jefe empeñado en acabar con los abogadillos de Buenos Aires encarnados en este generalito finamente parlanchín con sus temas de libertad y soberanía popular.

Una noche, en medio de bulla y cotilleo mundano, Manuel encontró a cierta seductora que por algunas horas le permitió olvidar la tropa y las urgencias que tenía de pólvora, dinero, bayetas o caballos. Los ojos le ocupaban media cara a la dama, y el escote, medio cuerpo. Entradora, la dama. Pero Manuel, aunque hombre galante gustoso siempre del trato con señoras, estaba tieso, erguido en el borde del mullido sillón, las manos sobre la empuñadura del sable, los ojos fijos en la dueña de casa que le hablaba de Madrid, donde había estado en su infancia, y de Londres, donde residía un hermano. Después comentaron las bellezas de las sedas de Lyon y las sutilezas de los paños de Flandes, y él lisonjeó el diamante que la dama tenía colgado del pecho, y ella le permitió acercarse para verlo mejor. Entonces salieron al jardín y, al hacerlo, la dama tropezó con tan mala suerte que su zapatito de cabritilla trabajada en Liverpool se desprendió del pie y echó a rodar por la escalinata. El recogió el zapatito trabajado en Liverpool que había rodado escaleras abajo, se arrodilló frente a ella y lo ubicó donde correspondía entre remolino de enaguas alcanzadas a entrever y vaharadas de perfumes embriagadores de los cuales fue inevitable recipiendario. La dama, se veía, no había nacido para la guerra, sino para el amor. Pero era patriota. Y bella.

El se quejó:

—Mañana no sé qué haré sin verla a usted.

Ella murmuró, con revoleo de ojos y rubor:

—Mañana usted puede verme, si es gustoso —y deslizó en su mano una llave.

Llegada la hora de partir, con la cortesía imprescindible, Manuel besó las manos de las damas y con algo más que cortesía imprescindible besó la de esa dama potosina en especial y partió con sus oficiales.

Cuando llegaron a la comandancia se encontraron con la novedad de un chasqui que había aparecido con el alba. Cuando se enfrentó con el general, de la impresión intentó sacarse de la cabeza con la mano derecha el sombrero que ya tenía en la izquierda. El chasqui venía del Rosario y traía una carta. La carta era de María Josefa. El

niño se llamaría Pedro. Había nacido en julio. Inmediatamente, Manuel envolvió la llave, la puso en un sobre, y junto a la llave y en el sobre, un mensaje: Señora, mi cita es con la batalla. Pido a usted me excuse. Respetuosamente, beso su dignísima mano.
A primera hora la enviaría.

En tanto, la tropa también tenía sus recreos, pese a la estricta disciplina, en las ranchadas de los alrededores, donde lindas mujeres ayudaban, con vituallas y brebajes alcohólicos, a mantener el buen espíritu y la salud, mientras con músicas y canciones los ponían al tanto de cómo era la índole de sus jolgorios, y con diversos métodos calmaban los vagos o decididos oleajes carnales dispersos en la sangre; atenciones dispensadas, sobre todo, a quienes no se habían acollarado con algunas de las mujeres propias o arrimadas que seguían al ejército: por más que el general no estuviera de acuerdo con tales femeninos seguimientos, solía hacerse el distraído.

También les regalaban gorros y tapaorejas de lana tejidos por ellas, porque el frío era mucho y el acostumbramiento de la gente sureña, nulo, puesto que venían de la humedad y el calor, de modo tal que los centinelas, en algunas avanzadas, las noches en que debían estar atentos al escrutamiento de las cercanías y su potencial hostilidad, en el puro descampado, sólo soportaban guardias de media hora por el frío tan frío, apenas un minuto más y se iban al suelo, helados como témpanos, en medio del silencio nocturno, cuando el oleaje de las conversaciones y los ruidos del mundo se acallaban y la helazón se venía por cuestiones de meteorología y de miedo. En tales circunstancias tampoco hablaban, porque las palabras se congelaban no bien salían de las bocas y tomaban contacto con el aire. Hubo soldado que encontró una hilera de palabras tendidas como letras en el aire: eran las de la consigna, y quienes sabían leer las habían leído.

Para subsanar tales inconvenientes, en los puestos

de avanzada se encendían grandes fogatas a cuya vera los soldados iban a calentarse con tanto apremio, mirando fijamente las burbujeantes llamas y metiendo los pies en la tentadora calidez rojiza, que por esa época se vio a más de un regimiento con las botas despuntadas a puro fuego.

Un día el ejército se puso en marcha. Aún no había llegado la primavera, pero Manuel dijo vamos y quinientos hombres a caballo, tres mil quinientos soldados de infantería (de los cuales, ay, más de mil eran bisoños) con las correspondientes piezas de artillería y demás artefactos militares, aunque en cantidad escasa, marcharon a Lagunillas, por caminos fatales, a paso de tortuga (o de mula, y mulas malas, que en realidad eran las más numerosas), con escasos alimentos, poco abrigo y mucho ánimo. En el camino encontraron a la primavera y con ella entraron en la pampa de Vilcapugio, donde el general pensaba esperar los refuerzos que vendrían de los lugares que estaban sublevando los enviados a los pueblos de Arica, Tacna, Arequipa y Cuzco, más los indios de Chayanta y los de Cochabamba. Manuel, detallista como era, no dejaba nada librado a la casualidad; por eso, después de hacer todo lo que creía debía hacer, rezaba. Y hacía rezar a sus soldados.

Ese atardecer rezaron.

La geografía del lugar era un embrollo de montañas encimadas unas sobre otras, con profundas grietas dejadas por antiguas convulsiones naturales, hondonadas, valles, desfiladeros y quebradas, escasa vegetación y ninguna corriente de agua, un caos estudiado por Manuel y sus oficiales y baqueanos sobre mapas y croquis que buscaban repetir en sus mesas de arena, con palitos, juguetes de soldados y otros simulacros.

Pezuela, jefe del ejército real, estaba peor, aunque tenía más gente. A él y a los suyos aún les dolía la derrota de Salta. Estaba en Condo Condo, lejos de cualquier abastecimiento, rodeado de provincias contrarias; para llegar hasta el ejército revolucionario debía atravesar desfiladeros difíciles de cruzar y ríspidas montañas. Pero la suerte quiso que uno de sus jefes apresara a un escuadrón, con el escuadrón al jefe, y con el jefe instrucciones de Belgrano. Como quien dice hay que echarse al agua, Pezuela dijo: hay que sorprender al generalito porteño. Y así lo hizo.

Una noche, cuando aún estaba lejos de aclarar, llegó hasta la tienda de Manuel el primer parte en la voz de un aturdido vigía:

—Señor, movimiento de tropas enemigas por las laderas del Este, mi general.

—Vaya y mire de nuevo, capitán, que las legañas que le quedan del sueño no lo han de dejar ver bien —dijo el general y volvió a sus gacetas y pensamientos. Pero mientras aclaraba el día, continuaron llegando, cada vez más seguido, partes sucesivos confirmando el avance de las tropas, de modo tal que Manuel comprendió que en verdad no se trataba de visiones de legañosos o dormidos, dejó sus gacetas y pensamientos y se preparó para la batalla.

Junto con el sol, se presentó el enemigo.

Se batieron bizarramente. Con armas de fuego, con espadas, con lanzas. Se batieron a caballo, en mula y a pie. Blancos, indios y mestizos.

Las tropas de Belgrano ganaron en varias arremetidas. Por la derecha y por la izquierda y por el medio. Pero de pronto alguien batió el parche llamando a reunión. ¿Alguien? ¿O fue un engaño colectivo? Entonces, también alguien, gritó:

—¡Al cerro! ¡Al cerro!

Y fue la desbandada.

¿Quién, si se ve en medio de un charco de sangre, con el humo de la pólvora por doquier, los oídos horadados por estampidas y ayes, los miembros exhaustos de

tanto haber apretado la rienda del caballo, la culata del fusil, el puño del puñal, puede escuchar ese grito llamando al resguardo y no obstante permanecer en la batalla? ¿Quién? No esos soldados espantados. Quien también huyó fue Pezuela. Consideró la batalla perdida. De Condo Condo había venido trepando las laderas. A Condo Condo volvió, descendiéndolas. Pero en medio de su marcha retrógrada, alguien dijo:
—¡General, que estamos ganando!
Entonces Pezuela pegó la vuelta para terminar de conquistar la victoria.

Manuel, en medio de la baraúnda, había marchado de un lado a otro repartiendo órdenes y ánimos, pero cuando vio sus cuerpos desordenados y la llegada de refrescos para Pezuela, tomó la bandera con sus manos, echó pie a tierra y avanzó al son de los tambores que había conseguido agrupar. Pocos son los generales capaces de controlar un ejército en desbandada. Manuel lo consiguió. A su llamado los hombres se fueron acercando, como doscientos se acercaron; los arengó con bríos, por tres veces intentó atacar de nuevo, desde el pie de la lomada en que se habían reunido, una vez y otra vez y otra, pero era inútil, el fuego enemigo, implacable, proseguía, las fuerzas patriotas estaban exhaustas y reducidas al mínimo: ya no se podía pensar en resistir sino en salvar lo salvable. Nadie es un encantador de serpientes por el hecho de tener una flauta en la mano; tampoco un general puede alcanzar la victoria por el hecho de ser obedecido.

—Se nos escapó la batalla, carajo —rezongó Blas de Mondéjar—. Como una mujercita veleidosa se nos fue.

Se hizo lo único que ya cabía hacer: recoger heridos, ponerlos sobre los caballos, de a dos y de a tres juntos, porque no había cabalgaduras para todos, reunir dispersos, iniciar el regreso hacia Potosí. Pero antes, con la bandera en la mano, frente al campo donde tantos cadá-

Las batallas secretas de Belgrano

veres quedarían sobre la tierra americana, con toda la tristeza del mundo en su mirada, el general habló:

—La batalla se ha perdido, soldados. Después de tanto pelear, la victoria nos ha sido esquiva; pero no importa, con la bandera de la patria en nuestras manos, adelante —y marcharon, primero la bandera; en el entremedio los heridos; él, Manuel, en la retaguardia, con sólo dos ayudantes y un ordenanza, pues la escolta sabía Dios dónde andaba. Así comenzó el descenso. Lentamente. Cada tanto había que parar, ¿qué sucede?

—Uno que muere, mi general
—Requient aeterna dona eis dómine, amen.

A enterrarlo. Adelante. ¿Cuántas muerte más jalonarían el camino? Cinco veces se detuvieron, cinco heridos fueron difuntos. La fatiga derribaba los cuerpos, la tristeza nublaba el alma, el frío apretaba las carnes, el hambre comenzaba a aguijonearlos, se acercaba la noche, muy peligrosa pues las tropas godas podían haberse adelantado y estar esperándolos en algún desfiladero. La orden era terminante: No hablar. No fumar. Pero a cierta altura de la tétrica marcha, alguien intercedió:

—General, una pitada es lo que está deseando más de uno.

Entonces Belgrano decidió:

—Fumen, muchachos, que si a la luz de los cigarros viene el enemigo, encontrará pitadores que le darán para tabaco.

En seguida se sintió el chuc-chuc de los pedernales y la chispas y el humo y podía presumirse la satisfacción de muchos. Ya era noche cuando encontraron dos chozas abandonadas y algunas llamas, y aunque su carne era nauseabunda y poco agradable para gente desacostumbrada a su manducación, se carnearon y asaron y comieron y comió Manuel, que hacía veinticuatro horas no probaba bocado y mucho daño le hizo esa comida y descansó junto con todos, pero antes previó guardias y emisarios hacia los cuatro puntos cardinales y como hacía frío algunos encontraron abrigo en los cueros sangrientos de las llamas acabadas de matar y comer y otros juntando el propio cuerpo desconyuntado y maltrecho al del compañero, también descoyuntado y maltrecho.

Al otro día prosiguieron la marcha y se les fueron reuniendo soldados y oficiales que en el vaivén de la batalla y la derrota habían tomado otros rumbos y uno de los nuevos arrimados confesó:

—Anoche, en las cabañas abandonados donde ustedes pernoctaron, roímos los huesos de las llamas que ustedes habían cenado y ese fue nuestro alimento.

Al atardecer de ese día, todos juntos, rezaron el rosario y el general, que aún no estaba del todo repuesto de la manducación de las llamas que lo había mantenido a puro vómito, pero que sí se encontraba más animoso, pasó revista a la turba de los derrotados en vías de volver a ser una tropa y les anunció que la campaña seguiría, pues una derrota es una derrota pero no el fin del mundo. Y para darles ánimo les dijo que él los conocía a todos por sus nombres y apellidos y sabría recomendarlos a la gratitud de la patria. Pero les dijo, también, que si por desgracia lo llegaran a abandonar en esa retirada, aunque solo, sabría morir por el honor del ejército.

—¡Todos moriremos al lado de nuestro general! —contestaron los curtidos soldados, pues aún los bisoños se habían convertido en veteranos en esa derrota.

—Ahora nada les pido, soldados, más que piernas.

Con las piernas de sus soldados Manuel llegó a Macha y allí estableció su cuartel general y dejó que Díaz Vélez se arreglara en Potosí, pues bien sabría arreglárselas, y él sobre el apero escribió a otro de los suyos que ya estaba, como tantos, juntando gente y pertrechos para rehacer las tropas: *"Fortaleza, ánimo, constancia y esfuer-*

zo (no de los comunes) son los que necesita la patria, pues sólo será libre e independiente si no nos amilanamos. Aún hay sol en las bardas y hay un Dios que nos protege".
Pero en Buenos Aires, en el Café de Marco, algunos opinaron:
—No hay caso, un buen abogado no hace un Alejandro.
—Un buen hombre tampoco hace un general vencedor —agregó otro.
—A veces pienso que el solo pecado de Belgrano es su inocencia.
—Pero, cosa rara, Belgrano es el único militar que aunque pierde batallas no arruina su buena reputación.

Una tarde, ya con poco sol, mandó el general, en tren de reconocimiento, a uno de los suyos con la correspondiente partida. Era el teniente de dragones Gregorio Aráoz de La Madrid, a quien Belgrano tenía entre sus preferidos por lo dispuesto y avispado que era.

El teniente se presentó comiendo caramelos, según era su hábito, y tuvo que demorarse en la puerta, antes de entrar, para concluirlos. Belgrano sonrió porque conocía esa debilidad del muchacho: le habían contado que en medio de la batalla proseguía con su manducación golosa y que, aun en momentos difíciles, más de una vez distrajo a algún ayudante para que fuera en busca de dulces. Se rumoreaba que pronto estaría con la panza llena de lombrices y los dientes cariados, pero por entonces era un bello y aplomado joven de ánimo algo alocado.

—Teniente —le dijo el general—, elija usted cuatro hombres de su compañía y marche a buscarme noticias exactas de la vanguardia enemiga. Por lo que se sabe, está en Yocalla. Este es el asunto de que debe ocuparse, señor.

La Madrid fue y trajo a los que ya tenía en su cabeza, porque eran temerarios. Tardó un poco porque a un tucumano, a quien conocía desde niño pero que por ser muy querendón a esas horas ya había abandonado el campamento para dirigirse al de las chinas seguidoras, tuvieron que ir a buscarlo hasta donde La Madrid sospechaba.

—No hay caso, la cabra tira al monte.

Volvió entonces el teniente de dragones con sus cuatro hombres, flor de cuarteto.

—Mi general —dijo La Madrid, esta vez masticando su golosina porque, en el apuro, se había olvidado de dejarla—, ya estoy pronto yo y mis hombres y sólo falta que V. E. me dé un pasaporte para que se me permita entrar en el campo enemigo sin peligro a fin de traer las noticias con la exactitud que desea.

Así era de chancero el joven y así lo entendió el general.

—Está bien, pero espero que el pasaporte se lo busque usted solito. La noche y la suerte lo ayudarán, señor.

La noche estaba oscurísima y caía una nevada flor, pero llegaron a Yocalla por senderos que sólo un indio como el que tenían por guía podía haber descubierto y unos valientes como ellos seguido. Cinco hombres guardaban el destacamento enemigo y cinco hombres tomaron los patriotas, ciertamente por sorpresa. Al revisarlos, uno de los soldados pegó el grito, después de haberlos mirado fijamente:

—Estos dos son de los juramentados de Salta —descubrió.

Y así era. Entonces La Madrid decidió enviar a dos de sus hombres con el parcito prisionero para que Belgrano les sacara las novedades correspondientes y decidiera qué hacer con ellos, mientras el resto de la partida aguardaba con los otros tres en el fondo de un barranco donde los colocaron, bien acollarados. Esa noche regresaron el indio con ocho dragones más y dos cestos tapados:

—¿Y eso? —preguntó La Madrid.

—Las cabezas de los juramentados.

En la frente de cada una había un rótulo: *Por perjuros*

Las batallas secretas de Belgrano

a la generosidad con que fueron tratados en Salta. Todos tuvieron un gesto de asco, y a La Madrid le estaba costando comprender por qué los ojos del general podían ser tan claros y dulces y sus resoluciones tan oscuras y duras, cuando escuchó a uno de los enviados:

—Razón tuvo el general en hacer esto. Los toros valen por sus cuernos y el hombre por su palabra ¿no?

Con doce hombres a su mando y sus personales impulsos, La Madrid decidió algo más: atacar, y en seguida, una compañía enemiga que le estaba molestando la visual. Avanzaron por ríspidas sendas y pronto tres batidores fueron designados para adelantarse y mirar la situación, y los tres designados siguieron a caballo hasta el pie de una cuesta, allí desmontaron y con los animales de la rienda y el corazón en la boca treparon hasta la cumbre, excepcional mirador, y desde allí vieron una luz y se acercaron a ella y encontraron al centinela apostado en la puerta de la casucha y cuando avanzaron más vieron cincuenta caballos en un corral y vieron que el centinela descansaba distraído con su fusil en el suelo y vieron las otras armas apoyadas sobre la pared y alrededor dormían sus dueños y sobre la mesa había naipes y el silencio se escuchaba por todos lados y de pronto lo que se escuchó fue un sordo forcejeo porque un batidor patriota cayó sobre el guardia y otro sobre las armas que recogió en un santiamén y el tercero con su carabina preparada intimó la rendición de todos los dormidos que salieron del sueño para ingresar en las mordazas y de allí al descampado con helazón y todo.

Con ellos regresaron donde estaban los compañeros: los tres, más once prisioneros y doce fusiles y eran once porque uno de los enemigos, en medio de la oscuridad, se abalanzó hacia una hendidura con sogas y todo, y si no se difunteó habrá corrido patitas para qué te quiero a fin de dar la noticia a los suyos. Pero allí no acabó la cosa: cuando bajaban la cuesta se inició el tiroteo con el grueso de la partida realista y fue tanto el chisporroteo de los doce fusiles patriotas que los otros pidieron rendición y así se quedaron hasta la llegada del alba y como con el alba vieron lo exigua de la partida, los godos se olvidaron de la rendición y comenzaron de nuevo dele balacera. Pero entonces La Madrid comprendió que más valía pájaro en mano que cien volando y tomó el rumbo de Belgrano y el cuartel general con sus noticias y sus prisioneros, pero antes hizo desvío hasta el campo de Vilcapugio, comprobó que los realistas habían enterrado a sus muertos pero no a los cadáveres patriotas, convertidos en carroña a medio devorar por buitres y perros, descubrió algunos cuerpos de amigos suyos, sintió que la ira hervía sombríamente en su corazón, mal los sepultó entre el pedrerío y la nieve mascullando dicen que sólo a los médicos les cabe sepultar sus errores, pero esta vez me toca a mí sepultar errores de mi ejército, enjugó la lágrima helada que corría por su helada mejilla, y después de los *resquiescat* correspondientes colocó en lo alto de sendos maderos las cabezas de los dos juramentados de Salta con la leyenda *Por perjuros* en sus frentes carcomidas para escarmiento de quienes se atreven a faltar a su palabra de honor, y se fue, con el corazón apagado como un tizón después de ser sumergido en el agua.

El general les comunicó a los tres batidores de la hazaña:

—Desde hoy ustedes serán los *Sargentos de Tambo Nuevo* —y a La Madrid le dijo—: Se ha ocupado usted muy bien del asunto encomendado.

Y no le dijo más para conservarlo en la humildad, porque La Madrid era un niño grande.

—Señor, más bien las circunstancias se ocuparon de mí —contestó modestamente el tucumano mientras buscaba en sus bolsillos la correspondiente dulcería para conjugar el embarazo del momento, no bien dejaran de mirarlo los azules ojos de águila del general.

Las batallas secretas de Belgrano

Después, el general hizo levantar un altar y mandó decir misa y ordenó que todo el ejército la oyera y pidió al cura que arengara a la tropa y le hablara de Dios y de esas cosas que consuelan el alma y mitigan los dolores del espíritu. Porque el general había quedado muy mal con la decapitación de los perjuros. Y porque se acercaba otra vez la batalla.

XIX

Santo Domingo esquina Camino del Rey

En esa hora como neutral del amanecer, ningún ruido se escucha, nadie por la calle donde muy pronto comenzarán gritos de pregoneros y batallar de campanas y estrépito de carruajes, por ahora sólo sosegada vía, pura oquedad de nada; nadie despierto en las habitaciones circundantes, porque su hermana Juana, agotada por largas horas de atención al enfermo, vencida por el sueño y el consuelo de no pensar ya más, arrebujada en mantas y quizá fantasías sueñe que ha vuelto a ser adolescente y aún la aguarda el amor; descansan también los pocos criados, ayer esclavos y hoy libertos, allá, en los cuartos del fondo, donde están los árboles frutales y los tablones de hortalizas que cultivan entre ataques de artrosis, ociosas fumatas de cachimbos y tecitos de yuyos; sólo él, entonces, Manuel, en la alta madrugada, inmóvil, empedernido de fiebres y de achaques, con los ojos abiertos, hurgadores, sin el mínimo atisbo de sueño, cazador de momentos que ya fueron antes que avizor de improbables días por venir, en ese cuarto con olor a noche y a bacinilla no vaciada y a emplastos y a enfermo y por qué no, a muerte.

En una esquina de la penumbrosa habitación, con el orden inmutable de los objetos permanentes, el clavicordio emerge con su indecisa superficie, mudos sus sones como muda está la casa y su alma; y emerge el tocador de caoba traído de Londres por el padre, con su alto espejo y el azogue esfumado por el tiempo, y su plancha de mármol donde madre ubicaba peines de carey, cepillos de marfil y lustrosa cerda y una legión de daguerrotipo. Bajo su amparo los padres concibieron los críos, uno tras otro, trece Belgrano Pérez y González Casero, que bien servida en sus amores estuvo la pareja, concordante en deseos el europeo y la americana. El, mozo arremetedor llegado desde Cádiz con buenas cartas de recomendación para paisanos afincados en estos confines meridionales, a fin de traficar y hacerse una fortuna, pues *a las Indias van los hombres / a las Indias por ganar*, el mismo mozo arremetedor que no muchos años después, casado entonces y llevado por impulsos de hombre enamorado, se empeña en dispensar al mundo los hijos necesarios por cuestión de linaje y de labores. Ella, pudorosa, olor a lavanda y a jazmín en su piel de doncella dispuesta a recibir, con recato propio de educación y época, al hombre que es su esposo según la Iglesia manda para engendrar de ese hombre los hijos que Dios quiera, pues es obligación y gusto de muchacha preparada para ser buena esposa y amantísima madre. Y en uno de esos tantos encuentros amorosos entre el europeo y la americana, porque Dios así lo quiso, la simiente cayó para obrar el nacimiento de ese Manuel Joaquín del Corazón de Jesús, enfermizo desde el vamos, por lo cual padre dijo alguna vez duro entrar en la vida con tantas desventajas.

Dormitando sin dignidad en brazos de la fiebre, Manuel mira la oscuridad y en la oscuridad vislumbra las formas de la cómoda que una vez y otra vez estuvo a punto de venderse cuando las finanzas anduvieron tan mal como ahora, pero que una y otra vez fue retenida porque espíritu y recuerdos pudieron más que urgencias económicas, y que por eso, por triunfo del espíritu, sigue estando, contra el rincón del cuarto oscurecido, archivo de memorias su oscura superficie y su luna de plata como él, Manuel, en la casa silenciosa entristecida por tanto luto y tanta enfermedad y pobreza, pasa de las pesadillas diurnas a las nocturnas, sin transición el paso, en discurrir propenso al desvarío con su vaivén de fiebres y quejidos, puñadito entristecido, puñadito de carne en retroceso, saco de humores en descenso, amasijo de nervios sin destino. El rezo sosiega los espíritus; mecánica piadosa la de dejar correr las cuentas del rosario en las manos y en los labios las frases consagradas por siglos. Manuel a él se aferra, y los ojos se cierran mientras se ve a sí mismo, entonces general rodeado de los suyos... Pero quien ante él se inclina es el rostro somnoliento de la hermana. Juana no puede con su genio, algún ruido ha de haberla despertado, aunque Juana no necesita de rumores extraños: le basta el de su pecho alerta con exceso. Como las sabias vírgenes, Juana vela, y porque vela aun en sus sueños aparece, revuelto el pelo ya entrecano bajo la blanca cofia, un chal sobre sus hombros, palmatoria en mano.

—¿Estás bien, Manuel? ¿Necesitas algo? —le pregunta, ansiosa, palpando señales de fiebres o tormentos.

—Nada, hermana —le contesta Manuel, y pregunta, vuelto al mundo de lejanos parajes—: ¿Qué día será hoy, Juana?

—Lunes —responde a ese rostro tan lívido y pregunta, inventando sonrisas en su cara—: ¿Qué quieres hacer hoy, Manuel?

Y Manuel le responde:

—Lo único que puedo, que es esperar la hora, Juana.

Y Juana nada dice, lo arrebuja, ahueca edredones y almohadas en torno del enfermo, hace la señal de la cruz en la perlada frente, se va a su alcoba y a sus sueños, a Manuel deja con los suyos, el rosario en la mano, los rezos sin murmullos (pues son rezos del alma y no de labios), la mirada perdida en sucesos que fueron: qué querrán esos sueños, qué querrán, qué.

XX

Ayohuma y otros desastres

Pezuela preparaba sus tropas en la pampa cercana y ellos en el altozano, rodeados de enemigos, flacas las fuerzas y los ánimos, discutían estrategias para hacerles frente con opiniones divergentes.

—Retirada hasta Potosí, señor. Es lo que cuadra, que en ocasiones las marchas retrógradas resultan —dijo la mayoría.

—Piense en la batalla de Tucumán —recordó Mondéjar la victoria que había salvado al Norte.

Pero Manuel veía las cosas de otro modo: esos pueblos a los cuales desalentarían con tal alejamiento, amenazados como estaban por tanto enemigo; los acopios de víveres hechos durante la permanencia: ¿cómo trasladarlos?; el decaimiento que suscitaría en las partidas montoneras, siempre alertas para hostigar enemigos.

—No, señores; la tropa está con ánimo, que es la mejor disposición, y la caballería muy bien montada, y es verdad que la artillería resulta deficiente, pero hemos estudiado palmo a palmo las ventajas del campo de batalla y la Patria espera el triunfo de las armas.

Así dijo Manuel. Como seguían las discrepancias: que si sí, que si no, se votó. La votación dio por resultado: retirada hasta Potosí, dejar a los godos en esa tierra

enemiga, preparar las fuerzas propias, aguardar los refuerzos.
Así dijeron todos con el voto. Pero él, Manuel, entonces general en ejercicio de su mando, empecinado, cerró la decisión en ese tono que no admitía réplica:
—Pero yo respondo a la nación con mi cabeza del éxito, señores —le impartió las pertinentes órdenes para el enfrentamiento.
—Esta batalla está perdida antes de darse —reflexionó Paz.

Y al día siguiente los oficiales marcharon cabizbajos, y el ejército descendió hacia las pampas de Ayohuma en busca de Pezuela y su gente, y tres días estuvieron mirándose Pezuela y los patriotas, Pezuela en las alturas de Taquiri, los patriotas en la pampa de Ayohuma, y en la pampa de Ayohuma hay cerros y hay lomadas y hay llanuras y hay un río y hay barrancas y montículos y los ejércitos avanzan y se esconden, hacen gambetas, caballería, infantería, cañones y hombres, soldaditos y jefes, indios y cuarteleras marchan, van, vienen, es un juego, pero en ese juego se juega la vida de los hombres y la patria.

Esperándolos por el frente estaba Manuel, una nube de indios sobre el monte: si así lo hace (diseña Manuel su estrategia), Pezuela se comprometerá en la llanura, estrechará su izquierda en el barranco, se verá en la urgencia de ganar terreno en dirección opuesta, él lanzará entonces sus lanceros, envolverá la espalda de los godos, la infantería cargará a bayoneta el resto de la línea... Pero Pezuela, muy maldito, descubrió la artimaña, gambeteó las piezas en demanda de la izquierda patriota, enmarañó estrategias, acosó a los abajeños, por la espalda se les vino, eludió las defensas preparadas, escogió otro camino, obligó a un frente no pensado. Y en vez de la victoria esperada, el destino malparió la derrota.

Por el campo humeante se oían ayes de dolor, alaridos de bestias, lamentos de moribundos. Ya la tarde se rendía a la noche, pero en medio del desastre aún se veían trajinar sombras que avanzaban, ocultas sus femeninas formas en toscas vestiduras; hembras las tres, y de ánimos, sin duda, porque de otra manera no podría explicarse tal paseo entre muertos y heridos. Con cántaros en sus manos, las doñas, una de ellas mayor, la otras, por edades y parecidos, hijas suyas, sin duda, afanadas las tres, se adelantan, se inclinan sobre los malheridos, agua les dan, samaritanas, espantan moscardones de rostros y de heridas, van de aquí para allá. ¿Quiénes son? Dicen que una se llama María y es de sangre india; dicen que las otras son sus hijas. Todo el día han marchado apaciguando la sed de los heridos en medio del solazo. Algunos, ya las estaban llamando *las mujeres de Ayohuma,* y diciendo que cuando comenzaron su tarea el sol caía sobre el poniente y cuando dieron por finalizada el sol volvía a aparecer por el Este.

A lo lejos, en una loma, de pronto ondeó la bandera blanca y azul y el viento trajo ecos de clarín y hacia el punto de reunión convocado avanzaron quienes pudieron hacerlo: cien, doscientos, cuatrocientos. Y luego, la rutina de siempre: se buscaron heridos, se mal taparon muertos. Los esperaba el general. Con él marcharon: en el campo quedaban las tres cuartas partes del ejército y muchas esperanzas.

Al caer la noche el dolorido cortejo detuvo su marcha, se encendieron fuegos, a su alrededor, con gregarismo cuartelario pues el miedo anula diferencias y la oración acorta las distancias, Manuel y todos, cada cual con sentimientos propios (hasta esas mujercitas seguidoras que caldeaban cuerpos y ánimos de soldados), rezaron el rosario. Después vino el descanso.

Manuel, mal arrebujado en su poncho, a un costado del fuego, pues no había querido, agobiado por premuras, ni armar carpa ni tender catre, maleado por las dudas, estropeado el corazón, abrumado por tanto muerto y semejante derrota, se entregó a rumiar sus sinsabores. Esa tarde en dos ocasiones había estado a punto de morir; en otra, de ser hecho prisionero. Zafó. ¿Privilegio por Dios otorgado? Dios decide todo, ¿quién podría dudarlo? De pronto, pensó pensó en ese oficial venido de España y que él admira tanto. Y porque Manuel no puede ni poner distancia entre aquello que piensa y lo que hace, ni puede con su genio, se levanta, busca los elementos necesarios, mal alumbrado por el fuego escribe a su gobierno: "...hablo con la franqueza que acostumbro, dé V. E. el mando al general San Martín, y quede yo en el ejército con mi regimiento o de soldado".

Blas de Mondéjar, que había visto los movimientos del jefe, se acercó,

—¿Necesita algo, señor?

—No, escribía. Lea usted. —Blas leyó.

—¿Por qué escribe usted esto?

—Por dos razones, mi amigo. La primera, porque es lógico que San Martín tenga más conocimientos militares que yo, esa fue su carrera y no la mía. La segunda, para dar ejemplo a mis paisanos, pues, además de ser ignorantes son orgullosos y creen que no hay quien sepa más que ellos.

Lo decía porque había oído murmuraciones de oficiales: que debió ser así, que deste otro modo debió ser. Aunque también debía reconocer que en su entresueño había escuchado decir a un oficial que fue un león en Ayohuma, muy convencido:

—Es preciso comprender que estamos en el aprendizaje de la guerra y, así como es, el general Belgrano es el mejor general que tiene la república.

—¿Y saben qué escuché yo decir a un oficial godo?

Las batallas secretas de Belgrano

Esto, nada menos: Justo es reconocer que las tropas de Belgrano tienen una disciplina y un aire de despejo natural como si fueran francesas.

—Vaya, vaya...

Después, Blas se fue a descansar, Manuel siguió en lo suyo, que era escribir. Entonces a San Martín: *"No sé decir a usted lo bastante cuanto me alegro para que venga de jefe... Empéñese usted en volar, si le es posible, con el auxilio, y en venir a ser no sólo amigo mío, sino maestro mío, mi compañero y mi jefe si quiere".*

XXI

Por tierras de Santiago

Santiago del Estero era la tierra de sus antepasados maternos, quienes tomando rumbos fuera de todo camino conocido en la época de la conquista, allí se afincaron. Por eso cuando los compatriotas de Manuel, alertados por su aire de señorito europeo vestido a la última moda y con un habla castiza a más no poder, le hacían bromas, sacaba a relucir los prestigios de su sangre santiagueña, proveedora de vástagos de tez oscura y cansina tonada regional. En esa tarde calurosa de la ya avanzada primavera, desde el coche en que viajaba, agotado por las tercianas que no le daban tregua y el traqueteo, miró el poblado al cual acababa de llegar y donde pensaba descansar camino a Buenos Aires.

"Las acciones de Vilcapugio y pampas de Ayohuma han sido crueles, y casi he venido a quedar como al principio", había escrito al gobierno en ocasión de su última derrota y como su espíritu para nada flaqueó pues no era vulnerable a los contratiempos, de lleno se puso inmediatamente a la tarea de rehacer el ejército y los ánimos, porque *"después de Ayohuma nadie se ha hecho humo"*. Pero la enfermedad apresuró el trámite que ya tenía en su cabeza: pedir el relevo. Por etapas le fue concedido el tal relevo. Primero llegó el coronel don José de San Martín con

Las batallas secretas de Belgrano

tropas y una carta del gobierno en la cual se le comunicaba que le eran retiradas las facultades de capitán general de la provincia, aunque quedaba como comandante en jefe del ejército. Después vino la otra epístola: el mando debía entregarlo al coronel San Martín. Por fin, en la última, le pedían que bajara a esperar órdenes a Córdoba, en tanto se le sustentaba juicio por sus últimas acciones.

San Martín, por su parte, sabía que no era sólo por Belgrano que estaba allí: en Buenos Aires se lo querían sacar de encima con esa designación, pues estorbaba a Alvear y a los suyos. Pero él también tenía sus planes y ánimo le daba ese generalito creativo que de la nada había construido un ejército, y en las buenas decía esto lo ha hecho Dios, y en las malas confesaba yo sé poco porque no es mi profesión ser militar, y a él le había escrito con grandes señales de afecto. Se habían encontrado ambos cerca del río Juramento, lugar donde Manuel le pidió que lo esperara, en la posta de Algarrobos, porque la de Yatasto estaba fuera de uso, y allí bajó San Martín, entumecido por el larguísimo viaje, pero firme al frente de su escolta, y allí llegó Manuel, envuelto en polvo de camino y calenturas de enfermedad, pero de todo se olvidó cuando lo vio al coronel de Bailén y San Lorenzo, rindiéndole tributo, y un fuerte abrazo de dos hizo uno ante los sorprendidos ojos de los soldados. Después todos marcharon hacia Tucumán a poner manos a la obra.

Aquella tarde ambos se encontraron en la Ciudadela, espacio fortificado que San Martín había decidido construir en las inmediaciones de la ciudad.

—¿Por qué razones, señor?

—Le diré algo que ni el gobierno sabe, Manuel, el porqué de estas fortificaciones tan lejos de los centros enemigos. Pues para defendernos y para despistarlos —dijo y mostró lo adelantadas que estaban ya las construcciones y explicó su plan—. Aquí haremos nuestros ejercicios y nuestros despliegues. Cuanto más ruidosos, mejor. Y todos los días, tucumanos y espías se admirarán de cómo de los cuatro puntos cardinales aparecen contingentes armados. Todos lo verán, Manuel —San Martín tomó del brazo a su amigo, de buen humor por la trampita que estaba armando—; todos los verán pero nadie sabrá que son los mismos que por la noche, a la chita callando, haré partir. Con este tráfico, además, mantendré contacto con Güemes y su gente, los verdaderos custodios de estas fronteras, como usted, que tanto los ha ayudado, bien lo sabe. Güemes y sus gauchos están haciendo imposible el sueño de los godos de llegar a Tucumán. Más no podemos hacer. Al Alto Perú hay que llegar por otro lado... Esto, le repito, ni al gobierno se lo comunico, Manuel. Usted sabe los riesgos de un chasqui apresado.

Manuel sonrió con tristeza:

—Vaya si lo sé: en Vilcapugio se enteraron de nuestros planes y así nos fue.

—Pero yo en realidad lo cité para hablar de otra situación.

—¿Sí?

—Mi oposición a su partida.

San Martín había protestado ante el gobierno: Belgrano estaba enfermo de tercianas y era imprudente un viaje en tales condiciones. El, San Martín, por muchas razones consideraba que no debía ser relevado.

—Como usted sabe, Manuel, esta oficialidad, salvo algunas pocas excepciones, es ignorante y presuntuosa. Feos de ver. Como los muertos después de varios días.

—Y lo que es peor, se niegan a aprender. Si lo sabré yo.

—Por eso mismo, porque usted lo sabe, es que lo necesito. Hay cuestiones que absolutamente deben aprender los nuevos, y créame que no encuentro, fuera de usted, un oficial de graduación capaz de enseñarles —prendió un cigarro y continuó con ese castellano áspero que aún no había alcanzado los matices de la tierra

Las batallas secretas de Belgrano

americana—. Pero hay más: yo no conozco la región. Me hallo en países cuyos habitantes, costumbres y relaciones me son absolutamente desconocidos, cuya topografía ignoro. La opinión de que usted goza entre la gente es grande. A pesar de los contrastes que han sufrido nuestras armas a sus órdenes, lo consideran como un oficial útil y necesario en el ejército porque saben su contracción y empeño y conocen los talentos que posee y su conducta irreprochable. Están convencidos, y usted lo sabe puesto que es *vox populi*, que usted es imprescindible en este ejército si se quiere contener a los realistas.

—Oh, por Dios, cuántas exageraciones, señor. Por lo que yo pienso, mi amigo, al fin se ha logrado, con su presencia aquí, que el ejército tenga un jefe de conocimientos y virtudes. Debo confesarle que estoy contentísimo. En cuestiones de patria, yo no tengo amor propio y créame que clamé al gobierno por su presencia. Porque, ¿a qué nos hemos de engañar? ¿De dónde ni cómo había de ser yo un general?

San Martín lo escuchó sonriendo. Vaya si le creía. Tenía muy presente una de las últimas cartas recibidas antes de su viaje: *"...mi corazón toma aliento cada instante que pienso que usted se me acerca* —le decía— *porque estoy firmemente persuadido de que con usted se salvará la Patria y podrá el ejército tomar un diferente aspecto".*

El coronel San Martín se admiró de la sencillez de niño y la falta de orgullo de ese hombre grande y enfermo que caminaba penosamente a su lado y le iba diciendo:

—Le confieso, mi amigo, que he contado día tras día los que usted necesitaba para llegar aquí. Más de diez horas por día no puede hacer, me decía. Más de doce o catorce leguas diarias, tampoco. Conozco el camino, coronel, conozco sus inconvenientes, pues los he hecho... —suspendió su perorata y cambió de tema—. Recuperará usted, coronel San Martín, lo que perdí en Vilcapugio y Ayohuma.

—Usted, general, salvó a la patria en Tucumán y en Salta —y para disimular los sentimientos que en oleadas sucesivas llegaban a su corazón, continuó secamente, como quien enumera cuestiones meteorológicas o contables, mientras con una mano espantaba a una mosca pertinaz y con la otra buscaba acomodar un mechón rebelde de su pelo—: Volvamos a la situación actual, Manuel. Los espíritus de los vecinos están como amortiguados desde que se ha corrido la noticia de su probable partida y temo que desfallezcan del todo si así sucede. He considerado un deber comunicar al gobierno estas razones, por lo cual me he permitido ponerlas por escrito. Escuche: *"En obsequio a la salvación del Estado, dígnese V. E. conservar en este ejército al brigadier Belgrano"* —San Martín mostró el despacho—. Como ve, así acabo de solicitarlo.

Salieron de la Ciudadela, caminaron hacia la ciudad en tanto hablaban sobre el juicio que se le venía encima a Manuel.

—Sé que ha sido usted mismo quien ha pedido el consejo de guerra —señaló San Martín mientras con una decidida zancada cruzaba cierta zanja atravesada en el caminito que recorrían y, ya del otro lado, ayudaba a su compañero.

—Por cierto que así lo hice. Soy de la opinión, mi amigo, de que hasta las acciones felices en la milicia deben juzgarse. Cuánto más las desgraciadas —dijo en tanto accedía a la ayuda del otro, quien de un vistazo había comprendido los riesgos que corría si lo dejaba cruzar, con las dificultades que tenía para caminar, a ese hombre al cual, según decían, siempre había resultado difícil seguirle el paso por la rapidez con que movía las piernas.

El silencio ganó su lugarcito entre los dos. Un perro se cruzó por el camino y los olisqueó. San Martín lo alejó suavemente con su fusta. El can, pertinaz, volvió a su olisqueo, con apelaciones amistosas, en tanto Manuel, ni

Las batallas secretas de Belgrano

enterado de la canina intromisión, embarcado como estaba en sus pensamientos, proseguía con lo suyo.

—Sólo daré una razón —le comunicó a su amigo— y ya se la he escrito de mi puño y letra a quien oficiará de defensor en el consejo de guerra: yo, Manuel Belgrano, nada sabía de milicia y así lo hice conocer oportuna e importunamente; a pesar de tales dichos mis paisanos se empeñaron en hacerme general; yo me limité a obedecer y obrar según mi leal saber y entender.

Otra vez debió admirarse San Martín; pero ya habían llegado y, apremiado por sus inconvenientes físicos, Manuel no podía prolongar mucho más la conversación. Se dieron la mano.

—Gracias, coronel— le dijo simplemente.
—Gracias a usted, Manuel. Y que se mejore.

Antes de entrar en su casa Manuel vio, en la cercana puerta de la catedral, un mendigo de raída vestimenta, legañosos ojos y barba entrecana y mugrosa, pidiendo limosnas como siempre. Manuel lo había visto antes de la batalla de Tucumán y después de la batalla de Tucumán y del triunfo; lo había visto cuando él tenía el mando del ejército y lo estaba viendo entonces, cuando ya no tenía ni siquiera el del regimiento primero. Y este pobre hombre, pensó Manuel, como si nada hubiera cambiado, porque ¿acaso le pueden birlar algo?, se preguntó como si estuviera resentido porque a él sí que aún podían birlarle muchas cosas.

Por cierto, no hubo respuesta al pedido de San Martín. El gobierno reiteró sus órdenes. El coronel Paz, cuando se enteró, protestó seriamente:

—Esta separación del mando es un mal que la república pagará caro. San Martín lo puede suplir con ventaja, si se atiende a sus conocimientos militares, sin duda superiores. Pero el hueco que dejará Belgrano...

Algunos días después Manuel se puso en marcha y el pueblo de Tucumán saludó con vivas el paso del coche en que partía con un secretario, el fiel Blas de Mondéjar, otros dos ayudantes y sus tercianas. Con ellos acababa de llegar a Santiago. A Manuel le gustaba estar en esa ciudad sufrida y de mansa estirpe, levantada sobre las ruinas de otros pueblos por Núñez de Prado, a la cual llamaban *madre de ciudades*.

Aunque por entonces Santiago era un pueblo beatíficamente somnoliento, había tenido sus sueños de grandeza: cuando Buenos Aires, la fundada por Pedro de Mendoza, quedó abandonada, los santiagueños no tuvieron mejor idea —y así lo solicitaron al Rey— que la gracia de que fuera cedida a Santiago del Estero el puerto de Buenos Aires a fin de que el río grande como mar sirviera de puerto a los productos de Lima. Fuente inagotable de reclutas para el ejército de la patria, según lo había comprobado el mismo Manuel, cuando llegaba la leva, sin decir ni mu, el zapatero abandonaba sus remiendos, el sastre aguja y tijeras, el bolichero sus mercancías y hasta las mujeres apagaban el horno, envolvían las mantas, cargaban sus críos y se hacían presentes en la retaguardia, único lugar desde el cual podían acompañar a sus hombres, para convertirse en garridas soldaderas al servicio de la patria.

La mañana se abría despejada y se anunciaba cálida cuando se levantó ese día, que era el siguiente al de su llegada. La noche, pasada entre los vaivenes de la fiebre y las preocupaciones, no había sido buena, pero entonces Manuel se sentía algo mejor; se asomó a la puerta de su albergue para mirar las calles por las cuales transitaran tantos antepasados. El aire olía a cuero, a pan horneado, a estiércol recién expedido por una tropa que acababa de pasar. El calor empezaba a apretar, él veía las largas edificaciones del Cabildo, centro de la actividad política y comercial, y veía cómo por las chimeneas de los hornos de barro salían humo y olores domésticos que anunciaban aprestos de comida hogareña. De pronto, algo llamó la atención de Manuel. En el baldío frente a la casa en que se había alojado, notó desusada aglomeración de gente. ¿De qué novedad se trataba? Miró con interés, picada su curiosidad y vio cómo, de pronto, el grupo comenzaba a moverse hacia la calle principal sobre la cual él estaba, en tren de jolgorio desusado, sin duda, para la hora y los laborales hábitos mañaneros del poblado. Se preguntó ¿qué límite separa a un grupo de una turba? cuando vio moverse, seguido y azuzado con gritos destemplados, a un personaje que fue distinguiendo a contraluz del sol que ya se estaba volcando violento sobre el pueblerío. Como quien va juntando pedazos sucesivos de una imagen hasta construirla, Manuel pudo ver de qué se trataba: una pobre criatura humana, varón parecía, guiñapo falto de sesos y modales, de esos que en los pueblos son el hazmerreír de la gente necia o mal entretenida, avanzaba acompañada por esa baraúnda que el ridículo enardece en la sangre de los malos, y el tal guiñapo, loco o lelo, cuando estuvo cerca, dejó ver a los ojos de cualquiera, pero sobre todo a los de él, de Manuel, la vestimenta con que había sido aderezado: las insignias de capitán general sobre sus guiñapos y, por si eso fuera poco, como si hiciera falta algún otro dato identificatorio, en la mano un estandarte burdo que decía *¿adivinás quién soy? Mi nombre empieza con B.*

    El rostro de Manuel palideció; Blas de Mondéjar, junto a él, porque entendió la afrenta, llevó la mano a su espada; el secretario lo detuvo. Pero de los tres salió un solo nombre:

    —Dorrego. —Mientras vieron al loco o lelo marchar con el ridículo agobio de insignias y letreros hacia otras calles del poblado y lamentaban el absurdo intento por deteriorar el honor de un hombre probo.

—Porteño compadrón —murmuró Blas de Mondéjar y agregó—: Esta vez se pasó de la raya.

Los tres sabían que el coronel Manuel Dorrego estaba en Santiago; Manuel hasta había tenido la intención de ir a verlo, puesto que conservaba por él una estima especial, al margen de los muchos desacuerdos que los enfrentaron a lo largo de la campaña del Norte, más próximos a intemperancias juveniles o licenciosas novedades en que caía el espíritu levantisco del joven que a cuestiones de fondo. Dorrego estaba desterrado en Santiago del Estero. Lo había castigado San Martín, precisamente, a causa de una enojosa situación que tenía que ver con Manuel, aunque al margen de su voluntad.

Así había sucedido. Después de la derrota de Ayohuma, Belgrano, que siempre había echado de menos a Manuel Dorrego en las acciones del Ejército del Norte, lo mandó llamar nuevamente. Reincorporado, resultó muy eficaz en la nueva estrategia de ponerse al frente de partidas volantes que, ayudadas por los lugareños, no dejaban en paz a los godos, los hostilizaban a rabiar y desaparecían. Pero Dorrego no tardó en caer en una de las pellejerías en él habituales y que a veces resultaban difíciles de tolerar. Esa vez fue frente a San Martín.

Era un atardecer y era una de las sesiones de la academia de jefes con las cuales San Martín trataba de ilustrar a los oficiales. Entre ellos, con toda humildad, estaba Belgrano. Ocupaba, en autoridad, el segundo lugar, después de San Martín. Lo seguía Dorrego. Pues bien: San Martín dio una voz de mando que debían repetir por orden de antigüedad los siguientes oficiales.

—Batallón... March...

Después de San Martín, siguió Belgrano. Pero la débil voz de Manuel le causó gracia a Dorrego, ese día en trance de inestabilidad emocional, y, ni lerdo ni perezoso, se tiró una carcajada como si se hubiera encontrado en el palco de algún teatro escuchando algo hilarante o compartiendo un vaso de vino en el café.

La impertinencia arrebató a San Martín:

—Señor coronel: hemos venido aquí a uniformar las voces de mando.

Dijo y repitió la orden. Belgrano, mansamente, hizo el bis con la misma voz, puesto que no tenía otra, Dorrego volvió a reírse a carcajadas, San Martín se enfureció, esta vez con más dureza. Tomó un pesado candelero de bronce de una mesa cercana y dio con él fuerte golpe mientras reiteraba:

—He dicho, señor coronel, que hemos venido a uniformar las voces de mando.

Ahí sí se le pasó la tentación a Dorrego, aunque no a San Martín el disgusto. A los pocos días, en castigo, desterró al hombre a Santiago del Estero.

Ahí estaba la venganza. ¿Quién es capaz de extirpar de súbito el resentimiento? No el valiente y desprejuiciado oficial, se veía.

—Manuel Dorrego no me ha perdonado —exclamó Belgrano, con voz suave y dolorida. Y recordó la clasificación que él había enviado desde Jujuy sobre el oficial: "*Valor, sobresaliente. Aplicación, mucha. Conducta, buena*".

—Manuel Dorrego es un necio y es él quien no merece perdón sino castigo. Y ya lo vamos a ir a buscar para cobrarle este absurdo agravio —acotó Blas, beligerante de ánimo.

—Por Dios, Blas; de los pecados conocidos hay uno que siempre me ha sido ajeno: la venganza. No caeré en él ahora, frente a un resentido —dijo y como acompañando su decisión concertaron sus resonancias las campanas de tres iglesias tocando el *Angelus* del mediodía—. Vamos, Blas, poco podemos ya hacer aquí. Vaya a ordenar la partida; es mejor alejarse del odio que fomentar sus hieles.

Dicen que San Francisco Solano, al abandonar la tierra de La Rioja que le había sido adversa, sacudió el polvo de sus franciscanas sandalias caminadoras: no quería llevar nada de la región. Manuel no sacudió sus botas de cuero manufacturado en Inglaterra, pero sí su cabeza, y en ella no quedó ni el polvo de un recuerdo para el oficial un día amigo y entonces agraviador gratuito. Manuel, en las andanzas de sus bélicos quehaceres por lugares que los grandes cartógrafos de la época no habían ubicado, porque poco sabían de esas latitudes como para ponerlo en mapas, croquis o planos, había conocido la correntada soberbia del Paraná, la misteriosa geografía de los bañados correntinos, las tumultuosas selvas chaqueñas, los intrincados ríos paraguayos, el pánico de las alturas norteñas, la hondura de los precipicios que se sabe cuándo comienzan pero no dónde terminan, la pluralidad de los verdes abiertos en la campiña. Nunca había visto la monocorde horizontalidad de ese trayecto que comenzó a andar camino a Buenos Aires, inmensamente vasto y desierto, sin casas ni ranchadas ni poblados, con sólo algunas postas perdidas en sequedad de sal o polvo. Un día y otro y otro. En los entremedios en que la terciana y el traqueteo le dejaban cierto paréntesis de paz, volcado sobre sus papeles, a la sombra de oportunas enramadas, mientras las cabalgaduras descansaban, o en las postas, a la luz de algún velón de sebo, en tanto los demás se entregaban al sueño, Manuel escribía. Al gobierno, le escribía: "*...debo necesariamente atender a mi salud quebrantada*"; justificaba su empeño en alejarse: "*... necesito tranquilizar mi espíritu en una edad que se aproxima a la vejez, y en la cual no me conceptúo ya útil para desempeñar ningún servicio*". A San Martín le escribía; con su letra menuda y enérgica, volcaba retazos de su experiencia y de su reflexión, de los dolores padecidos en tantas cruentas jornadas: "*La guerra ha de hacerla usted no sólo con las armas, sino con la opinión, afianzándose siempre en las virtudes naturales, cristianas y religiosas,*

Las batallas secretas de Belgrano

pues los enemigos nos la han hecho llamándonos herejes y sólo por ese medio han atraído las gentes bárbaras a las armas, diciéndoles que nosotros, los patriotas, atacábamos a la religión... Acuérdese usted que es un general cristiano, apostólico y romano". Y a San Martín volvía a escribirle, con ternura de padre por detalles domésticos: *"No se olvide que los soldados necesitan zapatos anchos y de punta redonda, porque todos por lo general se han criado descalzos, tienen en su talle el pie más grande que el común de los demás hombres que han usado calzado".* A su familia le escribía *"todavía mi salud no quiere recuperarse y este viaje me trae mal, pero aunque estoy persuadido de que lo mismo es morir a los cuarenta que a los sesenta, hago esfuerzos para llegar hasta ustedes, quiero volar pero mis alas son chicas...".*

Después dejó de escribir porque habían llegado a Luján y porque ya no daba más.

Esa noche una partida lo arrestó, por orden del gobierno. Pero lo vieron tan mal que le permitieron trasladarse a una quinta de su familia. Allí, mientras atendía su salud y aguardaba el juicio, comenzó a escribir sus memorias. Era bueno fijar en los papeles las experiencias recogidas cuando su actuación en el Consulado, las cargas del cargo, los vaivenes de los días de mayo de cuatro años antes, la expedición al Paraguay, el Ejército del Norte. La salud fue mejorando. El consejo de guerra no lo preocupaba: mi defensa se reducirá a señalar nada sabía de milicia y a pesar de eso mis paisanos se empeñaron en hacerme general. Pero el consejo no se reunió, porque no hubo acusación seria. Fue sobreseído.

Esa tarde, desde la galería de la quinta en la cual tenía un improvisado escritorio, miró hacia afuera. Por el camino que llevaba al portalón avanzaba una mujer a la cual, aún a la distancia, descubrió joven y bella, elástico el paso bajo los pollerones. Era Ana, una de sus sobrinas. Traía el caminar apresurado de quien oficia de mensaje-

ro. Ana acababa de recibir el coche que venía de la ciudad y el coche que venía de la ciudad traía pliegos para el tío. Del gobierno tales pliegos por los lacres y cintajos, supuso la muchacha antes de entregárselos al tío y padrino como quien acerca una boca llena de mandatos.
—Para usted, tío. Acaban de traerlos.
—Gracias, hija —y el tío y padrino los abrió y antes que nada miró las firmas; estaba acostumbrado, después de tantos años, a esas caligrafías prolijas e inclinadas, firmas fantasiosas de quienes están en el poder. Como estaba acostumbrado también a los planes de quienes tienen poder. Y ahora qué querrán, se preguntó en tanto abría los oficios.
Pero supo que, fuera lo que fuese, iba a decir que sí.

XXII

Un rey, por favor, un rey

La corbeta *Zephir* se balanceaba en el río aquella mañana de enero cuando Manuel llegó, como siempre llevado por su fiel Remigio, cinco años más viejo que en aquellos primeros encuentros patrióticos protegidos por el silencio y los servicios del criado. Pero, ¿acaso no estamos más viejos todos?, pensó Manuel en el puerto y al alba, mientras esperaba a Rivadavia junto a Blas de Mondéjar, quien había querido acompañarlo y le daba sus inevitables recomendaciones, que cuidase la salud, que no se excediera, que escribiera pronto. Al poco rato llegó Bernardino, moreno y solemne, nada amigo de cháncharas, y juntos iniciaron el embarque, arduo como siempre: el carro, las salpicaduras, los fornidos boteros. ¿Cuándo tendría el puerto las condiciones necesarias para suprimir tantas molestias? ¿Cuándo, un muelle apropiado? ¿Cuándo? Ay, Dios, tantas cosas para cuándo, si parecía que la civilización aún no había comenzado por esas regiones, pensaron ambos mientras aguantaban la aspersión de las aguas y el traqueteo provocado por el carromato de altas ruedas que los trasladaba hacia el buque, una mole balanceándose en el horizonte, en medio del espléndido amanecer que estallaba en el cielo y reverberaba contra el agua.

Hacía mucho calor, aunque aún era temprano. Mientras atravesaba el náutico camino hacia el paquebote y aventaba con la mano las gotas de agua en constante tránsito hacia su rostro, Manuel pensaba en la reunión de la tarde anterior, en el Fuerte, y se repetía los términos del diálogo en tanto veía desaparecer en el horizonte y en la bruma matinal la informe ciudad cada vez más diluida en la distancia, masa confusa en la cual seguían destacándose algunas cúpulas y los murallones del Fuerte.

Marchaban hacia Inglaterra, según directivas del gobierno que a Manuel lo habían sacado de su retiro en San Isidro como quien extrae a un mastín de su cubículo para azuzarlo a la caza de algo que el pobre animal no termina de ver. ¿Qué había sucedido? Por cierto, los acontecimientos se habían complicado en el Río de la Plata: exhaustas las arcas, derrotados los ejércitos, la campaña levantisca a más no poder, los gobiernos sucediéndose con nombres y modalidades distintas, sin pena, ni gloria ni destino. Por otra parte, el gran Napoleón y su estantería habían caído estruendosamente, Fernando VII, de regreso al trono y a sus mañas autoritarias, aprestaba un ejército de quince mil hombres, al mando del general Morillo, para acabar con los levantiscos rioplatenses, como ya había sucedido en Chile, después de Rancagua, en Caracas, donde Simón Bolívar veía desaparecer sus conquistas, en México y en Lima, lugares en los cuales los realistas seguían llevando todas las de ganar, en tanto sólo permanecían en sus trece las Provincias Unidas y San Martín, al pie de los Andes, armando un ejército. ¿Qué hacer, Dios?

El gobierno entendió llegado el momento de apelar a los recursos de la diplomacia a fin de buscar aliados europeos para neutralizar la expedición anunciada, negociar con los ingleses el reconocimiento de la independencia, abrir canales de comunicación con la corte española y conseguir, en las de Portugal y Brasil, apoyos necesarios en momentos en que todo permitía sospechar que los tales se encontraban a un tris de aliarse con Fernando. Las coronas y sus políticas suelen ser acomodaticias, se sabe. Entonces convocaron a Belgrano y a Rivadavia.

—Vuestras señorías irán a Río de Janeiro y allí entregarán los pliegos correspondientes al embajador inglés y luego pasarán a Londres, donde convendrán con Manuel de Sarratea la oportunidad del traslado a España —había dicho el Director con su voz inalterable y monótona.

—¿Y en España? —quiso averiguar Manuel bastante en Babia en cuanto a la misión que le competía.

—En España felicitarán a Fernando *por su feliz restitución al trono de sus mayores y asegurarán con toda expresión posible los sentimientos de amor y felicidad de estos Pueblos* —agregó el de la voz monótona e inalterable mirando fijamente a sus delegados; y, como si supiera que ese punto podía no gozar de sus preferencias, agregó—: Los pueblos del Río de la Plata han peleado por sus derechos y no pueden concluir esa lucha sin asegurar su libertad. Sobre estas bases buscarán ustedes arreglos con el rey Fernando, en nuestro nombre. Pero que quede claro: no impetrarán perdón de culpas no cometidas, ni se contentarán con un olvido humillante de lo actuado.

—Así es —corroboró el otro integrante del gabinete, apoyando sus codos sobre la mesa repleta de expedientes y también mirándolo con fijeza—. Además, informarán al monarca la situación civil y política de las Provincias, señalando, sobre todo, los abusos cometidos por las autoridades españolas, los impresionantes actos de crueldad ordenados por los jefes peninsulares y el constante quebrantamiento de los pactos.

—Tendrán que ir con tiento y sin apresuramiento —volvió el primero.

—Es decir, habrá que ganar tiempo —acotó Manuel, comenzando a ver de qué se estaba tratando.

—Sí, porque el fin último es obtener la independencia política de este continente, o al menos la libertad civil de estas provincias. Y como esto debe ser obra del tiempo y de la política, ustedes, enviados del gobierno criollo, tratarán de entretener la conclusión de este negocio todo lo que puedan. Sin comprometer, por cierto, la buena fe de la misión que llevan entre manos.

—Quizá se haga necesario solicitar el envío de emisarios reales para analizar *de visu* la situación de estas provincias —sugirió Manuel, atento a presentir las dificultades del caso.

—Sin duda. Pero que quede claro, si fracasaran estas proposiciones y peligrara el curso de la negociación, habrá que hacerles ver que los americanos no estarán jamás por partido alguno que no gire sobre estas dos bases: o la venida de un príncipe de la Casa Real de España que mande como soberano este continente bajo las formas constitucionales establecidas por las Provincias, o el vínculo directo a la corona de España. Pero siempre, eso sí, la administración deberá estar, en todos sus ramos, en manos de los americanos.

—Por cierto, toda tratativa tendrá que ser canalizada en la Asamblea —recordó el de mirada vivaz y gestos rápidos, y sus ojos buscaron los del otro en tácita consulta.

—Sí, todo, que quede claro, *ad referendum* de la Asamblea —acotó su compañero: había comprendido y estaba de acuerdo y así lo hacía conocer.

—Lo imprescindible, señores, es conseguir protección exterior para desalentar el envío de esa fuerza anunciada y para que, en caso de que eso sea imposible, por lo menos nos permita resistir la agresión y sostener la guerra con éxito.

—Y mientras tanto, ¿qué? —quiso saber Manuel, mirándolo escrutador, con sus ojos azules y tensos, pues no concebía a las Provincias Unidas sólo pendientes de los problemáticos pasos que él y Bernardino pudieran dar en Europa para detener a Morillo y sus fuerzas.

—Mientras tanto buscaremos aumentar las de nuestro ejército, multiplicaremos los fondos públicos, facilitaremos el comercio —argumentó el jefe con vagoroso optimismo para concluir, en rápida síntesis espartana—: Seguiremos adelante, en fin.

Habían llegado al barco más rápido de lo que Manuel esperaba, distraído como estaba en recordar los tramos principales de la conversación mantenida. Ya sabía que todas las tratativas se llevarían a cabo con el mayor secreto y se tendería a fraguar dilaciones, complicar circunstancias, diferir los resultados y dejar todo pendiente de la problemática esperanza de una conciliación. La revelación, con todo, no fue ni tan sorpresiva ni tan incolora como las últimas gotas que cayeron en su rostro y él borró con el revés de la mano que la tarde anterior, en el Fuerte, había recibido los pliegos con los informes secretos que él y Bernardino sólo podrían abrir en Londres. Pero en ellos, ¿habría mucho más de lo ya adelantado?

—Por lo menos haremos de pararrayos un tiempito —le dijo a Bernardino, ya en el camarote, mientras abría el equipaje de mano y sus ojos azules y los oscuros del otro se miraron con comprensivo asentimiento y el barco iniciaba su lenta marcha hacia el primer tramo del viaje: el Janeiro.

Del Janeiro habían partido con la firme seguridad, deparada por boca de lord Strangford, del apoyo inglés a la causa independentista. Para Inglaterra, las Provincias del Río de la Plata no eran un país sino un problema, y para corroborarlo allí estaban esos dos comisionados del gobierno sureño, tratando de comprometerlo para arreglar el entuerto en que se habían metido con eso de querer ser libres... A Inglaterra le convenía ayudarlos y lo haría, aunque los círculos oficiales de la corte brasileña no les habían dado ni la hora, la reina Carlota se negó a recibirlos y la legación española allí instalada miró en todo momento con ojos bizcos los tejes y manejes de los porteños.

—Escogió bien el gobierno rioplatense. Rivadavia y Belgrano son dos de los más comprometidos en esta asonada. Ni el uno ni el otro son lerdos, se lo aseguro —decía uno de los mandamás de la mentada delegación española—. Al Belgrano lo consideran el gran general a disposición, es intrigante y no de las mejores intenciones. Aunque, por cierto, hay que pensar que todos son pícaros. El otro, Rivadavia, parece más inclinado a la pacificación y quizá se pueda sacar algún partido de él. Lo que sí resulta seguro, y lo sé por los contactos de mis informantes, es que ambos salen con bastante dinero. Lo más probable es que ni vuelvan a América. Para estos nativos, usted sabe qué significa Europa.

Chismes de tal cariz circulaban en la corte portugnola y esos chismes les llegaron como otras noticias peores: el energúmeno de la delegación peninsular —que se había cruzado con ellos sin saludarlos— aconsejaba enviar la expedición pronto y enviarla para que a sangre y fuego se hiciese una ejemplar represión *a fin de que América por muchos siglos no la olvidase y, de consiguiente, jamás volviese a rebelarse*. Estas y muchas consideraciones llegadas impulsaron a lord Strangford a ponerlos en un paquebote camino náutico a Londres diciéndoles: Señores, allá nos veremos.

Dos meses de viaje transatlántico si no pueden cambiar el mundo consiguen movilizar muchas situaciones. Los delegados salieron cuando las hojas de los árboles caían por la cercanía del invierno y llegaron en plena eclosión primaveral. Londres era hervidero de colores y noticias y ya en Falmouth, el puerto al cual habían arribado, los esperaba la más notoria nueva, voceada por los diarios en la calle, comentada por los ciudadanos en los

Las batallas secretas de Belgrano

cafés y analizada por los políticos en tertulias y asambleas: el retorno de Napoleón.

La posada donde se alojaron si de por sí no era testimonio de grandeza imperial y documento histórico del paso de los siglos, resultaba ejemplo de buen gusto y comodidad en límpida armonía. La severa presencia de los maderas que recubrían escaleras y chimeneas, las alfombras de mullida consistencia y graciosos diagramas, los muebles de estilo astutamente ubicados para crear frágiles espacios de intimidad, hablaban de un estilo de vida no logrado aún en las Provincias Unidas. Pero los hombres reunidos en uno de los salones sobria y oportunamente decorados apenas si le habían prestado atención a esos detalles, pues los serios asuntos depositados en sus manos los tenían preocupados y el visitante de Madrid, con ellos esa tarde, zanjaba los intersticios de ignorancia provocados por los dos meses de traspaso oceánico.

Manuel y Bernardino fueron puestos al tanto: Napoleón había dejado la isla de Elba y su clandestino reintegro a la sociedad, difuminado una especie de terrorífico estupor. Europa estaba nuevamente amenazada, razón por la cual un Congreso en Viena buscaba los medios para echar definitivamente por tierra las ambiciones del hombre y no encontraba más que uno: consolidar las coronas reinantes como escudos de contención a las intenciones plebeyas y enaltecer la preponderancia de la causa de los reyes sobre la de los pueblos. Tal panorama cambiaba de modo terminante, y por esa proyección comúnmente llamada de coletazo, los presupuestos iniciales en la cuestión del Río de la Plata.

Manuel de Sarratca —pués él era el hombre llegado de Madrid para poner al tanto a sus coterráneos del nuevo panorama político de Europa— tenía la paciencia de un coleccionista, la verba de un tribuno y la verborrágica acumulación de chismes de una vecina de barrio. Era hermano de Melchora de Sarratea, dama de la sociedad porteña célebre por sus tertulias, en una de las cuales Manuel lo había conocido, aunque sin llegar a intimar, y en ese primer día estuvieron tres horas largas en conciliábulos, mientras pasaban tazas y tazas de café, bandejas de refrescos y comenzaban los preparativos para la cena sin que la conversación llevara miras de agotarse.

—¿Y la expedición de Morillo? —preguntó Manuel tamborileando los dedos en la copa que tenía en su mano, cuando pudo meter baza en el torrente verborrágico del otro. Aunque enfundado en vestimentas londinenses que ya había tenido tiempo de adquirir porque para él la moda no era asunto secundario, como buen general sabía el costo de una guerra y más que nada temía la movilización militar que se preparaba en Cádiz, la cual, según las mentas, a veces trepaba a los quince mil hombres y en ocasiones quedaba reducida a los ocho mil, número, cualesquiera fuera válido, excesivo para los apenas tres mil a gatas reunidos por él en sus sucesivos ejércitos y probablemente tampoco superado por San Martín en sus preparativos andinos.

—Hasta ahora Fernando era fuente de perplejidades. Ahora es motivo de decidido temor. Está, sin ninguna duda, en el número de nuestros enemigos —retomó Sarratea la palabra sin contestar directamente la pregunta, paseando una distraída mirada sobre esos paisanos a los cuales lo unían, más que rasgos sociales, las subterráneas fuerzas tribales propias de un país amenazado—. Estas nuevas perspectivas europeas, las de las monarquías uniéndose para enfrentar a Napoleón, por un lado, y por otro el natural autoritario de Fernando, no hacen presagiar nada bueno. Mi opinión es que no se puede contar con el gobierno peninsular. Por lo tanto se hace inútil el traslado de ustedes a España —volvió a mirarlos después de un breve suspenso que pretendía calar las resonancias de sus palabras en los otros—. Creo que deberán permancer aquí, aguardando el desarrollo de los acontecimientos y buscando consolidar el respaldo de la corona británica para las Provincias Unidas. Por mi parte nada haré hasta no recibir instrucciones del gobierno.

Sarratea bebió un refresco suspendiendo su acelerada comunicación, depositó el vaso sobre la mesa y los ojos en sus compañeros y retomó la palabra con gesto solemne, adelantándoles: a que no saben qué viene ahora.

—No haré nada —repitió— hasta no recibir instrucciones sobre el negocio de Italia.

Entonces sí, Bernardino y Manuel, los ojos redondeados de puro asombro, lo miraron expectantes.

—¿Qué negocio?

Lo supieron en seguida. En Italia estaba la familia real desbancada por Fernardo y, dada la imposibilidad, por las últimas circunstancias europeas y su empaque personal, de arbitrar un arreglo con él, se pensaba en proponer la coronación del hijo menor de Carlos IV, el infante Francisco de Paula, en el Río de la Plata.

—Es la única tecla que he podido tocar, y si encontramos dispuesta la materia, enredaremos tanto el asunto que no lo desenredará ni el mismo demonio —anunció Sarratea, bastante pagado de sí mismo según acostumbraba, regresando al vaso y al refresco. Y confirmó—: En eso estoy.

Por la noche, mientras cenaban, entre torrentes de palabras y espacios mudos en los cuales el silencio era acompañamiento reflexivo, Sarratea los puso al tanto de lo avanzado en el negocio. El rey ya había sido hablado en Roma por interpósita persona, un tal Cabarrús, ducho en menesteres de correveidile diplomáticos, el cual, como portador de instrucciones puramente verbales —puramente verbales, insistió Sarratea—, se había entrevistado con la reina María Luisa primero —no hay que olvidar que ella llevaba siempre la voz cantante, aun en el exilio— y luego con el rey Carlos, quien había pedido cierto margen de tiempo para considerar el asunto. Mientras el rey reflexionaba el dinástico ofrecimiento entre sesiones de caza de pato y cervatillo, por razones de guerra la familia real tuvo que desplazarse de Roma a Verona y tras ellos marchó el tal Cabarrús, para allí reanudar las conversaciones con la intervención, entonces, del Príncipe de la Paz, quien no podía (ni aun trasterrado) dejar de meter la cuchara, máxime tratándose, como se trataba, de Francisco de Paula, el menor de los hijos de la real pareja, según decires, más parecido al Príncipe de la Paz que al mismísimo Carlos IV.

Así explicó Sarratea entre el pastel de carne y el salmón a la parrilla, y los dos enviados asintieron con la cabeza y con palabras oportunas, pues todo era preferible a los males *de la desolación general de la guerra*, dijo Bernardino y Manuel agregó que entre suprimir de un plumazo la historia de esos cinco años de libertad y esperanzas o correr la aventura de una intriga monárquica que respaldara la independencia americana, no había espacio para la duda.

—Y mientras tanto alejamos la pesadilla esa de la invasión y damos tiempo a las armas patriotas para triunfar en Chile y en Perú.

Cuando llegaron a los postres —melocotón con marrasquino—, Sarratea sacó de un sobre y leyó a sus compatriotas el pliego que acababa de reibir del gobierno donde el Director le decía: *Vea usted la necesidad de barajar el proyectillo de Italia y entretenerlo sin pasar a compromisos serios hasta que veamos en qué para el Congreso General y el rumbo que deben tomar las relaciones exteriores. Váyase usted con pies de plomo y redúzcase a trabajar sobre la protección de nuestra independencia, haciendo* que se ahorre sangre, puesto que, por lo visto, los españoles no se juntan con los americanos, a lo menos con los de este rumbo...

Los tres terminaron el melocotón con marrasquino y después bebieron un café y luego un cognac y se separaron hasta cuando el *proyectillo de Italia* lo requiriera, porque Sarratea, al alba del siguiente día, regresaba a su guardia en España y ellos dos quedarían madurando el proyecto y aguardando a lord Strangford a su regreso del Janeiro.

—De ahora en más, en lugar del rey Hijo trataremos con el rey Padre —murmuró Sarratea al partir.

—Y que el Espíritu Santo nos ayude —acotó Manuel y Bernardino asintió con la cabeza porque, aunque no era muy dado a solicitar amparos celestiales, confiaba en que pudiera ayudarlos la dinastía fantasma.

Después, ya solos, en tácito acuerdo a esas altas horas de la noche y antes de irse a descansar, ambos se acercaron a contemplar por el vidriado ventanal las calles de Londres con su manto oscuro apenas amenguado por la difusa luz proveniente de faroles y de algunas casas trasnochadoras. Escucharon, en la quietud de la hora, el trotar laborioso de unos caballos que se acercaron y luego se alejaron y después escucharon el silencio que caía y Manuel suspiró y su suspiro se astilló contra el hueco de nada en que estaba suspendido el mundo. Y entonces se fueron a dormir. Y a rumiar las nuevas con que se habían encontrado.

En los planes de Cabarrús entraba, en lo que a él competía, modificar la geografía política de la Casa de los Borbones. Atendía así a las necesidades del Río de la Plata y a sus propias exigencias vitales, que lo impulsaban siempre a escarceos peligrosos. Y redituables: el alto financiamiento de su personal tren de vida lo tenía siempre con las arcas exhaustas. Hijo de un poderoso financista español, banquero de los Borbones de España en contacto con las finanzas de toda Europa, y hermano de la célebre madame Tallien, conocida por sus lides revolucionarias y galanas, se manejaba entre las cortes como Juan por su casa. La historia de madame Tallien era digna de una novela. Nacida Teresa Cabarrús, bellísima criatura, por su matrimonio inicial devino Théresia de Fontenay. Luego, por azares de la Revolución Francesa a la cual se había entregado como quien acepta una moda, fue heroína revolucionaria, amante y después esposa de un secretario de la *Commune* en ascenso, monsieur Tallien, estuvo a un tris de perder la cabeza en más de una ocasión en la época del Terror, se convirtió en Notre Dame de Termidor por barullos del destino y la revolución y luego concluyó siendo árbitro de la moda junto con Josefina de Beauharnais, la esposa de Napoleón, y nominada por los diarios de la época, por sus muchas relaciones amorosas, *Propiedad Nacional*. Pero, convertida en princesa Chinay (después de que monsieur Tallien se escabullera de su vida y otros amantes se sucedieran sin mayor gloria), vivía rodeada de sus muchos hijos, como una respetable dama, luego de haber trotado alegremente por cortes y camas europeas. Nadie podía por entonces jurar que la dama se había vuelto virtuosa, pero sí afirmar que la época de sus turbulencias amatorias estaba acallada, aunque los ecos de su frondoso prontuario social aún perduraban, porque todo había sucedido apenas si veinte años antes. Pero al hermanito, equívoco diplomático, el noble parentesco y la fama de Teresa con sus enredadas monerías cortesanas le venían bien para sus contactos.

    A Manuel el jovial señorón de entrada le recordó el Contussi de los tiempos carlotinos. La imagen que había previsto encajaba con el hombre que tenía frente a sí como el puñal en la vaina. Ya mayor, de rostro trajinado por el tiempo y ademanes que Manuel descubrió más bien serviles, podía sospecharse que, con los años, Cabarrús había aprendido a componer un aire de artificial autoridad cultivado con ahínco, con el cual, no obstante, no lograba convencer mayormente, al menos a esos dos espabilados americanos, de sus tratativas, aunque les prometiera milagros de ingenio y diplomacia. Se decía que era un pillo de siete suelas y aunque Manuel no lo podía comprobar, sospechaba que podía ser verdad. En los solapados movimientos del airoso interlocutor que tenían entonces frente a ellos, Manuel advertía el sigilo de los informadores que suelen marchar por izquierda. En cómo volvía la cabeza frente al menor rumor, en la rapidez de sus ojos prontos a revolotear por todo ámbito, en las manos elusivas que apuntaban hacia un lado en tanto la mirada marchaba para otro. Además, Manuel le encontró cara de zorro. Y como al zorro, lo advirtió pronto para la cacería. Claro que era una cacería también por ellos imaginada: la caza de un rey, se dijo y le pareció contaminarse con algo de ese como soplo infame que circulaba por el rostro de Cabarrús y se afianzaba en sus ojos de cauteloso mirar.

En esa mañana londinense, el hijo del banquero y banquero él mismo se mostró, más que atento, solícito. Desde su sillón frente a la chimenea apagada, porque la tibieza de la mañana hacía presagiar el calor que sobrevendría con el paso de las horas, explicaba los pasos dados y los que le faltaba cumplir, consultaba, movía los ojos oscuros, pequeños y vivos, las manos cuidadas en extremo, la cabeza, ya afirmando, ya negando.

Belgrano y Rivadavia escuchaban impasibles. Como hombres de mundo suspendían sus respectivos juicios.

Monsieur Cabarrús exponía y defendía una situación en la cual creía. Los dos americanos se interiorizaban de algo acerca de lo cual dudaban. Cabarrús lo comprendía y por eso sus argumentaciones apelaban más a los senti-

mientos de los hombres que al razonamiento de los americanos.
—Reflexionan ustedes demasiado. La reflexión perjudica la intrepidez.
—No podemos ser intrépidos, porque no se trata de asuntos personales. Debemos ser sensatos.
—Y valientes. Ustedes trabajarán por el lado de ustedes, aquí; yo por el mío, en Italia, pero nuestros intereses son convergentes y no debemos olvidarlo —dijo Cabarrús, a quien le encantaba conspirar y subrayar su influencia.

Manuel dudaba de que así fuera, pero guardó el silencio de buen tono de quien tiene sobrado trato social. Luego dijo:
—Todo sea para salvar la revolución. —Lo dijo como quien se decide a un trago amargo.

¿La elocuencia dio sus frutos? ¿O fueron las disposiciones que Bernardino y Manuel esa mañana habían recibido del Río de la Plata?

—¿Concretamos, entonces? —preguntó Manuel con la pitada final de su cigarro y el último cono de ceniza en el lugar correspondiente, un bello adminículo de cristal tallado donde ya reposaban restos de los varios cigarros consumidos en la tertulia.

Junto con Bernardino habían decidido andar con pie de plomo: nada de cartas comprometedoras, nada de cuentas no clarificadas, nada de excesos de confianza. Como Talleyrand, pensó Manuel, estoy aprendiendo a sonreír para no hablar y a hablar para no contestar. Lástima que semejante personaje fuera el único medio de que podían disponer para las tratativas esas en que andaban de conseguir un rey. ¿Sería posible que para ciertos menesteres no se pudiera contar más que con aventureros?

De modo que el asunto se fue redondeando. La conversación se convirtió en conferencia de Estado. Se planificaron los pasos para establecer la monarquía constitucional en América. Nada menos. Los dos enviados rioplatenses quedaron en escribir el memorial pertinente para entregar a Carlos IV y Cabarrús, en preparar su nuevo viaje a Italia. Se pasaron instrucciones verbales y algunas, las menos, escritas, le entregaron alguna suma de dinero, afirmaron la entrega de otra, porque si de algo estaba necesitado el intrigante diplomático, era de dinero. Cabarrús se fue gorjeando, aunque con voz viril, plácemes y esperanzas. Manuel y Bernardino permanecieron mascullando planes que compartieron y temores que silenciaron, en tanto Sarratea, por su parte, se seguía cortando bastante solo en España.

En verdad la situación europea había obrado en ellos como obra la marea sobre los acantilados: poco a poco fueron cediendo sus ideas ante la avalancha promovida en el Congreso de Viena y destinada a Londres, París, Madrid. Qué paradoja: batallaban en nombre de la república y la culta y adelantada Europa les ofrecía modelos monárquicos, porque el objetivo de las políticas en boga era producir edificadores del imperio. En ese lío internacional ellos, persiguiendo los propios intereses americanos, ¿podrían marchar a contrapelo? Lo más importante era no detener *el fuego de la disidencia que se extiende con la voracidad del volcán por América.* Y detener los males de la guerra que sobrevendrían de una expedición peninsular.

—Creo que somos soñadores dispuestos a convertir nuestro sueño en realidad —dijo Bernardino acompañando al español hasta la puerta de la sala.

—O nuestra utopía —acotó Manuel, siguiéndolos.

—Aunque no lo crean, yo también soy un soñador —dijo Cabarrús y especificó—. Pero con los pies en la tierra.

—Quien lo duda —murmuró tiernamente Bernardino.

—Hace cinco años yo también era un soñador —confesó Manuel—. Ahora ya no.

—¿Qué es ahora, doctor Belgrano?
—Ahora soy un pragmático.
—Otra no nos queda —aceptó Bernardino.

A la mañana siguiente, mientras desayunaban, mirando periódicos y correspondencia, un Manuel ya descansando reflexionó:
—Europa detesta en esos momentos el fervor republicano.
—¿No estaremos propiciando un orden artificial? —preguntó y se preguntó Bernardino encendiendo su primer cigarro del día.
—Quizá. Pero, ¿qué otro camino tenemos? —dijo Manuel.

De modo que se entregaron a la tarea asignada de escribir ese memorial en el cual planificarían ambos, para conocimiento de Carlos IV, el *Reino Unido del Río de la Plata, Chile y Perú*.

Fue por entonces cuando Manuel conoció a cierta dama interesante que interferiría más que en su vida, en las habladurías de la gente con respecto a su vida. Mediaba el atardecer de un día bastante cálido, cuando Manuel salió a la ciudad y al descanso.

¿Qué hace un hombre relativamente joven, al atardecer, después de haberse pasado horas y horas sobre papeles, embarcado en la sesuda responsabilidad de atender asuntos transcedentales del país que lo ha enviado en misión no sólo importante sino complicada, en una ciudad donde tiene muy pocos amigos? Sale a caminar a orillas del Támesis, sale a mirar las calles, a recorrer esos grandes espacios cargados de historia y de belleza, a contemplar el vaivén de la gente que transita apresuradamente, camino a sus casas, porque ya el día se va, porque los trabajos han concluido y el hogar aguarda. A él, pensó Manuel melancólicamente, sólo lo aguardaban Bernardino y la cena en la posada y el recuento de lo ya hecho y el análisis de la situación sudamericana pendiente de un hilo con tantas complicaciones europeas.

Un perro pasó cerca de Manuel, se detuvo, olisqueó su ropa y se alejó muy orondo después de elegir para depositar su pis un árbol más apropiado que los impecables pantalones y el elegante calzado que había tenido al alcance de sus necesidades. Manuel pensó, con peregrina asociación, en *Tristán,* fiel compañero de su campaña en Tucumán y, para nada resentido por el canino desaire de que había sido objeto, enternecido por el recuerdo del socio en antiguas fajinas bélicas, alcanzó al cuzco y lo palmeó en la cabeza. En correspondencia al amable gesto no esperado o, supuso enseguida el rioplatense, porque también el animalito se encontraba solitario y tal vez medio perdido, empezó a trotar a su lado después de haberle ladrado alegremente, como festejando el encuentro o celebrando el gesto afectuoso del hombre. Volvió a palmearlo, acarició la pelambre que descubrió limpia y cuidada y se sentó en uno de los bancos asomados al río frente a un puente cuyo nombre desconocía (como desconocía tantas cosas de la ciudad), aunque no la belleza de su mole contrastando con la serenidad de las aguas y del cielo. Y contemplaba ambas cosas, puente y río, mientras, entregado a tales amenidades, pensaba: cualquiera aquí podrá ver a un extraviado, este animalito; pero sospecho que, en verdad, dos somos los extraviados. Pero uno no lo parece.

Y en ésas estaba, desganada y distraídamente acariciando la pelambre sedosa del caniche —pues de un caniche se trataba— cuando vio avanzar por la alameda que desembocaba en su banco a una dama vestida de muselina blanca, amplia la falda, aérea y flotante la blusa, de ala ancha el sombrero, revoltijo de lazos y sedas, pequeña en su talla, airosa en su andar, castaños los cabellos recogidos en gracioso rodete posterior que dejaba escapar algunos rizos en la frente y sumamente pálida la tez, sin duda por el sofocón del apresurado paso mantenido. Porque la dama venía casi corriendo y con la mirada ansiosa, pronto trocada en gritito de júbilo cuando descubrió al cuzco, armoniosamente ubicado a las plantas de Manuel, entregado, con oronda poltronería, al deleite de las caricias por éste distribuidas generosamente en cabeza y lomo.

La damita prorrumpió en expresiones de alegría, el cuzco colaboró en tales muestras aportando lo suyo y algo más, pues del júbilo por haber sido reencontrado por su ama se hizo pis, la dama agregó explicaciones exuberantes: que apenas si se había distraído un momento, señor, y mire usted lo que hizo *Poolf*, largarse a corretear por la alameda como una trotona, mire si usted no me lo hubiera entretenido, señor, por dónde ya andaría este pérfido, le decía a él, a Manuel, pero no sabes el castigo que te voy a dar, amoroso, por no haber tenido lástima de quien te adora, le decía al cuzco y suspiraba para los dos, caballero y cuzco, y el cuzco revoleaba la cola y se debatía en los brazos de la dama que lo había izado y Manuel miraba a la dama y miraba al cuzco y sonreía porque la escena podría haber sido ridícula si la dama hubiera sido menos bella y el cuzco menos gracioso y él no hubiera estado tan distendido como para sonreír con mortecina solidaridad ante esos gravísimos problemas deparados por el destino.

De modo que siguió la conversación en ese tono el suficiente tiempo como para que el alboroto de dama y cuzco se aquietara, y luego se encauzó en formalidades sociales:

—Señora, permítame que me presente a usted. Manuel Belgrano para servirla.

Las batallas secretas de Belgrano

—María Isabel Pichegru, señor.
Después vino lo demás: un argentino en Londres, dijo él. Una francesa en Londres, explicó ella. Por razones diplomáticas, agregó Manuel. Por razones de familia, afirmó ella. No sé por cuánto tiempo, señaló él. Sólo por unas semanas, confirmó ella. En esas semanas se encontraron. En casa de un antiguo oficial de la marina británica, lord Stopperd, con quien Manuel había hecho buenas migas después de la reconquista. En casa de madame y monsieur Roupart, amigos de Mmlle. Pichegru. En el taller del señor Carbonnier, pintor de moda que no sería Reynolds o Gainsborough, pero lo estaba retratando con suma dignidad. Otra vez se encontraron en el teatro y otra vez en la alameda que bordeaba el río, y por fin en la planchada del barco a punto de devolver a París a Isabel Pichegru, airosa y provocativa al andar, como siempre, con *Poolf* en los brazos, como siempre.

Entre tantos encuentros, ciertamente, ambos intercambiaron noticias personales. Belgrano dijo ser general de la patria en trámites políticos. Isabel Pichegru confesó andar en asuntos reinvindicatorios de la memoria de su padre, Carlos Pichegru, héroe de la revolución que llegó, entre otras cosas, a general de la República y había sido conquistador de Holanda en una memorable campaña, brazo armado de los termidorianos y *Salvador de la Patria* por ley de la Convención, pero al cual azares de política y traición enfrentaron a Napoleón, lo confinaron en una celda del Temple y le acarrearon el triste destino de aparecer colgado de un tirante: suicidio, decían los enemigos; asesinato, amigos e hija.

Al llegar a este punto de sus confidencias, Isabel había buscado un pañuelito para enjugar sus ojos bañados en lágrimas, trabucada como estaba por el peso de *Poolf,* debió aceptar la colaboración de Manuel, presente ante la necesidad de la dama y sus ojos con el suyo y con oportunas palabras que calmaron la angustia de la señora al tiempo que escuchaba el resto de sus querellas contra Napoleón en primer término, contra los enemigos de su padre, una legión, en segundo lugar, contra los amigos de su padre, muchos pero temerosos como gallinas (decía dando una enérgica patadita en el suelo con sus zapatos de taco alto) y contra la vida en general que así la había dejado huérfana y desvalida.

—Se imagina, general, lo espantada que estoy desde el regreso de Napoleón. Se me ha vuelto a hacer presente la imagen de mi padre balanceándose de un tirante en su celda del Temple, después de una vida de servicio a la patria de los franceses. Le juro que odio tanto a ese hombre que mi deseo más íntimo es convertirme en una nueva Carlota Corday para acabar con este hombre como Carlota concluyó con Marat.

Manuel había quedado bastante espantado de las agallas de esta mujercita que cubierta con albas vestiduras y en tanto acunaba a su cuzco despotricaba con imágenes tan sangrientas. Al principio sospechó que todo era bullicio superficial pero debió convencerse de lo contrario: ciertamente la dama andaba levantando gente para derribar al coloso de Europa. De manera tal, se decía Manuel, en tanto seguía trabajando en su proyecto inspirado en la democrática monarquía inglesa, que entre el Congreso de Viena, las tropas británicas y Mlle. Pichegru, van a acabar pronto con el Bonaparte regresado de la isla de Elba. Pero a ella, simplemente, le había dicho al despedirse, besándole la mano:

—Mademoiselle, es usted encantadora. Y yo el hombre más feliz de la tierra por haberla conocido —le dijo y así lo pensó.

No habían pasado muchos días desde la partida de la dama a su tierra, cuando supo el resultado de la batalla de Waterloo y la estampida del corso.

Napoleón y su efímero nuevo reinado apenas si habían alcanzado a durar cien días y tal caída le vino muy bien a Isabel Pichegru. Además de la recompensa anímica que significaba la derrota definitiva de *su* enemigo, había logrado el sueño de reivindicar la memoria paterna levantando un monumento en el cementerio de Clermont. Está junto a la fosa común en que descansan los despojos del general Pichegru, mi padre —le escribía a su amigo—, un sepulcro de piedra al que dan sombra un sauce y un laurel y le he hecho grabar una inscripción alusiva a la cual coloqué previa misa en la iglesia vecina de Sainte Catherine, con la asistencia de dos viejos guerreros del Rin y de Holanda y otros importantes héroes de aquellos tiempos *que hicieron temblar a los tiranos en sus tronos tambaleantes*, le comunicaba con su usual vena inflamada y Manuel la imaginó en la ceremonia, con *Poolf*, ciertamente, en sus menudos brazos, al que en algún momento, era lógico presumirlo, habría puesto en el suelo para enjugar sus lágrimas de emoción y quizá para hablar —porque no resultaba concebible imaginarla callada—, y en un descuido, *Poolf*, trotando alegremente, acuciado más que por necesidades fisiológicas por ancestral hábito canino, habría marchado, saltarín, hasta el laurel de la gloria para desagotar su vejiga al pie del árbol que perpetuaba las glorias del general Pichegru por voluntad de su hija, Mlle. Pichegru.

Manuel, en tanto leía la carta, sonreía al imaginar a la frágil y encantadora mujercita en sus trotes políticos —entonces enderezados a conseguir la pensión de su padre, según le había anunciado— y después, como quien da fin a un sueño entretenido pero ya agotado, muy lentamente, la rompió en mil pedazos, *adiós Isabel*, le dijo mentalmente, pensando que a través de ella si no había conocido la grandeza nacional de Francia, se había acercado a una de sus más graciosas expresiones. Pero ya nunca la volveré a ver, supuso en tanto veía caer los blancos trozos de papel en el cesto e imaginaba a la Isabel Pichegru que recordaría siempre, la del taller de pintura de Carbonnier, cuando él, Manuel, miraba a la muchacha y seguía sus desplazamientos por el estudio, porque si algo no podía hacer la dama era quedarse quieta como quieto tenía que estar él mientras el pintor, con la impunidad de su profesión, lo observaba igual que un entomólogo a su insecto e iba perfilando en el lienzo los trazos decididos pero informes, y después las manchas de color, blanco por aquí, en el alzacuello de amplia abertura y el corbatín de chorrera con tantísimas vueltas, negro allí, en el traje de ceremonia de solapas y faldones larguísimos, quizás en exceso, pero así lo exige la moda y así se lo ha confeccionado su sastre londinense; y el sonrosado para el rostro de borbónica nariz y mejillas de querubín, y el castaño claro para el pelo levemente ensortijado, y así, hasta conseguir el casi milagro: en el campo de ese lienzo, un espejo, la mirada suya, quizá excesivamente mansa para un hombre que ha tenido, ay, armas en sus manos, y la prestancia de su porte que no quiso majestuoso pero tampoco apocado, el gesto atento y *está usted tal cual*, escuchó el grito admirativo de la dama que, en ese día último, cesó su ambulatorio trajinar y, detenida frente al oleo lanzó su admirativo:

—Pues, señor Carbonnier, sí que usté retrató al señor general con su tantísima dignidad...

Así la recordaría. A Manuel ni se le cruzó por la cabeza que podía ser de diverso modo.

Pero si a Isabel le fue bien con la caída de Napoleón no aconteció lo mismo con el *negocillo de Italia* de nuestros sudamericanos. Waterloo robusteció la alianza de los reyes y defraudó las esperanzas de muchos demócratas. Así lo comprobó el donoso Cabarrús en sus entrevistas sucesivas con el Príncipe de la Paz y después con la reina María Luisa y después con el mismísimo Carlos IV. *No fal-*

taré a mi convenio, ni haré cosa que pueda disgustar a mi hijo, había dicho, terminante, el real exiliado.

Con tal frasecita el indeciso Carlos IV, con la obstinación de la vejez y veleidad personal, se fue olímpicamente a Barajas. Cabarrús sospechaba que por andar en tejes y manejes para ser él mismo consagrado rey constitucional y darle las palmas del olivo al Fernando, que aunque hijo nunca había sido preferido. Así se lo estaba diciendo a los americanos.

—Frente a las dificultades que el caso presenta, ¿qué hacer? —preguntó Bernardino dando el asunto por concluido.

—Queda una instancia, señores.

—¿Cuál? —preguntaron al unísono.

—Secuestrar al Infante —comunicó el alma expansiva de Cabarrús sin pestañar.

Les costó reponerse de la sorpresa. Pero se repusieron.

—Eso para nada entraba en los planes, señor —dijo terminante Bernardino y lo pensó Manuel.

—Nada es inmutable en el mundo. Menos un plan operativo, señores.

—Pero la ética no acepta mudanzas —murmuró Manuel, arrebolado de pura indignación— y su propuesta me parece lo menos cuerdo que he escuchado, por no decir lo más inmoral.

—La causa que estamos defendiendo es justa —insistió Cabarrús.

—Pero el camino propuesto para nada lo es.

El gesto severo de los dos rioplatenses puso fin al asunto. Y así se diluyó el negocio del Infante. Pero no les fue posible aventar algunos otros desagradables temas, aunque ya entre Manuel, Sarratea y Cabarrús.

Fue así. Concluido el asunto del infante Francisco de Paula, se resolvió el regreso de Belgrano a Buenos Aires y la permanencia de Rivadavia en Europa por un tiempo más, a fin de entablar nuevas relaciones para conseguir, al menos, mantener la división de los ánimos *que pudieran unirse para nuestra ruina*.

Manuel, responsable como siempre, quiso llevar consigo la cuenta pormenorizada de los fondos que el asuntillo de Italia había consumido. Las cuentas presentadas por el intermediario no le parecieron claras y se lo comunicó a Sarratea.

—No es posible aparecer de manera tan poco decorosa en estas materias de interés en las que generalmente se fija la atención como para formar el concepto de una persona.

Sarratea frunció el ceño. Y en Sarratea eso presagiaba tormenta. Pero Manuel insistió, decente por temperamento y formación, y nadie lo sacaba de sus trece en cuestiones de dineros públicos: de los intereses del país y de su erario hacía punto inflexible de honor.

—No es hombre de bien quien presenta cuentas sin los papeles que justifiquen tales gastos —le comunicó—. Hay que dar resumen documentado al gobierno hasta del último medio que se haya gastado. Usted sabe que actualmente yo soy un hombre pobre y estoy acostumbrado a no mirar con indiferencia los intereses económicos.

Sarratea no encontró mejor camino que lavarse las manos mostrándole la carta a Cabarrús. Y Cabarrús se puso hecho un basilisco. Estaba en situación pecuniaria muy comprometida y su salvación dependía de los americanos. El señor Cabarrús tenía deudas. El señor Belgrano tenía honor.

Estuvieron a un tris de batirse a duelo. A Manuel lo detuvieron los consejos de Bernardino y la perspectiva de un escándalo que dañaría al país.

—Pronto Cabarrús será alguien tan remoto como Contussi, aunque menos interesante —dijo Manuel. Y lo dejó partir.

De manera que Cabarrús marchó a proseguir sus insidiosas aventuras en otros lugares, Bernardino a Francia, centro entonces de las nuevas relaciones políticas del mundo, y Manuel al Río de la Plata. Esa última noche salieron a despedirse de Londres. Los árboles ya perdían las hojas, porque el otoño estaba avanzado, y el aire templado que hasta entonces los había acompañado se volvía más bien fresco. Atravesaron las calles como si todas las Provincias Unidas marcharan con ellos. Pero eran sólo dos hombres de mediana estatura y mediana edad perdiéndose en la multitud. Y tal vez en la esperanza.

XXIII

La vuelta al pago

Pero en el ancho río con noticias de mar la luz cabrilleaba como en el momento de la partida, medio año antes. Era también la hora del alba y estaban los lanchones aguardando el descenso de los viajeros y estaban los hombres de anchas espaldas y músculos duros y caras machimbradas por el arisco aire de la costa, y después estaba el carromato, con sus altas ruedas y el traqueteo de siempre por las irregularidades de ese fondo marino cuajado de piedras y en la orilla, como en el día de la partida estaba, ciertamente, Blas de Mondéjar y su sonrisa abierta y su impecable atuendo y el previsor sombrero llevado porque la moda así lo exigía y lo exigía el sol que dentro de poco azotaría la ciudad. Y estaban las noticias de las que Blas de Mondéjar era portador porque había imaginado la inquietud del amigo en esos dos meses confinado al balanceo del barco y a la ausencia del contacto directo con las cuestiones políticas. Pero la frondosa familia de los Belgrano Pérez y González había mandado una multitud de delegados para el recibimiento y allí se encontraban agitando pañuelos en el aire, repitiendo el nombre *Manuel, Manuel*, y hasta lanzando al espacio el tumulto de cancioncillas de bienvenida preparadas *ad hoc* que Manuel escuchó mezclándose con los olores de la resaca, del pescado podrido y los de ese populacho de mangas y bombachas arremangadas y húmedas que, al mezclarse con el sudor producido por el esfuerzo y el calor estival en acelerado crescendo, promovían ese especial fermento odorífiro que anulaba los otros, hasta el abundante a pachulí de las numerosas damas. Abrazos y besos y sonrisas y otra vez abrazos y sonrisas en todo momento, que el reencuentro es bueno y Manuel tan amado, y Juana y las hermanas y los sobrinos muy queribles, y todos con los ojos clavados en este Manuel que viene con su levita de paño azul con alamares de seda negros, y el pantalón de gamuza, muy ceñido, y la bota de caña alta, y todo tan a la moda londinense que pronto será la del Río de la Plata, porque la de Albión no sólo tiene que ver con los negocios sino también con las vestimentas.

Pero ya Manuel puso orden a tanto doméstico jolgorio, los regalos en casa, dijo, Remigio, el coche aquí, y eligió la compañía, aunque el ceño de la hermana Juana, la preferida, anunció su disgusto:

—Domingo, ven conmigo y con Blas —y junto a ellos marchó hacia la ciudad y hacia las novedades esperadas ansiosamente en el viejo coche de la familia, trac-trac por las calles que llevaban al centro, el viejo Remigio, con los años amontonándosele en los ojos, flaco como un espárrago de cuerpo y chupado de cara, enhiesto en el pescante, orgulloso de portar al amito.

Se les apretujaban a los tres las noticias de allá y de acá.

—Primero tú, Manuel, cuenta —fue fray Domingo abriendo el fuego.

—Pues hay tantas cosas para decir que ni sé por dónde empezar. La experiencia, buenísima, se imaginan. Las tratativas de la misión, no tanto. Creo que he de sumar otra derrota.

—¿Por qué dices así, hermano?

—Pues porque del Paraguay regresé vencido por los americanos, de Alto Perú vine vencido por los realistas y de Europa, aquí me ven, regreso vencido por los monarcas —sonrió melancólicamente, pero alejando el leve tinte de tristeza confesó—: Pero he oído las descargas de Waterloo que acabaron con el autoritarismo de un hombre, y pude analizar de qué manera la libertad es una realidad en Inglaterra, donde se combina equilibradamente con la soberanía del pueblo y las formas monárquicas, y tuve la suerte de seguir de cerca las políticas de Pitt y de Fox y de Canning. Y díganme si los tales no son maestros dignos de ser escuchados y si no fue una verdadera suerte tener semejante oportunidad.

Manuel recorrió con su mirada el paisaje ante sus ojos, una animada decoración, la gente salía de sus casas porque era mañana alta y estaban en los trajines diarios, y ya en el centro, los cafés con las puertas abiertas y los señoritos acercándose para la lectura del periódico, el trago compartido, el chisme que se da o se recibe, y las damas saliendo de iglesias y liturgias, el misal en la mano, la mantilla sobre el pelo, la criada detrás, y la voz de su hermano Domingo transmitiéndole las últimas noticias y entonces todo se volvió esa voz que le estaba diciendo:

—¿Sabes lo de Sipe-Sipe?, una desgracia, hermano, las fuerzas patriotas totalmente destrozadas —y le dio detalles: había sido el penúltimo día de noviembre y con el Ejército Auxiliar del Perú al mando de Rondeau.

—Un desastre espantoso, hermano. Por aquí ha pasado un tal Graaner, sí, Jean Adam Graaner, y contó haber visitado al general Rondeau en su tienda de campaña, en Jujuy, en vísperas del día en que sospechaban que podían ser atacados. Y, ¿sabes?, el tal Graaner decía que fue recibido en una tienda verdaderamente oriental. Un serrallo, decía el extranjero Graaner, con todas las comodidades y una multitud de mujeres de todo color, decía, las

Las batallas secretas de Belgrano

cuales le obsequiaron con dulces... Contaba que Rondeau le pidió disculpas, ¿te parece?, por no poder ofrecerle los placeres de un cuartel europeo. En fin, el extranjero Graaner tuvo su choque por tanta ostentación y nosotros la derrota humillante... Manuel sintió un nido de escorpiones en el pecho y la pena del hermano se hizo pena propia y su mano, de la impresión por la novedad dolorosa, golpeó sobre la pierna de Blas de Mondéjar, y su cara quedó como la luz de una lámpara que apenas encedida se apaga de un soplo, y a gatas había logrado asimilar semejante noticia cuando ya la mezclaba con otras: los caudillos se están levantando contra el gobierno central y te digo que la amenaza de guerra civil es cada día mayor y lamento decirte tan de golpe estas cosas pero es necesario que las sepas, y Manuel apenas si podía salir de su confusión, Dios mío, tantos esfuerzos para estar en este punto, pero la voz de Blas le llegó enseguida, como buscando amenguar los términos extremos del fraile, y la mano de Blas se posó sobre el brazo de Manuel y oprimiéndoselo lentamente, como para darle ánimo, comunicó:

—Pero no todo es tan así. Debes saber que el pueblo, erizado de armas como está, no ha dado ni un solo papirotazo y en las sesiones las voces se levantan pero resuelven cuestiones espinosas como gente civilizada, y debes saber que siguen los preparativos para un Congreso Nacional que se reunirá fuera de Buenos Aires y será constituyente, y sabrás que se va hacer en Tucumán y que se iniciarán sus sesiones ya muy prontito, ahora nomás, promediado marzo...

—Llegamos, niños —anunció Remigio y sintieron el trote del caballo que entraba por el gran portalón, se detenía en el primer patio frente al jazmín cuajado de flores, de guardia ante el dormitorio que había sido de mamá y entonces era suyo por deferencia de la familia, según se lo estaba comunicando Juana:

—Aquí estarás más cómodo, hermanito, porque esta habitación es la más amplia y fresca.

Manuel bajó y saludó a los criados que lo esperaban con ternezas: qué igualito mi niño, igualito a cuando se fue (dijo la vieja nodriza aún sobreviviente aunque desvalida por cuestión del reuma), y mucho mejor que cuando vino de la guerra del Norte (era la cocinera, tantos años en la familia y tantas comidas preparadas para quien había sido inapetente niño y enfermizo adulto), y mire si me viene vestido a la moda (fue Bastián, el encargado de las caballerizas), y él los escuchó y abrazó y se dijo qué lindo es estar en casa y sintió cómo Blas lo tomaba del brazo para despedirse, pero antes de dejarlo alcanzaba a decirle:

—Le conté lo de Sipe-Sipe. Pero me faltó algo ¿Sabe?, la retirada fue desordenada a más no poder. Nadie mandaba, nadie obedecía. Cuando la estampida final, y esto quiero que lo sepa Manuel, uno de los viejos oficiales de su ejército dijo, y las mentas hasta aquí llegaron *¡Qué comparación con las retiradas del general Belgrano! ¡Podía perder tres cuartas partes de su ejército en el campo de batalla pero salvaba lo que le quedaba conservando la disciplina y el honor de nuestras armas!*

Manuel no contestó pero sus ojos se nublaron de lágrimas, silenciosamente palmeó a su fiel amigo y fue a entrar en su cuarto pero se detuvo:

—Blas, por favor, me ha hablado mucho del país y de los negocios públicos, pero, ¿y usted? ¿Qué es de Antonina Montes?

—Antonina bien, Manuel. Ha dejado el teatro y tiene ahora una academia... y un salón. Allí nos reunimos los amigos. Allí vendrá, Manuel —y agregó como quitando importancia al asunto—. No es el de Mariquita Melvielle ni es el Melchora de Sarratea pero...

—Pero es, Blas —sonrió Manuel—. Conociéndola a Antonina me imagino cómo será. Allí estaré, mi amigo. Seguro que lo preferiré al Café de Marco.

Las batallas secretas de Belgrano

Entonces sí, entró diciéndose, otra vez: con todo, es bueno regresar a casa, y miró el cielo y el cielo estaba azul pero aparecieron unas nubes blancas y las nubes blancas corrían por el cielo azul y Manuel recordó: como en el Rosario, cuando la bandera. Al poco tiempo Juana entró con su cariño y su charla. Preguntó y averiguó cuanto pudo sobre algo que siempre la mantenía preocupada, la salud del hermanito, para de pronto, decidiéndose a penetrar en cierto ámbito reservado por excesivamente personal, informó:

—Manuel, quiero que sepas que en la casa de los Ezcurra están criando un niño. Se llama Pedro y ha sido adoptado por Juan Manuel, el de los Rosas que acaba de casarse con Encarnación. Pero, ¿sabes?, algunas voces susurran que no es hijo de la Encarnación, sino de María Josefa.

Manuel miró y en la suave penumbra que se colaba en el cuarto oscurecido para que él descansara sin tanto solazo, se le reveló el cuerpo de su hermana, engrosado en esos meses, por partos y por edad, quién podía dudarlo, y la blancura de la tez propia de los Belgrano y la calidez de unos ojos oscuros mirándolo como sabía mirarlo su madre, y Manuel no supo qué responder y entonces Juana agregó

—Quería que lo supieras, hermanito —mientras se dirigía con su paso de matrona entrada en carnes hacia la puerta y antes de llegar a la puerta escuchó la voz de Manuel:

—Gracias Juana. Hiciste bien en decírmelo. Tenía que saberlo.

En Roma los gansos del Capitolio despiertan a sus habitantes; en el campamento la diana sacaba del sueño a la tropa; en el campo los gallos son los encargados de llamar al desvelo diario; en Buenos Aires, a Manuel lo despertaban siempre los perros de la vecindad. Cada vez que así acontecía, recordaba el edicto que debió dictar para tratar de amenguar la multiplicación de perros cimarrones, en los comienzos de sus campañas.

Sin mucho que hacer después de los informes correspondientes a la autoridad, Manuel pasó ese día como todos desde su llegada, reencontrándose con los amigos y con la ciudad, escribiendo a los ausentes importantes: a Rivadavia, en París, le escribió; y le escribió a Artigas, el caudillo que estaba armando líos en el Litoral; y al doctor Francia, mandamás del Paraguay, a quien ya comenzaban a llamar *el tigre del Paraguay*. Les escribió con inflamados discursos llamando a la unidad y al entendimiento. Después le hizo una gauchada al gobierno aceptando el cargo de general en jefe del Ejército de Observación de Mar y Tierras, gran título en la práctica reducido a custodiar en el Rosario algunos escuadrones que controlaban los buques del puerto, y en deshacer entre la gente de la tropa entredichos que lo alcanzaron también a él, razón por la cual, de regreso, comunicó al jefe de gobierno, Alvarez Thomas, que era pariente suyo: *creyó usted la vulgaridad de que todos me deseaban, diciendo que era el único capaz de componer este reloj con el muelle roto: ya debe ver Ud. su desengaño, y sírvale este ejemplo para echar mano de otro para aquí, para el Perú o para donde fuese...: lo que ha ganado Ud. con nombrarme para esta comisión ha sido que se crean los hombres que Ud. y yo aspiramos a engrandecernos porque somos parientes y a que si antes trabajaban como uno para desbaratar el orden, ahora lo hacen como cuatro.*

Y después de terminar de escribirle a su pariente Alvarez Thomas sintió que le dolía la cabeza y el criado le trajo un calmante, adormidera le trajo, pero él pensó éste no es dolor que se va con adormidera, este es dolor de no hacer más que agujeritos en el agua, mientras en Tucumán están discutiendo para declarar la independencia yo qué hago aquí, se dijo, y entonces decidió: a Tucumán me voy a ayudar a aquellos hombres que están trabajando por el país. Muchos de esos hombres habían sido sus subordinados en las campañas del doce y del trece, ciudadanos preclaros de las provincias norteñas por entonces congresales en Tucumán. Decidió marchar al Tucumán. Antes de la partida, cierta mañana enderezó hacia la casa de los Ezcurra y Arguibel, cerca del Cabildo. Pasó lentamente frente a las ventanas que tan bien conocía, se detuvo mirando la balconada silenciosa, se acercó al zaguán, se alejó del zaguán. De pronto, desde la esquina tomada como puesto de observación vio que la puerta se abría, vio una criada con dos niños, los vio salir, escuchó sus risas y voces y revoloteos, notó la impaciencia de la criada, miró: vio un niño y vio otro niño, pequeños, apenas si de dos o tres años de edad, el pelo de uno, rubio, más oscuro el otro, escuchó la voz de la muchacha, conteniéndolos: Pedrito, por favor... Los vio dirigirse hacia la Calle de las Dos Torres, los vio alejarse... ¿Cuál de los dos sería? Hay batallas que se pierden, murmuró.

—¿Dónde se reúne el Congreso? —preguntó, aún con el polvo del camino en las pestañas, no bien llegó al Tucumán, sesteadero famoso que había sido una pura gloria el setiembre de unos años antes y heroico desde mucho frente al empellón siempre constante de los realistas y las exigencias de los ejércitos patriotas.

Para Manuel, Tucumán era también su casa, allí había amado y sido amado por una mujer de ojos negros y decidido ánimo, muchacha de arranques y emprendimientos que le había dado un hijo aún no conocido, Pedro de nombre, y si es verdad que no llevaba su apellido por azares de decencia y destiempo, sabía que bien cuidaban de su educación María Josefa y los suyos. ¿Sería el que estaban criando los Rosas, según lo anoticiara Juana? ¿Sería el entrevisto desde lejos una mañana en que nada supo hacer? Ya se acallaría algún día la guerra y tantos disturbios que hacían imposible los trámites normales de la vida común sobre todo para quienes, como él, habían apostado a las gestiones públicas; ya llegaría el momento de la paz y de pensar en uno y en los suyos. Pero Tucumán había sido, también, escenario de su triunfo militar cuando los patriotas supieron que podían tener la sartén por el mango y los realistas entendieron al fin que bien les podían decir basta esos militaritos en trámites de patria como seguía andando él, Manuel, en su empeño del regreso.

—¿Dónde se reúne el Congreso?

—En lo de doña Francisca Bazán. La viuda de Laguna cedió la casa para estas diligencias.

—¿La tía de los Zavalía?

—La misma.

Y allí fue Manuel, llamado por amigos que habían solicitado su apoyo, portador de experiencias traídas de Europa y de ímpetu propio para espolear la decisión de independizarse de una buena vez de España, pues los tiempos tal cosa ya exigían, y mientras caminaba iba rumiando las nuevas que le habían contado: los diputados comenzaron a llegar en los primeros días de marzo, de una provincia y de otra, en galera, a caballo; en mulas, con petacas y equipajes; los ánimos en alto, de Buenos Aires llegaron y del Alto Perú, y de Salta y Jujuy y de Córdoba y Cuyo. ¿Y el Litoral? Ausente con aviso por discrepancias montoneras y desquicios lugareños. Llegaron hombres del clero, religiosos de toga y hábitos diversos, seglares de levita y galera; llegaron doctores de cátedra y tribuna, y ciudadanos de pro y también de segunda. Se alojaron en conventos, en casas de familias, en hogares de antiguos parientes se alojaron.

—En lugar de reunir la dispersa soberanía nacional, por momentos este Congreso pareciera presidir la anar-

quía— comentó a algunos amigos encargados de enterarlo de los múltiples vaivenes padecidos—. ¿Tendrá fuerzas para dominar tanto desquicio?
—Debe tenerla —le contestaron.
—Es un delirio contener un huracán con un sombrero. Pero sí, hay que hacerlo, porque *la Patria es casi un cadáver*. San Martín ya ha advertido, desde Mendoza, que *el Congreso es la brújula que salvará al continente del fracaso de la libertad y de la anarquía*.

A Manuel le dieron hospedaje placentero amigos de otras épocas mientras la ciudad estallaba día tras día en latines y kiries y toque de rogaciones para agradecer el asentamiento de congreso tan importante en sede tucumana e implorar las luces a fin de que todo finiquitara bien. Aquella mañana Manuel caminó hacia la casa de la viuda de Laguna, porque lo habían alojado cerca, por la calle Camino del Rey, la que llevaba por un lado a Buenos Aires y por otro al Alto Perú, en rosario de postas, la mismísima calle por donde José María Paz, aquel glorioso 24 de setiembre del doce, entró a reconocer la plaza recuperada por imperio de armas que él, Manuel Belgrano, comandaba y la Virgen de la Merced protegía. El alférez Paz había cruzado el puente que travesaba el foso y encontró allí a Díaz Vélez, y un comerciante vecino a la plaza, de apellido Aráoz los vio, comprendió qué había pasado, tomó su libro de caja y anotó: *A las once y tres cuartos fue la batalla y se ganó*.

De modo que Manuel avanzaba aquella mañana para, en sesión secreta, exponer sus ideas cuando, promediado el trayecto, oyó tañir de campanas y recordó unos versos de moda:

Las niñas de Tucumán
cuando van a misa en coche
lo primero que preguntan
es si es buen mozo el sacerdote.

Después se cruzó con un hombre a caballo, que galopaba en tanto el polvo galopaba con él y pensó un chasqui cuando, inesperadamente, el hombre frenó al verlo: *buen día, general*. Lo reconoció: era un perulero de la batalla anterior, valiente el hombre, creía que Nicasio de nombre y recordó pormenores: después del bautismo, el tal nunca más vio el agua sobre su cuerpo, salvo el de algún chaparrón y el día en que, a la fuerza, los compañeros lo metieron en un pozo porque el calor los tenía a todos en el infierno y el sudor del hombre atontaba a sus vecinos.

Después del atento saludo, se fue el hombre y la sonrisa por el recuerdo y Manuel reconoció la casa por las ventanas voladas, una y otra al lado del sólido portón orlado de sendas columnas. Aunque mucho no le importaban tales datos arquitectónicos, porque estaba en otra, reparó en ellos y en seguida cruzó el primer patio, tropezó con un naranjo enorme cuyas naranjas sin duda ya estaban siendo endulzadas por los fríos de julio y dio, al fondo de él, con la sala grande otrora de recibo y entonces salón de sesiones y pisó los ladrillos gastados por las cuadrillas en los saraos de los Laguna y que estaban raspando con las suelas de sus zapatos los doctores y frailes y militares del Congreso, según le dijo el escritor Hugo Foguet en un aparte. No era hora de sesiones pero a él lo esperaban. Miró. Habían sacado el sofá de caoba y el pianorforte que en noches de sarao alentaban al minué y al coloquio; habían retirado los cuadros de antiguos patricios de la casa, los venidos de Castilla y también de Aragón, de Galicia y del Piamonte y, en las paredes vacías, ubicaron un austero Cristo de madera tallado por manos de indios y devoción católica, y sacaron la cristalería importada de Inglaterra y trajeron los altos sillares de San Francisco y los escaños para la barra y los de Santo Domingo también los trajeron, y el escritorio cedido por

Las batallas secretas de Belgrano

don Bernabé Aráoz, el gobernador, y agrandaron la sala adosándole un cuarto contiguo para que al menos entraran doscientas personas, y las galerías tejadas se arreglaron para que por las puertas abiertas los demás pudiesen participar de las sesiones, y entonces comenzaron a recibir los diplomas de los congresistas que venían del Norte y del Sur, y del Este y del Oeste a caballo en calesa o a pie y se les fueron días en tales menesteres.

Le contaron tales novedades a Manuel con lujo de detalles y después se dispusieron a escucharlo. Recado verbal el suyo que debía transmitir lo aprendido en Europa, a saber: las bondades del régimen monárquico, la unánime aceptación de las naciones más civilizadas para esa forma que aglutinaba el orden y el respeto junto a la libertad del ciudadano, razón por la cual era necesario institucionalizarla para dar nacimiento al gran país de las Provincias Unidas. Por lo demás, entonces entró a tallar el espíritu americano de Manuel: qué mejor que enaltecer a un descendiente de los incas para el trono, a uno de aquellos descendientes de la Casa destrozada por el odio español, para concluir disidencias, expulsar déspotas, sacudir el yugo hispano y permitir la expasión de estas tierras, decía el exaltado Manuel, fuego sus palabras, pidiendo a los padres del Congreso que resolvieran *revivir y reivindicar la sangre de nuestros Incas, asegurando una sabia monarquía constitucional independiente de la España borbónica*. Manuel fue redondeando su largo argumento ante el avance del anochecer cuajado de olores mientras soñaba él, que tanto había necesitado siempre de levas y voluntarios para su ejército libertador, con un enjambre de indios apretujados desde el Perú para expulsar españoles y consolidar el trono de su antigo rey en estos nuevos tiempos.

Se enardeció Manuel, como disfrutando de su desvarío, en el calor de la porfía teórica, mientras labraba un discurso audaz en el raciocinio, novedoso en la palabra, profético en el tono, redondeando aristas, adelantándose a las objeciones, respaldando utopías: Güemes apoya mi planteo, San Martín lo avala, Rivadavia lo acepta. Aportó a la discusión no sólo voz sino arrebatos y como garantía sumó la inocencia de su rostro, por momentos y todavía con algo de niño, sus manos limpias y el aval de una larga gestión al servicio revolucionario.

Por cierto, algún contagio de tanta exaltación recibieron los congresistas, porque la lengua de Manuel aunque suave, era comparable a un cuchillo veloz y filoso como espada. Pero, ay, qué tan cerca está la utopía del disparate; tanto como la risa de la lágrima: en Buenos Aires así tomaron sus palabras y gacetas, los diarios porteños hicieron diversión de su utopía, tendremos *monarquía en ojotas*, se dijeron, *un rey de patas sucias*, anunciaron... La rechifla porteña pronto agotó el debate porque, es sabido, los ríos corren hacia abajo y el humo hacia arriba y el pueblo solito encontró acomodo verdadero: la sensatez terminó prendiendo fuego a un sueño.

Ese día era un día de sesión como cualquiera, una más entre muchas, un día sin historia, pero azuzado por rumores, la ciudad agolpada en las calles y plaza, las voces en alto, la mirada inquieta. ¿Sería ése el día? ¿Será la independencia?

Fue.

Era el 9 de julio. Era 1816. Eran las dos de la tarde. El secretario Paso preguntó:

—¿Queréis que las Provincias de la Unión sean una nación libre e independiente de los reyes de España?

—Sí, queremos —dijeron todos. Y fue un trueno y fue un retumbo y la algazara charlatana de los campanarios transmitiendo la noticias colgó alegría en el aire y flores en los corazones.

Y cómo se alegró Manuel, porque él sólo había pactado con la patria.

El ámbito que acogió durante meses largas peroratas, arduas discusiones, titubeos suicidas, decisiones heroicas, entonces era receptáculo fiestero. Bajaron de landós y calesas señoras aderezadas con sedas y pedrerías, cintajos y flores, rubias y morenas las tales señoras, y también pelirrojas, pero todas con soles en los labios y estrellas en los ojos. Eran las damas de las buenas familias, las mismas que habían acogido a tantos congresistas en sus casas y quintas, entonado rogativas por el buen trámite de sesiones y disputas y, más de una, también, alentado fervores de esos que median entre hombres y damas así estén empeñados en arduas tratativas políticas.

Los hombres, de hábito o de levita, de pocos años o portadores de agravadas décadas encima, las miraban bajar, corrían en ayuda de las damas cuando era menester, saludaban y unían sus voces graves al leve cotorreo.

Avispero el salón.

—La mujer es la alegría de las fiestas —dijo un lechuguino.

—La mujer es la alegría de las sábanas —dijo otro recién llegado de París, vía Buenos Aires.

Puesta la ciudad en tristezas de guerra o agonías de aburrimiento desde tanto tiempo, esa noche tuvo festejos de independencia y jolgorio social; aunque todavía no eran momentos para naderías sociales, bien que podían permitirse un respirito.

Donosa la muchacha, pensó Manuel cuando se la presentaron, entre las melodías que fortepiano y violín elevaban al aire cuando él llegó, un poco tarde ya, por entretenimientos oficiales en la gobernación donde lo acababan de nombrar general en jefe del Ejército del Perú, en reemplazo de Rondeau, descartado después de la derrota de Sipe-Sipe.

Bien servido por la naturaleza su cuerpo, los oscuros ojos dos luciérnagas, tez mate y jazmín, pelo rubio, cimbreante su cintura y talla de ángel, entre revoleos de seda y pestañas, la dama murmuró:

—Dolores Helguero, general.

El general vio en lugar de ojos dos luces enfocándolo, recordó que Tucumán era célebre por el perfume de sus azahares y la belleza de sus mujeres, y así lo señaló con sonrisa mundana.

—Tucumán es célebre por su batalla, general —retrucó la dama.

Dolores Helguero estaba con una amiga, Lucía Aráoz, de la cual decían decires de la ciudad que era la más bella moza entre todas las bellas, tanto que ya la estaban llamando *la rubia de la patria*. Pero aunque Manuel las vio a las dos juntas y quizá pudo haber elegido, no tuvo tiempo de hacerlo: su corazón decidió por él y eligió a esa niña ligera como pajarito y frágil como mariposa.

A las mujeres hay que saludarlas, besarles la mano, dialogar con ellas un momento (los que requiera la etiqueta) y pronto despedirlas con decoro y tristeza porque uno, general y en tiempos de guerra, está en otra, por cierto. Pero ese era un día festivo y la noche era de sarao y el general se quedó. Con la Helguero y en un rincón.

Las voces de las señoras del festejo se expandían por la sala y a las voces de las señoras del festejo se sumaban las de los hombres de levita y chistera comentando, unas y otros, detalles de la hazaña vivida, augurando variantes políticas de catastrófico porte o sonrosado horizonte, con el Litoral alzado y Santiago en revueltas y el Norte en problemas y Córdoba a un tris y. Y el general estaba con Dolores en un rincón y a pura charla.

En tanto en un extremo cotilleaban las damas rellenando con su presencia el salón y con sus chismes la tertulia, una, gruesa y enjoyada, se inclinó y susurró al oído de su vecina, en confianza le susurró, algo que le había transmitido en confianza y en confianza a su vez murmu-

Las batallas secretas de Belgrano

raría a quien se le pusiera a tiro y de pronto miró al general, estrella de la noche, ciertamente, y a la Helguero, una joya de frescura y belleza, pues apenas si tiene dieciocho años, pero desvió presto su mirada, pues la secta murmuradora tiene sus códigos.

—El general Belgrano no se movió en horas del lado de Dolores Helguero.

—Y la niña bien que parece estar completamente a sus anchas con el general.

—¿Y por qué no? Aunque ya tiene sus añitos bien mozo que es el general.

—Además, esas son cosas que pasan en la vida.

—¿Qué cosas?

—Un casi cincuentón con una niña a la cual casi casi le chorrea el agua del bautismo.

—No es para tanto. Aunque el general, eso sí, le dispara al matrimonio.

—Pájaro viejo no entra en jaula.

—¿Al matrimonio le dispara o a las mujeres? Con esos moditos...

—Al matrimonio, te digo. A las mujeres no. Acordate de aquella mujer de la vez anterior —dijo la dama, comprimiento busto y carnes en razón de la moda, mientras miraba cómo Dolores y Belgrano marchaban hacia el centro del salón donde se armaba una cuadrilla de baile.

—Nunca se supo en qué acabó. Se llamaba María Josefa, ¿se acuerdan? Decían que era dama de alcurnia —concluyó su información sucinta la muy enterada dama.

Manuel, aunque no era negado para el baile, tampoco se las daba de experto en esas lides por falta de experiencia. Pero en la ocasión no había podido negarse. Al atravesar el salón, los ojos del general se cruzaron con el gran espejo biselado y en el espejo biselado vio la imagen de un cuarentón largo, elegante en su uniforme de gala, joven aún el rostro con algo de aniñado (aunque ya ciertas hendiduras en la frente presagiaban, ay, el sutil avance de la calvicie), levemente agobiada la espalda, pero el paso con la agilidad que siempre le permitía adelantarse a los demás; paso de caballo al trote, según decía Blas. A su lado, espejo biselado mediante, el general vio a la niña tanto más joven que ya le estaba tendiendo la mano y ya le sonreía con sonrisa angelical y ya se inclinaba en el ritual de la danza que él, Manuel, aprendió bajo la docencia festiva de la hermana Juana a su regreso de España: hermanito, aprenda el baile así mis amigas pueden darse el gusto de hacer pareja con usted.

Dolores y Manuel esa noche hablaron y hablaron. ¿Acaso el amor no es primero exaltación y luego conocimiento? Sus prolegómenos suelen ser muy conversados y la niña, en esa ocasión, por Dios, daba claras señales de hallar buen recreo en la compañía del famoso general a quien, en su misión anterior, ni había podido conocer porque por entonces era una niña y estaba con las monjas y con ellas cantaba:

Más vale, Señor,
un día en tus claustros habitar
Que miles en la alegría
de los mundanos pasar.

¿Y el general? El general sentía renacer aquellos primeros arrebatos juveniles de noches salmantinas, la sangre caldeada por la afluencia de tanto sol que le estaba llegando desde esos ojazos; vaya vaya, se decía, ya ni me acordaba que esto podía suceder, no hay caso: las mujeres son necesarias como el rocío al jardín.

En el cielo, cuando sale la luna, desaparece el esplendor de las estrellas: así todo el salón se había hecho humo para Manuel y sólo emergía en él la niña de los Helguero. Blas, en un rincón, comentó a sus amigos:

—Vaya que esta niña está para chuparse los dedos —y recordó la letrilla de un joven poeta cordobés:

Las batallas secretas de Belgrano

*Ojos como los tuyos
trastornan batallones;
ni sirven los cañones,
el sable, ni el fusil.*

Cuando la fiesta llegó a su final, Dolores preguntó a Manuel:
—¿Qué hará mañana, general?
—¿Es que se puede hacer algo aquí? —demandó convencido de que el Congreso era una suerte de celda disimulada en la antigua recepción de una casa prestigiosa, con importantes señores de levita y chistera, de intermitente oratoria, bajo la protección del Aconquija y el tenaz perfume de los azahares.
—Se puede ir al cerro, por ejemplo. Mañana se despide a un grupo de congresales que regresan a sus provincias. ¿Quiere usted venir? Será un gusto y un honor.

Y con el mismito fuego en la venas fue al cerro el general. Y en el cerro, al atardecer, su mano habituada a acariciar páginas de libros y el pomo de la espada y de andar en menesteres bélicos o burocráticos, se detuvo en el rostro de Dolores, dibujó el dibujo que ese rostro tenía, repitió las formas que su ojo estaba recibiendo: la alta y despejada frente, la nariz recta al comienzo y luego levemente respingada, el óvalo del rostro, espacioso de luz y de color, la boca breve y de carnosa curvatura muy pronto entreabierta en algo que quiso ser sonrisa y enseguida fue gesto de asombro y muy luego corola entreabierta para recibir no la mano que morosa y tiernamente seguía repitiendo el diseño agraciado sino cáliz que respondió al *Dolores* musitado con un desmayado *general* que él velozmente borró, con gesto oportuno en tanto corregía, *general no, Manuel*, el respetuoso trato de la niña para en seguida proseguir con ese reguero de palabras que un hombre y una mujer se dicen cuando un hombre y una mujer resultan desbordados por requerimientos de pasión.

Manuel volvió del paseo y del cerro como quien vuelve del paraíso preguntándose, punto uno, ¿puede ser esto para un hombre que ha pactado con la patria y con la revolución y tiene por faena pertinente a vocación y destino, el servicio de las armas? Y, punto dos, ¿cómo puede conservarse fría la cabeza mientras se pierde el corazón?

Pero entonces el agua de la lluvia comenzó a caer sobre las hojas de filodendros y yucanes adormecidos porque ya era el atardecer, y el agua por las canaletas de los techos bajaba a la cisterna de rumorosa negrura, donde habitaban ciertas ranas de oscura piel, y el agua era también una invitación sumándose a la de Dolores, *general, aguarde usted que cese la tormenta*, porque a la muchacha le atraía mucho ese general venido de tan lejos y se notaba tan maltratado por día y caminos y quizá desengaños y ella, aunque ignorante en cosas de amor, sentía cuánta corresponencia había en el general.

Y Manuel, criatura desconcertada por esa novedad en medio de la guerra, aceptó el convite de esperar el paso de la tormenta juntos, y por la cochera entraron, por el primer patio empapado de agua y a vehículo cerrado se introdujeron en la casa, y Manuel sabía lo que debía pedir y Dolores, aunque sin memoria de amores pasados, sabía qué correspondería dar cuando Manuel se lo pidiera.

Pero las cosas fueron más simples y ninguna boca se abrió más que para llenar de besos la otra boca.

Como el ruiseñor ha nacido para cantar, Dolores estaba para hacer el feliz reposo del guerrero general en esa anochecida tarde de tormenta tucumana.

Y fue.

Un hecho así y así, un general cuarentón enamorado de una moza, no se ve todos los días. Tucumán debió acostumbrarse a contemplar el hermoso carruaje traído por Manuel desde Londres, con un solo caballo por él mismo manejado, recorriendo las calles de la ciudad aunque pocos, en verdad, pudieron verlo frente a la casa de la bella Dolores, por más que entre la comandancia y la casa de la Helguero había varias cuadras de distancia y mucho entendimiento. Dolores, por su parte, no pensaba ni en las habladurías ni en el qué dirán, puesto que si una mujer está enamorada, en lo único en que piensa es en cómo agradar a ese hombre del cual está enamorada. Y en eso estaba la Helguero. Y la familia. Pues, ¿qué mejor partido para la jovencita que un general exitoso?

La Ciudadela, recinto fortificado levantado por San Martín cuando estuvo al frente de ese ejército, tenía una empalizada de palo a pique y tenía una torre donde los vigías se turnaban para otear el horizonte y alrededor tenía lugares para faenar los animales que proveían de alimentos a la tropa y tenía campo para los ejercicios bélicos con los cuales se buscaba profesionalizar a esos gauchos serranos y montaraces con tácticas propias de ejércitos civilizados, como aquellos que habían combatido en Bailén y en Waterloo.

Tenía también una casa, construida por el general para su alojamiento, holgada y modesta, como convenía a esos tiempos y a tales circunstancias, de paja su techo y con una huerta, como la exigida a cada cuerpo, pues las necesidades de la manducación eran muchas y los bastimentos pocos, y con tales huertas en mucho se amenguaba la provisión de necesidades mínimas; y tenía también un jardín, para el propio descanso del general, por lo común por la noche, después de la cena frugal siempre y habitualmente compartida con edecanes y oficiales.

La casa estaba administrada por el padre Villegas, a quien Manuel entregaba mensualmente toda su paga a fin de que con esos magros bienes diera alimento y vestido a él y a quienes compartían ese albergue. Aunque el padre Villegas tenía como prioridad atender a los soldados a fin de que, entre tantos males como padecían, aguardaran con menos impaciencia el Paraíso (según decires de Mondéjar).

Esa tarde, aunque aún era temprano, Manuel estaba en el jardín. Habían llegado unos paquetes de semillas y quería ordenar la ubicación correspondiente. En verdad, Manuel tenía la costumbre de pedir semillas y plantas y cuanto se le ponía a tiro, porque desde que se había hecho cargo del Ejército Auxiliar del Norte, el campamento era un jolgorio de sembradíos.

—Mándenme marimoñas —escribía a uno de sus amigos—, pero no una docena o dos, sino cientos.

—En Tucumán crece cualquier cosa. Si se clava una escoba en el suelo, seguro que le brotan hojas y dudo de que no le dé por florecer. Y si Tucumán tiene tantos árboles y plantas nacidas por azar de la naturaleza que, en verdad, no es más que la mano de Dios, ahora a ellos se sumarán los del esfuerzo, puesto que la necesidad así lo exige.

Y así estaban entonces las cosas: los amigos enviando semillas, bulbos y plantines, y los soldados dele y dele con la pala a la cual el mismo Manuel no le hacía asco. En realidad, la idea de esas quintas y sembradíos la había tenido una tarde de calor sofocante en que los soldados estaban en plena ejercitación. En medio de las disciplinadas maniobras un soldado, plaf, se fue al suelo y luego, plaf, plaf, plaf otros. Dos días sin comer carne, a puro mate y cigarro para engañar el triperío, con semejante canícula, sofocados por el sol, los pobres no dieron más. En una semana había debido mandar entre setenta y ochenta soldados a la enfermería, agotados de debilidad. ¿Con tales hombres iba a enfrentar a los maturrangos? En eso se vio pasar, por el cercano camino a la ciudad un carro repleto de sandías. Más rápido que volando, el general dio una orden, su ayudante salió corriendo, hizo venir al portador de las sandías, las repartió entre los soldados, firmó un papel, lo entregó al del carro. ¿Quién pagará las sandías que levantaron el ánimo de la tropa? El comisario.

A los soldados, contentos ya por mudanzas de hambre y sed saciados, ordenó:

—Coman todo lo que necesiten. Pero eso sí, guarden las semillas.

—¿Para...?

Sonrió Manuel.

—Desde ahora tendremos nuestras propias sandías.

Y los soldados quedaron bajo algún reparo oportuno para tanto solazo comiendo las sandías tan graciosamente incautadas (en espera de las propias) y Manuel se fue para seguir trajinando con sus papeles.

Ocurría que un tal doctor Mario O'Donnell, porteño que andaba por el Norte luchando con su asma y con informantes que le acercaban noticias sobre los altibajos de la resistencia altoperuana, le había confirmado una noticia importante de la alborotada región. Una mujer, Juana Azurduy, casada con Manuel Asensio Padilla (a quienes por cierto conocía), mantenía en jaque a los godos; no sólo los había vencido sino que en un encontronazo les había arrebatado una bandera.

Belgrano escuchó al doctor O'Donnell, leyó otros informes, escribió un oficio al Superior Director Supremo informando cómo *arrancó de manos del abanderado este signo de la tiranía en milicia poco comunes de las personas de su sexo*, por lo cual *recomiendo a la señora Azurduy que continúe en sus trabajos marciales del modo enérgico en que lo ha hecho*. El porteño, bastante curioso como era, espió disimuladamente qué había puesto el general y la fecha: 26 de julio de 1816. Y no dudó: la Azurduy sería teniente coronel.

En ese atardecer Manuel miraba los progresos de buganvillas y rosales cuando llegaron unas damas muy emperifolladas que habían solicidado verlo. Manuel las recibió allí, en el jardín donde ex profeso había colocado unos bancos para sentar a quienes lo visitaban o a los oficiales con los cuales compartía reflexiones o estrategias. Mientras las damas avanzaban, cuidó pedirles no estropearan las hileras de repollos y cebollines por los cuales debían atravesar. Luego, educadamente, inclinándose ante cada una:

—Señoras... —murmuró.

Las señoras querían el permiso correspondiente para efectuar un baile. El esfuerzo de las familias para arrimar fondos a fin de encarar problemas de comida, vestido y demás necesidades del ejército patriota, las llevaba a inventar medios oportunos para sonsacar dinerillos. Además, ciertamente, las movía a las damas —y a la entera sociedad tucumana— el deseo de colaborar en el entretenimiento de esos oficialitos alejados de familias y pagos. Pero las invitaciones eran tantas y tantas las invenciones para entretener a soldados y jefes, que Manuel había debido poner límites: a las once de la noche todos debían regresar al campamento.

La dama que comandaba la delegación era una señora entusiasta del género masculino en general y del militar en particular, y eso se veía de lejos, aunque para nada sorprendía: después de mayo el sentimiento patriótico permanecía asociado al paso de las cabalgaduras, al humo de la pólvora y a la prestancia de los militares.

—Un baile, general. Queremos que nos permita hacerlo.

—¿Dónde? ¿Cuándo?

Se informó ampliamente el general, pues los tiempos no eran para dejarse llevar por buenas impresiones primerizas, como las caras de esas señoras. Demasiados soplones en la ciudad, en idas y vueltas con informaciones. De-

masiados realistas enquistados por parentesco o amistad en las más prestigiosas familias. Manuel sabía que en Tucumán había un centro de espiones y no lograban detectarlo.
—¿Quiénes serán invitados?
Las señoras dieron nombres. Apellidos dieron. El de Dolores Helguero no aparecía para nada. ¿Estaría en alguna lista negra en razón de parientes en las filas del rey? Manuel hasta ese momento había sido cauto. Pero, en un breve aparte con doña Encarnación Aráoz, dama entrada en años y prestigio que era quien comandaba la social expedición, le preguntó sin vueltas.
—¿Dolores Helguero será invitada?
—¿No la nombré, general? —se sorprendió mucho la dama—. Pero qué olvido el mío. Por cierto que sí. Usted sabe, es de las niñas más patriotas.
Se alivió Manuel.
—Señora, tienen ustedes permiso para organizar ese baile.
Sonrieron agradecidas las señoras. Sonrió el general.
—Pero con una condición.
Gran sorpresa en las damas.
—¿Cuál, señor?
—La que usted ya sabe, señora de Aráoz.
Al salir, curiosa, una de las damitas jóvenes preguntó a la dama.
—Doña Encarnación, no entendí para nada eso de la condición...
—No tiene importancia.
—¿No será secreto de Estado?
—A lo mejor...

La noche del baile un mozo musiquero y creativo ensayó las figuras de una nueva danza. Afuera el viento erizaba pastos y humillaba árboles. Adentro la música afluía al salón como los rayos de sol un día de primavera.

—¿Qué nombre le pondrá? Es muy bella.
—No se me ocurre ninguna, doña.
—Llámela *la condición* —dijo desde su rincón la dama del secreto.

Y se llamó nomás *la condición*.
—Hay dos cosas que no pueden ocultarse por más que se quiera. El amor y la tos —se dijo la dama, entendida en ambas situaciones.

De modo que Manuel seguía entrenando ese ejército en verdad con más valor estratégico que operativo, pues servía de cuco para los del Norte y afuera, cuidando las espaldas a los guerrilleros altoperuanos y a los gauchos de Güemes; y servía para mantener a raya a los caudillos de adentro. Por eso tenía que ser un ejército ejemplar: no se sabía por dónde iba a aparecer la perdiz. Le costaba mucho al general esa tarea, difícil desde sus mismos comienzos.

Una de las primeras noches, a su arribo, Manuel se disfrazó de arriero y con Blas de Mondéjar, ladero impar, recorrieron ciudad y aledaños. Cosa de no creer las cosas que vio y escuchó. Oficiales borrachos en pulperías, mujerzuelas adosadas a ellos como sanguijuelas, hombres de su ejército con dos o tres parejas, bienes del ejército, es decir, de la patria, desparramados en lupanares.
—Todos oliéndose el culo, como los perros.
—Y algunos hasta el pito, como los putos.

Esa inspección *de visu* le llevó una temporadita nocturna y tuvo como consecuencia la expulsión de varios oficiales y el mutis por el foro de muchas damiselas.
—Se nos entristeció el ejército —se quejó Blas de Mondéjar y recibió el coscorrón de Antonina, quien había conseguido ser aceptada como integrante de las fuerzas patriotas.
—Este *general bomberito* anda rondando todo el

día, cómo se le va a escapar algo —comentaban los resentidos.
—Yo no sé cómo hace para vivir con tres o cuatro horas de sueño.
—Y con el trajín que tiene.
—Una cosa es la vida dura y otra la miseria.

Una tarde brumosa que andaba en preparativos de lluvia, con el tiempo como detenido entre tanto bochorno y humedad, estaba Manuel con Blas de Mondéjar tomando un refresco y comentando esas naderías que aparecen en momentos de ocio, cuando llegó un asistente anunciando la llegada de un chasqui y en seguida llegó el chasqui y el chasqui anunció:

—El coronel Juan Francisco Borges ha destituido al gobernador y ha declarado provincia independiente a Santiago del Estero.

Manuel era un hombre pacífico, pero entonces le hirvió la sangre: la desobediencia lo sacaba de sus casillas; ni hablar de la rebeldía.

—Mientras el Congreso trata de lograr la unidad de las Provincias Unidas, estos caudillejos levantiscos traicionan con semejante temperamento el ejército que tantos sacrificios hace, demuestran la total ausencia de sentido revolucionario, aparecen como dirigentes miopes. Díganme ustedes: luchamos por la Patria grande y me vienen con autonomías pequeñitas. Que llegarán, por cierto, pero cuando acabemos con los realistas.

Manuel largó su perorata indignada frente a varios de los suyos mientras cubría a grandes pasos la habitación. Sus servicios le habían acercado detalles de la conjura. ¿Tendría conexiones con los movimientos que se habían dado en Córdoba, en Salta y con los realistas del Alto Perú?

Belgrano creía que así era.

—Estos levantamientos no proceden del deseo del bien común, sino de la exasperación que han ido concibiendo, y se irán acentuando por la mala conducta de los mandones. Las obras del resentimiento jamás llevan orden, amigos.

Desde hacía tiempo seguía los movimientos del tal señorito Borges y entonces uno de sus informantes le refrescaba la memoria.

—Es un señor muy mal educado, si no escaso de luces sobrado de presunciones, jactancioso a más no poder, que a todo el mundo desprecia. Caballero Cruzado de la Orden de Santiago, gracias a la merced del rey, que se la otorgó por méritos del padre al servicio de la corona, desde hace años no hace más que salir de un lío para entrar en otro —así dijo el informante y enumeró la retahila de incidentes, la mayoría graves, de ese Borges descendiente de los Borgias de larga fama, y rico con los dineros de un comercio prestigiado por el padre. Eran muchos los incidentes y eran graves y el hombre había tenido juicios y había estado preso desde joven y se había ido a España y había vuelto de España con trescientas toneladas de mercaderías para comercializar, pero, ojalá hubiera dedicado su tiempo a mercar, lo dedicó a la política y en la política no tuvo paz con nadie, atacó al Cabildo con intemperancia suma, manzana de discordia siempre, ¿no se le da por querer convertirse en cabeza de las facciones antirrealistas? Consiguió el favor de algunos patriotas, terminó a las patadas con el doctor Castelli, de la violencia hizo camino, por la violencia llegó a la gobernación, unos años antes.

Así había sido: a las cuatro de la madrugada de un día de setiembre del año quince, en las puertas del Cabildo de Santiago, en medio de la oscuridad, comienzan a amontonarse algunos emponchados en tanto otros echan a volar las campanas. A esa hora, ¿qué podía suceder? ¿Alguna invasión indígena? ¿Una sublevación del

Las batallas secretas de Belgrano

cuerpo de tropas? La gente se acercó con armas, miedo y curiosidad, para enterarse muy pronto de que el acto descabellado no era ni más ni menos que la autoproclamación del caballero Borges como gobernador. Pero el gobernador de Tucumán, Aráoz, de quien dependía Santiago, mandó tropas que dieron un baño de sangre, ahuyentaron a Borges, lo tomaron luego prisionero, lo juzgaron. Pero Borges consiguió escaparse, volvió a Santiago, volvió a sus andadas.

Belgrano conocía la historia, había seguido sus movimientos durante todos esos meses. Vigilaba también a ciertos oficiales de la Ciudadela. Pero, las distancias eran tan grandes, las preocupaciones muchas, el sigilo perverso excesivo, la inactividad del ejército caldo oportuno. Además, al más cazador se le escapa alguna liebre.

Entonces ocurría ese levantamiento que hizo estrilar a Manuel, aunque, de algún modo, era como una rebelión anunciada.

—Haré tronar el escarmiento —dijo. Y dio la orden: lo mejor de su oficialidad iría a Santiago, con Gregorio Aráoz de La Madrid al frente. El coronel Juan B. Bustos, detrás. El comandante José María Paz, luego, con piezas de artillería.

Demasiado ejército para ese hato de milicianos mal instruidos y peor capitaneados. Borges huyó: pero no sería presa capaz de escapar a un lebrel como La Madrid.

La Madrid lo acorraló. La Madrid comunicó la noticia a Belgrano. Lo tengo. ¿Qué hago?

—Pase por las armas al rebelde —dijo Manuel y no le tembló la voz, y después se quedó en silencio, y todos temblaron porque el general podía ser tan temido cuando hablaba como cuando callaba.

Era el primer día del año diecisiete cuando sacaron al Caballero Cruzado de la Orden de Santiago del rancho donde había pasado la noche, junto al dominico traído de la ciudad para darle asistencia espiritual, y bajo un gran algarrobo, junto a una pirca de piedra, frente a la vasta extensión que dominaba un paisaje al que llegaban olores de un chiquero cercano, fue atada una silla de cuero, sobre la silla, el señorito repatingado, primero, jurando su inocencia; muy pronto, apocado por la propia desgracia, claudicante; no bien sonó la descarga, un cadáver que movió a compasión, sobre el cual comenzaron a caer las persignaciones de los presentes, las sombras del atardecer, las moscas de la muerte.

Paz había alcanzado a ver a la escolta formando para el fusilamiento, a oír la descarga, y lamentaba el disturbio y la muerte. Por sobre todo sentía mucho la ausencia de un juicio formal. Pero la sentencia había sido cumplida y así se lo comunicó a Manuel, y Manuel murmuró un réquiem por el alma del difunto y se dolió por la sangre, pero, ¿qué otra cosa podía hacer?

—Con las diabluras de Borges en Santiago, con la de los santafesinos, que acaban de robar trescientos fusiles del ejército, con las necesidades de Güemes, a quien debo ayudar sí o sí, ¿puedo permitirme el perdón?

Estaba agotado el general. Se sentó sobre el banco de los coloquios, pasó el pañuelo sobre su frente transpirada:

—¿Acaso yo, inmovilizado en esta ciudad de Tucumán, con un ejército hambreado y casi desnudo, no soy también una víctima? —se dijo, y de pronto sintió el vaivén apenas perceptible de una mecedora, la de Dolores, porque Dolores había venido a acompañarlo presintiéndolo angustiado, y Dolores pasó su pañuelo por el rostro afiebrado, y Manuel agradeció el gesto y la compañía y sintió sobre su casaca los empinados pechos juveniles de Dolores y se le desacompasó el pulso y le dijo *criatura* y Dolores, arrodillada frente a él, lentamente comenzó a quitarle las botas y llamó a la criada, y la criada trajo la jofaina y el agua, y Dolores lavó los pies del general y después lo acompañó a la cama y al amor.

Las batallas secretas de Belgrano

No obstante, esa noche, cuando las fogatas se apagaron y los ojos de todos, hasta los de Dolores, perdieron la luminosidad, vencidos por el sueño, los de Manuel seguían apostados en las sombras por las cuales cruzaba, atado a una silla al pie de un viejo algarrobo, la figura de Borges, y Borges cae y el coronel Paz escucha la descarga y se queja, *fue sin juicio, general*, y La Madrid mastica golosinas, después de haber habilitado la descarga, y el viejo ayudante de La Madrid lía con lentitud su cachimbo para acabar de pasar el mal trago, y el cura recita el *requiescat* frente al cuerpo de Borges que no ha caído porque al cuerpo de Borges lo sostienen los sobados tientos y quizá las alas de algún ángel. Y a mí quién me sostiene, murmura el general, porque siente que aún en los brazos de Dolores está muy solo.

XXIV

Santo Domingo esquina Camino del Rey

El aire húmedo del amanecer avanza en el traspatio y Manuel siente el aire húmedo del amanecer en el traspatio desde el sillón donde ha pasado la noche en vela. La casa ya comienza su vaivén rutinario: oye a los criados hacerse cargo de tareas y afanes, oye cerrojos que se corren, ventanas que se abren, voces que se elevan. Oye un portazo en la calle: ha de ser Juana, supone, que viene de su misa tempranera. Así es: Juana aparece, de rebozo y misal, con sonrisas y charla.

Un rayo de sol comienza a reptar por los ladrillos de su alcoba y trepa hasta el sillón donde, envuelto en mantas, pálido su aún hermoso rostro italiano, Manuel espera que el naciente día llegue con aquello que debe traer.

—Hola, hermana, buenos días —atina Manuel, con gesto cariñoso, e intenta la forzada compostura de su rostro sancionado por la enfermedad y la noche.

—Manuel, ¿cómo estás? —se inquieta Juana sobre ese general montado en el caballo de la fiebre que ha pasado la noche cabalgando recuerdos, persistiendo en batallas susurradas en medio del silencio, armando estrategias para nada. Acomoda mantas y almohadas, averigua su estado.

—No quise despertarte; cuando me fui, dormías —le informa—. Ya traigo el desayuno.

Juana parte y regresa. Trae alimentos y pócimas. Trae también novedades.

—Manuel, ¿sabes con quién me encontré hoy en misa? La miran los ojos azules del hermano. Interrogan los ojos azules del hermano.

—Con María Josefa, me encontré. La de los Ezcurra —aclara como si hiciera falta y explica—. Mejor dicho, María Josefa vino a verme pues sabía que en misa de seis y en la Merced podía hallarme.

Los ojos de Manuel siguen mirándola, pero ya no interrogan.

—¿Sabes? Se enteró de tu enfermedad. Quería saber cómo estabas, si necesitas algo —titubea la hermana, concluida la noticia. Pero se anima y dice—: Quiere verte.

Calla Manuel, bebe un trago de té y luego pide:

—Juana, por favor, ¿me acercas el espejo?

Cumple la hermana el pedido, de la cómoda levanta el espejo con mango de peltre que fue de madre y de todos y ahora es de Manuel:

—Toma.

Manuel lo pone ante sí. Cuántos rostros recogió ese espejo, cuántos gestos. Ahora ve el diluido contorno de su cara socavada por males, ve la mirada triste y la pátina pálida de su tez, y porque lo que ha visto es excesivo devuelve el espejo a la hermana y murmura tristemente:

—¿Te das cuenta, Juana? Es imposible.

Calla Juana, deposita el espejo sobre el mármol de la cómoda de donde no debió haber salido, deja correr unos minutos, busca acomodos para el caso:

—La enfermedad, ¿verdad? Además ha pasado mucho tiempo...

—Ha pasado Dolores, Juana.

Y está el alba en creciente, y está el cuerpo en menguante y el general aguarda. En las vísperas.

XXV

El regreso de una dama

Cuando Manuel se despidió de mademoiselle Pichegru en Londres, pensó que nunca más la vería ni quizá sabría de ella. Pero el destino dispuso de manera diversa. A la leve correspondencia mantenida con la dama después de su regreso al Río de la Plata, de pronto se sumó una novedad: Isabel le pedía que intercediera con sus buenos oficios a fin de facilitarle la entrada en el país. Harta de una Europa que le resultaba desagradecida, dado su carácter de hija de un héroe conflictivo, quería cambiar de aires y llegarse hasta la tierra de su querido amigo. Manuel sospechó los líos en que andaría metida la alocada francesita y por cierto no se equivocaba. Desde Londres, un amigo, enterado de su amistad con la Pichegru, le había enviado un recorte de *Le Moniteur* en el cual el abate Pichegru, hermano del famoso general de quien la mujer se decía hija, había salido a desmentir públicamente la impostura: el general héroe de Holanda nunca había sido casado, esa tal Isabel no era su hija, sino una vulgar aventurera. Como consecuencia, toda la invención novelística se vino abajo estruendosamente y con el estruendo cayó la pensión que había conseguido. En la encrucijada, con toda la estantería por el suelo, Isabel no encontró mejor camino que dar la espalda a ese mundo vuelto tan hostil.

Las batallas secretas de Belgrano

Manuel guardaba un tierno recuerdo de la pizpireta Isabel que había endulzado sus días londinenses y no tuvo inconveniente alguno en interceder por ella, aunque comprendió que la mujer estaba lejos de haber alcanzado un equilibrio aceptable. Pero en el entremedio salió el asunto del Congreso reunido en Tucumán, él marchó hacia el Norte, y todo debió ceñirse nuevamente al contacto epistolar. Es decir, a las cartas enviadas por ella, primero desde Europa y luego desde Buenos Aires, y a las mandadas por Antonina Montes, por entonces de regreso en Buenos Aires, a quien Manuel delegó como personera suya a fin de aliviarle trámites y solucionarle problemas a la dama.

Las cartas de Antonina, construidas con el énfasis propio de su estilo teatral entonces volcado no ya en las tablas sino en la escritura, parecían episodios de esas novelas por entregas que solían aparecer en los periódicos. La francesita de cimbreantes caderas y de alterada expresión había llamado la atención de modo especial en medio del alud de franceses derramados sobre el Río de la Plata después del desastre de los Cien Días napoleónicos, a saber: militares en desuso por la derrota, profesionales de un imperio venido abajo, bizarros oficiales del ejército de Napoleón cuyos brillos estaban ya amortiguados, y ni hablar de aquellos ciudadanos franceses que ostentaban peregrinos títulos, como ser, Zapatero del rey de Roma, Bombonero de éste, Sombrerero en jefe de los Granaderos de la Guardia, Peluquero Supremo de la reina Hortensia, Intendentes de Ejército, Jefes de Departamentos Ministeriales, Sastres de Su Majestad Napoleón (los cuales aparecieron en número de tres) y hasta alguno que llegó a creerse —y así lo hizo creer— descendiente del Delfín. Y ni mentar a la multitud de enigmáticas viudas que pululan por la ciudad, decía Antonina en su epístola.

En fin, una Babel pintoresca, aparentemente inocentona que sirvió, durante los primeros meses, para dar brillo y alimentar las fantasías de la sociedad rioplatense, y de la cual algo había alcanzado a ver Manuel, volcada en cafés, pensiones y oficinas públicas.

Por cierto, en la turbamulta gala se destacaba la movediza Pichegru mostrando a quien se le pusiera a tiro recortes de diarios en los cuales se hablaba de su padre, de sus hazañas heroicas y de las gestiones de la dignísima hija (a quien, por la cierta filiación, Luis XVIII había otorgado merecida pensión), al tiempo que hacía visibles, a quien se pusiera a tiro, las múltiples cartas de ricos y famosos de la época. Mientras tanto, proseguía Antonina Montes, la madama proclamaba a los cuatro vientos su íntima amistad con el general Belgrano, a quien había acompañado hasta en las largas sesiones que le había llevado posar para que Carbonnier, pintor famoso, hiciera su retrato. La tal Pichegru tanto había meneado su amistad que en todos lados se la señalaba como la querida del general Belgrano, lo cual no me espanta, decía Antonina en su carta, porque la dama no es fea y hasta puede ser graciosa, aunque sí me pone los pelos de punta el alarde que hace de su nombre, mi general, y el provecho que busca con eso esta mademoiselle que habla con la autoridad de alguien destinado para la gloria y por lo tanto a la devoción de los demás, en mérito a los fueros de su nacimiento, rezongaba Antonina, a quien, se veía, no deslumbraban mucho ni los mohínes ni menos los títulos de la francesita.

Le contaba, además, cómo una tarde en que fue a visitarla la encontró encerrada en su cuarto de Los Tres Reyes con varios sahumerios encendidos que expandían humo en cantidad suficiente para sofocar a cualquiera.

—Hago esto cuando me siento triste para recordar las neblinosas tardes londinenese que pasé con el general —confesó entonces ante el espanto de Antonina que, más rápido que volando, lo trasmitió a Manuel.

Manuel, por cierto, tranquilizó a Antonina Montes, puso paños fríos a su furia, ofreció su intermediación para cualquier emergencia grave de esa viandante sin rumbo que avanzaba husmeando el aire, mientras él se entrega a lo suyo, que era el Ejército del Norte y la ternura creciente sucedida a la primera pasión por esa Dolores Helguero a quien centelleante como un lucero en medio del salón, encontró la noche de los festejos de julio enredado entre sus luces.

De modo que en eso estaba Manuel, hasta pensando en hacer, en la primera ocasión oportuna, algún viajecito para ver a esa amiga francesa, de la cual solía recibir —y más a menudo de lo deseado— infinitas cartas con infinitos parlamentos según costumbre ya conocida en los días londinenses, desde los cuales parecía reclamar la atención, no de Manuel, sino del país y también del mundo, acerca del agraviante tratamiento de que era objeto. Porque si de algo se quejaba la Pichegru, entre tantas cosas, era del olvido en que la tenían, sin darse cuenta de los problemas de esa región que andaba lidiando por conseguir separarse de sus opresores españoles y entenderse entre ellos, pues eran muchos y con intereses encontrados.

A los franceses, ociosos como estaban y leguleyos como eran, se les había dado por entrometerse en los asuntos políticos y en las disputas de los porteños. Las papas quemaban con la cuestión de Montevideo, y los galos hacían de correveidile, tomando parte en cuestiones ajenas, con lo cual sólo conseguían poner piedritas en el camino de los políticos porteños. Así como despotricaban en cafés y pensiones sobre las condiciones en que se encontraban y los defectos no presumidos pero hallados en las Provincias Unidas, fueron enfervorizándose en sus enredos, hasta que llegó un momento en el cual fue tan grande el lío que hasta se vio involucrado —le decía Antonina a Manuel en sus informes— un buen hombre, un sabio de esos que andan con plantas y estudios de la naturaleza, un tal Aimé Bonpland, compañero de otro sabio, Humboldt, según decires en su momento jardinero mayor o algo así de Josefina, la de Napoleón. Pero este hombre, que está haciendo sus estudios o lo que sea en la quinta de los betlemitas —decía Antonina—, tiene una mujer joven y bastante cabeza hueca que se la pasa tocando el piano, cambiándose de vestidos y hablando mal de nosotros, sobre todo en sus tertulias, numerosas y llenas de franchutes, entre los cuales se encuentra un tal Carlos Robert de Conantres, gran revoltoso, y su amigo Legresse. El lío fue tan grande y estos dos hombres se complicaron tanto como para terminar fusilados en la Plaza del Retiro. No le puedo contar la indignación de los franceses, sobre todo la de su amiga Pichegru, porque consideraron injusta la medida, pese a que hubo juicio con todas las de la ley. Parece mentira que esta sea gente que ha andado en política y tan luego en Francia, donde pasaron cosas sangrientas con la guillotina y demás, reflexionaba la mujer de Blas de Mondéjar. Y proseguía: me contaron que una noche, al volver a la pensión al lado de la catedral donde vivía, la francesa se desquitó bajando a tiros, escopeta en mano, a las palomas de los canónigos, usted sabe, las que se agolpan en las cornisas y en la cúpula de la iglesia mayor. Parece que a partir de allí tomó esa moda, porque no hay tarde en que no se entretenga en tales menesteres, con gran pesar de las palomas. Ahora se ha hecho amiga de un tal coronel Brayer, granadero buenmozote quien de antiguo simple soldado pasó a ser general más que por méritos por tramoyas, según me lo contó Héctor Viacava, un periodista de *Todo es Historia,* quien se interesó en la dama y estuvo averiguando. Ave de avería el tal Brayer, pero la Pichegru ha encontrado apoyo en él y se entretienen despotricando juntos, aunque ahora, después de los fusilamientos, a la fuerza algo se han tranquilizado. Al menos así lo aparentan, pero no cejan en sus viajecitos a Montevideo. Viacava sospecha que con tanto meneo de aquí para allá, la dama está haciendo de correo, pero esto no se lo puedo asegurar ni yo a usted, ni él a esta servidora. Lo que sí le aseguro es que ahora la señora ha pedido un pasaporte para volver a su país, la Francia, y se lo han dado y gratis, por su notoria pobreza, dice la ordenanza, dígame usted, la hija de un héroe francés a lo que ha llegado, y encima está haciendo líos con sus bártulos, pues parece se los han retenido. Usted sabe que en el gobierno hay duros y la verdad es que su amiguita de Londres es una de las más detractoras de las Provincias Unidas y eso ¿a quién le gusta? A mí me ha protestado, cuando la fui a despedir, de acuerdo con sus instrucciones, por no haberle visto a usted ni las pestañas, después de haber sido tan amigos (según ella). Yo traté, se imagina, de explicar sus obligaciones perentorias, que son obligaciones de guerra, y que ella, hija de un general, debería entender, y aunque la mademoiselle no quedó muy convencida, prometió escribirle antes de partir. Ahora pienso que si lo hace será desde Montevideo, porque unos amigos me dijeron que, en realidad, la Pichegru no se fue a su país sino que se ha quedado en la otra Banda, pensando en volver al Janeiro, sin duda para proseguir con su tráfago político, tal vez olvidada de que el calor de esos lugares le había resultado insoportable y precisamente de ese sol infernal de Brasil había venido huyendo. Pues yo me pregunto, yo que he sido también bastante andariega, ¿qué tendrá esta mujer para no poder dejar sus pies y su culo quietos, con perdón de la palabra, mi general? Pero usted sabe que Antonina es boca sucia pero fiel hasta la muerte. Suya, Antonina.

A fines de ese mismo año, quemado por meses de intemperie y también de inactividad, mientras aguardaba las decisiones de su gobierno para saber qué destino tomar después del pacto de Rosario, recibió la despedida de su amiga londinense. Era una carta muy extensa, de letra desgarbada, en la cual la encocorada dama lo hacía partícipe de sus muchas cuitas *"en el momento de abandonar su patria para regresar a Europa, le dirijo, general,* este pequeño diario concerniente a algunos detalles sobre la opinión que me llevo de los principios políticos y morales de su país, así como algunas notas que tal vez le hagan perder los malos prejuicios que usted tiene contra el mío". Seguía una andanada reflexiva acerca de la grandeza de Francia y las miserias e injusticias encontradas en las Provincias Unidas, embarullaba la tira epistolar con citas y temas, y cuando al fin, casi exhausto, Manuel concluyó las quince páginas no pudo menos que sonreírse porque, después de asegurarle su partida, su enojo por no poder llevar su equipaje (*"la tiranía de sus jefes me ha obligado a dejar en Buenos Aires mis cosas"*), en un gesto altanero que le recordó a la Isabel de Londres, le informaba: *"me haré un nuevo vestuario en Francia"*, para concluir, muy secamente, I. Pichegru la carta comenzada con un enfático *"libertad, patria, al general Belgrano, comandante en jefe del Ejército del Perú en Tucumán"*.

Manuel cerró la carta, cerró los ojos, entrevió a la francesita compañera en tantos días de su trajinada estancia londinense y antes de despedirse de ella para siempre prefirió evocarla, no como a la mujer empeñada singularmente en bajar las palomas de los canónigos en la catedral a pistoletazos, ni como la socia de esos mal aventureros galos, sino como aquella encantadora Mlle. Pichegru que agitó su mano en el barco que la devolvía a su tierra, sin saber cómo arreglárselas para sostener a su perro faldero en los brazos, agitar la mano en despedida y enjugar las lágrimas que esa misma despedida de Manuel le provocaba.

Isabel, que alcances la paz, murmuró Manuel como quien envía una plegaria por la trashumante mujer que con seguridad ya no volvería a ver nunca más. Y que yo también la alcance, Dios, rezó Manuel, porque se sentía más que cansado, enfermo. Y así debía reconocerlo.

XXVI

Los hermanos levantiscos

Mientras unos trabajan por una idea de patria sin unidad, los otros buscan encarar un país unificado como estancia en torno al capataz —dijo Manuel aquella noche de la noticia y la confusión a sus más cercanos oficiales.

—Capataz con domicilio en Buenos Aires —sentenció Blas de Mondéjar.

El aire estaba pesado porque era pleno verano y la noche, saturada de un bicherío que no daba tregua; la piel sensible de Manuel jamás había podido acostumbrarse a tanto aguijón y picadura insolente, pero en esos momentos cuestiones de suma urgencia lo intranquilizaban más que ese confuso enjambre.

—Equivocados han andando en Buenos Aires, por cierto, y han obrado con ligereza. Pero no están más encaminados los otros. Los hemos visto en Santiago con Borges: por cualquier cosa estos caudillos soberbios se van a las manos, digo a las armas. Santa Fe, Entre Ríos, Corrientes, sus razones tienen, pero...

—Pero por Dios, esperemos primero acabar con los godos que no nos dan respiro.

—Lo peor es que estas rencillas domésticas se están volviendo crónicas.

María Esther de Miguel

Lindo regalo de Reyes: fechado el 6 de enero de 1819 y desde Buenos Aires le llegó la insólita orden de partida a Tucumán donde estaba acantonado, en medio de increíbles penurias, buscando potenciar ese ejército que debía enfrentar a los realistas en su cacareada invasión por el Norte. Hasta entonces los estaba conteniendo don Martín Güemes y sus gauchos en una guerra de merodeo que daba resultados por lo imprevisible de las operaciones y la valentía con que se llevaba a cabo. Perro cancerbero en serio, ese Güemes, por más mal carácter que tuviera. El buscaba ayudarlo en todo. Pero, ¿cuánto podía, con ese ejército llamado de reserva, sin caballos para montar, sin armas blancas para habilitarlos a la lucha, sin sables, atrasados de monturas, escasos aun de las ropas necesarias, pues habían tenido que pasarse todo el invierno mal enfundados en pantalones de brin y hasta sin un poncho miserable? Y, lo que era peor, sin dinero. En eso estaba, apechugando fuerte para volver a sacar un ejército de la nada, carta va carta viene con San Martín, en la empresa de los Andes, con el cual preparaban una operación combinada, en tanto ayudaba a Güemes, cuando le llegó la orden inesperada: marchar a enfrentar a las provincias en borboteos de luchas intestinas por esto y por lo otro.

Estaban en la Ciudadela y estaban cenando y nadie tenía buen ánimo porque ¿era acaso sensato a empuñar las armas para arremeter a los propios, cuando tantas peligros tenían en las fronteras? Manuel había leído en algún lugar: las armas son nobles cuando la razón por la que se toman es justa. ¿Era justa esa causa?

—A los pueblos los define el estilo, como a los jugadores de ajedrez. Nosotros estamos demostrado ambiciones suicidas —apuntó un Manuel nervioso que apenas si había probado bocado y recurría ya a su cigarro—. *Ferox gens millan esse vitam sino armes ratis*: así decía Tito Livio, en frase que me gusta repetir, en un libro que dejé en la biblioteca de mi amigo Mariano Moreno, antes de su muerte y de mi expedición al Paraguay.

—*Feroz nación que no entiende la vida sin llevar armas* —tradujo Blas, comedido, dando buena cuenta de su carbonada, pues ni aun noticias como la recibida conseguían acallar sus necesidades gastronómicas.

—Miren ustedes si no es una desgracia mayúscula —siguió desahogándose Manuel—, siempre tratando de preparar el ejército para algún plan combinado con San Martín, en Mendoza, o con Güemes, en Salta, y ahora me vienen con ésta de tomar parte en la guerra fratricida. Es mi deber obedecer y obedezco pero, por Dios, cuánto mejor sería no trabar a San Martín en su ambicioso plan de liberación americana; cuánto mejor no dejar indefensas las fronteras del Norte.

Así cavilaba Manuel esa noche sabiendo que, no obstante sus rezongos, iba hacer lo que debía en nombre de la obediencia: comenzar los preparativos para dejar una pequeña guarnición en Tucumán; partir con el grueso de sus tropas, con pena dar la espalda a los españoles; distribuir las fuerzas que Bustos, Paz y La Madrid deberían enfilar hacia Córdoba, y él marchar hacia el Litoral a fin de enfrentar a los hermanos díscolos. Lindo papel. Y para peor, sin ideas claras.

—Me hallo con las manos atadas, sin acertar a cómo cumplir rápidamente las órdenes. Estoy flotando en mi propia confusión y esperando instrucciones que no llegan.

Pero antes de partir estaba Dolores.

Desde el baile de la independencia no se habían separado, los dos continuaban en esa especie de encantamiento propio de la pasión, de modo que la noticia de la inminente partida más que angustiar, descolocó a la niña. Por cierto no vivían juntos: un jefe es un jefe y debe estar solo, decía él. Blas era más drástico: las mujeres para la cama cuando uno tiene ganas y después, a su casa. (No obstante, en Tucumán bien que había permanecido acollarado con Antonina.

) La noche estaba alta cuando la encontró, convertida en un mar de lágrimas, con la mirada perdida y como huérfana por la partida y por sensilerías de embarazada. Porque Dolores esperaba un hijo. Cuando Blas se enteró de esta situación prorrumpió en sus habituales consideraciones irreverentes:

—Mire que yo he visto cosas en la guerra y en la vida, pero que un general embarace a una linajuda primero y a una adolescente después, nunca lo vi, les digo.

El embarazo, ciertamente, hacía más difícil la situación para Dolores. Y también para Manuel. Pero mientras éste tenía bien clara la actitud que debía tomar, Dolores entró en un torbellino de posibilidades absurdas, su personalidad tomó un sesgo desconocido, a las blanduras de niña siguieron resoluciones de adulta: que debo acompañarlo, que usted, general, será el padre de mi hijo, que estará en peligro y yo debo cuidarlo, que no puedo quedarme sola, que... A todo Manuel dijo: no. Las mujeres deben retirarse de la vida de generales que marchan a la guerra.

Esa noche se amaron. Manuel acarició el vientre donde ya estaba su hijo, se asombró de esos pechos turgentes, que esperaban los labios del niño, besó los pezones que darían vida, acarició el rostro de Dolores como aquella primera vez, luego de la tertulia y del viaje al cerro y de la lluvia. Después se fue. Se fue llorando y llorando dejó a Dolores. Qué cosa es el amor: enriquece y muele y destroza.

No había pasado mucho tiempo cuando Manuel se dio cuenta de los desastres ya causados por las guerras civiles: todo era desolación y miseria por doquier. Desiertos los campos, abandonadas las casas, sin ganados las inmensas extensiones, el miedo por doquier.

Las batallas secretas de Belgrano

—Para esta guerra ni todo el ejército de Jerjes sería suficiente —dijo a sus oficiales, se lo escribió al gobierno—. El mismo organismo social que formamos las está engendrando.

Había recorrido leguas y leguas para llegar al centro de la insurrección, pero el centro no existía, a medida que avanzaba, descubría que estaba en todos lados; cuánto tenían esos movimientos de fuerza verdaderamente popular; cómo sus hombres defendían ideales verdaderos bajo torpe ropaje, con coraje primario; de qué manera eran legión. ¿Qué podían oponerles como ideal él y su ejército? Solamente la garantía del orden que representaban sus tropas, disciplinadas, respetuosas de castas y de bienes, prontas a pagar lo que consumían, a reponer aquello que destruían, a solicitar lo que necesitaban. Manuel se sentía impotente, y no porque no fuera venciendo, puesto que sus avanzadas habían ganado en varios enfentamientos, sino porque veía cada vez más absurda esa lucha fratricida.

—Ustedes han visto —les decía a sus oficiales—. Cuando pasamos el Desmochado los dispersamos, pero apenas terminamos de hacerlo volvieron a situarse a nuestra retaguardia, y por los costados, y por todos lados y con una movilidad asombrosa.

—Con la cual no podemos competir, con esta infantería que va a pie de tortuga por la inmensidad de los campos.

—Ellos tienen caballos a destajo. Nosotros, ¿de dónde los sacamos?

Blas meditó un instante:

—Están haciendo con nosotros lo que Güemes hace con los godos.

Manuel lo miró:

—Así es. —Y dictaminó—: El único camino es llegar a un acuerdo. Porque los acuerdos pueden hacer lo que no logran las armas.

—¿Qué?
—Conciliar las diferencias.
Y preparó el terreno para el pacto. Con Estanislao López, el disidente caudillo santafesino que había conocido de jovencito en su ciudad, cuando él iba de paso con su primera expedición al Paraguay, y había hecho sargento suyo, inició tratativas para lograr la paz y la concordia, apuntalado por San Martín, desde Mendoza, que veía una sangría de no acabar en esa guerra civil. Con el armisticio de San Lorenzo y del Rosario, mediante delegados, pues Manuel no abandonó sus tropas, se llegó a un acuerdo. Todos lo celebraron. San Martín el primero.
Pero Manuel había visto demasiado como para creer que así, en un santiamén, la situación se superaba.
—Esto es sólo una tregua —les dijo a los suyos antes de tomar nuevos rumbos con sus fuerzas que, de hecho, se convertían en aval de la precaria paz lograda—. La lucha sólo se posterga.
—¿Por...?
—Porque el que siembra vientos cosecha tempestades.
—Buenos Aires...
—Y los otros, los caudillos orientales, el Litoral. Pero, aprovechemos la tregua.
Antes de ponerse en marcha nuevamente, escribió al gobierno: "*Demasiado convencido estoy, como lo he estado desde el principio de nuestra gloriosa revolución, que es preciso vencer o morir para afianzar nuestra independencia. Pero también lo estoy de que no es el terrorismo lo que puede cimentar el gobierno...*" Y después escribió a López en Santa Fe, y a Ramírez en Entre Ríos, y a Artigas en el Uruguay, y a San Martín...Y marchó hacia Cruz Alta.

XXVII

El principio del fin

En la Cruz Alta el tiempo peor no podía ser y la inactividad era penosa y las necesidades muy grandes y la impaciencia mellaba los corazones y Manuel sentía su salud cada día más resentida. Llovía sobre el campamento y llovía sobre la miseria de sus soldados y llovía sobre su propia desazón: lejos de la familia, lejos de Dolores, con la salud desgastada. El gobernador intendente de Córdoba había ido a visitarlo y debió compartir una noche, por escasez de comodidades, la pobre tienda de Manuel y se dio cuenta de que esa tienda húmeda y desabrigada con chiflones de aire por todos lados no era propicia para preservar la salud de nadie, y a la mañana siguiente el gobernador intendente de Córdoba no pudo sacudirse el sueño de sus ojos porque no había conseguido dormir nada en esa tienda de campaña húmeda y desabrigada: la anhelosa respiración del general lo tuvo sobre ascuas, semejante jadear anhelante suspendía cualquier sueño y hacía pensar este hombre no está para nada bien.

Al día siguiente, en tanto compartían el desayuno y los términos de ciertas gacetas llegadas de Buenos Aires, el gobernador intendente de Córdoba no pudo menos que hacer notar al señor general las preocupaciones albergadas respecto de su salud y compartidas con otros oficiales.

Pero Manuel le contestó:

—Mi querido gobernador, usted sabrá que no sólo este general está mal, sino que todo el ejército y cada uno de sus hombres están mal. Sabrá usted que hay días en que no tenemos qué comer y que la mayoría no posee nada para abrigarse. ¿Cree usted que, por ventura, puedo yo preocuparme porque mi respiración se haga más o menos difícil según los grados de humedad o las ventoleras de mi tienda? Fíjese usted que esta correspondencia que acabo de recibir responde a una comunicación de este servidor en la cual informaba a las autoridades que no disponía ya de nada para alimentar a mi gente y la respuesta ¿quiere usted saber cuál es? —dice Manuel y muestra los papeles enviados por el Superior gobierno plagados de rúbricas y de sellos, y los papeles dicen lo que el general lee: *Use la propiedad privada donde la encuentre ¿qué otro recurso se presenta para continuar la indispensable lucha a que estamos comprometidos? ¿Despedir a las tropas porque el erario carece de fondos para sostenerlas? La propiedad privada debe ser respetada sólo mientras la salvación general del estado no reclame su uso. Los hacendados deben contribuir obligatoriamente a su sostén.* Esto me están diciendo, señor gobernador. Pero yo contestaré a estos argumentos que habrá escrito algún tinterillo bien abrigado, bajo el dictado de alguien que, las manos en la casaca, el cigarro en la boca, habrá ido hilvanando frases sin imaginar estas penurias y congojas; les contestaré, le digo, señor gobernador intendente de Córdoba, que *demasiado convencido estoy, como lo he estado desde el principio de nuestra gloriosa revolución, que es preciso vencer o morir para afianzar nuestra independencia, pero también estoy convencido de que el terrorismo no puede cimentar el gobierno.*

El gobernador intendente de Córdoba escuchaba al general y miraba su cara pálida y sus pies hinchados y ese color ceniza que cubría su tez y volvió a escuchar el jadeo de la noche anterior pero entonces rubricado por la mano blanca que subrayaba el penoso énfasis de las palabras mientras afuera la lluvia golpeaba sobre la tienda de campaña y la tienda de campaña era húmeda y fría y la voz del general que aún podía elevarse en medio de su jadeo preseguía.

—No podemos obrar como obran los otros hombres. Nosotros somos el ejército de la patria, el nuestro debe ser un sistema enteramente contrario al observado por las fuerzas del desorden, para atraer con nuestros hechos la voluntad de quienes no discurren más allá de lo que ven. Adoptar en una guerra civil este sistema que me aconsejan es perverso, porque todas estas nocivas rencillas están fundadas en el resentimiento provocado por las fuerzas del orden que arrebatan propiedades y tratan con desprecio a la gente.

Tosió el señor general porque sus pulmones estaban muy enfermos, escuchó la tos del general el señor gobernador de Córdoba y escuchó qué seguía diciendo:

—Fíjese que con estos métodos recaen por sobre todo en los pobres, quienes por lo tanto se convierten en otros tantos enemigos del gobierno y de quienes algo tienen. Yo le digo: no he pedido al gobierno sino lo absolutamente indispensable para vivir y si esto no es posible sino por los medios violentos que se me están indicando, que son los mismos de los anarquistas, yo le digo, señor gobernador de Córdoba, que me considero incapaz de ponerlos en práctica.

Volvió a toser el general, pero esta vez con mayor persistencia, acudió con un vaso de agua el gobernador intendente de Córdoba, superó el trance el general y como si nada hubiera pasado, prosiguió:

—Las deserciones padecidas no son más que consecuencia del estado de miseria, de desnudez y de hambre que padecen mis compañeros de armas —dijo y comenzó a caminar como caminaba antes, paso rápido y firme, ida y vuelta por la breve circunferencia de la tienda—. Le doy datos: consumo cincuenta reses diarias y no sé de dónde sacarlas. Se han agotado los depósitos, se ha disminuido la ración de carne, vivimos con el arroz traído de Tucumán; vamos a echar mano a los bueyes. Créame, mi amigo gobernador: estoy en un desierto —dijo el general y suspendió el paso momentáneamente vivaz y comenzó a toser y toser y el gobernador de Córdoba insistió con su vaso de agua y vino el asistente del general con una medicina y le dijo recuéstese mi general, usted no está nada bien y el gobernador de Córdoba, que era el señor doctor Manuel Antonio Castro le dijo:

—No se desamine, mi general, que yo impondré una contribución metódica de reses a la provincia para paliar en algo esta situación. Y usted, por favor, cuídese esa salud, porque ¿qué haríamos sin usted? —y se lo dijo porque se moría de pena al ver a todo un general como ése en semejante estado.

El gobernador intendente de Córdoba se fue con la promesa y Manuel quedó con el ejército descalabrado y las promesas y los consejitos de Buenos Aires. El gobierno de Buenos Aires hacía las consideraciones del caso sobre las necesidades, justificaba los pedidos, trataba de cumplir con los más perentorios adelantando algunos dineros *sólo para alimentos*, decía, como si fuéramos a comprarnos collares, ironizaba Manuel, pero el gobierno mandaba menos de lo prometido y aun de lo prometido mandaba casi nada: las arcas, repetía, estaban exhaustas por las guerras en tantos frentes: en el Ejército de los Andes y en las fronteras y en las provincias. Y en medio de ese cúmulo de necesidades que descarnadamente debían llamar pan al pan y al vino, vino, y al hambre hambre, el gobierno ordenaba al general Belgrano, desplazado de la frontera del Norte a esas inciertas vaguedades por razones de rencillas domésticas: eleve el número de tropas de línea, general, porque se ha vuelto a anunciar una expedición española. Y estaba Güemes en Salta haciendo piruetas para detener a los godos y estaba San Martín en Chile presto a partir para llevar la libertad a América y Belgrano, recostado en su catre de campaña húmedo y helado, sin lograr consolidar el ritmo normal de su respiración, qué somos, se decía, qué somos, Dios mío, locos en medio de esta anarquía y miseria que seguimos con el sueño de una esquiva libertad.

La inactividad es derrota y Belgrano y su ejército estaban inactivos. Esas alturas de la Cruz Alta le permitían una situación geográfica equidistante y pronta para cualquier ofensiva montonera, si el pacto de Rosario se rompía. Pero, con todo, el general pidió movilizar sus tropas. Dio sus razones: la región no ofrecía ventajas al ejército en su escasez de ganado vacuno y de caballos. Debía buscar alguna zona más propicia para cuidar la invernada, Capilla del Pilar, por ejemplo, más cerca de Córdoba y camino a Tucumán. Manuel, más allá de todo eso, quería escapar a las turbamultas provinciales que tanto le disgustaban por parecerle negocio de necios, y acercarse al Norte, donde se asomaba el lobo feroz del verdadero enemigo. O quizá quería tomar ese camino porque hacerlo era estar más cerca de Dolores Helguero. Dolores estaría llegando al final de su embarazo. ¿Le tocaría otra vez enterarse desde lejos del nacimiento de su hijo? ¿Acaso podría repetirse la historia?

El gobierno prestó su aprobación al proyecto y el ejército se puso en movimiento en los primeros días de junio y llegó a Capilla del Pilar, sobre el Río Segundo, a nueve leguas de Córdoba, donde estableció el campamento.

Allí, una tarde, llegó un chasqui. Lo hicieron pasar a presencia de Manuel y Manuel esta vez reconoció al muchacho veinteañero, de talla alta, de cara color humo, de apelativo Sanchú: era criado de los Helguero, era mensajero de la niñita Dolores, como él decía. Y noticias traía de su niñita Dolores:

—General: lo he seguido con esto por medio país —y mostraba la carta extraída de su rebenque—, general, lo he seguido, cabalgando detrás de sus tropas, con tan mala suerte que llegaba cuando ya habían pegado la vuelta.

—Dame —dijo el general impaciente, le señaló la puerta, quería estar solo, se quedó con el papel en la mano y la angustia en el pecho y leyó: Manuel, es una niña, se llama Manuela Mónica del Sagrado Corazón, nació el 4 de mayo. Se llenaron de lágrimas los ojos del general. Dios mío, su hija tendría ya casi dos meses, y él sin conocerla y Dolores, pobrecita, tan niña, lo que habría pasado... En eso advirtió dentro del sobre otro mensaje. Emocionado con la noticia no lo había visto, lo había dejado caer. Manuel se agachó, lo recogió del suelo, el esfuerzo provocó el correspondiente ataque de tos, se repuso como pudo, abrió el mensaje, brevísimo, leyó: Yo he tenido que casarme, por orden de mis padres con un señor Rivas. Mis padres no querían que la niña apareciera como hija natural. El señor Rivas es catamarqueño y parece buen hombre.

Manuel no lo pudo creer, volvió a leer el mensaje, se cerró su pecho, una lápida encima, la lápida era emoción, rabia, impotencia, volvió la tos, volvieron las lágrimas. Acudió Blas en su ayuda. Manuel le dijo, un hilo su voz.

—Me equivoqué.

—Eso pasa.

Lo prometido por el gobernador intendente de la provincia de Córdoba, que eran reses para acallar el hambre del ejército, se iba cumpliendo aunque en medio de serias dificultades. *"Se hace muy difícil sistematizar el servicio prometido, general"*, le decía el tal gobernador en una carta, *"los paisanos conductores de reses de las diferentes pedanías para el ejército pierden los recibos o los pitan o se los llevan a sus pagos"* y el general leía esa y

Las batallas secretas de Belgrano

otra correspondencia y sus ojos claros estaban llenos de negruras: Oh, Dios, cuánta miseria hay en el corazón del hombre. Pero al gobernador intendente de Córdoba le escribió: *gracias por sus esfuerzos, señor Castro.*

El rancho en que se alojaba el general en la Capilla del Pilar era algo menos inhóspito, pero la salud del general, tan mala como en la Cruz Alta, en tanto el descalabrado ejército seguía haraganeando junto al Río Segundo, a la vera de la capilla que en un tiempo había sido mentada como *la capilla de doña Gregoria*, porque Gregoria Sobradiel la había heredado de sus padres, dos zaragozanos emprendedores que en las postrimerías del XVIII levantaron ese oratorio en la carretera que mal unía Buenos Aires y Córdoba.

El doctor Rivero vino a visitarlos. Al doctor Rivero lo había traído el gobernador intendente de Córdoba, porque estaba muy preocupado dados los síntomas del general. El doctor Rivero era un hombre rechoncho, de anteojos, cálida voz y ademanes circunspectos. El doctor Rivero recorrió el cuerpo del general, auscultó su pulso, miró su lengua, tanteó sus pulmones, lo hizo sentar, acostar, lo escuchó, le preguntó.

El doctor Rivero dictaminó.

—Hidropesía. Avanzada.

El gobernador intendente de Córdoba dijo:

—General, es necesario que atienda usted su salud con mayor dedicación. Considero que en las presentes condiciones usted no puede seguir. El frío y la humedad aumentan, el tiempo ni miras de cambiar, sus males no retroceden, se agudizarán. Por favor, piense en su salud, general.

El doctor Rivero dio sus remedios; el gobernador de Córdoba, sus consejos, Manuel simplemente afirmó, y su voz era grave y su gesto sereno y su voz calma y sus ojos miraron de frente al gobernador intendente de Córdoba:

—Mi amigo, sé que estoy en peligro de muerte. Pero

créame, la conservación de este ejército pende de mi presencia —y el gobernador de Córdoba dijo sí, con la cabeza, sabía que en tal declaración no había inmodestia ninguna: sólo el nombre de Belgrano hacía que esas turbas zaparrastrosas y famélicas tuvieran aún algo de cohesión. El general prosiguió—: Mi amigo, aquí hay una capilla donde se entierran a los soldados; también puede enterrarse a un general —se detuvo un momento y agregó, con melancólica sonrisa—: Hasta me es agradable pensar que aquí vendrán los paisanos a rezar por el descanso de mi alma. El gobernador intendente de Córdoba miró a ese hombre destruido. Le habían dicho que el general Belgrano era un hombre de mundo, fino y elegante, que no viajaba sin llevar en su petaca de mano perfumes y libros, que en Tucumán se trasladaba en un carruaje comprado en Londres, que sabía idiomas y había tratado con gente de alcurnia, sobre todo con mujeres de mucha belleza y abolengo, que su familia era numerosa en miembros, prestigio y dineros. Le habían dicho. Pero él sólo veía a un hombre que, casi sin poder respirar, pensaba en su próxima partida con la serenidad con que podría estar hablando en el Congreso o en una reunión con sus pares, y miró sus botas remendadas y su chaqueta gastada por el uso, y la tez tan pálida por males y ayunos y pensó, Dios mío, cuánto le ha pedido la patria a este hombre; mejor dicho, cuánto este hombre le ha dado a la patria.

 El gobernador intendente de Córdoba se fue y, cuando se estaba yendo, vio a tres soldados que esperaban audiencia y él, comedido, les dijo, *el general está muy enfermo, no podrá atenderlos*, pero uno de los soldados afirmó, *señor, el general nos acaba de confirmar la audiencia*, y entonces el gobernador intendente de Córdoba los dejó pasar y vio cómo el soldado, cubierto el cuerpo de andrajos y llagas y seguramente de picardías, se llegaba hasta el general en su catre y comenzaba a decir, después de

cuadrarse malamente, en ese rancho de techo de paja y paredes de barro que estaba oficiando de comandancia, dormitorio y quizá morada de moribundo:
—Mi general, ocurre...
Y ahora vendrán las cuitas, supuso el gobernador intendente de Córdoba, y vendrán los pedidos y vendrán las dispensas y como el general probablemente no pueda solucionar las peticiones, vendrá el lloro y el general allí, como un Cristo yacente, tratará de paliar males y necesidades increíbles a fuerza de palabras mientras aguarda que Güemes siga en lo suyo, defendiendo el Norte, y San Martín en lo suyo, ultime las marchas, y en Buenos Aires, el Director, en lo suyo, avente las guerras civiles y él, Belgrano, en lo suyo... No hay caso, algunos viven de darse, pensó Castro, el gobernador intendente de Córdoba.

Pero, ¿cuál será lo mío?, se estaba preguntando Manuel: estar aquí, como un pararrayos, a las puertas de la pampa, entre el puerto, el Norte y los Andes, sosteniendo los vientos encontrados, consumiéndome entre fiebres y jadeos, haciendo aquello que no sé hacer, que es una guerra ahora peor aún, porque ahora es la guerra entre hermanos...

Como Cristo en la la cruz. Así estaba esa noche, muriéndose de confusas dolencias, mientras más allá de la ventana el viento gruñía con ganas. Por esas horas creyó llegado su fin, tan intensos fueron ahogos y fiebres. La muerte le estaba mostrando su cara. Pensó en Dolores, entonces ya no suya por empeño paterno, adaptada al rígido mandato doméstico que la había hecho de un tal Rivas, catamarqueño y buen hombre; pensó en la hija aún no conocida que Dolores había cargado en su vientre como entonces cargaría en sus brazos; pensó en lo bueno que serían las manos suaves de su hermana Juana atendiéndolo. Como San Pablo se dijo, *es inútil dar coces contra el aguijón*. Al alba, envuelto en su poncho, los ojos cargados de vigilias, el cuerpo arrebatado por fiebres y fríos y calores y ahogos intermitentes, casi privado de reposado discernimiento, se decidió a escribir. Y escribió: "*Al Director Supremo del Estado. Señor: no habiendo podido conseguir en medio del sufrimiento de cuatro meses de enfermedad un alivio conocido, y aconsejándome los facultativos la variación de temperamento, me veo en la necesidad, aunque dolorosa, de ocurrir a V. A. para que me permita dejar el cargo por algún tiempo, hasta que logre mi restablecimiento, en la inteligencia de que exige con urgencia mi salud esta medida, que no dudo merezca la consideracion de V. A. para que me ponga en aptitud de repetir servicios. Cuartel general del Pilar, a 29 de agosto de 1819".*

Varias semanas después, de madrugada, el permiso en la mano, salió con su secretario, veinticinco escoltas de caballería y varios perros. Antes de partir, el general había reunido al ejército y frente a ese horizonte erizado de lanzas se fue despidiendo de todos:

—Voy a recorrer el camino que habéis de llevar para que os sean menos penosas vuestras fatigas en las nuevas marchas que tendrés que hacer —les dijo—. Me es sensible separme de vuestra compañía, porque...

No era un jefe quien hablaba, era el padre que había acompañado sufrimientos y penurias, que en ocasiones había sido duro, pero siempre comprensivo y justo. Miradas turbias de emoción y manos en lo alto acompañaron los primeros pasos del general camino al Tucumán, junto a su escolta.

En Córdoba salieron a despedirlo el gobernador intendente y los jefes de la guarnición allí asentada. Todos lo abrazaron. Los de la escolta, hombres, caballos y perros, debían volver al campamento, pero antes echaron pie a tierra, se descubrieron ante él, uno tomó la voz de todos, uno habló pero sollozaron en conjunto, uno de la abundancia del corazón extrajo las palabras que todos querían decir y todos sintieron el alma estrujada.

Las batallas secretas de Belgrano

—Adiós, general. Dios nos lo vuelva con salud y lo veamos pronto...

Era duro ver llorar a esos duros en la fría mañana de setiembre que aún no había logrado aventar los fríos invernales, bajo el cielo encapotado. Pero marchó la escolta hacia un punto cardinal entre ruido de cascos de caballos y silenciosos pastos pisoteados, y el gobernador de Córdoba y sus jefes hacia otro punto cardinal marcharon y el general Belgrano marchó hacia su destino, que quedaba hacia el Norte, y la hija aún sin conocer.

Al llegar a la primera posta, en un monte aclarado por salpicaduras de sol, apenas si pudo bajarse. No bien lo hizo pidió a su ayudante la petaca-escritorio y sacudiéndose el polvo del camino de su rostro con un pañuelo y olvidándose de la mortificación de los huesos, mientras ubicaban a los animales en los forrajes y a las personas en las mesas, el general quedó frente a sus papeles. El canto del agua en la pava y el olor del asado en las brasas entusiasmaron al postillón, a los acompañantes, al secretario. A Manuel, la necesidad de mostrar su agradecimiento: *Mi amigo doctor Castro,* comenzó a escribir y le dijo aquello que debía decirle, que era la amistad de su corazón agradecido. Después comió algo, algo descansó, prosiguió el largo camino.

Agravados los dolores, llegó a Santiago del Estero, tierra cara a sus antepasados maternos, los González Casero; volvió a pedir los elementos para escribir: no era hombre de dejar de cumplir sus deberes. Papel, tintero, pluma en mano, sus piernas hinchadas de modo increíble, su letra altamente irregular, el pulso totalmente alterado comenzó su carta pero, ¿acaso reconocerán la pulcra letra del general Belgrano en esos casi garabatos que no logra dominar? *He llegado a este punto y sigo mi marcha. La enfermedad se agrava manifestándose en la fatiga que me aqueja y en la hinchazón de las piernas y los pies...*

La primera vez que llegó al Norte, allá por el doce, para hacerse cargo del ejército, también venía enfermo. Llegó en un carruaje pero, en aquel entonces, al aproximarse a los alrededores del campamento, pidió una cabalgadura. Uno de los suyos protestó:
—General, usted no está en condiciones de cabalgar.
—Mi amigo —contestó—. En este país un general no es general si no llega a caballo.
De modo que, en aquel entonces, entró a caballo. En esa ocasión ni lo intentó. Soy un general en desuso, se dijo. No llegaba para hacerse cargo de un ejército, aunque sí lo esperaban otras batallas. Pero de éstas, ¿quién se enteraría?

Manuel se refugió en el campamento de la ciudadela. Allí tenía sus cinco habitaciones de techo de paja, construidas por los soldados, con su pequeño jardín y la huerta correspondiente, como las tenían todas las cuadras de la tropa a quien él les había hecho cultivar la tierra para colaborar en el propio sustento.

Su cama, como siempre, era un catre, pequeño y de campaña, pero para la ocasión se había adosado a la habitación un sillón, porque la enfermedad le exigía permanecer la mayor parte de la noche sentado.

Dolores, no bien supo de su presencia, corrió a su lado. Ni dio explicaciones, ni las pidió. Simplemente se puso a su servicio y, con ella de enfermera, se hicieron más llevaderos los males, aunque no cejaron en su intensidad. Un día le trajo a la niña y Manuel vio esos trazos menudos, la piel transparente, el perfil... ¿de quién? Por primera vez frente a ese tierno bultito sonrieron los dos. Sonrió Manuel. Sonrió Dolores.

En la ciudad desde hacía varios días corrían rumores de alteraciones políticas. Una noche, a altas horas, Manuel en vigilia, como siempre, escuchó algarabía desusada en la cercanía de la comandancia y, de pronto, a la luz de la lámpara que apenas si alumbraba un costado de su habitación, vio irrumpir fantasmal tropel de soldados. Quiso saber las causas de semejante alboroto.

—¿Qué sucede? —preguntó sacudiéndose los restos de la duermevela.

—Es una revolución, general Belgrano —le anunciaron—. Y queda usted detenido.

El hombre que así hablaba era fornido, con rostro de buitre y corpachón de buey.

—Abraham González —se presentó, si no con sus respetos, con su furia. Oriental integrante de la guarnición compuesta por piquetes del Perú, hombre desagradable y mandón, encabezaba esa revolución que, aunque local, pretendía imponerse en otras provincias. En Tucumán contaba con el apoyo del otrora gobernador Bernabé Aráoz, el hombre que tanto había trabajado cuando la batalla de Tucumán, patriota firme aunque coercionado por la ambición; y contaba, también con parte de la tropa que, mal alimentada, desmoralizada, se entregaba a cualquier ensueño que significara una esperanza para salir de tanta inoperancia y monotonía. Era la moda: fuerzas populares adosadas a las ambiciones de caudillejos no hacían sino repetir los ejemplos propagados a lo largo y ancho del país. Si lo sabría Manuel.

En el silencio que siguió a tales palabras, sólo se escuchó el rumor de las armas que se entrechocaban, el bisbiseo de la respiración afanosa del enfermo, el eco de los prepotentes gestos de Abraham González.

Manuel se incorporó un poco más en su catre y enfrentó al retacón.

—¿Qué quieren de mí?

Todo el desprecio de Manuel, hombre de leyes y disciplina, por el desorden y la subversión, se encrespó en sus ojos azules que lanzaron fuego. Pero entendió: su presencia, por sólo ser como era, podía considerarse una amenaza para los sublevados. Por Dios, como si en el estado en que se encontraba pudiera significar peligro para alguien. Y porque lo comprendió, dijo:

—Si es necesaria mi vida para asegurar el orden público, aquí está mi pecho. Quítenmela.

Allí estaba el pertinaz general de la revolución que había trotado el país llevándola en andas de su cabalgadura, de sus lanzas, cañones y bandera. Allí estaba, enfermo, destruido, pero estaba. Abraham González no contestó. El, hombre sin ninguna responsabilidad ni educación, despreciaba a ese generalito rubio y blanco, instruido en Salamanca y Valladolid y Madrid, conocedor de idiomas, diplomático en Londres, de maneras suaves y decisiones terminantes. Despreciaba la gente por él representada, porteños encarnados en ese ejército de señoritos oficiales de buenas familias rioplatenses y oligarcas provinciales. Despreciaba su palabra propugnadora del orden, la moral y la decencia, que mataba de hambre a los soldados y tenía en su haber más batallas perdidas que ganadas. Por tanto desprecio, ni contestó. Simplemente y porque dudaba de ese tercer regreso a tierras tucumanas, porque desconfiaba de esa enfermedad tan pregonada del general porteño, envalentonado por las auspiciosas circunstancias que lo habían puesto en la cresta, dirigiéndose a uno de los soldados, ordenó:

—Remachen los grillos en sus pies.

En ese momento hizo su irrupción en la habitación una avalancha rojiza. Era el doctor Redhead, médico personal y amigo de Manuel. Dormía en habitación contigua a la de Manuel, había venido de Salta para atenderlo cuando supo de sus males y, ante el tumulto, se presentó como un alud. Cuidaba de la salud de Manuel y, enfurecido, enfrentó al energúmeno sin temor.

—Es imposible que usted cometa esa barbaridad, capitán. El general está muy grave —dijo en tanto todos miraban cómo, con humildad y el consiguiente esfuerzo,

Las batallas secretas de Belgrano

Manuel intentaba bajar de la cama. No lo consiguió, pero quedaron descubiertas sus piernas espantosamente hinchadas, que no podían soportar ni el leve roce de una tela. Las piernas, señales condensadas de su mal.

—Señor capitán —demandó el doctor Joseph Redhead—. Como está usted viendo, el general Belgrano está enfermo de sumo cuidado y es imposible tocar sus piernas, cuanto más engrillarlas. Sería un oprobio que usted lo intentara. Doy mi palabra de que el general Belgrano no se moverá de este lugar.

La indignación reforzaba, si no los argumentos, el énfasis de Redhead; la pasión añadía elocuencia. No enterneció al energúmeno, pero detuvo la orden.

—Ustedes se harán responsables —dijo secamente el triste portador de uniforme y mando, y salió dando un portazo, taconeando fuerte, seguido por esa corte de prepotentes que apañaban sus ínfulas.

Abraham González dejó una custodia en la puerta. Y allí quedó el general del Ejército Auxiliar del Perú, en trance de grave enfermedad, preso de manera infame, sin poderse entregar a esa panacea contra las inoportunidades del mundo que es el sueño.

Al otro día, avisada, llegó Dolores, con su cariño y las últimas noticias de las cuales era portadora detallista, pues siempre su oído estaba atento a datos y decires que tuvieran que ver con el hombre amado de quien ya no podía ser porque era de otro, por designios domésticos que, no obstante, le permitían atender a ese enfermo de la patria. En la madrugada, las campanas de la ciudad habían alertado al pueblo de los cambios ocurridos en las oscuridad nocturna. Abraham González se había autoproclamado comandante general y obligado al Cabildo a nombrar gobernador de la provincia de Tucumán, que desde entonces sería considerada independiente, a Bernabé Aráoz. Y así se hizo.

Como Aráoz se había declarado siempre amigo de

San Martín, en la ocasión le escribió informándole que el cambiazo sólo tenía por fin salvar al país ante el enemigo común; como siempre se había declarado amigo de Manuel, dispuso su libertad. Mandó quitar la guardia afrentosa y le tuvo algunas consideraciones. No dijo que había recibido un oficio del Congreso de Buenos Aires recomendándole insistentemente que, ante la situación delicada en la cual se hallaba la salud del brigadier general Manuel Belgrano, empeñara su particular esmero en que se le dispensaran las consideraciones debidas a su carácter de general en jefe del ejército y capitán general de aquellas provincias; y que si la presencia de las nuevas ocurrencias pudieran perjudicar a su restablecimiento, le facilitara la comodidad y auxilios necesarios para su traslado al punto que el enfermo eligiera.

Aráoz contestó haciéndose el santito: había tomado todos los cuidados para atender la delicada situación del general y el Congreso podía descansar en la firme confianza de que cumpliría las atenciones ordenadas.

Manuel se sentía profundamente triste. A los sufrimientos de su enfermedad unía los de su alma. Más aún: a veces pensaba que su postración, antes que a las fiebres, se debía a la tristeza. Esa afrenta sufrida precisamente en el escenario de sus mayores esfuerzos y gloria, le dolía menos que el inferido al país y a la revolución. Sus suspiros de tristeza hubieran podido movilizar las aspas de un molino, pero no tenía ni fuerzas para exhalarlos. Ni Dolores ni la niña, a quien solía traer para animarlo, lograban revertir esa situación. Con todo, en la amorosa solicitud de Dolores, en la devoción de unos poquísimos amigos, y ante la distracción de vecinos y autoridades embarcados en otras lides, Manuel veía crecer días y males.

Una mediatarde Manuel, porque se sintió algo mejor, para recomponer su ánimo adelgazado por tanto encierro, pensó en un paseo, pidió su cabalgadura y salió. Re-

corrió las adyacencias de la Ciudadela, discretamente recorrió caminos custodiados por naranjales y lapachos, se acercó a un rancho alejado. Una mujer del pobrerío lo reconoció y, con un toquecito de melancolía proveniente de las circunstancias y de su ojo desviado, lo recibió:
—Ñorcito Belgrano, qué gracia de Dios poder verlo...
Lo invitó a bajar, dijo llamarse Nemesia Arruspe, le ofreció arrope, le mostró a su nieta, una niña quieta que sonreía todo el tiempo.
—Estoy sola, señor —le dijo.
—¿Por qué? —preguntó tontamente, como si pudiera llamar la atención en esos tiempos violentos la presencia de gente solitaria.
—Porque a mi marido lo mataron en la de Tucumán, aquicito nomás. Y a mi hijo en la de Salta y a mi hija los godos la azotaron porque pasaba mensajes y... mi hija estaba preñada: así me salió la nieta, con tanto golpe a la madre —dijo y miró tristemente a la baldada y la miró Manuel y pensó: pero, ¿qué tienen que ver los niños en esta guerra?
Los ojos de Manuel no contuvieron su emoción.
—Ha sido por la patria, doña Nemesia. La patria...
No supo qué agregar. La patria ¿qué? ¿Agradecía algo? ¿En qué lugar se escribirían los nombres de esa gente sin nombre ya en la tierra? Sólo en el tuyo, Señor, murmuró. A ella le dijo simplemente:
—Dios todo lo ve y guarda, Nemesia.
Se quedó largo tiempo con Nemesia Arruspe, mientras su escolta, en estado de alerta y sueñera, aguantaba el coloquio. Se quedó acompañándola y acompañándose. Después se fue. Pero antes, hurgó en su escarcela, apenas si encontró algo con que recompensar arrope, palabras y compañía. Él también era un pobre.
En los días siguientes no se sintió bien. Los dolores se habían agudizado, las piernas estaban imposibles, la respiración, fatigosa. Casi no podía caminar, ni hablar de

montar. Uno de los amigos que solían darse una vuelta para charlar con él estaba a su lado.

—Mi enfermedad se agrava cada día más —le dijo de improviso—. He determinado irme a Buenos Aires a morir —y mirando melancólicamente las piernas imposibles agregó—: Yo quería a Tucumán como si hubiera nacido acá, pero esta tierra ha sido ingrata conmigo.

Y así era. A río revuelto ganancia de pescadores y estampida de cobardes. Muchos se habían ido alejando de Manuel después de los acontecimientos revolucionarios.

Don Celedonio Balbín, uno de los más fieles amigos, lo acompañaba lo más que podía. Lo visitaba, le compraba remedios, le llevaba alimentos, procuraba hacer llevadero su calvario, hasta donde resultaba posible.

Un atardecer Balbín lo advirtió muy triste, una carta en la mano:

—Ya no podré ir a morir a Buenos Aires. No tengo recursos para moverme —era una capitulación humillante y la estaba confesando—. Escribí al gobernador pidiéndole algún dinero y caballos para el carruaje.

Dos mil pesos para los gastos del viaje. Dos mil pesos para quien salvó a Tucumán de los realistas. Para quien luchó tanto por la ciudad. ¿No hay dos mil pesos? Don Bernabé Aráoz le había dicho que no.

—Me ha negado todo. Todo se ha perdido —confesó, compungido. Pero enseguida agregó—: Menos el honor.

Balbín lo miró fijamente, le tomó la mano.

—General, ese dinero es suyo. No será por falta de esos pesos que usted no pueda ir a Buenos Aires para atender su salud.

Se conmovió Manuel, tan lejos ya de algún gesto solidario que no surgiera del núcleo de sus íntimos.

—Se los devolveré, mi amigo. Muchas gracias.

Podía partir, entonces. Pero antes debía velar, con lo poco que estaba a su alcance, por su pequeña hija. Recordó una vieja donación hecha por la Municipalidad de la provincia, un solar del cual tenía los documentos, donde había edificado ...*por derecho de heredad pertenece a mi hija Manuela Mónica del Sagrado Corazón* —escribió ante las autoridades pertinentes. Y después dio los datos: *Para que conste, lo firmo hoy, 22 de enero de 1820, en la valerosa Tucumán, rogando a las Juntas Militares como a las civiles, le dispensen toda justa protección.*

Era casi como encomendar su hijita a la patria.

Esau y Jacob lucharon en el vientre de Rebeca, dice la Biblia. En Manuel se enfrentaron el amor de Dolores y el amor de su familia y Buenos Aires. Se preguntaba, además, ¿cómo haré para seguir viviendo lejos de Tucumán? Pero antes de que el verano llegara a cerrarse sobre la ciudad, Manuel partió.

Era febrero, el calor resultaba insoportable cuando Manuel estuvo listo para el viaje, que iba a ser largo y penoso. Jornadas entre polvo, montes, soledades le aguardaban. Varios amigos de los más fieles quisieron ser de la partida: el doctor Redhead, ciertamente, para cuidar su cuerpo, el capellán padre Villegas, para velar por su alma, sus ayudantes Gerónimo Elguera y Emilio Salvigni, por pleito de afectos.

Los ojos turbios de Dolores, con Manuela Mónica del Sagrado Corazón en brazos, vieron partir aquella madrugada el breve convoy: carruaje, general, médico, capellán, dos ayudantes, tres caballos y varios perros que trotaron durante un tiempo y luego lo abandonaron para volver al lado de Dolores Helguero y de Manuela Mónica del Sagrado Corazón como diciéndoles hasta allí fueron bien.

Dolores se encerró en su casa, prohibió la entrada de todos, incluidos su criada, el sol y las amigas. Un día sintió el llanto de Manuela Mónica: la criada se la había puesto al alcance de sus oídos, detrás de la puerta. Comenzó a reaccionar.

Cuando llegaron a la primera posta Manuel ya no

pudo bajar. Entre dos lo cargaron y condujeron hasta el camastro donde cuidadosamente ubicaron su cuerpo, sus piernas primero, ay, con cuidado, ay, tanto traqueteo del viaje, tanto movimiento, tanto esfuerzo, qué tortura. El ayudante acomodó la pobre ropa que cubría el jergón, una vieja desdentada se hizo cargo del enfermo, pues tales menesteres son para féminas: traeré un caldito, dijo, agua le ei de dar a beber, anunció, acomodó el poncho, lo miró con tristeza, quién es, preguntó, es el general Belgrano, le informaron, ¿el de las batallas?, averiguó, y cuando le dijeron que sí una sonrisa abrió su boca desdentada, pobrecito mumuró, yo lo ei de ayudar, agregó.

Descansaron algo. Después, con los ánimos cedidos a la tristeza, continuaron el viaje. El general empeoraba. El camino cada vez era más polvoriento y salitroso. Los cactos se levantaban hacia el cielo, como brazos implorantes. Los ánimos amenguados: el general está agravándose. No quiso morirse en Tucumán. Mirá si le toca en el camino.

En una posta de jurisdicción cordobesa se repitió la escena: el descenso doloroso, el martirio de Manuel, sus suspiros, su contención heroica para no mortificar con quejas a los suyos él, que estaba en la mortificación pura.

Habían llegado a la hora de la siesta y la canícula apretaba que era un martirio. El doctor Redhead lo auscultó, le tocó la frente, pura brasa, miró las piernas, monstruosas, contempló la azulina luz de los ojos ya cobijados por los párpados pesados de cansancio sin fuerzas para levantarse, los labios que alcanzaron a forzar una sonrisa para decirle *gracias, doctor*. Le acercó una pócima,

—Descanse, general, descanse.

—Si pudiera... Trataré. Pero antes quisiera hablar con el maestro de postas.

—Ya lo llamo —se comidió su ayudante, que había

escuchado y marchó a cumplir el recado hacia el rancho del hombre.

El ayudante de postas era tosco, de modales groseros y pocas pulgas; de entrada nomás había demostrado escasa voluntad. Un cigarro de chala pendía de sus labios gruesos, escuchó el pedido, carraspeó groseramente, escupió una saliva oscura y maloliente, contestó al ayudante:

—Dígale al general Belgrano que si quiere hablar conmigo venga a mi cuarto. Que hay igual distancia —dijo y dejó al ayudante del general con la indignación prendida a sus pupilas y la mano en el arma que pendía de su cinto, mientras marchaba cansinamente hacia quién sabe dónde, en tanto una vieja asomada a la puerta le atajó el paso para preguntar a desgano

—¿Quién es ese general Belgrano?

Las chicharras estallaban la monotonía de su canto en el aire, había que ir a comer algo, pero ¿quién podía tener ganas con el general muriéndose en ese camastro de mala muerte? ¿Quién? Hicieron un esfuerzo, comieron algo, algo descansaron, ¿no viene el maestro de postas?, preguntó el general, eludió el ayudante la respuesta, no lo encontré, le dice, dígame usted qué quiere, se ofrece. ¿Comprende el general qué ha pasado? Quizá comprenda, entrecierra los ojos, la modorra lo alcanza, se arrebujó en el poncho aunque el calor era grande, pero la fiebre es así, ahora frío de muerte, enseguida calor de infierno, si lo sabrá Manuel que siempre ha lidiado con males de calaña diversa, aunque nunca con cimbronazos tan fieros como los que entonces soporta. ¿Será posible que me toque morir en el camino?, se pregunta.

El posadero se fue a beber, los amigos, a descansar, Manuel, a velar sumergido en ese enervamiento provocado por el dolor y la fiebre y la angustia, porque había estado sacando cuentas, comprendía cuánto faltaba aún para llegar a Buenos Aires, tenían que cruzar la pampa pero el dinero no les iba a alcanzar, los gastos del viaje hasta allí casi habían acabado las pocas reservas, qué hacer, quería llegar a Caroya, allí estarían un poco más cómodos, porque era una estancia amplia y desde ese lugar podría mandar un mensajero hacia Córdoba, porque en Córdoba los amigos podrían asistirlo con esos dineros imprescindibles que necesitaba para arribar a Buenos Aires.

Quedó solo Manuel. Una gallina de las varias que había visto al pasar por el patio entró en el cuartucho, se cercó al catre, miró sin entender nada, como hacen las gallinas, Manuel estiró su mano no para espantarla, sino para decirle *gracias,* pero la gallina se asustó y salió entre revuelo de plumas y alboroto de cacareos. Qué lástima, dijo Manuel. Y quedó otra vez solo.

Bustos, el mandamás de Córdoba en esos momentos, había sido subalterno de Manuel en las antiguas lides norteñas y en las cercanas litoraleñas. Pero Bustos, como Aráoz en Tucumán, se hizo el desentendido. Un comerciante, don Carlos del Signo, salió en ayuda del enfermo y de su gente: el emisario regresó con cuatrocientos pesos, para algo alcanzarán, dijo Manuel agradecido y pidió papel y lápiz, escribió rápida y malamente, pues ya no estaba para esos trotes de escritura su mano temblequeante: *Mi muy querido paisano y amigo Carlos Del Signo: estoy agradecidísimo a V. por el favor que me ha dispensado de los cuatrocientos pesos que se ha servido franquearme para mis necesidades y el Teniente Coronel Escobar me ha conducido, advirtiéndome de la generosidad de V. en no haberle querido admitir recibo, y que además deseaba V. el libramiento para Buenos Aires, el mismo que tengo el honor de acompañarle contra mí mismo, y a quince días visto para la mejor exactitud en su pago.* Manuel siempre quería cuentas claras.

Las batallas secretas de Belgrano

Dejaron la remansada paz de la estancia para seguir zangoloteándose por los caminos. Allí iba, enfermo, acuchillado en su asiento y en sus males, el general que un día cruzó esas tierras al frente de sus hombres. Allí iba, llevado por caballos, amigos y penurias y apenas si un aleteo de esperanzas. Veía los campos devastados, sin señales de labranzas, quemados por partidas y guerrillas; la campaña sin casas ni escuelas, con partidas de desertores y asaltantes de caminos que hasta robaban bastimentos y armas de la patria; veía agostados los sembradíos y exhaustos de animales campos antaño llenos de reses y de aguadas... Después ya no vio nada, pero siguió y siguió. Y así siguió el general, casi como un fugitivo, huyendo de la muerte y también del olvido de paisanos y amigos.

El primer día del viaje Manuel sólo había visto los ojos de Dolores llenos de lágrimas y la manito de la niña remedando el saludo propiciado por la madre. El segundo día vio tropillas que pastaban y algunas mujeres a orillas de un río de aguas claras y azaroso trayecto, y pensó que así debía ser en los tiempos de paz. Pidió que se detuviera el coche y bajó y dio algunos pasos por la orilla, pero apenas si pudo dar dos o tres cuando trastabilló y debieron devolverlo al coche. Las mujeres, condolidas, preguntaron *¿quién es?* Cuando les dijeron *el general Belgrano,* una de ellas, luto riguroso en sus ropas, ojos entristecidos, demandó *yo quiero saludarlo,* y los otros dejaron que la doña se acercara y Manuel sonrió agradecido por esa limosna de una mujer de pueblo que recordaba su nombre y sus hazañas.

Un día, con el ánimo aligerado, así como el navegante al ver bandadas de pájaros presume la cercanía de la tierra, comenzaron a ver las señales de la ciudad. De lejos divisaron, al subir una cuchilla, alguna torre; después pasaron por La Calera, donde los jesuitas extraían cal de las barrancas del río; luego por La Blanqueada, pulpería en la cual se detenían las carretas que venían del Norte; por fin, les salieron al paso las casas dispersas de las orillas con sus cercos de plantas espinosas de sinuosos diseños y sus chiquillos jugando en los zanjones.

De pronto, al dar vuelta un recodo, apareció la ciudad.

—Entonces, Buenos Aires existe —murmuró Manuel.

—¿Qué? —preguntó el doctor Redhead, atento como siempre a su mínimo gesto.

—Existe —repitió Manuel—. No pudieron con ella ni los arrebatos provinciales ni las ligerezas propias.

—Parece que no —le siguió Redhead la corriente.

—Por suerte —dijo Manuel y entrecerró los ojos.

XXVIII

Ultima estación

La Calle de Santo Domingo esquina del Rey estaba silenciosa pero pronto aparecieron sombras tras las cortinas de puertas y ventanas. Miga para los chismosos tanto meneo en la casa de los Belgrano, qué estaría pasando se preguntaban y no tardaron en entenderlo: don Manuel, el doctor y general, regresaba de sus expediciones guerreras y regresaba en trance de muerte. Pobre gente la de los Belgrano: de esa casa huyó hace tiempo la fortuna y ahora llega la desgracia, murmuraron.

En el fresco atardecer de un lánguido otoño, a través de la ventanilla del carruaje cubierto de polvo y barro, Manuel vio, levemente apesadumbrada por el paso de los años, la casa paterna donde, cincuenta años antes, había correteado, inocente y feliz; vio las paredes que recogieron su regreso de España, señorito vestido a la última usanza europea, deleitado y también enardecido por libros y doctrinas, lleno de saber e inquietudes militantes; vio el espacio de sus estudios y polémicas con amigos en los días previos a mayo, cuando hombres de toga y de sotana, inquietos por la patria, acudían buscando sacudir la colonial modorra legalista; vio, en fin, el claustro considerado como el más propio: la casa, es decir, su lugar en el mundo.

Al día siguiente se aventaron lluvias y humedades,

salió el sol y el ánimo de Manuel echó a volar runrunes de esperanzas. Semanas después aceptó ser trasladado a la quinta de San Isidro, donde, según parecer médico, podría reponerse más prestamente y ordenar sus Memorias, historia de tanta pasión revolucionaria. Estuvo bien en la quinta, calentándose al solcito, remedando allí la vida que solía hacer en Mercedes, en la otra banda, donde la familia tenía intereses que pronto fueron suyos y la vida bucólica lo acogía cuando los excesos laborales del Consulado y su salud siempre precaria lo llamaban a sosiego, y podía entregarse a lecturas interminables, pese a sus lagrimales siempre cansados. Pero no había llegado el mes de abril y ya Manuel debió regresar a la ciudad porque los males recrudecieron impiadosamente. Se instaló entonces en su cuarto como quien se instala en otro país, con ese aire ausente de quien está en una batalla distinta de las de su entorno.

Una de las primeras noticias recibidas al llegar nuevamente a la casa paterna fue la de la muerte del obispo de Salta, aquel Videla del Pino que lo puso en aprietos en su primera marcha a las provincias del Norte. Después de haber sido juzgado por el gobierno de la revolución que nada pudo concretar sobre las acusaciones pertinentes, el obispo juró la independencia en la pública sala del Congreso, en Buenos Aires, para vivir muy muy pobremente y de prestado alargada vejez. Ante la noticia de su muerte Manuel, con el ánimo desbaratado por fiebres y tristezas, murmuró, más para sí que para quien le transmitía tal noticia, la voz descarrilada por debilidades:

—Dios mío, qué duro fue aquello de tener que gobernar.

No agregó más pero siguió recordando. ¿Hasta dónde había sido injusto con Videla del Pino? ¿Hasta dónde su decisión destruyó la vida del primer obispo del Salta?

—Ay, qué difícil ha sido entenderse en este país.

Una mañana escuchó a su hermana Juana, por prepotencia de cariño convertida en guardiana de su salud, regateando con unos vendedores por cuestión de mercaderías y pagos. Manuel comprendió: no había dinero. A esta noticia se sumó, al día siguiente, otra más alarmante: como en su momento nadie quería prestarle efectivo al ejército para gastos tan urgentes como la comida, si no era con el aval de su propia firma, él había dado su respaldo a cierto préstamo otorgado por un amigo, don Teodoro Fresco. Cumplidos con creces todos los plazos exigidos por recibos y paciencia, el hombre, muy justamente, salía con reclamaciones: necesitaba los mil trescientos otorgados allá lejos y hacía tiempo. Pero, ¿cómo podía devolver Manuel ese dinero utilizado para necesidades ajenas, estando como estaba entonces en la cama y con negocios que más tenían que ver con el otro mundo que con éste? Así lo vio su hermano Domingo, en la puerta y alerta siempre, demudado, el papel del reclamo en la mano, la mirada perdida, socavado por la enfermedad como el mar socava los acantilados. Domingo corría con los gastos de bolsillo, con boticas y médicos encargados de crear la ilusión de una salud cada vez más esquiva; en la ocasión decidió correr también con la cuenta de don Teodoro Fresco, pero no pudo dejar de preguntarse cómo ese hombre, su hermano, podía sobrevivir a tantas humillaciones sin ensuciarse de rencor, cómo no se manchaba con mayor desaliento, cómo nunca se lo escuchó protestar: para qué di tanto, Señor.

—Manuel, por Dios: no es para afligirse tanto. Fueron urgencias de la revolución y tu te hiciste cargo. Ya se proveerá —el padre Domingo le quitó el papel temblequeante en manos de Manuel e insistió—. Gastaste tu vida por la patria, Manuel.

—Y pronto se dirá: y su muerte también.

—Vamos, hijo, vamos. Me parece que, más que pagarle a don Teodoro, estás necesitando que venga fray Cayetano para ahuyentar tanta melancolía y ordenar tus tristezas.

—Que venga fray Cayetano, tienes razón. Pero en tanto, arbitraré algunos medios para solucionar esta deuda. El hombre en quien se estaba convirtiendo Manuel ya no tenía poder de decisión. El otro, el hermano sacerdote, decidía por él. Estaba bien. No obstante, con sus últimos arrestos, Manuel solicitó a las autoridades el reintegro de alguno de los muchos sueldos de que se había privado en beneficio de la subsistencia del ejército para el que debía encontrar con qué darle de comer, como una madre de familia numerosa debe hacer frente a las hambrunas de su chiquillería. Presentó, también, una lista detalladísima de los dineros tomados a crédito de amigos a fin de poder realizar el viaje y pagar a los médicos que se ocupaban de su salud. El hombre que querelló a Contursi porque le había presentado cuentas no muy claras; el que se negó siempre a tomar una res o una cabalgadura sin abonar su precio en medio de la guerra y la miseria; el que cobraba su sueldo (cuando lo cobraba) y lo entregaba íntegro al capellán Villegas para sostenimiento de la casa, ¿podía permitirse desprolijidades en esos momentos?

Manuel esperó confiado. Pero ni su pedido ni la lamentable situación en que se encontraba fueron para nada atendidos. Recurrió nuevamente al gobierno, con la amargura de quien se ve reducido a tamaña indigencia: debía devolver los dineros prestados, les decía; la gente que lo había acompañado desde Tucumán necesitaba regresar y no poseía los medios, insistía; los parientes que lo atendían devotamente y lo alimentaban estaban escasos de rentas: Manuel daba las razones de sus pedidos, todos urgentes y que no admitían esperas, y solicitaba que, de no existir numerario efectivo en la Tesorería, se le entregaran doscientos cincuenta quintales de azogue con los cuales poder beneficiarse a fin de socorrer sus extremas necesidades con el importe correspondiente.

La respuesta que recibió era moralmente satisfactoria: mucho benemérito señor, mucho agradecimiento, mucho reconocemos los inconmensurables servicios prestados, mucha justiciera reclamación, pero nada más y, si bien ese reconocimiento de los poderes públicos consolaba en algo su espíritu, para nada solucionaba los problemas. En su alma se sumó una amargura más de esas que instauran las derrotas.

Hay muertes súbitas y hasta inesperadas pero, en general, la gente necesita tiempo para morir. Manuel necesitó sesenta y un días atado ya a la cama, espacio donde toda tristeza anida, ya en el sillón, intercambio exigido por las dificultades respiratorias, en traslaticio vaivén, con Juana preguntándose un noche y otra ¿no se irá hoy?, temiendo lo alcanzara la muerte sin ella a su lado.

Sesenta y un días de martirio, el mundo reducido a los confines de un espacio plagado de silencios cincelados en el aire, saturado de olores a remedios y pócimas y jaculatorias, ahíto de quejidos y bisbiseos y ayes, en el cual momento a momento Manuel sentía declinar fuerzas y ánimo, se le perdían las palabras, la luz se le extraviaba, orillas de oscuridad lo iban invadiendo, Juana suspiraba a los santos (porque, es sabido, hay momentos en que no cuentan ya pócimas, brebajes, enemas, cataplasmas, sino oraciones), la vieja cocinera encendía velas, la nieta de Remigio se daba a inocentes brujerías en furiosa ofensiva hacia lo alto, en tanto Manuel imploraba a la Virgen de la Merced, la capitana de sus glorias, preguntándose ansioso ¿en esta arena me toca librar mi última batalla?

Por la noche caminan muchas cosas: Manuel las sentía caminar en sus intranquilas vigilias, cuando la carcoma hacía su trabajo en las viejas maderas, y él estaba a punto de dejarse vencer por esos ramalazos de sueños intermitentes de los que despertaba sobresaltado y casi agradecido por haber esquivado a la muerte en esos interregnos de nada. Lento es el diario viaje del sol cuando se lo mira desde la inmovilidad de un sillón o de una cama, abrasado por fiebres, consumido por síntomas malignos que aun en los sueños interfieren con dardos venenosos. Repasaba sus días, Manuel: cuando era niño, recordaba, y su padre le enseñaba las primeras letras, y su madre los fundamentos de la fe; cuando había sido joven y había sucumbido a los reclamos de la carne y la pasión; cuando ya maduro amó a Dolores con amor casi adolescente y a esa niña casi desconocida, hija suya en edad descolocada, compendio de una pasión tardía pero cierta; en sus guerras, pensaba, en sus afanes públicos y, entonces, en los negocios del otro mundo, que debía preparar puesto que los deste ya no eran para él.

Con el padre Villegas, conversaba en los espacios permitidos por las grietas de fiebre y los dolores. Con el hermano Domingo. Con amigos que venían a visitarlo y con médicos de la ciudad atentos a ayudarlo, amenguar sufrimientos, alejar tantos datos alarmantes del fin, encontrar modos para sacarlo del paso, que era paso de muerte.

Manuel siempre había gustado de la música. Un amigo iba, tocaba el clavicordio, él escuchaba las melodías elevándose en el aire y en su alma, se perdía en sus dulces languideces, ajeno a esas charlas que a duras penas atendía, en el frágil deseo de hacerles creer como que aún participaba de la vida. Un día, el amigo lo vio así, como desenganchado de lo terrenal.

—¿En qué piensas?

—Pienso en la eternidad a donde voy y en la tierra querida que dejo —contestó—. Espero que los buenos ciudadanos trabajarán en remediar sus desgracias —agregó inmediatamente, porque la patria era un rumor entristecedor siempre presente y la situación del país dura y confusa.

Las cosas del mundo en general y de la patria en especial le seguían preocupando y actuaban en una constelación de momentos sucesivos, sin orden ni coherencia, con intermitencia feroz, en tanto la vida seguía su fuga a través de la enfermedad, la fiebre y los días que cada vez hacían más oneroso el peso de su cuerpo.

Una tardecita llegó La Madrid, hombre de ingenio desordenado y valentía inaudita, uno de sus oficiales preferidos. La Madrid, el de la sublevación de Arequito, el de las guerrillas alocadas, el de las improvisadas vidalitas. Lo vio entrar, a la luz del quinqué, como temeroso por encontrar al general como lo encontraba, sin nada de su habitual desparpajo, *carabina a la espalda y sable a la mano por delante, repechando lomas y montes al trote, al galope y a degüello*, según avanzaba en las filas enemigas o a las sesiones de oficiales, el paso largo y decidido, la mirada avizora, alto de porte, el largo bigote caído a ambos costados del rostro, los ojos brillantes de decisión y quizá picardía. Los de Manuel se llenaron de lágrimas. Apenas si tenía fuerzas para hablar, pero habló e hizo hablar al amigo. Recordaron tiempos viejos vividos en remota región, cuando una simple orden de diversión para distraer al enemigo, dada por Belgrano, fue convertida por La Madrid y su espíritu aventurero y decidido en auténtica operación de guerra ofensiva; revisaron acontecimientos pasados; se internaron en anécdotas sabrosas.

En cierta ocasión, frente a una partida de enemigos más numerosa que la propia, envalentonado, La Madrid gritó:

—Vergüenza eterna para nosotros si esta columna se nos escapa. Si hay cincuenta valientes en estas filas, que me sigan o moriré yo solo.

Por cierto, cincuenta valientes lo siguieron.

—Y vencimos, general —dijo La Madrid—. Eran como mil, pero le cuento, mi general, por si en su momento no se enteró, que todos estaban machados por unas partidas de aguardiante que habíamos conseguido. A veces la euforia etílica ayuda, mi general.

Entonces preguntó el general, en la grisura de la tarde.

—¿Era verdad que, en otra ocasión, unos soldados

abandonaban la partida por falta de municiones y usted...?

—Sí, general. Yo envainé mi espada y tomé dos piedras en mis manos y se las enseñé a mi gente y les dije: muchachos, no necesitamos municiones para acabar a estos miserables.

—¿Y entonces? —preguntó el general, interesadísimo aunque ya al tanto.

—Y entonces todos arremetimos a pedradas contra los godos que bajaban del morro con mucha dificultad por los garabatales y...

—¿Y...? —preguntó Manuel.

—Y los cagamos nomás. No nos gustaba el olor a godo.

Así dice La Madrid y ni se arrepiente de lo dicho porque el general sabe que la gente de campamentos es así, de boca suelta, y después, para entretenerlo nomás, le cuenta de otra vez, cuando casi fue tomado prisionero porque un godo le mató el caballo al cruzar un cenagal y cómo, en el primer poblado, un sargento llamado Bracamonte, de armas llevar el tal Bracamonte, atravesó el villorrio carajeando de lo lindo, mientras gritaba a voz en cuello:

—Dice el comandante La Madrid que si no le dejan la montura los perseguirá a degüello hasta Lima.

Y no había terminado de cruzar el pueblo La Madrid cuando se le presentó el citado Bracamonte con la montura, pero sin los estribos, que eran de plata, y se la entregó diciéndole a él:

—Siento lo de los estribos, mi jefe, pero peor es nada, usted ve, la largaron nomás aunque peladita—. Y sin transición les dijo a los suyos, muerto de risa—: A ver, un sartén por aquí que a los godos se les ha roto un par de huevos.

Ríe el general y ríe La Madrid y murmura, nostálgico:

—En cuántas batallas anduvimos, mi general.

—Y en cuántas que no se vieron.

—¿Qué no se vieron?
—Batallas secretas, La Madrid. Las que aquí se libraron... —dice el general ya con voz apenas audible señalándose el pecho.

Después se pusieron aún más serios, porque pensaron en lo por venir, con tantos líos internos. Pero se esperanzaron: quedaba San Martín y quedaba Güemes lidiando ambos, uno por los Andes y otro por el Norte.

Después Manuel abrió una gaveta del escritorio, al alcance de su mano (pues todo lo preveía la atención de Juana), extrajo unos papeles, se los entregó a La Madrid.

—Tome usted.

Eran las memorias históricas que, a su solicitud, había comenzado a escribir La Madrid.

—Estos apuntes están hechos muy a la ligera: es menester que los recorra nuevamente —le aconsejó—, porque bien vale la pena que en el futuro se conozcan los hechos que usted narra.

Siguieron hablando.

¿De qué hablan dos amigos cuando se encuentran, el uno en pie de guerra aún, el otro en pie de tumba? Uno es mayor y está moribundo. El otro es aún joven y empeñado en la lucha. Hay amor entre ambos. Hay dolor por la separación. Hablaron de Tucumán. ¿Hablaron de Dolores? Cuando se despidieron el cielo era ya un hervidero de estrellas y en los ojos de ambos hubo temblor de lágrimas.

Manuel se decía siempre: las guerras pudren los cuerpos y también las almas. Pero entonces, mirando partir a su amigo, agregó: pero a veces no.

Otro día llegó el amigo Balbín, el buen tucumano que le había facilitado dinero para el regreso. En la ciudad cundía el temor de una invasión de los montoneros sobre la provincia de Buenos Aires, y Manuel, vigía atado a su sillón, se había enterado.

—Mi situación es cruel. Mi estado de salud me impide montar a caballo para tomar parte en la defensa de Buenos Aires —dijo con voz casi inaudible—. He cambiado el campo de batalla, mi amigo. Ahora es mi propia alma.

Por la ventana se veía cómo la luz del atardecer se desvanecía en el patio. Manuel confesó:

—Me hallo muy mal, Balbín, duraré pocos días. Le digo que espero la muerte sin temor, pero llevo al sepulcro un sentimiento.

—¿Cuál, amigo? —preguntó Balbín.

—Muero tan pobre —contestó muy tristemente— que no tengo con qué pagarle el dinero que usted me prestó. Pero no lo perderá. El gobierno me debe algunos miles de pesos de mis sueldos y luego que el país se tranquilice se lo pagará mi albacea, quien queda encargado de satisfacer la deuda.

En aquellos tiempos aún se creía que el país podía ser moroso pero no insolvente. Aunque Manuel lo sabía: basta morir para pasar de moda.

Llegó el 25 de mayo, aniversario de la patria: diez años antes, el pueblo se había puesto de pie. En ese día Manuel hizo su testamento. Redactó la memoria de sus deudas, compromisos, obligaciones y últimas disposiciones. Declaró albacea a su hermano Domingo. Recordó, sobre todo, a Manuela Mónica, la hija pequeña dejada en Tucumán. Hijita mía, Manuela Mónica, señal de mi amor, o quizá de mi error, regalo ni merecido ni buscado, seguirás en el mundo cuando ya no esté, mi memoria serás, hija mía...

—Me preocupa su futuro, Domingo. Hija sin padre, sin dinero, ¿qué será de ella? Los hombres nos dejamos llevar por los arrebatos y desparramamos frutos por aquí y por allí, a puro voleo, tan inconscientemente. Que Dios nos guarde, Domingo.

—Que Dios nos guarde, Manuel —recordó el hermano sacerdote con un hijo en su haber como consecuencia de algunas noches apasionadas sucedidas junto a la parda Mauricia Cárdenas, hijo al cual él mismo había bautizado en la iglesia de Montserrat: el crío ya andaba por los quince años y él velaba hasta donde podía, porque ¿cuánto podía un cura sin escandalizar en exceso?

Pero Domingo dejó sus asuntos personales para seguir con los de su hermano, y Domingo escuchaba la lluvia que había comenzado a caer y le llegaba el olor a tierra mojada que traía el aire, y Domingo, en tanto, pensaba: este Manuel, tan modosito siempre y mira, primero lo de la niña de Ezcurra y el crío que corretea por los patios de la familia y que entrelabios todos murmuran es hijo suyo; y después Mónica y no hablemos de otros asuntos en Tucumán, donde me dicen que hay caritas que son Belgrano puro. Pero simplemente dijo:

—No te preocupes, hermanito. Me haré cargo de ella. Te digo más: la familia se hará cargo. Tu sabes cómo el clan de los Belgrano Pérez y Caseros es unido y sabes también lo que te queremos.

—¿Sabes? —señaló Manuel—. A veces pienso que debería haberme casado con Dolores. Pero yo estaba tan enfermo, tan pobre, tan vencido... Cuando quise acordar, su familia se me adelantó con ese catamarqueño —quedó un instante en silencio y prosiguió—: Por Pedro no me preocupo: sé que está cuidado con Rosas y los Ezcurra. Eso sí, ¿sabes?, cómo quisiera que algún día Pedro y Mónica supieran que son hermanos.

—Basta, Manuel. Así ya está bien. No te atormentes.

Manuel pidió un viejo libro de oraciones que había sido de la madre. Lo abrió al azar y leyó: *Sed un varón fuerte, y emplead vuestro valor en una guerra que es del agrado del Señor* (Libro primero de los Reyes).

—Amén —dijo Manuel. Y permaneció sumergido en el sopor que lo resguardaba del alrededor.

Una de las últimas tardes estaba con él, como tantas veces, el doctor Redhead, casi sin hablar, en simetría perfecta de afectos y atenciones. En la cabecera de su cama pendía el reloj de oro que lo había acompañado durante años midiendo horas de felicidad y de sinsabores. Manuel pidió a Juana que se lo alcanzara, pues él ya ni tenía fuerzas ni podía fingir que las tenía y, con él en las manos, lo traspasó a su médico y amigo.

—Es todo cuanto tengo para dar a este hombre bueno y generoso —dijo a quienes estaban alli, mirándolos con ojos cercados por la muerte, antes de volver a perderse en un mar de nada.

Por la noche quiso leer, pidió un viejo evangelio que había sido de su padre, lo abrió pero ante sus ojos se presentaron sólo garabatos que se movían desacompasadamente, como mosquitos inquietos, y luego la página toda sólo fue informe nebulosa y él se preguntó, Dios mío, esto qué es, es el fin...

El día siguiente amaneció frío y caótico. Adentro de la casa de la Calle de Santo Domingo esquina del Rey y adentro de las almas de sus moradores reinaba la tristeza; afuera, en el país, seguía la discordia. Hacía días que Buenos Aires era un verdadero loquero regenteado por la violencia, pero ése fue el peor de todos, porque había tres gobernadores a falta de uno que mandara bien. La carencia de hombres capacitados para estar al frente del país y los desplantes provinciales estaban dando sus frutos: la única diferencia entre unos y otros era de indumentaria: unos usaban poncho y chiripá y los de enfrente frac o levita. La anarquía estaba en su apogeo. Ese día se quedaría el país sin un héroe.

Manuel había pasado la noche anterior muy mal, sin poder dormir, atento a los inquietos silencios de la oscuridad, cada vez con más dificultad para regresar desde ese espacio vacío al cuarto, a la mirada atenta de Juana, a las preguntas del doctor Redhead, a su propia vigilia interior, consciente de que momento a momento la distancia entre sus ojos y el mundo era mayor: ya veía muy poco y entre brumas.

Juana, siguiendo el método de los piratas que en-

Las batallas secretas de Belgrano

vuelven los remos en telas para no hacer ruido, en los últimos días había tomado la costumbre de envolver sus zapatos para no despertar al enfermo. Pero nunca lo despertó, porque Manuel no dormía, inmerso en cierto espacio vacío, negrura pura, una horda de hombres sin rostro desfilando por ese territorio en el cual por momentos quedaba absorto, como asistiendo a la lentísima desocupación de su cuerpo que se iba desprendiendo del alma. Esa noche, mientras la lámpara luchaba esforzadamente por mantener claridades en el cuarto y los ojos por escurrir sus lágrimas, le pusieron el hábito de Santo Domingo, de acuerdo con la costumbre y a pedido del propio Manuel. Entre brumas quizá dulcificadas por el run run de las oraciones él asistía al acto, protagonista pero distante.

Después algunos fueron a descansar. Otros velaron a su lado.

Durante todo el día anterior Manuel había presentido el avance de la muerte, hora tras hora. La gente envejece y también muere a distintas velocidades, pensó. ¿Por qué tardo yo tanto? Pero entonces, en la quieta claridad del alba la vio venir, como tantas otras veces la había vislumbrado cuando andaba en afanes de guerras terrenales, en la fila de lanzas que lo aguardaron en las Piedras, en Tacuary, en Salta y Tucumán, en Vilcapugio y Ayohuma, en tantos lugares en que estuvo agazapada. Pero esa vez sería la última. No habría ninguna gambeta. Ya nada más pasaría. Ya ni la muerte podía ser un acontecimiento inesperado.

La esperó, excluido ya del mundo. Como quien entra en una ciénaga oscura, entró en la negrura con el aire inmovilizado de sus pulmones y desde la oscuridad y el silencio dijo su adiós al mundo y dijo su *fiat* pero, asombrado, vio cómo de pronto todo se volvía claro y apenas tuvo tiempo de decirse *era esto*, entonces, cuando dejó de pensar.

A la madrugada Juana se asombró: en el rostro de ojos cerrados, labios mudos, palidez de cera, en el cual ya parecía no podían caber más cambios, se había instalado una nueva expresión, como si algo muy íntimo se hubiera replegado y algo de estatua o máscara burilada por cincel invisible estuviera tallando la cara de su hermano del alma. Alguien había abierto el portalón por donde se sale de este mundo y Manuel se escabulló del universo de los vivos. Juana lloró en silencio. Juana se preguntó: ¿a dónde van las almas de los hombres cuando mueren? Juana se dijo: discusión de teólogos esa; yo sólo sé que me he quedado sola. Y en el desamparo de esa bruma matinal se unió al padre Domingo y musitó una oración y su mano cubrió la mirada vacía del hermano y cerró sus párpados.

—¿Qué día es hoy? —preguntó.

—20 de junio —dijo Juana y tomó una mano de Manuel, y después la otra, y las cruzó sobre el pecho, y puso entre ellas una cruz de madera oscurecida por el tiempo, y miró el reloj antes de caer de rodillas al borde de la cama: eran las siete de la mañana.

Cuando lo fueron a enterrar no encontraron un pedazo de mármol para la lápida en la iglesia de Santo Domingo, donde había pedido pusieran sus restos; tampoco había dinero para comprarlo. Juana recordó la vieja cómoda de la familia, la que había acompañado desde sus bodas a mamá y papá, la que había presenciado desde su rincón partos y muertes y sucesos acaecidos en ese dormitorio de la familia, y mandó recortar un pedazo de su mármol y alguien allí escribió *Aquí yace el general Manuel Belgrano*.

En Buenos Aires había ocho periódicos. Sólo uno, *El Despertador Teofilantrópico Místico-político*, dirigido por el cura Francisco de Paula Castañeda, dio la noticia. El país vivía demasiadas preocupaciones como para fijarse en un detalle tan baladí: la muerte de un hombre.

INDICE

I	Santo Domingo esquina Camino del Rey ...	9
II	El Paraíso de Mahoma	15
III	Salamanca era una fiesta	37
IV	Un vencido vencedor	51
V	El general va en coche al Norte	64
VI	Santo Domingo esquina Camino del Rey ...	72
VII	El Consulado no es una fiesta	74
VIII	Se vienen las invasiones	86
IX	Santo Domingo esquina Camino del Rey ...	113
X	La jabonería es más que una jabonería	118
XI	Santo Domingo esquina Camino del Rey ...	137
XII	La ondulante marea de la fiebre	139
XIII	Los abajeños llegan norteando	168
XIV	Santo Domingo esquina Camino del Rey ...	191
XV	Una batalla para armar	193
XVI	Noches tucumanas	204
XVII	En el valle de Lerma	215
XVIII	Plata y noche	230
XIX	Santo Domingo esquina Camino del Rey ...	252
XX	Ayohuma y otros desastres	255
XXI	Por tierras de Santiago	260
XXII	Un rey, por favor, un rey	273
XXIII	La vuelta al pago	298

XXIV Santo Domingo esquina Camino del Rey ... 328
XXV El regreso de una dama 330
XXVI Los hermanos levantiscos 337
XXVII El principio del fin 343
XXVIII Ultima estación 367

Esta edición
se terminó de imprimir en
Grafinor S.A.
Lamadrid 1576, Villa Ballester,
en el mes de noviembre de 1998.